Elianes belofte

Fiona Valpy bij Boekerij:

Een zomer lang geleden
Elianes belofte

boekerij.nl

Fiona Valpy

Elianes belofte

Een eeuwenoud Frans kasteel is het decor
van een grote liefde. Tot de Tweede Wereldoorlog
alle dromen wegvaagt.

Boekerij

Eerste druk 2021
Derde druk 2022

ISBN 978-90-225-9676-0
ISBN 978-94-023-1315-4 (e-book)
ISBN 978-90-528-6405-1 (audio)
NUR 302

Oorspronkelijke titel: *The Beekeeper's Promise*
Vertaling: Titia Ram
Omslagontwerp: DPS Design & Prepress Studio, Amsterdam, bewerkt door Johannes Wiebel | punchdesign, München
Omslagbeeld: Trevillion Images, bewerkt door DPS
Opmaak binnenwerk: ZetSpiegel, Best

Voor mijn vriendin Michèle, alle liefs

Ga je velden en tuinen in, dan zul je merken dat de bij
niets liever doet dan honing uit de bloem halen,
maar dat de bloem, op haar beurt, leeft om haar honing
aan de bij te schenken.
Voor de bij is de bloem een fontein van leven,
en voor de bloem is de bij een brenger van liefde.

Uit *De profeet*, Kahlil Gibran

Een honingbij doet een 'wiebeldansje' waarmee ze haar collega-bijen de afstand tot en locatie van een nieuwe plek om te foerageren laat weten. Ze danst een acht, beweegt met de klok mee in een halve cirkel en vervolgens in een rechte lijn… gevolgd door een halve cirkel tegen de klok in.
Als het winter wordt, stoppen de bijen met foerageren en verzamelen ze zich rond de koningin in de kern van de korf. Ze genereren warmte door de vliegspieren van hun vleugels los te koppelen en te 'rillen', die spieren snel samen te trekken en te ontspannen.

Uit *The Beekeeper's Bible*,
Richard Jones en Sharon Sweeney

Deel 1

Eliane

2017

ZE WIST DAT DIT HAAR LAATSTE zomer zou worden. De warme streling van het late voorjaarslicht kon de mistige vermoeidheid die de laatste tijd door haar botten kroop niet wegduwen. Maar er waren zo veel zomers geweest. Bijna honderd. Ze keek heuvelopwaarts, naar het kerkhofje achter de wijngaarden, waar de mensen lagen van wie ze het meest had gehouden. Ze wachtten nu op het moment dat ze haar zouden kunnen verwelkomen.

Een werkbij, een van de eerste die zich op die heldere ochtend uit de kast waagde, vloog duizelige spiraalvormen terwijl hij zich oriënteerde en op zoek ging naar de nectar in de bloemen die ze in haar tuin had gekweekt. Hij cirkelde om haar heen, aangetrokken door de geur van bijenwas en honing die haar door leeftijd zacht geworden huid uitwasemde. 'Jij ook een heel goedemorgen.' Ze glimlachte. 'Maak je maar geen zorgen, ik laat je nog niet in de steek. Ik weet dat er nog werk gedaan moet worden.'

Ze zette de mand met ramen die ze bij zich had naast de wit geverfde kasten neer en deed de sluier van de breedgerande hoed goed over haar hoofd en schouders. Ze maakte de eerste kast open, haalde rustig het schuine dak eraf en boog zich voorover om de werkbijen te inspecteren: een krioelende, zoemende massa van lichaampjes die hun koningin verzorgden. De voorraad honing was ruim voldoende geweest voor de winter en de kolonie was zich al aan het uitbreiden.

Ze schoof de nieuwe ramen in een lege kast en plaatste die boven de bijenmassa. 'Alsjeblieft, uitbreidingsruimte,' zei ze tegen de bijen. 'En voor de honing van komende zomer.'

Ze werkte methodisch alle bijenkasten af. Toen ze klaar was strekte ze haar rug; ze had pijn van de inspanning die het had gekost om de kasten en ramen te tillen. Ze tuurde omhoog naar het delicate maaswerk van acaciabladeren dat zijn gestippelde schaduwpatroon over de bijenkasten wierp. Ze konden elk moment gaan bloeien, en dan zou de cascade van witte bloesem de bomen zilverkleurig maken, en dan zouden de bijen de allerzoetste nectar drinken. Haar potten acaciahoning zouden potten vol zomer zijn, zoet en goudkleurig.

Ze glimlachte. Ja, er waren zo veel zomers geweest. Nog één erbij zou een geschenk zijn.

Abi

2017

IK BEN VERDWAALD. VERDWAALD in Frankrijk, zoals de woorden van dat stomme liedje dat ik maar niet uit mijn hoofd krijg terwijl ik over de weg ploeter. Ik blijf even staan om met mijn shirt mijn gezicht af te vegen, dat nu al kletsnat is van het zweet. De weg loopt langs een richel die aan de ene kant steil naar beneden loopt, en ik moet toegeven dat er ergere plaatsen zijn om te verdwalen. Het uitzicht opent zich wijds vóór me, een lappendeken van velden in groen en goud, hier en daar onderbroken door donkergroene, fluwelen bossen. Het brede, satijnen lint van een meanderende rivier kronkelt door de vallei onder me.

Het is stil en vredig in de Franse zon. Precies zoals ik het me had voorgesteld toen Pru en ik ons inschreven voor de yogaretraite. 'Kijk eens, dit is precies wat je nodig hebt, Abi.' Ze had de folder onder mijn neus geduwd terwijl we onze matjes aan het oprollen waren en onze schoenen aantrokken na de gebruikelijke donderdagavondsessie. '"Een weekje yoga, meditatie en mindfulness op het Franse platteland,"' had ze voorgelezen.

Ik zei maar niet dat ik het de voorgaande jaren nauwelijks had kunnen opbrengen mijn appartement te verlaten en dat de wandeling naar de yoga het verst was dat ik in maanden van huis was geweest. Naast de bezoekjes aan het ziekenhuis dan, waar de fysiotherapeuten en psychologen hadden geprobeerd me te helpen de uit elkaar gescheurde stukken van mijn leven weer aan elkaar te zetten.

Maar die retraite was wel een verleidelijke gedachte geweest. Ik was altijd al dol op Frankrijk geweest. Of in ieder geval op het idee. Niet dat ik er nou zo vaak naartoe was geweest – of naar willekeurig welk ander land dan ook. Maar Frans was op school mijn beste vak. Iets waar ik goed in was, dagdromend over de prachtige wereld van *maman*, papa en Marie-Claude zoals die me in de schoolboeken was voorgeschoteld. En ik wist dat ik harder zou moeten werken om mijn leven weer op te rit te krijgen, en dat ik zou moeten beginnen met meer de deur uit te gaan. Als ik samen met Pru op reis zou gaan zou dat het gemakkelijker maken, had ik gedacht. Ze is fijn gezelschap en altijd goed georganiseerd. Sinds ze zich had aangesloten bij de yogagroep om over haar scheiding heen te komen, was er bij koppen chaithee met kaneel vriendschap gegroeid. Ze heeft gevoel voor humor en kletst niet oeverloos door, waar ik vreselijk nerveus van zou zijn geworden, dus leek ze me een fijne reisgezel en had ik ermee ingestemd samen te gaan. Ze had ons die avond nog ingeschreven voor de retraite en had meteen de vliegtickets geboekt, dus terugkrabbelen was geen optie. Hoewel ik niets liever wilde, vanaf het moment dat ze belde om te bevestigen dat alles was geregeld.

Had ik maar niet zo spontaan moeten doen, berisp ik mezelf terwijl ik voortploeter over het asfalt. Dat levert nooit iets goeds op. En nu heb ik geen idee waar ik heen ga, de berg op vanuit het centrum, door de wijngaarden, die er in mijn ogen allemaal precies hetzelfde uitzien. Een heel klein stukje in me moet toegeven dat ze best mooi zijn, dat wel, met dat gouden licht op die weelderige groene bladeren die uit het kronkelende, dood uitziende hout komen.

Maar ik wil me niet van mijn woede laten afleiden door de schoonheid van de omgeving. Het is belangrijk dat ik mijn woede jegens Pru – omdat ze me zomaar heeft achtergelaten – nog even laat sudderen en borrelen. Mijn therapeut zou trots op me zijn; die zegt altijd tegen me dat woede onderdeel van het helingsproces is. En ik voel in ieder geval iets. Wat misschien beter is dan niets voelen. Of niet.

Tot zover de sereniteit en verlichting die werd beloofd in de folder. Ik stamp nog een stukje door. Ik weet best dat ik Pru de schuld niet kan geven. De meeste mensen zouden als ze de kans hadden gekregen precies hetzelfde hebben gedaan. De gedachte aan een bad en een goed bed, nog even los van een fitte en lenige Nederlander om het mee te delen, is zonder meer verleidelijk. Ik ben gewoon jaloers. Maar niettemin is het mijn goed recht om razend op haar te zijn.

Ze had hem leren kennen in de rij bij het toilet, na de lunch op de tweede dag. Ze laat er nooit gras over groeien, onze Prudence, ook al betekent haar naam 'behoedzaamheid'. Ze zei dat ze allebei op slag een verbinding hadden gevoeld. 'Zielsverwanten' was het woord waarmee ze het omschreef toen ik uiteindelijk niet meer om haar heen kon nadat ze pardoes naast me neer was geploft bij de lunch.

'Gebaseerd op een gelijktijdige behoefte om naar de plee te gaan na een bord gekruide linzenstoofpot? Dat vind ik nou niet bepaald diepgaand,' had ik tegengeworpen voordat ik mezelf ervan had kunnen weerhouden.

Ze negeerde mijn uitbarsting en zei: 'Hij heeft de dure variant van de retraite geboekt en logeert in een hotel in de buurt. Het schijnt schitterend te zijn. Hij heeft er een hele suite, met bubbelbad.'

Ik slaakte een zucht. 'Dat klinkt inderdaad beter dan een beschimmelde, betonnen doucheruimte met wat resten oud stucwerk tegen de muren.'

We waren drie dagen daarvoor in het centrum gearriveerd. Toen we aankwamen was het avond en de meeste mensen waren al helemaal geïnstalleerd, hadden hun tent op de beste plekken opgezet en liepen rond alsof ze er helemaal thuis waren. Een personeelslid in een gebatikt shirt, zijn kaalgeschoren hoofd glinsterend in de late middagzon, bracht ons naar een hoekje waar wij onze tent konden opzetten. Het was overduidelijk het allerlaatste plekje: 'lekker dicht bij de wc's' zou de beste manier zijn om het te omschrijven. Uiteindelijk slaagden we erin de tent op te zetten, hoewel we niet meteen doorhadden hoe de tentstokken in elkaar moesten. De haringen in de grond slaan met een rubberen hamer was ook niet eenvoudig, aangezien de grond hard was als beton. Uiteindelijk lukte het om drie van de vier hoeken stevig vast te zetten, die vierde ietsje minder, en we bevestigden zelfs stormlijnen om te zorgen dat hij in alle weersomstandigheden zou blijven staan. Niet dat het waait. Het is schitterend weer, dat stond in ieder geval wel accuraat in die folder. 's Nachts is het koud, maar in de ochtend verwarmt de zon de lucht al heel snel en tegen de middag is het bloedheet.

Ik schrik me rot van plotseling geritsel in de berm naast me en zie een dunne, geel-zwart gestreepte slang weg kronkelen. Een slang in het gras: daar moet je voor oppassen, die zijn het gevaarlijkst. Ik adem diep in en laat de lucht met een zucht weer los, zoals mijn therapeut me heeft geleerd om mezelf te kalmeren als de alarmbellen in mijn hoofd afgaan.

Verman je, zeg ik tegen mezelf. Probeer de controle te behouden, dat is de sleutel. Zorg dat je niet overweldigd raakt door de herinneringen. Het heeft tijd nodig, dat zegt iedereen.

Ik heb de top van een heuvel bereikt en de weg voor me loopt een stukje vlak door voordat hij weer gaat stijgen. Ik blijf even staan om op adem te komen, duw mijn vuist in mijn zij op de plek waar het steekt, en dan loop ik verder, wat nu gemakkelijker gaat. Ik kijk op mijn horloge. Het is na zessen. In de eetzaal in het centrum is de maaltijd ondertussen achter de rug, zijn de porties rijst met gestoofde groente uitgedeeld en opgegeten, met een stuk fruit als toetje. We zijn met zijn allen aan het detoxen, hoewel dat gezonde eten tot nu toe alleen maar een heleboel geïrriteerde mensen oplevert die last hebben van hoofdpijn, winderigheid en een stinkende adem. Over toxiciteit gesproken. Maar ik weet wel zeker dat er niemand gaat aankomen van deze vakantie. Tenzij Pru en haar Nederlander zich stiekem vol zitten te vreten in dat luxehotel van hem. Ze zullen wel in bed liggen met champagne en bonbons.

Ik ploeter voort en bedenk dat ik een moord zou doen voor een sandwich met bacon. Dat zal je niemand ooit horen zeggen tijdens een yogaretraite, ook al is het vast wat de meeste mensen de helft van de tijd denken terwijl ze op hun meditatiekussentje proberen hun hoofd leeg te maken. Of misschien ben ik de enige.

Het was allemaal een beetje overweldigend, op de avond dat we arriveerden. Nadat we de tent hadden opgezet was het etenstijd, dus liepen we achter de stroom van collega-retraitegangers aan naar de rij bij de opscheptafel. We stonden elkaar allemaal steels te bestuderen terwijl we ons best deden er als een echte yogi en ontspannen uit te zien. Pru had een of ander lang kaftanding aangetrokken, heel anders dan ze er normaal gesproken uitziet. Na die worsteling met de tent was ik chagrijnig en oververhit. Ik had niet de moeite genomen mijn shirt en spijkerbroek, het uniform dat ik draag om de heftigste littekens op mijn armen en been te verbergen, voor iets anders te verruilen.

Ik voelde de muggen boven de bandjes van mijn sandalen al in mijn enkels bijten.

Pru kwam die avond in de tent niet meer bij van het lachen toen ik vroeg: 'Denk je dat we muggen mogen doodslaan, of is dat slecht karma?' Ik pakte toch maar snel mijn muggenspray; alles om goed te kunnen slapen. Hoewel de kans dat ik in slaap zou vallen hoe dan ook vrijwel nihil was, in die klamme kou die de tent al binnenstroomde, met de jeuk van de muggenbeten die ik al had en de deuren van de toiletten die de hele nacht open- en dichtsloegen. Ik voelde me tegen de tijd dat het weer ochtend werd alles behalve sereen, en net toen ik eindelijk in slaap was gevallen, begon er op een boerderij ergens in de buurt een haan te kraaien.

Ik loop langs een huisje aan de weg en uit het niets komt er ineens een wild blaffende hond op me af stuiven. Ik schrik me voor de tweede keer helemaal kapot en mijn zenuwen staan op scherp terwijl het paniekcentrum in mijn hersenen opnieuw wordt getriggerd. Godzijdank staat er een hek tussen mij en de hond. Het is hier levensgevaarlijk, met die slangen en dolle honden.

Ik heb een blaar op mijn hiel en sta even stil om het bandje van mijn sandaal wat losser te doen, mijn vingers nog bevend in de nasleep van de bijna-confrontatie met die hond. De huid van mijn hiel is kapot. Dat wordt een fijne wandeling terug naar het centrum. Ik heb geen idee waar ik ben of hoe ver het nog is. Een stukje verderop staat een smeedijzeren kruis op een heuveltje. Ik strompel erheen en ga op het gras zitten (nadat ik het zorgvuldig op slangen heb gecontroleerd, dat snap je). Op een steen naast het kruis staat SAINTE-FOY-LA-GRANDE 6 KILOMÈTRES. Er staat een bord met een blauwe bovenkant en een gele kokkelschelp erop: ik herken het als een markering voor die pelgrimsroute waar Pru laatst maar niet over ophield toen ze tijdens het ontbijt uit haar reisgids zat voor te lezen.

Ik denk terug aan het gesprek die ochtend in de meditatiezaal, over karma: wie kaatst kan de bal verwachten. Ik kon me nauwelijks inhouden Pru mijn dodelijkste blik toe te werpen, hoewel dat natuurlijk slecht karma zou zijn geweest, dus daar verlaagde ik mezelf niet toe. Ze zat een paar rijen voor me op een kussentje naast haar Nederlander. Ze had me gevraagd naast hen te komen zitten, maar ik had mijn hoofd geschud en was blijven zitten waar ik zat. Nee, bedankt. Ik hoef je liefdadigheid niet en ik wil al helemaal geen vijfde wiel aan je wagen zijn. Ik zat in kleermakerszit op het paarse kussentje, hoewel mijn stijve knie indringend protesteerde en mijn voet meteen begon te slapen. Het ongeluk was bijna twee jaar geleden, dus dan zou je toch denken dat het met al die fysio en yoga wel eens een keer genezen zou zijn. Ik sloot mijn ogen zodat ik niet zou zien dat Pru zich elke vijf minuten omdraaide om naar me te glimlachen. Het was vast een poging om het goed te maken, maar op mij kwam het alleen maar over als zelfingenomen.

Hoe krijgen mensen het toch voor elkaar om zo lang stil te zitten? Het lukte me niet om een comfortabele positie te vinden en ik bleef maar onrustig bewegen. In mijn hoofd was het nog steeds onrustig, en gedachten drongen zich aan me op. Het lukte totaal niet mijn geest leeg te maken, hoewel nadenken het laatste is wat ik wilde.

Ik begin te denken dat ik niet geschikt ben om te mediteren. Tijdens de middagwandeling was het ook de bedoeling dat we dat deden. Mindful zijn. Wat iets heel anders is dan een *full mind* hebben, hoewel een volle geest dus precies is wat ik heb. In de velden rond het centrum wemelde het van de mensen die mediterend aan het wandelen waren, dwalend als zombies, elke stap geconcentreerd op 'in het moment blijven,' zoals ons was geïnstrueerd. De eerste paar minuten ging het wel, maar toen zag ik Pru en Mister Nederland helemaal op elkaar ingesteld langs zweven en stampte ik een paadje tussen de bomen in. Ik had ineens het gevoel gehad dat ik het geen seconde langer uithield in die langzaam bewegende menigte.

Toen ik eenmaal een stukje verder van die meditatiewandeling weg was gestampt voelde ik me opgelucht dat ik in het bos was: het was er koeler en het voelde veiliger, minder kwetsbaar. Het is al een tijdje geleden dat ik een echte paniekaanval heb gehad (de medicatie helpt), maar ik had wel degelijk dat strakke gevoel in mijn keel en borstkas gevoeld, en mijn hoofd was gaan bonken. Dus was het nu een enorme opluchting om even alleen te zijn. Ik ben er niet aan gewend om steeds mensen om me heen te hebben.

Ik ben benieuwd hoeveel kilometer ik ondertussen heb gelopen. Die steen geeft me geen aanwijzingen en ik ben totaal verdwaald. Ik ben doorweekt van het zweet en er zit een reusachtige blaar op mijn hiel. Ik bestudeer mijn voet nog eens en zie dat zich een ballon heeft gevormd over het rauwe stuk huid heen. Ik krab hard aan een muggenbeet op mijn enkel, net onder de rand van mijn yogabroek, om me van de pijn van de blaar af te leiden, tot de muggenbeet begint te bloeden. Dan leun ik achterover tegen het ruwe oppervlak van de steen en strek mijn benen voor me uit, kijk om me heen naar het uitzicht.

Keurige wijngaarden strekken zich overal om me heen uit, met hier en daar een crèmekleurig huis ertussen. Daken met rode pannen gloeien in het avondlicht. Er waait een briesje hierboven op de heuvel. Ik steek dankbaar mijn kin omhoog zodat het mijn bezwete hals en brandende wangen een beetje kan verkoelen. Het is van nu af aan in ieder geval wel allemaal heuvelafwaarts. Als ik de weg naar beneden volg ga ik misschien iets herkennen, of staat er ergens een bord dat me wijst waar het centrum is.

Ik kijk achter me naar de weg die ik heb afgelegd en zie tot mijn ontzetting dat zich reusachtige zwarte wolken aan het vormen zijn. Ik zie ze zo ongeveer groeien terwijl ik ernaar kijk, steeds hoger en hoger en dan voor de zon, en het licht verandert plots van vriendelijk goud in ziekelijk, gekneusd paars. Het is ook ineens onheilspellend stil, en het dringt tot me door dat het achtergrondkoor van krekels en vogels dat me mijn hele weg heeft vergezeld ineens is stilgevallen. Ik leg een hand op de steen en grijp met mijn andere de horizontale lat van het kruis om mezelf aan op te trekken, voorzichtig mijn gewicht op mijn pijnlijke voet plaatsend. Laat ik maar snel teruggaan, voordat het gaat stortregenen.

Op dat moment hoor ik het gerommel van een motor en komt er een wit busje naast me tot stilstand. Ik kijk op in de verwachting een kalende Fransman in een nethemd aan te treffen, maar de chauffeur is een vrouw van ongeveer mijn leeftijd, met lang donker haar in een keurige paardenstaart. 'Kom maar,' roept ze boven de herrie van de motor en de wind uit, die plotsklaps kleine wervelingen van stof naast de weg begint te vormen. Ik kijk angstig omhoog naar de wolken, die nu de hele hemel donker hebben gemaakt. Komen er tornado's voor in dit deel van de wereld?

'Ik wilde net...' ebt mijn stem weg terwijl ik naar de weg gebaar in wat ik denk dat ongeveer de richting van het centrum is.

De eerste grote druppels regen spetteren op het stof op de weg voor me en dan op mijn gezicht. Ze zijn zo koud dat ik naar adem snak. Ik trek mijn hoofd tussen mijn schouders en sluit mijn ogen tegen de plotselinge, hamerende regendruppels. Ik ga snel op de passagiersstoel zitten.

'Hoi, ik ben Sara Cortini,' stelt ze zichzelf voor in het Engels (hoe weten ze toch altijd dat je niet Frans bent?). 'Ik woon hier vlakbij.' Ze wijst naar de top van de volgende richel terwijl de wolken die in hun greep krijgen. 'Kom maar even bij mij schuilen, dan breng ik je daarna thuis. Waar logeer je?'

'Hoi, Abi Howes. In het yogacentrum.'

Sara knikt, zet het busje in de versnelling en rijdt in een poging de ophanden zijnde wolkbreuk voor te zijn in hoog tempo een steil en stoffig pad op. Aangekomen bij haar huis springen we de bus uit en haasten ons door regendruppels die zo hard als hagel voelen. De wolkbreuk doorweekt ons volledig in de paar seconden die het kost om de deur van een elegant stenen pand te bereiken.

'Waar zijn we?' vraag ik terwijl ik de verzameling panden om ons heen in me opneem die hoog op de heuveltop staan.

Ze knalt de deur achter ons dicht, pakt een keukendoek en geeft die aan mij om mijn gezicht en haren mee af te drogen.

Dan zegt ze: 'Welkom op Château Bellevue.'

Eliane

1938

DE ADEM VAN DE RIVIER HING in een sluier van mist boven de waterkering terwijl de zon begon op te komen. De eerste stralen van het latezomerlicht waren zacht en goud als het fruit – rijp om geplukt te worden – dat in de boomgaard aan de takken van de peren- en kweeperenbomen hing, terwijl het fluitende lied van het eerste zwartkopje de stilte van de nacht het westen in duwde en de zonsopkomst aankondigde.

De deur van de molenwoning ging open en een slanke figuur kwam naar buiten, haar blote voeten geluidloos voetafdrukken achterlatend op het gras dat nat was van de dauw. Ze hupte moeiteloos over de met mos bedekte stenen die de molenvliet overbrugden op de plek waar het water gefrustreerd schuimde en kolkte doordat het in het smalle kanaal onder het molenwiel werd gedwongen. Eliane verplaatste de drie brede houten latten die ze in haar linkerhand droeg naar haar andere hand, trok haar rokken op met de linker en stapte zelfverzekerd op de waterkering.

Haar vader, Gustave, die haar naar buiten was gevolgd om brandhout te halen, bleef even staan en keek toe hoe zijn dochter de rivier overstak, haar voortgang als een droom door het enkeldiepe water, haar voeten verborgen in de laag liggende riviermist. Eliane voelde zijn aanwezigheid en keek over haar schouder. Zelfs op die afstand kon ze aan zijn ongebruikelijk sombere uitdrukking zien dat hij zich weer zorgen maakte om de dreiging van een nieuwe oorlog, nog geen twintig jaar sinds zijn eigen vader nooit was teruggekeerd van de vorige. Ze stak de latten op bij wijze van begroeting, en zijn gelaatstrekken verzachtten in zijn gebruikelijke welwillende glimlach.

De bijenkasten achter de acaciabomen langs de rivieroever waren stil toen ze ze bereikte. De inwoners verschuilden zich nog veilig binnen, wachtend tot de zonnestralen de lucht genoeg zouden hebben verwarmd om zich naar buiten te wagen. Ze trok geluidloos een aantal stukken dun touw uit de zak van haar schort, waarmee ze de latten voor de ingangsgaten van de bijenkasten bevestigde voordat ze aan hun drukke heen en weer gevlieg konden beginnen. Ze zouden die dag hoger op de heuvel worden gezet, zodat de bijen konden overwinteren in een beschut hoekje van de ommuurde tuin van het kasteel.

Elianes taak, als keukenhulp in Château Bellevue, bestond er onder meer uit dat ze elke dag de bijen inspecteerde en indien nodig hun suikervoorraad aanvulde om te zorgen dat ze de winter zouden doorkomen als die weer zo streng zou zijn. Monsieur *le comte* had gretig ingestemd met haar verlegen verzoek om de bijen te verzorgen. Het was hem opgevallen dat ze goed was met de natuur en haar bijen ertoe verleidde grote stukken druipende honingraat te produceren. Daarnaast zagen de kruiden en groente die ze in de moestuin verbouwde er ook altijd subliem uit. Zelfs de kokkin van het chateau, de ontzagwekkende madame Boin, leek in haar nopjes met het werk van Eliane en liep de laatste tijd tevreden neuriënd heen en weer tussen de geschrobde keukentafel en het houtgestookte fornuis.

Teruggekomen in de grotachtige keuken van de watermolen vulde Eliane een kan water en zette er een boeketje wilde bloemen in, dat ze midden op het versleten oliedoek zette dat over de tafel lag. Haar vader doopte een homp brood in zijn kom koffie en vroeg: 'Is het gelukt? Zijn de bijenkasten goed verzegeld?'

Eliane knikte en schonk koffie uit de geëmailleerde pot in haar eigen kom. Het ochtendlicht begon over tafel te kruipen terwijl ze haar stoel aanschoof.

'Alles staat klaar. Is Yves al wakker?'

'Nog niet. Je weet hoe hij is op zaterdagochtend.' Haar vader veinsde dat hij de luiheid van haar broertje afkeurde.

'We moeten de kasten snel verplaatsen. Het is niet goed voor de bijen om opgesloten te zitten als het warmer wordt.' Ze liet haar vinger over het lijntje licht glijden – nu al sterker geworden – dat ondertussen de bloemenvaas had bereikt en geluidloos in de richting van haar vader bewoog, die aan het hoofd van de tafel zat.

Haar vader knikte en veegde zijn snor af aan een gekreukte zakdoek, die hij terugstak in de zak van zijn blauwe overal.

'Dat weet ik.' Zijn stoel schraapte over de flagstones terwijl hij hem naar achteren schoof en moeizaam opstond. Hij was een grote, breedgebouwde man, met de goedgevulde buik en gespierde bouw van een leven lang graanmolenaar zijn. 'Ik ga hem wel even wakker maken.'

'Waar is maman?' vroeg Eliane terwijl ze een snee van het versgebakken brood sneed dat op een eikenhouten plank naast de net vrijgekomen plaats van haar vader lag.

'Die is naar madame Perret. Haar weeën zijn vannacht begonnen.'

'Ik heb vannacht inderdaad de telefoon gehoord. Was zij dat?

Maar ze moet nog een maand...' Eliane hield op met snijden, het mes nog in de hand.

Haar vader knikte. 'Je moeder denkt dat het vals alarm is. Je kent Elisabeth Perret; die schrikt al van haar eigen schaduw.'

'Maar het is haar eerste baby,' berispte Eliane hem vriendelijk. 'Natuurlijk is ze nerveus.'

Hij knikte. 'Ik hoop dat het je moeder lukt om haar te kalmeren met een van haar *tisanes* en dat de kleine besluit nog een paar weken te wachten.'

Hij schoof een dienblad met witte boter en een pot kersenjam naar haar toe. Ze luisterde hoe zijn zware tred de houten trap deed kraken terwijl hij Yves ging wekken.

Toen ze haar moeder, Lisette, terug zag komen en haar fiets tegen de schuur zag zetten, pakte Eliane haar brood met jam en liep naar buiten om haar te helpen met haar tas met instrumenten en de mand kruidenmengsels die haar moeder altijd meenam op haar ronde. Ze kende als plaatselijke vroedvrouw bijna iedereen in en rond het dorpje Coulliac.

'Hoe is het met madame Perret?'

'Prima, er zat lucht klem. Dat krijg je als je in één keer een hele pot cornichons opeet. Maar het was niets wat een paar kopjes venkelthee niet kunnen verhelpen. Zo te zien is de baby van plan om nog een paar weken te blijven zitten waar hij zit. Ze draagt hem hoog en hij zit daar veel te lekker om eruit te willen komen. Typisch een jongen.' Haar moeder was griezelig accuraat in het voorspellen van het geslacht van de kinderen die ze zou helpen ter wereld te komen. 'Over jongens gesproken: waar is je broertje? Hij zou papa en jou toch helpen met het verplaatsen van de bijenkasten voordat je naar de markt gaat?'

Eliane knikte. Ze zette de rieten mand naast de gootsteen en pakte de koffiepot om een kom voor haar moeder in te schenken. 'Papa is hem wakker aan het maken.'

'Daar ben ik al!' kondigde Yves met een grijns voor Eliane en een omhelzing voor zijn moeder aan. 'Zodra ik mijn *p'tit-déj* heb gehad, ga ik aan de slag.'

Yves was zestien en had die zomer zijn school afgerond. Hij genoot intens van de relatieve vrijheid van het werk in de molen bij zijn vader nu hij zich niet langer hoefde te conformeren aan de strengheid van het klaslokaal en de examens. Hij was langer dan zijn moeder en zijn beide zussen, hoewel zij ouder waren dan hij, en met zijn mooie bos donkere krullen en ontspannen manier van doen was hij populair onder zijn leeftijdgenoten. Het viel op dat steeds meer meisjes de laatste tijd gretig aanboden hun ouders te helpen de ooftmanden met graan naar de molen te dragen om te laten malen en daarna mee terug te komen om de zakken zacht meel op te halen, waarbij ze deden alsof ze Yves niet uit hun ooghoeken bespiedden terwijl hij zware zakken achter op de truck van zijn vader tilde om naar de bakkerij te brengen.

De truck van de familie Martin kroop de steile, stoffige oprijlaan naar Château Bellevue op en Gustave navigeerde zorgvuldig langs de grootste kuilen en geulen om de bijen zo min mogelijk te agiteren. De kasten, veilig op hun plek vastgezet en bedekt met vliertakken om ze tegen de zon te beschermen tijdens de korte reis, bereikten hun nieuwe huis in de ommuurde moestuin achter het chateau, waar Eliane haar vader en broer opdroeg ze dicht tegen de westelijke muur te plaatsen, met de voorkant naar het oosten zodat ze in de koude wintermaanden elke ochtend zouden worden verwarmd door de eerste stralen van de opkomende zon. Een grote perenboom, de takken zuchtend onder het gewicht van het fruit dat bijna plukrijp was, beschermde de bovenkant van de kasten.

'Misschien moet je de ramen van de truck even dichtdoen,' zei ze tegen Yves. 'Ze zullen wel een beetje in de war zijn nu ze ineens ergens anders wonen, en je weet hoe graag ze je prikken.'

'Ik snap er niets van,' gromde hij. 'Jij draagt het grootste deel van de tijd niet eens een sluier en jou steken ze nooit.'

'De bijen hebben goede smaak,' plaagde Gustave terwijl hij achter het stuur kroop en zijn raam stevig dichtdraaide.

Eliane knoopte met haar lenige vingers de touwtjes los en haalde de latten die de kasten hadden verzegeld voorzichtig los. Even later kropen de eerste bijen uit de krappe opening onder in de kast nu ze de luchtstroming voelden, en begonnen ze aan een duizelende, zigzaggende vlucht. Ze keek glimlachend toe. 'Goed zo, ga maar even op onderzoek uit, *mes amis*. En vergeet niet terug te komen om met je dans de andere bijen te vertellen waar ze het lekkers kunnen vinden. Er is hier genoeg voor jullie allemaal.'

Ze waren zich ondertussen al rond de diepblauwe sterren van de bernage aan het verzamelen. Een of twee van de meest avontuurlijk aangelegde bijen zoemden in de richting van de verblindend gele zonnen van de aardpeer, vastberaden de schatkist vol nectar tussen het donkerbruine pollen in de kern van elke bloem te vinden.

Monsieur le comte stond vanuit de ingang van de ommuurde tuin toe te kijken, leunend op zijn wandelstok met zilveren handvat. 'Goedemorgen, Eliane. Heb je alles veilig neergezet? Het lijkt nu al of ze hier altijd hebben gestaan.'

Ze glimlachte naar haar werkgever, een heer op leeftijd. 'Het is een perfecte plek. Het is hier veel minder vochtig dan bij de rivier, en de muren zorgen voor beschutting. Merci, monsieur.'

'Ik ben blij dat te horen,' knikte de graaf. 'En Eliane: iedereen weet al dat de bijen hier nu staan, zoals dat hier in de omgeving gaat. Ik ben benaderd door monsieur Cortini, de *vigneron* van Château de la Chapelle. Zijn schoonzus heeft zes bijenkasten, maar ze heeft de laatste tijd zo veel last van haar reumatiek dat ze ze zelf niet goed meer kan verzorgen. Hij vraagt of je plaats hebt voor nog een paar kasten.'

Elianes kalme, grijze ogen – de kleur van het heldere licht bij het ochtendgloren – werden groot van verrassing en blijdschap. 'Negen bijenkasten! Hoeveel honing zou dat opleveren?'

'Denk je dat er hier in de moestuin genoeg ruimte is voor alle kasten? We willen geen zwermen bijen op onze handen als we aan het werk zijn.'

'*Mais oui, bien sûr.* We kunnen de andere kasten een stukje op afstand van die van mij zetten, daar, in de verre hoek zodat de vliegroutes elkaar niet kruisen. Op die manier zou het geen problemen moeten opleveren.'

'Mooi. Meneer en mevrouw Cortini komen straks op de markt even naar je kraampje om afspraken te maken over het vervoer hiernaartoe.'

'Dank u wel, m'sieur. En over de markt gesproken, ik moet ervandoor.'

De Comte de Bellevue stak bij wijze van begroeting zijn hand op naar de truck van de familie Martin, die heuvelafwaarts ging. Hij bleef nog even in de ingang naar de ommuurde tuin staan om naar Elianes bijen te kijken, die al meer zelfvertrouwen hadden gekregen en druk van bloem naar bloem vlogen in de keurige bloembedden die Eliane eerder dat jaar samen met de tuinman had aangelegd.

Het was al druk op de markt in Sainte-Foy-la-Grande toen Eliane er die zaterdagochtend arriveerde. Ze deed er lang over zich een weg door de drukte te banen; vrienden, buren en marktlui begroetend terwijl ze zich tussen de kleurrijke kraampjes vol landbouwproducten door wrong. Nazomerbessen schitterden robijnrood naast amethistkleurige pruimen in rieten manden. Onder de gestreepte luifels hingen de groentekraampjes vol met kettingen goudkleurige uien en strengen knoflook als parelsnoeren.

Ze zwaaide naar monsieur Boin, de echtgenoot van de kokkin van Château Bellevue, die boer was en bij een rotisserie van zijn sappige, zelf gefokte kippen stond, waar het vet van afdroop op een plaat met in blokjes gesneden aardappels die karamelbruin begonnen te kleuren.

Eliane liep verder door het geroezemoes naar het kraampje waar haar vriendin Francine opgewekt de klanten aan het bedienen was. Hun jams en gekonfijt fruit waren populair, en ook Elianes potten honing waren altijd zo verkocht.

'Hij is wel duur, zeg,' mopperde een huisvrouw, die met een met amber gevulde pot in haar hand stond.

'Het is het eind van het seizoen, madame, en betere acaciahoning vindt u nergens.' Francine glimlachte onverstoord. 'Dit zijn de laatste potten tot het voorjaar, dus als u nog honing nodig hebt, zou ik die nu kopen.' Ze streek het verfrommelde bankbiljet dat haar werd aangereikt glad en stak het zorgvuldig in de leren geldgordel die ze droeg voordat ze de vrouw haar wisselgeld teruggaf. '*Merci, madame, et bonne journée.*'

Eliane liep rond het kraampje en kuste Francine op beide wangen. De meiden waren beste vriendinnen sinds de dag dat ze elkaar op school hadden leren kennen. Veel mensen hadden niet gedacht dat het wat zou worden met die twee. Francine was impulsief en extravert terwijl Elianes kalme stilte haar een gereserveerde uitstraling gaf. Maar hun persoonlijkheden pasten bij elkaar als de twee helften van een walnoot in de schaal. Toen ze zes waren, hadden ze al ontdekt dat ze een goed gevoel voor humor en een zorgzaam karakter deelden, dat door de jaren heen was uitgegroeid tot hechte vriendschap. Francines ouders waren een paar jaar daarvoor teruggegaan naar Pau om dichter bij haar oude grootmoeder te zijn, maar Francine had besloten te blijven en voor hun akkerlandje te zorgen, en van de opbrengst in haar onderhoud te voorzien.

'Sorry dat ik zo laat ben,' zei Eliane.

'Geen probleem, ik wist dat je de bijenkasten ging verhuizen. Is het gelukt?'

'Ze staan nu op hun nieuwe plek,' zei Eliane met een knikje. 'Toen ik wegging leken de bijen al meer op hun gemak. Zal ik het even overnemen? Dan kun jij koffie gaan drinken.'

Francine gaf Eliane de geldgordel en vouwde haar schort op, dat ze achter het kraampje legde. Ze zwaaide naar een groepje vrienden dat op de stoep bij Café des Arcades een paar tafeltjes tegen elkaar had geschoven en gebaarde hun koffie voor haar te bestellen. 'O, dat was ik bijna vergeten. Zie je die *mec* daar? Die grote kerel die tussen Bertrand en Stéphanie zit? Of eigenlijk zit Stéphanie zo ongeveer bij hem op schoot, aan het flirten natuurlijk. Maar hoe dan ook, hij was hier vanochtend en vroeg naar jou. Hij zegt dat hij Mathieu heet, zijn achternaam heb ik niet meegekregen, en dat hij stagiair op Château de la Chapelle is en de familie Cortini helpt met de druivenoogst. Hij moet blijkbaar iets met je regelen. Iets over bijenkasten. Ik stuur hem wel even naar je toe.'

Terwijl ze de volgende klant bediende wierp Eliane een snelle blik op de groep, die uitbundig zat te lachen om iets wat Stéphanie net had gezegd. Francine pakte een stoel en leunde voorover om iets tegen Mathieu te zeggen, die opkeek naar het kraampje waar Eliane stond. Ze maakten oogcontact, en toen voelde het even of er geen andere mensen op het plein waren. Elianes kalme, grijze, starende blik leek de jongeman een ongemakkelijk gevoel te geven. Hij zette zo haastig zijn koffiekop neer en stond zo snel op dat hij bijna de tinnen tafel omstootte, waardoor er heel wat koffie over tafel ging, tot groot vermaak van de anderen en overduidelijke irritatie van Stéphanie, die een handvol papieren servetten pakte en de mouw van haar blouse begon droog te deppen.

Mathieu wachtte een stukje verderop en deed alsof hij geïnteresseerd de aankondigingen op het bord bij de *mairie* las. Toen er even geen klant was, liep hij naar het kraampje.

'Eliane Martin?' Hij stak een zongebruinde hand naar haar uit die groot en sterk was als een berenpoot, maar het viel haar op dat hij ondanks zijn formaat bewoog met een vanzelfsprekende, dierlijke elegantie. 'Mathieu Dubosq. Ik werk voor de familie Cortini. Ze hebben me gestuurd over de bijenkasten.'

Terwijl ze zijn hand aannam schatte Eliane hem in met haar heldere blik. Toen glimlachte ze naar hem, wat erin resulteerde dat zijn wangen rood kleurden als de potten wildeaardbeienjam van Francine die in het kraampje tussen hen in stonden.

'Mais oui. De Comte de Bellevue heeft het er al met me over gehad. Ze hebben een aantal bijenkasten die ze bij die van mij in de moestuin van het chateau willen zetten, *n'est-ce pas*?'

Mathieu knikte en haalde zijn vingers door zijn dikke zwarte haar, zich er ineens van bewust dat het misschien wel wat netter kon in de aanwezigheid van dit stille, beheerste meisje wier glimlach hem tijdelijk zijn spraakvermogen leek te hebben ontnomen.

'En ze staan nu in de boomgaard van tante Béatrice in Saint André, toch?'

Er viel een ongemakkelijke stilte terwijl Mathieu – tevergeefs – probeerde zich te concentreren op wat ze zei.

'De bijen,' spoorde ze hem vriendelijk aan. 'Staan de kasten in de boomgaard van de tante van Patrick Cortini? Ik meen dat monsieur le comte zei dat ze van de schoonzus van monsieur Cortini zijn?'

'Ja. Ja, dat klopt.'

'*Eh bien*. Dan zal ik mijn vader en broertje vragen of ze maandag voor zonsopgang kunnen komen met de truck. Dat is het beste moment om ze in de kast te houden. Ik zal alle spullen meenemen die nodig zijn.'

'En dan kom ik helpen met sjouwen, mademoiselle Martin.'

Het licht in haar ogen leek haar hele gezicht te verlichten toen ze naar hem glimlachte. 'Eliane. Dank je, Mathieu. Ik kijk ernaar uit je maandag weer te zien.'

Hij deed een stap naar achteren, keek toe hoe ze een klant bediende, schijnbaar zonder enige haast om zich weer bij het vriendengroepje bij het café te voegen.

Stéphanie baande zich een weg door de menigte, die nu de kerkklok elf sloeg het hele plein in beslag nam. Ze pakte een pot pruimenjam, trok haar neus op en zette de pot op een heel andere plek terug. 'O, *bonjour*, Eliane,' zei ze, op een toon alsof ze ineens zag wie er achter het kraampje stond. 'Kom je, Mathieu? We hebben nieuwe koffie voor je besteld na die kop die je had omgegooid, en hij wordt koud.' Ze stak bezitterig haar arm door de zijne. 'En moet je nou eens kijken,' berispte ze hem terwijl ze geveinsd streng op zijn hand tikte, 'je hebt de mouw van mijn blouse helemaal verziekt. Gelukkig is het een oude.'

Hij trok vriendelijk en beleefd zijn arm van haar los, pakte de verbannen pot pruimenjam en zette hem terug op zijn oude plekje op de keurige piramide van potten. Toen stak hij nogmaals zijn berenpoot uit en beantwoordde Elianes oprechte blik – nu met meer zelfvertrouwen – met zijn eigen verlegen glimlach en donkere ogen. ‘Tot maandag dan, Eliane.’

Abi

2017

DE HEMEL BUITEN HET KEUKENRAAM wordt opengescheurd, keer op keer, door flitsen van onweer en harde donderslagen. De regen klettert hard op het dak van het chateau terwijl de storm het chateau verzwelgt.

Ik schrik vreselijk van de donder. 'Zijn er hier vaak blikseminslagen?' vraag ik zenuwachtig.

'Maak je maar geen zorgen.' Sara gaat rustig verder met het legen van haar boodschappenmand op het aanrecht. 'Het chateau staat hier al meer dan vijfhonderd jaar. We hebben heel goede bliksemafleiders geïnstalleerd, die de gebouwen uitstekend beschermen. We hoeven alleen maar te zorgen dat alle apparaten uit het stopcontact zijn, zodat die niet kortsluiten als er een stroomstoot is.' Ze ruimt de kartonnen pakken melk op in een gigantische roestvrijstalen koelkast en haalt er een fles wijn uit. 'Het is zo voorbij. Midden in de zomer kan het de halve nacht doorgaan, maar zo'n voorjaarsbui duurt nooit lang.'

'Wat spreek je goed Engels,' waag ik.

Sara schiet in de lach. 'Dank je voor het compliment, maar ik ben ook Engels. Ik ben hier een paar jaar geleden naartoe verhuisd. En toen ben ik met een Fransman getrouwd.'

De keukendeur gaat ineens open. Een man in een overal slaat

hem achter zich dicht, schudt het water uit zijn haar en strekt zijn armen uit om Sara te omhelzen. Ze begint te lachen, lijkt er totaal niet mee te zitten dat zijn kleren kletsnat en smerig zijn, en geeft hem een zoen.

'We hebben bezoek,' zegt ze terwijl ze gebaart naar de plek waar ik aan de geschrobde houten tafel zit.

'O, pardon, madame.' Hij loopt naar me toe, veegt zijn hand af aan zijn broekspijp en schudt me de hand. 'Ik had je niet gezien.'

'Dit is mijn man, Thomas. Thomas, dit is Abi. Ik trof haar langs de weg aan toen het begon te regenen.'

'Zo te zien ben je uit het yogacentrum ontsnapt?' vraagt hij glimlachend.

'Die legging zal me wel verraden, hè? Sorry dat ik jullie lastigval. Sara was zo vriendelijk me hier te laten schuilen. Ik vertrek weer zodra het is gestopt met regenen.'

'Blijf je eten?' Sara schenkt drie glazen gekoelde wijn vol en zet er een op tafel voor me neer. 'Je zult etenstijd in het centrum ondertussen wel hebben gemist. Dan breng ik je daarna terug.'

De pijn in mijn been en het brandende gevoel in de blaar op mijn hiel zijn genoeg om haar vriendelijke aanbod aan te nemen.

Thomas neemt een slokje wijn en excuseert zich om zich te gaan omkleden.

'Zal ik tafeldekken?' bied ik aan terwijl Sara druk is een pan aardappels met knoflook te sauteren. De geur vult de lucht en het water loopt me in de mond terwijl ik bestek en servetten op tafel leg. Ik zet de waterglazen erbij en neem een slokje wijn, die zalig fruitig is.

'Ben je vegetariër?' vraagt Sara. 'Ik heb kip geroosterd, maar ik kan ook iets anders voor je maken.'

Ik schud mijn hoofd. 'Nee, kip klinkt heerlijk. Ik vind het ontzettend aardig van je dat je me zo gastvrij opvangt.'

Misschien komt het door de wijn, of doordat ik sterf van de honger en het eten zo lekker ruikt, of misschien komt het door de ontspannen warmte van dit vriendelijke stel dat hun huis voor me openstelt en hun avondmaaltijd met me deelt, maar ik word ineens overweldigd door hun vrijgevigheid. Mijn keel voelt dik en tranen springen in mijn ogen.

Doe niet zo achterlijk, berisp ik mezelf. Je kent die mensen net. Je wilt niet dat ze denken dat je knettergek bent. Het is al erg genoeg dat ze je verdwaald op het platteland aantroffen terwijl er onweer op komst was.

Sara merkt mijn ongemak op, zet een kan water op tafel en klopt geruststellend op mijn hand. 'Graag gedaan.' Ze glimlacht. 'Je zult wel moe zijn; je hebt een flink eind gelopen. Heb je het naar je zin in het yogacentrum?'

Ik beschrijf dankbaar voor de afleiding de yogalessen, die ik heerlijk vind – en die zo goed zijn om mijn gehavende armen en been sterker te maken, maar dat houd ik voor mezelf – en vertel haar ook, achteloos, over Pru en haar knappe Nederlander.

Sara schudt haar hoofd. 'O, jee. Dat klinkt een beetje alsof je in de steek bent gelaten door je vriendin.'

Ik haal mijn schouders op. 'Ik zit er niet mee, hoor. Nu heb ik tenminste alle ruimte in de tent.'

Ze zet grote ogen op. 'Ben je aan het kamperen? Nu?'

'We waren te laat met boeken voor een kamer in het centrum, dus we moesten wel. Maar een heleboel andere mensen doen het ook. Het gaat best. We zitten het grootste deel van de tijd in het centrum.'

Ze werpt een dubieuze blik het raam uit, waar stralen water overheen lopen. Ik moet toegeven dat ze wel een punt heeft, en ik vraag me ineens af of de tent er nog wel staat. 'Het komt wel goed,' zeg ik dapper, meer om mezelf gerust te stellen dan een ander.

'Maar vertel,' vraagt ze terwijl ze een snijplank pakt en een salade begint te maken. 'Waar woon je?'

'In Londen,' zeg ik. Ik pak een theedoek en droog de afwas af die in een afdruiprek op het aanrecht staat. 'Zal ik dit even opruimen?'

Ze knikt. 'Ze moeten in die kast. En wat doe je, in Londen?'

'Momenteel niet zo veel,' biecht ik op terwijl ik mijn handen aan de theedoek afveeg. 'Ik was bezig met een studie aan de Open Universiteit, maar daar ben ik even mee gestopt. Het gaat sinds een paar jaar niet zo goed met me. Niets ergs, hoor. Maar ik heb een ongeluk gehad... Mijn man is omgekomen...' Mijn stem ebt weg en er valt een stilte.

'Nou, in mijn oren klinkt dat behoorlijk ingrijpend. Wat vreselijk voor je.' Sara legt een meelevende hand op mijn arm. 'Geen wonder dat het niet zo goed met je gaat.'

Ik schud mijn hoofd in een poging van het zware onderwerp weg te bewegen door opgewekt op te merken: 'Maar vroeger werkte ik als inwonende nanny.'

'Vond je dat leuk werk?'

'Ontzettend. Ik heb bij een aantal geweldige gezinnen gewoond. Ik vond het heerlijk om voor de kinderen te zorgen.' Ik zeg maar niet dat een paar maanden nadat mijn moeder was overleden – en nadat ik het weinige geld dat was overgebleven had uitgegeven aan een laatste drankfestijn terwijl ik examen moest doen – tot me was doorgedrongen dat ik geen huis had. Dat was waarom ik me had ingeschreven bij een uitzendbureau, waar ik alle banen had aangekruist die direct beschikbaar waren en die kost en inwoning aanboden. Gewapend met goede referenties van mijn leraren van de middelbare school had ik twee dagen later werk bij een wanhopig stel met drie kinderen onder de vijf. Hun au pair was er vandoor naar Wales om bij een jongen te gaan wonen die ze op een festival had leren kennen.

'En wacht er thuis iemand op je?' vroeg Sara. 'Kinderen? Een partner? Wie zorgt er voor je nu het niet zo goed met je gaat?'

Ik schud mijn hoofd. 'Nee. Ik ben zo vrij als een vogel. Maar het gaat ondertussen veel beter met me, hoor.' Ik neem mijn toevlucht tot mijn gebruikelijke strategie het opgewekt te houden en vragen af te weren voordat ze kunnen worden gesteld. En proberen te negeren dat ik nog steeds paniekaanvallen heb, aan slapeloosheid lijd en dat het me – ondanks vele uren praten met een lieve en bemoedigende psycholoog – maar niet lukt om mijn leven weer op te pakken.

Sara en Thomas vertellen me tijdens het eten over het bedrijf dat ze van Château Bellevue hebben gemaakt. 'In het voorjaar en de zomer organiseren we hier bruiloften. Komend weekend is de derde van dit seizoen. Maandag is voor onszelf en ons personeel een vrije dag, en op dinsdag en woensdag doen we de voorbereidingen: dan maken we de bedden op en zetten alles klaar voor de aankomst van de gasten.'

'Hoeveel gasten kunnen jullie ontvangen?'

'In het chateau zelf tot vierentwintig. De andere gasten overnachten in *chambres d'hôtes* in de omgeving. Maar we zijn aan het uitbreiden. Afgelopen winter hebben we de molen bij de rivier gekocht. We zijn hem aan het opknappen zodat daar ook tien mensen kunnen verblijven. Het is op loopafstand, dus een goede optie voor grotere gezelschappen, of de familie van de bruidegom, die er niet altijd van is gecharmeerd om verder weg ondergebracht te worden.'

'Het gaat niet erg snel,' voegt Thomas toe. 'Ik ben zo veel mogelijk aan het klussen in de molenwoning; we hebben ook een team van bouwvakkers, maar die werken ook aan andere projecten. Maar ik weet zeker dat het volgend jaar af is.'

Sara slaakt een zucht. 'Reken er maar niet op dat je dit seizoen veel tijd zult hebben om te klussen. Ik zal je hulp hier zo veel mogelijk nodig hebben.' Ze wendt zich tot mij. 'We hebben een assistent moeten ontslaan. Maar dat is eigenlijk een eufemistische manier om te zeggen dat we haar laveloos in de wijnkelder aantroffen omdat ze een paar flessen champagne achterover had geslagen vlak voordat er een trouwgezelschap arriveerde. Ontzettend jammer. Het is heel moeilijk om in de buurt mensen te vinden die zin hebben in seizoenswerk als dit, aangezien het erop neerkomt dat je de hele zomer in het weekend geen enkele vorm van een sociaal leven kunt hebben.'

Ik knik begrijpend. 'Ik kan me voorstellen dat het veel werk is. Maar het lijkt me ook leuk. Voelt het ook niet een beetje alsof het de hele zomer één groot feest is?'

Sara en Thomas glimlachen naar elkaar. 'Inderdaad,' zegt hij. 'Als je het leuk werk vindt, is het heel bevredigend.'

Ze vertellen me meer over hun bedrijf en wat ze de voorgaande jaren allemaal hebben meegemaakt: hoeveel ze hebben geleerd, de fouten die ze hebben gemaakt en de lol die ze hebben gehad. Ik bestudeer hun gezichten terwijl ze praten, merk op hoe gemakkelijk ze lachen, hoe ze naar elkaar luisteren, de blikken die ze uitwisselen. Het is wel duidelijk dat ze bijna net zo veel van hun werk houden als van elkaar.

Aan het eind van de avond heb ik het gevoel dat ik hen al jaren ken, niet pas een paar uur, en ik heb helemaal geen zin om terug te gaan naar het centrum. Maar na de vers geplukte salade en een kaasplankje met een variatie aan kazen van hard en krachtig tot volromig en mild, duwen we onze stoelen van tafel. 'Nogmaals bedankt, ik heb verrukkelijk gegeten.' Mijn lichaam gloeit helemaal nu ik zo plotseling ben gestopt met ontgiften en ik voel me slaperig en voldaan. Hoe kan eten waar je je zo goed door voelt nou slecht voor je zijn?

Zoals Sara al had voorspeld is het ondertussen gestopt met regenen. Ze rijdt me terug naar het centrum en daar waar de wolken zijn weggedreven zijn nu wat sterren zichtbaar. Het is opmerkelijk bedrijvig bij de hoofdingang van het centrum. Sara komt tot stilstand achter de politieauto die er staat geparkeerd. Een aantal medewerkers van het centrum, Pru en haar Nederlander, een paar medeyogi's en een stel *gendarmes* lopen druk rond.

Als ik uit de auto stap, begint Pru te gillen. 'Abi! Waar was je nou? We waren doodongerust. Niemand heeft je na de wandelmeditatie van vanmiddag nog gezien. Ze hebben de politie gebeld...'

De *gendarmes* draaien zich om en kijken me aan. 'Is dit de vermiste persoon?' vraagt een van hen. Dan ziet hij Sara. '*Ah, bonsoir, Sara. Comment vas-tu*?'

Ze legt in een woordenstroom van Frans uit wat er is gebeurd.

'Maakt u zich maar geen zorgen, madame,' stellen ze Pru gerust wanneer Sara is uitgesproken. 'Uw vriendin had niet beter opgevangen kunnen worden.' Ze stappen lachend in hun auto en rijden weg, de achterlichten verdwijnend in de duisternis.

Als ik Pru er eenmaal van heb verzekerd dat er niets aan de hand is en dat ik een heerlijke avond in een chateau heb gehad, stappen zij en haar Nederlander in zijn auto en vertrekken naar de luxe van zijn hotel.

Ik geneer me een beetje om wat er is gebeurd en draai me om om Sara een hand te geven. 'Dank je wel dat je me hebt gered.

En voor het heerlijke eten. Ik vind het ontzettend leuk dat ik jou en Thomas heb leren kennen.'

Zo te zien heeft ze helemaal geen haast om te vertrekken. Ze kijkt om zich heen naar de gebouwen waarvan de lichten op het plein schijnen waar we staan. 'Wat leuk dat ik even kan zien wat ze hier hebben gedaan. Ik ben hier niet meer geweest sinds het is opgeknapt.'

'Zal ik je een rondleiding geven?' bied ik aan. Dat lijkt me wel het minste na alles wat ze voor mij heeft gedaan. Dus laat ik haar de eetzaal zien, de lichte yogaruimte met de kamerhoge, glazen schuifdeuren met uitzicht op velden en bossen, en de relaxruimte, waar een aantal mensen kruidenthee zit te drinken. Ik loop met haar naar de zijkant van het pand en zeg: 'Een aantal mensen heeft boven een kamer, sommigen logeren in een hotel, en de rest...' mijn stem ebt weg.

'Kampeert in een tent?' maakt Sara voor me af terwijl we het slagveld voor onze ogen aanschouwen.

De meeste tenten, dat moet ik toegeven, staan nog overeind, hoewel ze verloren staan te druipen in grote poelen water die schitteren op de plekken waar er licht op schijnt. Een van de tenten is gereduceerd tot een natte berg tentdoek die als een eenzaam, verlaten eilandje midden op een grote vijver dobbert.

'Is dat jouw tent?' vraagt Sara vriendelijk.

Ik knik alleen, want ik durf niets te zeggen uit angst dat het de tranenstroom ontketent die ik in me voel opwellen. Ik voel me ineens helemaal verslagen. Behalve mijn handtas en telefoon, die in een kluisje in het centrum liggen (we moesten hem bij aankomst inleveren, dat hoort bij de detox), liggen al mijn spullen onder die berg doorweekt tentdoek.

'Oké,' zegt ze opgewekt en besluitvaardig. 'We gaan je spullen uit het water vissen en dan ga je met mij mee terug naar huis.'

Ik begin te protesteren, maar eerlijk gezegd kan ik op dit moment zelf geen beter alternatief bedenken. Sara negeert mijn weinig overtuigende tegenwerpingen en waadt door de poel om de overblijfselen van de tent op te tillen. Het lukt ons om samen de binnentent open te ritsen en terwijl zij het modderige, druipende materiaal opzijhoudt, vis ik mijn spullen uit de tent. Mijn tas met kleren is volledig doorweekt. Mijn toilettas drijft in de poel. De twee slaapzakken, die van mij en die van Pru, zijn zo zwaar van het water dat ik ze nauwelijks los krijg. Terwijl ik probeer ze uit te wringen trekt Sara de twee slaapmatten los. Ze ziet een waslijn die tussen twee berkenbomen is gespannen. 'Kom,' zegt ze, 'dan hangen we daar zo veel mogelijk op. Dan kan het vannacht uitdruipen en ruimen we het morgen verder op.'

Het is duidelijk dat ze niet van plan is het over andere oplossingen te hebben die ik misschien nog verzin en ze zet mijn tas met kleren apart. 'Die nemen we mee naar huis en dan gooien we alles in de was. Dan heb je morgenochtend in ieder geval schone en droge kleren.'

'Het spijt me verschrikkelijk dat ik je zo veel overlast bezorg, helemaal terwijl je het al zo druk hebt. Ik durf te wedden dat je geen idee had wat je je op de hals haalde toen je voor me stopte toen het ging regenen.'

'Onzin, ik ben juist blij dat ik je tegen ben gekomen. Gelukkig heb ik een heel chateau vol lege slaapkamers tot mijn beschikking. Je mag er een uitzoeken. Ik weet zeker dat het daar veel comfortabeler is dan in je tent, zelfs als die gewoon droog en schoon was geweest vannacht.'

Ik aarzel nog steeds. Ze stoot me zachtjes aan en zegt: 'Had ik al gezegd dat een van de kamers een eigen badkamer heeft met een bad dat zo groot is dat je er bijna in kunt zwemmen?'

Ik glimlach en steek de handdoek die ik uit de tent heb gered omhoog, ooit crèmekleurig maar nu een onbestemde kleur modderbruin. ‘Dat klinkt wel heel verleidelijk. Hangen er in die kamer toevallig ook van die superzachte, donzige witte handdoeken?’

Sara begint breed te grijnzen. ‘Zeker weten.’

Eliane

1938

EEN WEEK LATER BEDEKTE ELIANE voordat ze heuvelopwaarts liep op weg naar haar werk op Château Bellevue haar hoofd en schouders met een sjaal om de kou van de mist te weren die zich die nacht in de vallei had verzameld. Toen ze op weg ging stond de deur van het gemaal op een kier, en ze liep de droge warmte van de ruimte in om haar vader gedag te zeggen. Ze bleef even staan kijken hoe haar vader de molenstenen prepareerde met een paar handenvol graan voordat hij de molenvliet opende. Het kalme, gedempte gemurmel van de rivier transformeerde in een sterke stroom terwijl het water het smalle kanaal inliep en het molenwiel in beweging bracht. Het gemurmel ging over in gebulder terwijl het molenwiel snelheid maakte en de machinerie tot leven kwam, dat kletterend lawaai aan de kakofonie toevoegde. De raderen brachten krakend en klikkend de maalsteen in beweging en haar vader opende de tremel, die het graan naar het gat in het midden van de steen leidde. Even later viel het eerste poederachtige maalkoren in de houten trog onder de steen, wat Eliane aan de eerste winterse sneeuwvlokken deed denken.

Haar vader controleerde het maalkoren en paste de snelheid van de maalsteen aan totdat hij tevreden was en het graan fijn genoeg werd gemalen.

Op de dakspanten hoog boven hun hoofd kraakten de planken van de bovenverdieping terwijl Yves de volgende zak tarwe in de graanhopper leegde die de molenstenen van graan voorzag. Hij trok het valluik in het plafond boven hun hoofd open om Gustave te vragen of alles goed verliep en grijnsde toen hij Eliane zag. De herrie was veel te oorverdovend om zichzelf hoorbaar te kunnen maken, maar ze zag dat hij 'Goedemorgen' zei. Ze zwaaide naar hem, gaf haar vader een kus, wenste hem een *bonne journée*, deed haar sjaal opnieuw om haar hoofd en ging op weg naar haar eigen werk.

Naarmate ze verder de heuvel opliep vervaagde het geluid van de molen steeds meer. In de verte, aan de andere kant van de rivier, deed het zachte, ritmische gerommel van een passerende trein de lucht bewegen als een pulserende hartslag voordat de stilte hem opslokte. Boven op de richel liep ze de zonsopgang in, die ook deze herfst de nachtelijke deken van de rivier af zou trekken en het molenhuis in daglicht zou hullen.

Ze bleef even staan om op adem te komen en keek achter zich in de vallei onder haar. De bovenste takken van de treurwilg waren nog net zichtbaar en ze dacht glimlachend terug aan hoe ze met Mathieu die avond ervoor onder het bladerdak had gezeten, zoals ze dat elke avond deden sinds hij haar had geholpen de bijenkasten te verplaatsen, en hoe hij, eindelijk, de moed had weten te verzamelen om zijn hand uit te steken en die van haar vast te pakken.

Madame Boin was al druk met haar potten en pannen in de weer toen Eliane over de drempel stapte en de warmte van de grotachtige keuken inliep, waar het naar versgebakken brood rook.

'Bonjour, madame. Wat hebt u vandaag nodig?' Ze pakte de lage rieten mand die naast de deur stond, waarbij ze goed oplette dat ze geen stoffige afdrukken op de schone keukenvloer maakte met haar laarzen. Het laatste wat ze elke dag deed voordat ze naar huis ging was de tegelvloer dweilen, zodat madame Boin de volgende dag haar werkdomein schoon en opgeruimd aantrof.

'Bonjour, Eliane. Ik maak vandaag een *blanquette* voor de lunch, dus ik heb wortels en aardappels nodig. En munt voor de tisane van monsieur le comte. En zei je niet dat er nog iets anders was wat hem zou helpen met zijn herstel? Ik maak me nog steeds zorgen om die zweer op zijn been.'

'Maman zegt dat tijm goed is voor de bloedcirculatie, en het helpt ook tegen ontstekingen. Ik zal een flinke bos voor u meenemen. En basilicum is ook goed voor het herstel, net als muntthee. Er staat nog wat in een pot in de hoek van de moestuin, en laat ik die maar meteen mee naar binnen nemen, anders overleeft hij de winter niet.'

Madame Boin knikte. 'En wil je ook een handje salie meenemen? Je saliethee helpt uitstekend tegen de opvliegers. Ik heb vannacht veel beter geslapen.'

Hoewel de zomerkracht flink begon af te nemen tierde de *potager* van Eliane nog welig in de beschutting van de ommuurde tuin. De tuinier had een paar van zijn bloembedden aan haar afgestaan voor haar apotheek van kruiden en medicinale planten. Het was heel handig, zeker in deze tijd van het jaar, dat ze toegang had tot zowel het beschutte, hoge land hier als de schaduwrijke tuin aan het water bij de molen, waardoor ze een veel grotere variëteit kon kweken. Toen Eliane om toestemming had gevraagd de ongebruikte bloembedden te gaan cultiveren, was monsieur le comte dolblij geweest dat het chateau Lisette kon voorzien van de planten die ze gebruikte om haar patiënten in de gemeenschap mee te behandelen.

Toen ze het hek openduwde, zag ze dat de stenen muren van de tuin de ochtendzon al opzogen. De eerste bijen waren al aan het werk om de zoet-kruidige nectar uit de tijm en rozemarijn te halen. Ze straalden vandaag een zakelijke urgentie uit en Eliane wist dat ze in het zachter wordende herfstlicht aanvoelden dat ze haast moesten maken met het aanleggen van de wintervoorraad. Ze zou nu geen honing meer uit de kasten halen, tot er het volgende voorjaar een nieuwe voorraad pollen voor de bijen zou zijn, en ze zou goed in de gaten houden dat ze genoeg honing hadden om de komende, zware maanden door te komen.

Ze groef de groenten uit, glimlachend naar het roodborstje dat vanaf zijn plekje in de perenboom toekeek hoe ze werkte en dat toen ze wegliep direct aan kwam vliegen om op zoek te gaan naar een lekker ontbijtje in de vers omgespitte grond. Ze pakte een mes uit de zak van haar schort en sneed de kruiden af, die ze in haar mand legde. Ze had van haar moeder ook een wensenlijstje meegekregen, maar daar zou ze aan het einde van de dag naar kijken, wanneer de zon de bladeren had verwarmd, de werkzame stoffen in de essentiële oliën stimulerend die een vitaal onderdeel waren van haar geneeskrachtige drankjes.

Ze liep terug de keuken in, knoopte haar laarzen los en zette ze op de mat naast de deur. Toen stak ze haar voeten in de houten *sabots* die ze in het chateau altijd droeg en begon aan haar werkdag.

Abi

2017

IK WEET EVEN NIET WAAR IK BEN. Stralen ochtendlicht schijnen tussen de latten van de luiken door op mijn kussen en benen, die in een nauwe slaapzak zouden moeten steken, maar vrijelijk over de gladde lakens bewegen. Dan weet ik het weer: Château Bellevue en de eigenaars zijn niet alleen maar een fijne droom die ik heb gefabriceerd tijdens de beste nachtrust die ik in jaren heb ervaren.

Ik kijk op mijn horloge. Het is vroeg. Thomas zei dat hij me na het ontbijt naar het yogacentrum zou terugbrengen, aangezien hij toch die kant op moest. Ik rek me nog eens heerlijk uit en geniet ten volste van de ruimte en het comfort van een echt bed, en dan sla ik met tegenzin het dekbed open en zet mijn voeten op de vloer. Ik ben me ervan bewust dat de kamer waarin ik verblijf onderdeel van het bedrijf van Sara en Thomas is en dat ik hen al met meer dan genoeg extra werk heb opgezadeld, dus haal ik het bed af en maak de badkamer schoon, zodat de kamer eruitziet alsof ik er nooit ben geweest.

Als ik het beddengoed oppak word ik uit het niets overvallen door een herinnering. Het eenvoudige, alledaagse gebaar van een armvol wasgoed vasthouden brengt plotsklaps associaties met zich mee die iets in het diepst van mijn kern raken. Ik zie mezelf weer voor me als tiener in onze flat, en ik sta mama's bed op te maken. Ze had zoals gebruikelijk de hele dag gedronken en toen ik uit school kwam probeerde ik haar uit haar doorweekte bed te lokken om haar in bad te helpen. Daarna liet ik haar dan verschoond in een leunstoel bij de gaskachel achter, met een stil gebedje dat ze zichzelf en de flat niet in de fik zou steken, deed het beddengoed in een vuilniszak en liep naar de wasserette om de hoek. Dan zat ik daar in de naar zeep geurende warmte mijn huiswerk te maken terwijl de machines om me heen schudden en slurpten. Als we die dag genoeg geld hadden, stak ik vijftig pence in de droger en ging ik naar huis met een nog warme stapel keurig opgevouwen wasgoed. Meestal echter, met name aan het eind van de maand, moest ik de vuilniszak binnenstebuiten keren en de natte lakens er weer in proppen, mijn armen pijnlijk nadat ik de zware zak weer terug naar huis had gesleept om alles over het plastic wasrek bij de gaskachel te hangen.

'Mantelzorgen' noemen ze dat tegenwoordig. Voor mij voelde het als niets anders dan overleven. Het alternatief joeg me vreselijke angst aan: dat ze me bij haar zouden weghalen. Ik denk dat kinderen altijd bij hun ouders willen blijven, hoe het er thuis ook aan toegaat. Dus liet ik het zelfs als het vreselijk slecht ging met mama aan niemand merken; ik zorgde eenvoudigweg zo goed als ik kon voor haar.

Haar eigen familie had haar duidelijk gemaakt dat ze niets meer met haar te maken wilden hebben toen ze zwanger raakte van mij. Ik heb geen idee wie mijn vader is, en eerlijk gezegd weet ik niet eens of mama het weet. Ze heeft me door de jaren heen verschillende verhalen verteld, afhankelijk van hoeveel ze had gedronken en of ze in een van haar bizar vrolijke buien was of totaal depressief... Misschien was hij echt wel een soldaat die tijdens een incident met eigen vuur was omgekomen tijdens een oefening kort nadat ik was verwekt; of misschien was hij die Australische rugzaktoerist die was verdwenen zonder zijn nummer achter te laten (of, zo schijnt, zelfs zijn naam), of misschien was het gewoon een verachtelijke klootzak die misbruik had gemaakt van een meisje dat te dronken was om nog te weten wat ze deed. Hoe dan ook waren wij een team, mama en ik, en we deden het prima met zijn tweetjes, zolang zij nuchter genoeg was om haar uitkering te innen en die er niet op weg naar huis in één keer doorheen te jassen bij de slijter.

Ik schud mijn hoofd, maak me los uit de herinnering en loop met het beddengoed naar beneden. Sara is al druk bezig in de keuken.

'Goedemorgen,' zeg ik. 'Dank je wel voor de beste nachtrust die ik in jaren heb genoten. Waar moet ik dit leggen?' Ik laat haar het beddengoed zien. 'Als je me vertelt waar het schone beddengoed ligt, maak ik het bed even op. Ik heb al schoongemaakt, maar ik moet nog wel stofzuigen, en dan is de kamer weer helemaal klaar voor je bruiloftsgasten.'

Ze knikt goedkeurend. 'Geef die maar aan mij. Ik doe ze wel in de waszak. Dank je wel, dat scheelt mij weer een hoop werk. Ik help je zo wel met het bed opmaken, maar ga eerst even zitten om te ontbijten.'

Thomas komt vrolijk fluitend binnenlopen en we zitten rond de tafel, die gedekt is met een rood-wit tafellaken. Ik pak fruit en een grote schaal ontbijtgranen. Sara schenkt voor iedereen een kom geurige koffie in.

Thomas en Sara wisselen een blik uit. 'Luister, Abi,' zegt ze dan, 'ik weet dat dit als een idioot voorstel gaat klinken en ik begrijp dat het zomaar uit de lucht komt vallen, maar heb je misschien zin om een seizoen op het chateau te komen werken?

Thomas en ik hebben het er gisteravond over gehad. Je komt over als iemand die heel praktisch is ingesteld en ik weet zeker dat je alles binnen de kortste keren hebt opgepikt. Je zou ons er enorm mee helpen, want we zitten te springen om een stel extra handen. Je kunt slapen in de molen, als je het tenminste niet erg vindt dat er nog wordt geklust. De kamer waar je zou slapen is zo ver mogelijk van de rotzooi en herrie vandaan, dat beloof ik. En het is hoe dan ook comfortabeler dan een tent.'

Ik schiet in de lach. 'Weten jullie het zeker? Je kent me net.'

'Ja, maar ik zie nu al dat we goed met elkaar kunnen opschieten. Ik vrees dat het loon niet om over naar huis te schrijven is, maar op de dagen dat je werkt kun je hier eten, dus dat scheelt. Ik denk dat je goed in ons team zou passen. Ik weet dat het heel plotseling is, dus misschien wil je er de rest van de week over nadenken terwijl je je yogaretraite afmaakt? En als je dan besluit het een kans te geven, zien we wel hoe het gaat.'

Ik denk aan mijn lege appartement in Londen, aan de grote, kamerhoge ramen met uitzicht op het havenkwartier en de gigantische stad erachter, en hoe eenzaam en geïsoleerd ik me voel tussen die miljoenen mensen. Ik heb daar geen enkel doel in mijn leven. Terwijl ik het hier, zo dringt het tot me door, druk zal hebben. Ik zal geen uren gevangen in mijn eigen hoofd doorbrengen als er zo veel andere dingen zullen zijn om over na te denken. Bruiloften. Feesten om te organiseren. Gasten om te verzorgen.

Maar dan begin ik weer te twijfelen. Kan ik dat werk wel aan? Wat als ik hen teleurstel? Wat als ik iemands speciale dag verziek omdat ik een blunder bega? Wat als ik een paniekaanval krijg in een volle kamer en instort, geen adem meer krijg, tijdens de prachtige receptie van een bruidspaar?

Sara lijkt mijn gedachten te lezen en begint geruststellend te glimlachen. 'Abi, je hebt ons verteld dat het de laatste tijd niet zo goed met je gaat, en als dat betekent dat je niet kunt werken, begrijpen we dat. Maar je komt over als een zeer capabele vrouw, misschien wel veel capabeler dan je zelf denkt. Je kunt ook eerst op proef meedraaien, en je mag wanneer je maar wilt beslissen dat je niet wilt blijven. Je bent vrij om te vertrekken wanneer je maar wilt. Elke hulp die je ons kunt bieden is eerlijk gezegd beter dan niets. Het betekent meer tijd voor Thomas om in de molen aan de slag te gaan, waar ze bij de bank heel blij mee zullen zijn, want die maakt zich al zorgen dat het project veel te lang duurt. En hoewel die bruiloften hard werken zijn, zul je merken dat ze ook heel leuk zijn.'

Ik kijk naar Sara, naar Thomas en dan weer naar Sara. Beiden wachten op mijn antwoord.

En dan beslis ik. Ondanks de gebeurtenissen van gistermiddag heb ik duidelijk mijn lesje over de gevaren van spontaniteit nog niet geleerd, want ik zeg met een brede grijns op mijn gezicht: 'Denk je dat ik in die slaapkamer in de molen een yogamatje kwijt kan? Want in dat geval kan ik meteen beginnen.'

Eliane

1938

'MAG IK DE DEEGROLLER ALS jij ermee klaar bent, Eliane?'

Moeder en dochter waren in de keuken in de molen druk bezig met de voorbereidingen voor de feestdagen. Eliane stond de peren te snijden die ze van madame Boin had mogen meenemen uit de moestuin op het chateau, en ze arrangeerde ze netjes op de frangipane die ze aan het maken was.

Lisette bekeek haar handwerk goedkeurend. 'Prachtig. Dat ziet er perfect uit.'

'Ik heb extra mijn best gedaan omdat Mireille thuiskomt. Ze zal ondertussen wel gewend zijn aan die chique *pâtisseries* in Parijs en onze huisgemaakte lekkernijen beneden haar stand vinden. Zou ze vreselijk veranderd zijn, maman? Ze zal wel ontzettend gedistingeerd zijn geworden.'

Lisette schudde lachend haar hoofd. 'Nee hoor, onze Mireille niet. *Tarte au poires* is haar lievelingstoetje, en het zal haar lekkerder smaken dan wat je maar in een winkel kunt kopen, zelfs in Parijs. Maar ik ben wel benieuwd hoe ze eruitziet. Nu ze in dat prestigieuze atelier werkt zal ze wel alles weten over de laatste mode.'

Allerheiligen viel dat jaar gelukkig op een dinsdag, dus had Elianes zus Mireille de maandag ook vrij gekregen en kwam ze voor het eerst sinds ze in mei was vertrokken om haar carrière als leerling-naaister bij een couturehuis in Parijs te beginnen, terug naar de molen.

Yves kwam fluitend de keuken binnenlopen, gehuld in een wolk gevallen bladeren die met de oktoberwind mee het huis in kwam. Hij zette met een triomfantelijk gebaar een mand met een deksel erop op tafel. Lisette inspecteerde de inhoud.

'*Oh là-là*, wat een schoonheden!'

'Achttien van de mooiste langoustines die de rivier te bieden heeft.' Hij tilde een van de vette rivierkreeften uit de mand en deed alsof hij Elianes oor aanviel met de gevaarlijk uitziende scharen. Ze sloeg hem van zich af, in het geheel niet van haar stuk gebracht door zijn plagerij. Hij pakte een stukje overgebleven deeg en stak het in zijn mond.

Toen ze de truck de schuur in hoorden rijden, rende iedereen naar de keukendeur, en toen was Mireille er ineens, lachend en van alles roepend terwijl haar familie haar omhelsde, haar donkere krullen helemaal in de war geblazen door de harde wind.

Ze zette haar handtas neer en bleef even staan, ademde de geur van thuis in, nam alles in zich op: het zachte gezoem van het rivierwater dat het molenwiel deed draaien; de treurwilg waarvan de bladeren in de poel onder de waterkering hingen; de kippen die druk in het zand om zich heen pikten; de moedergeit en haar lam die in de wei achter de boomgaard stonden te grazen; en, vanuit het huis, de geur van houtrook en iets lekkers wat op het fornuis stond te pruttelen; de hint van kruiden en medicinale planten die naast de schoorsteen hingen te drogen tot haar moeder ze zou gebruiken; en, boven alles, de omhelzing van haar vader, moeder, zusje en broertje: haar familie.

'Kijk nou eens, wat een chique tas!' riep Lisette. 'En die jas!'

'Nou, deftig, hoor,' plaagde Yves, die het tasje oppakte en ermee aan zijn arm door de keuken paradeerde. 'Mademoiselle Mireille Martin is veel te verfijnd geworden voor de Moulin de Coulliac.'

'Maar niet zo verfijnd dat ik mijn broertje niet meer op zijn falie kan geven.' Mireille pakte hem vast en klemde zijn arm achter zijn rug tot hij de tas teruggaf. 'Ik kan eerlijk gezegd niet wachten tot ik mijn comfortabele kloffie en mijn sabots kan aantrekken.'

Gustave kwam binnen met haar bagage. 'Zal ik dit meteen even op je kamer zetten?'

'Kom, Eliane.' Mireille haakte haar arm in die van haar zusje. 'Help je me even met uitpakken? Ik heb cadeautjes voor je meegenomen.'

De gedeelde slaapkamer van de zussen bevond zich onder het dak van de molen en keek uit over de waterkering naar de velden erachter. Gustave zette de tassen naast een van de eenpersoonsbedden en Mireille wierp zichzelf op de gebloemde katoenen quilt. De kamer rook vaag naar bijenwas en de lavendelzakjes die in de ladekast en de hoge *armoire* van walnotenhout in de hoek lagen. 'Wat heerlijk om thuis te zijn,' verzuchtte ze.

Eliane had een boeketje herfstbessen in een porseleinen vaasje op het nachtkastje naast het bed van haar zus gezet, dat karmijnrood stond te glinsteren in de poel van zonlicht die door het raam naar binnen scheen.

'Kom,' zei Mireille, die op de quilt klopte. 'Ga zitten en vertel me al het nieuws. Hoe is je werk op het chateau? Heb je die heks van een madame Boin al getemd? En hoe is het nu met de gezondheid van monsieur le comte?'

Eliane ging op het bed naast haar zus zitten en trok haar benen onder haar billen. 'Prima. Ik vind het leuk werk. Ik mag veel in de moestuin doen, dus ik ben niet altijd binnen, en mijn bijen staan er nu. Negen kasten! En volgende zomer, als ze gaan zwermen, worden het er nog meer. Madame Boin valt best mee, ze blaft harder dan ze bijt. We kunnen ondertussen prima met elkaar overweg. En met monsieur le comte gaat het beter. De zweer op zijn been geneest goed, met dank aan mamans kruiden en honingzalf. Hij is een goede baas en altijd een heer.

Maar nu wil ik alles over Parijs weten,' vervolgde ze. 'Heb je al filmsterren gekleed? En hoe overleef je het, in al die herrie en drukte? En tussen al die mensen? Ik kan het me niet voorstellen.'

Eliane luisterde met grote ogen hoe Mireille het souterrain beschreef dat ze deelde met twee andere naaisters, haar reis naar haar werk in een snelle, kletterende tram en de veeleisende *Parisiennes* die naar de *sâlon* kwamen om hun dure nieuwe outfits te passen. Mireille zocht iets in een van haar tassen. 'Kijk eens, deze patronen heb ik voor jou en maman meegenomen. Ik dacht dat jullie er misschien een paar willen maken, ze zijn helemaal *à la mode*.'

Yves stak zijn hoofd om de deur van de meidenkamer. 'Zitten jullie lekker te roddelen? Heeft Eliane al over haar verkering verteld?'

Hij grijnsde breed en zijn zus begon te blozen.

'Hij is mijn verkering niet; hij is gewoon een vriend. En hij brengt hoe dan ook meer tijd door met vissen met jou dan met mij. Hij is net zozeer jouw vriend als de mijne.'

'Ja, vast!' riep Yves. 'Als jij het zegt, maar ik zit geen uren samen met hem onder de treurwilg zijn hand vast te houden en in katzwijm in zijn ogen te staren.'

'Aha,' zei Mireille, en de lach in haar ogen zei het tegenovergestelde van haar serieuze toon. 'En mag ik vragen hoe hij heet?'

'Mathieu Dubosq,' zei Yves gretig. 'Hij kan geweldig vissen, hij weet altijd precies waar de grote zitten. En hij weet ook alles over jagen. En bijna net zo veel over paddenstoelen als Eliane. Hij komt er zo aan, voor de lunch.'

'Nou, ik kijk ernaar uit hem te leren kennen.' Mireille leidde haar broertje af door hem een pakje in bruin papier met een ruw touwtje eromheen te overhandigen.

Yves maakte een fluitend geluid terwijl hij een zakmes met hoornen handvat uitpakte. 'Moet je kijken hoe scherp het is. Wauw, fantastisch. Dank je wel, Mireille.'

'En nu...' Mireille stond op en pakte een hele arm vol identiek ingepakte cadeautjes. 'Gaan we deze aan maman en papa geven en helpen met tafeldekken.'

Toen ze de laatste kruimels van de sappige frangipane en het zoete deeg van hun bord schraapten keek Eliane naar haar familie om de keukentafel. Ze had zich zorgen gemaakt dat deze eerste maaltijd in de *moulin* moeilijk zou worden voor Mathieu, maar hij was helemaal niet verlegen en beantwoordde al Gustaves vragen over de wijnoogst van dat jaar en die van Lisette over zijn thuis in Tulle. Eliane had haar ouders al verteld dat Mathieus moeder was overleden aan een zware bloeding – de nachtmerrie van elke vroedvrouw – na de geboorte van zijn jongere broertje, Luc.

'Ik neem morgen de trein naar huis voor *la Toussaint.* Met Allerheiligen zetten we altijd bloemen op het graf van mijn moeder. Ik heb mijn vader en broertje niet meer gezien sinds het begin van de druivenoogst, dus ik kijk ernaar uit om bij te praten. Ze werken op een boerderij aan de rand van de stad: runderen en veevoer.'

Gustave legde uiteindelijk zijn vork neer, met tegenzin accepterend dat zijn bord nu echt leeg was. 'En ga jij weer terug naar de boerderij nadat je je stage op Château de la Chapelle hebt afgerond?'

Mathieu kon zichzelf er niet van weerhouden over de tafel heen naar Eliane te kijken, en zijn diep zongebruinde gelaat kleurde roze. 'Dat weet ik nog niet. Mijn vader wilde dat ik ervaring opdeed bij een wijnboer en ik vind het erg interessant. En de omgeving hier spreekt me ook erg aan, dus misschien blijf ik nog wat langer bij de familie Cortini. Ze hebben me al gevraagd aan te blijven, dus ik ga het morgen met mijn vader bespreken. En zo ver is Coulliac nou ook weer niet van Tulle...' Zijn stem ebde weg; het drong ineens tot hem door dat hij misschien te veel had gezegd.

Eliane glimlachte naar hem. Ze leek van de drie kinderen Martin het meeste op Lisette en had haar moeders intuïtie en haar mysterieuze vaardigheid om onder de oppervlakte te kijken geërfd, waar ze de diepste gedachten en gevoelens van mensen las. Ze hoorde Mathieus onuitgesproken hoop dat hun toekomst een gedeelde zou zijn. De eerste voorzichtige flikkeringen van wederzijdse aantrekkingskracht begonnen op te bloeien tot iets veel diepers dan een gewone vriendschap en verbonden hen elke dag sterker aan elkaar.

Ze stond op van tafel om af te ruimen en toen Mathieu haar zijn bord aangaf raakten zijn vingertoppen een moment haar hand, een aanraking zo zacht als de streling van de vleugel van een vlinder en krachtig als een belofte die geen woorden behoefde. Hij zou naar huis gaan om zijn moeder te gedenken met bloemen, net zoals de familie Martin naar het kerkhofje van Coulliac zou gaan om hun voorouders te gedenken, en als Allerheiligen achter de rug was en november echt begon, zou hij terugkomen en zouden ze weer samen zijn.

Eliane en Mireille lieten hun ellebogen op de staldeur rusten en keken toe hoe het varken zijn snuit in de trog begroef, tevreden het loof van de rapen tussen de aardappelschillen uit wroetend.

Eliane krabde het dier achter haar oren met een takje. 'Zie je nou wel, ze heeft het ons al vergeven.'

Het had hun bijna een uur gekost het varken terug te vinden in het bos, waar ze zich te buiten ging aan een herfstdis van smakelijke eikels, en haar met behulp van een verleidelijke emmer groenteafval over te halen terug te lopen naar de stal. Misschien voorvoelde ze het lot dat haar te wachten stond als het eenmaal echt winter zou worden. Maar tot het zover was, zou ze goed worden gevoed en liefdevol worden verzorgd.

De stal was meer een kleine grot, uitgehold in de muur van kalksteen door de rivier die er duizenden jaren had gestroomd. De rots ging achter de molen abrupt de hoogte in en steeg op tot waar hij de steunbeer vormde waarop, hoog boven hen, Château Bellevue stond. Eeuwenoude ondergrondse stromingen – de meeste allang opgedroogd – hadden in deze contreien een netwerk van tunnels in de poreuze rots uitgesleten, en een van die tunnels vormde een onzichtbare verbinding tussen de moulin en het chateau. Volgens meneer le comte was het tijdens de belegering van het chateau in de middeleeuwen een essentiële levenslijn geweest. Het binnendringende leger begreep maar niet hoe de voorouders van de comte in staat waren zo veel weken te overleven zonder toegang tot voedsel en water, en uiteindelijk waren ze zich gaan vervelen en waren ze vertrokken.

De tunnel was al jaren geleden aan beide kanten dichtgemaakt, hoewel Gustave de rotsblokken en het puin had verwijderd dat de toegang achter in de varkensstal blokkeerde om een stukje van de tunnel te gebruiken als wijnopslag. Deze door de natuur gevormde opslagruimte zou ook worden gebruikt als het slachttijd was, aangezien de koele, droge duisternis de ideale omgeving was voor het roken van ham en *saucissons* en het opslaan van de potjes paté die Lisette zou maken om hen de winter door te helpen. Een oude deur, met daaroverheen een paar stukken golfplaat, verborg de opening en maakte van het buitenste deel van de grot een knus huisje voor het varken, dat nu was gaan liggen om een dutje te doen op haar comfortabele bed van stro.

Mireille haalde een handvol eikels uit haar zak en gooide ze in de trog, wat klonk als een salvo hagelstenen, wat ertoe leidde dat het varken een oog opende. 'Ik mis heel veel dingen van thuis,' merkte ze op, 'maar ik zal blij zijn dat ik er niet bij ben als je laatste uur heeft geslagen.' Het varken knorde haar antwoord.

'Het is moeilijk om jou voor me te zien in Parijs, in je chique jurken en werkend in dat elegante atelier. Ik kan me niet voorstellen dat ik het fijn zou vinden om in de stad te wonen.'

Mireille glimlachte naar haar zusje. 'Het stadsleven is niet geschikt voor iedereen. Een van de leerling-naaisters heeft haar spullen al gepakt en is terug naar Normandië. Ze vond het vreselijk in Parijs. Het kan ook moeilijk zijn om er vrienden te maken. Gek hè, dat je tussen al die mensen veel eenzamer kunt zijn dan op het platteland. Maar ik heb ondertussen een paar vriendinnen, en ik vind het leuk werk, ook al zijn sommige cliënten onmogelijk tevreden te stellen. Misschien kun je een keer bij me komen logeren? Dan geef ik je een rondleiding.'

'Maman vindt het moeilijk dat je nu zo'n stuk dichter bij Duitsland woont. Iedereen is nerveus sinds de nazi's Tsjechoslowakije zijn binnengevallen.'

'Maak je daar maar geen zorgen over. Het is hartstikke veilig in Parijs. Als dat niet het geval was, zouden er niet zo veel vluchtelingen naartoe komen. Het beste wat we allemaal kunnen doen is gewoon doorgaan met ons leven. Misschien dat je samen met maman op bezoek kunt komen. Dan laat ik je alle attracties zien. De Eifeltoren is geweldig en de kerken zijn onvoorstelbaar groot.'

Eliane dacht aan het kapelletje waar ze de volgende dag naartoe zouden gaan om voor Allerheiligen bloemen op de graven van hun voorouders te leggen. De eenvoudige, wit gestuukte muren en solide eikenhouten balken gaven haar altijd een veilig gevoel. Op het kerkhof parfumeerde de aardse geur van chrysanten de lucht, de zielen van de overledenen geruststellend dat ze niet werden vergeten en in vrede konden rusten. Zelfs nu er weer een jaar tot een einde kwam, werden ze eraan herinnerd dat het seizoen weer zou omslaan en dat na de winterse dood in het voorjaar de wedergeboorte weer kwam.

Ze dacht even aan Mathieu, die ondertussen in de trein zou zitten. Haar hart sloeg een beetje op hol nu ze terugdacht aan de uren die ze samen op de rivieroever hadden doorgebracht. In het bijzijn van andere mensen was hij normaal gesproken erg stil maar als ze met zijn tweeën waren, ontspande hij en biechtte zijn hoop en dromen aan haar op. Ze glimlachte bij de gedachte aan hoe zijn donkere ogen glansden als hij zijn werk in de wijngaard beschreef, en alles wat hij leerde over wijn maken. Maar toen herinnerde ze zichzelf eraan dat zijn reis geen eenvoudige zou zijn... Wat moest het verdrietig zijn om zijn bloemen voor Allerheiligen op het graf van zijn eigen moeder te leggen, zoals hij dat al elk jaar sinds haar dood deed.

Alsof ze Elianes gedachtes las, zei Mireille: 'Mathieu lijkt me erg aardig. Ik vond het leuk hem te leren kennen.'

Haar zusje knikte. 'Hij is een goede vriend voor ons allemaal.'

'Ik heb de indruk dat hij voor jou heel graag meer zou zijn dan een gewone vriend, *ma p'tite*,' zei Mireille met een grijns.

Eliane begon te blozen en krabde met haar stokje geconcentreerd de nek van het varken. Toen begon ze ook te glimlachen. 'Ik vind hem ook aardig. Heel erg. Het voelt...' haar stem ebde weg.

'Nou?' spoorde Mireille haar aan.

'Het voelt goed. Het voelt alsof we een toekomst hebben. Ik kan me ons samen voorstellen.'

'Als dat is hoe het voelt, is het goed.' Mireille kneep liefdevol in de arm van haar zusje. 'Ik ben blij voor je.'

Op dat moment opende Lisette het keukenraam. Ze wachtte even om een moment te genieten van het vertrouwelijke gesprek tussen haar dochters voordat ze riep: 'Kunnen jullie nog wat hout voor het vuur meenemen als je binnenkomt? Het eten is bijna klaar.'

Abi

2017

MIJN SLAAPKAMER OP DE ZOLDER van de molen is een oase van rust en ordelijkheid in de chaos van het bouwproject.

'We zijn boven begonnen en werken naar beneden verder,' had Thomas uitgelegd. Hij heeft met zijn bouwteam een lichte ruimte gecreëerd met wit gekalkte balken en zelfs een badkamer. Er staat een ouderwets los bad met leeuwenpootjes, waar ik zalig in kan liggen weken, en er staat een houten handdoekenrek met twee van Sara's donzige handdoeken erop. Ze stond erop om het helemaal af te maken met nog wat spulletjes uit het kasteel: een versleten, maar nog steeds prachtig Aubusson-kleed; een aquarel met bijenkasten onder een boom vol bloesem; en een klamboe, zowel mooi als praktisch, die boven het bed met gietijzeren hoofdeind hangt. Als het warmer wordt kan ik die om het bed sluiten en toch de ramen open laten, zodat het koele rivierbriesje me streelt in mijn slaap.

Pru was in eerste instantie faliekant tegen mijn beslissing om de yogaretraite af te breken en de zomer op Château Bellevue door te gaan brengen. Maar Sara nodigde haar uit om te komen kijken waar ik verbleef, en ik zag dat Pru onder de indruk was. Ik beloofde haar regelmatig te appen om haar op de hoogte te houden van hoe het met me ging en haar ervan te overtuigen dat Sara en Thomas echt geen slavenhouders waren die me tegen mijn wil gevangen hielden.

Ik voelde me er na de eerste nacht, hoewel ik in een onbekende kamer in een onbekend huis in een vreemd land was, meteen thuis. De wit gestuukte muren van het zolderkamertje stralen rust en kalmte uit (zelfs wanneer de bouwvakkers elders in het pand de rust en stilte bruut verstoren met hun apparatuur). De honingkleurige vloerplanken ruiken vaag naar bijenwas en parfumeren mijn dromen.

De molen ademt een gevoel van eeuwigdurende rust uit, stevig op zijn fundament terwijl de rivier voorbij suist en het water schuimend over de waterkering klettert. Het reusachtige molenwiel draait niet meer, hoewel Thomas zegt dat het zonder al te veel moeite weer op gang gebracht kan worden. 'Een paar decennia geleden werd er hier nog graan gemalen,' vertelde hij. 'Vraag Sara maar eens of ze je het verhaal vertelt van de familie die hier heeft gewoond. Het lijkt hier allemaal zo vredig, maar in de oorlog was dit gebied bezet door de nazi's. Je vindt er in de gemeenschap zelfs nu nog de littekens van terug. Op het eerste oog zijn de wonden genezen, maar ze zitten er nog, vlak onder de oppervlakte.'

Ik kijk terwijl hij dat vertelt om me heen en neem de elegante armen van de treurwilg in me op, zijn vingers het water strelend, het cluster eeuwenoude gebouwen met de crèmekleurige muren die zich koesteren in het vroege zomerlicht, de poel onder de schuimende waterkering, waar schitterende blauwe libellen boven vliegen. Het is moeilijk me deze omgeving anders dan harmonieus voor te stellen. Maar nu ik daar sta, steek ik mijn handen in de mouwen van mijn eigen shirt en voel de vage randjes van mijn eigen littekens, die ik daar verborgen houd. Ik weet als geen ander dat je soms onder de oppervlakte moet kijken om de geheime geschiedenis van een plek te ontdekken. Of die van een persoon.

En Sara zei toen ik mijn spullen naar de molen bracht iets wat maar door mijn hoofd blijft gaan. Toen ik mijn tas er neerzette, mijmerde ik hardop: 'Gek, hè? Hoe we hier via een ander pad en met een andere achtergrond, van een andere plek, samen terechtkomen.'

Sara glimlachte. 'Weet je, Abi, we dragen allemaal onze eigen rugzak. Misschien is dat wat we als mensen gemeen hebben, is het wat ons verbindt. Als je deze plek een beetje beter leert kennen, ga je dat wel inzien.' Haar ogen waren donkere, onpeilbare diepten. 'Dit hoekje van de wereld heeft iets heel speciaals. Het trekt al eeuwenlang mensen aan. Niet alleen toeristen en mensen die op yogaretraite komen, maar ook pelgrims en anderen. De mensen die hier vandaan komen zeggen dat hier oeroude energielijnen – leylijnen – samenvloeien. En er komen ook drie rivieren bij elkaar: de Lot, de Garonne en de Dordogne. En drie van de pelgrimsroutes die uit het noorden naar Santiago de Compostella lopen, komen hier ook samen. Wie weet? Noem het hoe je wilt, maar misschien is er echt iets wat mensen hierheen lokt precies op het moment dat ze dat het meest nodig hebben.' Ze werpt me een sluwe blik toe. 'Hoe dan ook: ik ben blij dat onze paden kruisen.'

We staan ondertussen bij de rivier, ik streel nogmaals met mijn handen over de littekens onder mijn mouwen en denk: ik ook.

Eliane

1939

DE DAG NA GOEDE VRIJDAG was elk jaar de enige dag waarop de eeuwenoude broodoven in de molen werd aangemaakt. Iedereen had thuis tegenwoordig een houtgestookt fornuis of zelfs een hypermoderne elektrische oven. Maar bij de familie Martin was het traditie, al generaties lang, om de gevlochten paasbroden in de oorspronkelijke houtoven te bakken.

Mathieu was een frequente bezoeker geworden en bracht al zijn vrije tijd door met Eliane. Ze hadden de voorgaande maand vaak zij aan zij staan werken in de moestuin bij de rivier, waar ze de laatste wintergroente hadden geoogst en de grond hadden klaargemaakt voor het voorjaar. Dat paasweekend kwam hij om Yves en Gustave te helpen het vuur aan te maken en de *four-à-pain* precies op de goede temperatuur te krijgen om het brood te kunnen bakken. Eliane stond in de keuken neuriënd Lisette en Mireille – die een paar dagen over was uit Parijs – te helpen deeg te kneden en dat behendig tot de drie broden te vlechten die nog even op het warme fornuis zouden rijzen voordat ze naar de oven werden gebracht.

Het voorjaar was altijd een favoriete periode in het jaar voor haar, het seizoen van nieuw leven en een nieuw begin. De bijen waagden zich nu in de ommuurde tuin van het chateau dagelijks naar buiten, waar ze gelukzalig dronken van de nectar die in overvloed aanwezig was in de perenbloesem die in wolken boven de bijenkasten hing.

Monsieur le comte was de week ervoor op een dag met een stoel en zijn schilderspullen in de tuin komen zitten om het tafereel vast te leggen. 'Het is altijd zo'n hoopvolle tijd,' had hij tegen Eliane gezegd terwijl ze malse jonge slablaadjes aan het plukken was voor zijn lunch, hoewel ze zich er beiden van bewust waren dat dit voorjaar werd overschaduwd door het nieuws van achter de oostelijke grenzen van Frankrijk.

Mireille had hun verteld dat Parijs volstroomde met vluchtelingen uit Oostenrijk en Tsjechoslowakije, dat nu door de nazi's was bezet. Eliane vroeg zich af hoe het zou voelen om op een dag wakker te worden en erachter te komen dat je land was bezet door een buitenlandse mogendheid.

'Ben je niet bang dat Parijs hun volgende doel is?' vroeg ze haar zus nogmaals.

Mireille schudde ferm haar hoofd en gaf het brooddeeg nog een flinke mep. 'Dat durven ze niet. Denk maar eens aan de gevolgen die het zou hebben. Frankrijk en zijn bondgenoten laten Duitsland heus niet zomaar over de grens oprukken. De kranten in Parijs staan elke dag bol van de berichten over de politieke en diplomatieke pogingen die worden ondernomen om deze gekte een halt toe te roepen. En dat gaat heus lukken: niemand wil nóg een oorlog in Europa.

Maar ik heb wel te doen met al die vluchtelingen,' vervolgde ze. 'Er werkt er een bij ons in het atelier. Ze komt uit Polen en ze heet Esther. Ze is in verwachting. Stel je voor hoe wanhopig ze moet zijn geweest dat ze in haar toestand huis en haard heeft verlaten met een enkel tasje met spullen. Haar echtgenoot dient in de Poolse luchtmacht. Er wonen in Parijs hele vluchtelingengezinnen, vaak met jonge kinderen. De stad wordt erdoor overspoeld. Er wordt overwogen de Franse grens te sluiten om zo te voorkomen dat er nog meer binnenkomen.'

Lisette waste de laatste spullen af en droogde haar handen aan de theedoek. 'Ik hoop dat je thuisblijft, Mireille, al is het maar tot het weer wat tot rust is gekomen allemaal. We maken ons zorgen om je.'

'Dat hoeft niet, maman, het is in Parijs net zo veilig als waar dan ook in Frankrijk. Ik vind het heerlijk om in het atelier te werken, en het is zo'n geweldige ervaring om al die prachtige couture te mogen maken. Die kans zou ik hier niet hebben. Dus ik denk dat ik er nog even blijf. Als het echt misgaat, kan ik altijd nog naar huis komen.'

Mathieu verscheen in de deuropening en blokkeerde met zijn brede gestalte even al het zonlicht. 'Gustave zegt dat de oven klaar is,' meldde hij. Hij ging achter Eliane staan en tuurde over haar schouder om te kijken wat ze aan het doen was. Ze draaide zich om, stak een stukje zoet deeg in zijn mond en kuste hem op zijn wang. Hij sloeg zijn armen om haar heen en trok haar tegen zich aan, maar toen drong het tot hem door waar hij was. Hij begon te blozen en wierp Lisette een schuwe blik toe.

Ze glimlachte warm naar hem van de andere kant van de keuken en zei: 'We kijken er vreselijk naar uit om morgen je vader en broertje te leren kennen, Mathieu. Wat fijn dat ze Pasen bij je komen vieren, en wat aardig van meneer en madame Cortini om ons allemaal voor de lunch uit te nodigen.'

Hij glimlachte zijn verlegen lach naar haar terug. 'Nou. Ik kijk er ook vreselijk naar uit.' Hij voelde zich nu wat zelfverzekerder, sloeg zijn arm nogmaals om Eliane heen en zei: 'Ze vragen zich af waarom ik het zo druk heb in de wijnkelder nu er niets te doen is en begrijpen niet waarom ik geen tijd heb om vaker naar huis te komen. Ik heb gezegd dat ik druk ben met het snoeien van de wijnranken, maar volgens mij beginnen ze achterdochtig te worden.'

Mireille schoot in de lach. 'Ik vermoed dat het ondertussen wel verdergaat dan achterdocht... Tulle ligt niet zo ver van Coulliac dat de roddel van hier hen daar niet bereikt.'

'Volgens mij heeft het deeg nu wel lang genoeg gehad om te rijzen,' zei Eliane om van onderwerp te veranderen. Ze tilde een hoek van de theedoek op die over het brood heen lag om het te beschermen tegen tocht.

'Ze zien er perfect uit,' zei Lisette glimlachend.

'Mireille en Mathieu, pakken jullie ook een brood? Dan schuiven we ze in de oven.'

Het was paasochtend en na de kerkdienst luidden de klokken, die stil waren geweest sinds Goede Vrijdag, van dorp naar dorp de blijde boodschap dat Christus was herrezen. De familie Martin reed in hun mooiste kleren naar Château de la Chapelle in de aangrenzende *commune* Saint André. Ze hadden een goudkleurig gevlochten brood bij zich als geschenk, en een mandje eieren, die Eliane had beschilderd met natuurlijke verf uit haar voorraad winteroogst: geel van uienschillen, donkerroze van bieten en azuurblauw van de bladeren van een rode kool.

De temperatuur was zo aangenaam dat ze het aperitiefje buiten konden drinken. De familie Cortini was hartelijk en gastvrij en had ernaar uitgekeken om hun wijn met vrienden en buren te delen. Onder de brede takken van een walnootboom waarvan de verse groene bladeren zich net begonnen te ontvouwen was een tafel gedekt met bakjes paté, olijven, radijsjes en een vrijgevige selectie wijnen.

Mathieu stelde de familie Martin aan zijn vader en broertje

voor, die beiden in eerste instantie net zo zwijgzaam waren als Mathieu. Toen de wijn echter rijkelijk vloeide en ze merkten dat ze zich in zeer vriendelijk gezelschap bevonden, ontspanden ze en werden ze veel spraakzamer. Luc kletste en grapte met Yves en Patrick, de zoon van het echtpaar Cortini, en monsieur Dubosq was verwikkeld in een geanimeerde discussie met Gustave en monsieur Cortini over de staat van de landbouw in Frankrijk en de voordelen van mechanische boven door paarden getrokken ploegen. Mathieu en Eliane zaten onder tafel hand in hand en keken toe hoe nieuwe banden tussen hun families werden gesmeed.

Uiteindelijk duwde iedereen zijn stoel naar achteren, voldaan na een overdadige maaltijd van sappig geroosterd lamsvlees, dat was weggespoeld met een aantal flessen van de beste rode wijn van de familie Cortini.

'Maar vertel...' Monsieur Dubosq wendde zich tot monsieur Cortini. 'Gaat u een wijnboer van mijn oudste zoon maken?'

'Hij heeft er zeker de aanleg voor, en hij is zowel in de kelder als op het land een betrouwbaar stel handen. Als hij wil blijven, houd ik hem graag hier.'

'Dat is goed om te weten. Wat vind jij daarvan, Mathieu? Denk je dat je liever wijnboer bent dan dat je terugkeert naar onze runderen en graanvelden?'

'Ik... ik weet het niet zeker, papa. Ik weet dat u me in de zomer nodig hebt om met de oogst te helpen. Maar ik vind het hier heerlijk. Ik vind het leuk om in de wijngaard te werken. Ik vind het leuk om te leren wijn te maken...' Zijn stem ebde weg; het lukte hem niet om meer te zeggen. Onder tafel kneep Eliane zachtjes, bevestigend in zijn hand.

Monsieur Dubosq wierp Mathieu een strenge blik toe van onder zijn borstelige wenkbrauwen en begon toen te glimlachen.

'Maak je maar geen zorgen, *mon fils*, ik zie dat deze plek je goeddoet. Je leert heel veel en je wordt volwassen. Ik ben al deze mensen met wie je bevriend bent geraakt heel dankbaar.' Zijn donkere blik betrok nu ook Eliane bij zijn opmerkingen. 'Als monsieur Cortini wil dat je blijft, gaat het me vast wel lukken om iemand te vinden om mij en Luc in Tulle met de oogst te helpen. Laten we maar eens kijken hoe het loopt.'

Monsieur Cortini klapte in zijn handen. 'Opgelost! Dat vraagt om iets speciaals om het te vieren. Volgens mij ligt er nog een fles Armagnac in de kelder...'

Toen de meisjes die avond in hun zolderkamer in de molen lagen te luisteren hoe de uilen elkaar zacht roepend vertelden wat hun territorium was, fluisterde Mireille: 'Eliane, ben je wakker?'

'Ja,' klonk het antwoord van de andere kant van de kamer.

'Het was een fijne Pasen, hè?'

Het was even stil. 'Een van de fijnste.'

'Ik ben zo blij dat Mathieu en jij zo gelukkig zijn. Jullie zijn een mooi stel.'

'Zijn familie lijkt me ontzettend aardig.'

'Mij ook. Luc komt morgen langs met Mathieu om met Yves te gaan vissen. Ze zijn nu al goede vrienden. En ik zag dat monsieur Dubosq blij met je is, hoewel hij een man van weinig woorden is. Ik zie wel van wie Mathieu dat heeft.'

Toen ze in slaap dommelden, in die kamer die was gevuld met het gekabbel van de rivier en werd verlicht door stralen maanlicht die door het raam naast haar bed naar binnen schenen, danste er een glimlach van tevredenheid op Elianes gezicht.

Abi

2017

'DIT IS KAREN, MIJN RECHTERHAND.' Sara staat in de keuken stofdoeken en stoffers en blik over drie emmers te verdelen, maar ze houdt even op met haar bezigheden om me voor te stellen aan de capabel uitziende vrouw die net in de deuropening is verschenen.

'Leuk je te leren kennen, Abi.' Karen heeft een Australisch accent dat bijna net zo breed is als haar lach, en ze schudt me zo stevig de hand dat ik even het gevoel in mijn vingers kwijt ben. 'Sara zei al dat je ons team komt versterken. Ik ben zo blij dat je precies op het goede moment als bij toverslag bent verschenen om ons te redden.'

'Eerlijk gezegd was het meer andersom.'

'Hoe is je onderkomen bij de rivier? Niet te veel herrie?'

Ik schud mijn hoofd. 'Mijn slaapkamer is perfect. Het is er zo vredig, in ieder geval 's nachts. Toen ik vanochtend vertrok was Thomas net met een cementmixer gearriveerd, dus het zal er vandaag overdag wel wat minder sereen zijn.'

'Overdag is het hier in Huwelijksland gegarandeerd beter vertoeven.' Ze knikt en wendt zich tot Sara. 'Wat staat ons de komende week allemaal te wachten?'

Sara werpt een blik op een dikke map die op tafel ligt. 'De families MacAdam en Howard: een flinke delegatie, en iedereen arriveert donderdagmiddag. Zaterdag bij de bruiloft verwachten we honderdtwintig mensen; het gebruikelijke schema voor de bediening en de aperitiefjes. De cateraar en bloemist staan geboekt voor zaterdagochtend. De wijn ligt in de kelder. Vanochtend gaan we de slaapkamers klaarmaken. Abi, als jij met mij meeloopt vandaag, laat ik je zien wat de bedoeling is.'

'Dat klinkt allemaal heel overzichtelijk,' zeg ik hoopvol terwijl ik mijn emmer oppak.

Karen pakt grijnzend haar emmer op. 'Abi, zoals je snel zult merken bestaat er niet zoiets als een overzichtelijke bruiloft.'

Château Bellevue staat op de plek van een eeuwenoud fort, legt Sara uit terwijl we lakens instoppen, kussens opschudden en luiken en ramen opengooien om de kamers te luchten. Het hoofdgebouw heeft op de twee bovenverdiepingen twaalf slaapkamers, op de begane grond zijn de keuken en een aantal ontvangstruimtes, die in grootte variëren van knus en afgezonderd tot groot en elegant. De grootste zitkamer heeft hoge openslaande deuren die uitkomen op een betegeld terras in de schaduw van een met blauwe regen overgroeide pergola. Achter het terras leidt een pad naar een grote feesttent (die godzijdank veel beter is verankerd tegen regen en storm dan mijn tentje was), waar de trouwrecepties worden georganiseerd. Naast de tent staat een hoge, stenen schuur waar in het midden aan een balk een discobal hangt en waar een gecompliceerd uitziend geluidssysteem een hele muur in beslag neemt. Sara noemt het 'Party Central'. 'Thomas fungeert als disc-jockey en Karens echtgenoot, Didier, is de barman,' vertelt ze. 'Als we een uitzonderlijk grote groep hebben, gaan we je misschien nu en dan vragen achter de bar te helpen.'

Ze laat me ook de ommuurde tuin zien waar ze bloemen, groente en kruiden kweekt, het zwembad, de kleine cottage waar zij en Thomas in de zomer wonen wanneer het hoofdgebouw wordt bezet door gasten; en het appartementje achter de schuur waar de tuinier-annex-terreinknecht verblijft. 'Hij heet Jean-Marc. Het eerste jaar dat we open waren werkte er een aantal studenten voor ons, maar die zijn bijna allemaal weer vertrokken. Jean-Marc is hier nu twee jaar. Hij heeft twee rechterhanden. Thomas en ik zouden verloren zijn zonder hem. En daar,' gaat ze verder, 'is de kapel.'

Een gegraveerd stenen kruis staat op het overhangende dak boven een eeuwenoude houten deur. We duwen hem open en lopen van het felle middaglicht het vredige halfduister in, waar de eenvoudige stenen muren ons lijken te omarmen. 'Het is niet meer het heiligdom dat het vroeger was, maar we kunnen hier als het echtpaar geen openluchtceremonie wil een zegeningsdienst houden.'

Ik loop over het middenpad tussen de banken door en blijf even staan om een herdenkingsbordje in de muur naast een van de voorste banken te lezen.

CHARLES MONTFORT, COMTE DE BELLEVUE

18 NOVEMBER 1877-6 JUNI 1944

AMOR VINCIT OMNIA

'Hij was in de oorlog de eigenaar van het chateau,' zegt Sara. 'Een dapper man die zeer werd gerespecteerd door de gemeenschap.'

'Wat betekent die Latijnse tekst?' Ik wijs naar de inscriptie onder de data.

'Liefde overwint alles,' vertaalt Sara. 'Heel gepast in een kapel die nu alleen nog maar wordt gebruikt om huwelijken te zegenen.'

'Er is hier zo veel geschiedenis,' merk ik op terwijl we de binnenplaats op lopen waar de gebouwen omheen staan. 'Stel je voor dat de stenen konden praten.'

Sara knikt. 'De kans dat de stenen gaan praten is groter dan dat je de geschiedenis zult horen van de mensen die hier hun hele leven al wonen. De oorlogsjaren zijn voor velen nog zeer recent, pas één generatie geleden. De mensen hier praten er niet graag over; de herinneringen zijn nog steeds te pijnlijk. Misschien is het ook wel beter om sommige dingen te laten helen tot het veilig is ze aan het daglicht bloot te stellen.'

Ik denk terug aan de woorden van Thomas de avond ervoor, over de nazibezetting en de wonden onder de oppervlakte. En dan herinner ik me dat hij zei dat ik Sara naar de geschiedenis van de familie die in de molen heeft gewoond moest vragen. 'Weet jij wat zich hier in de oorlog heeft afgespeeld?'

'Ik ken niet de hele geschiedenis van het huis, maar wel het oorlogsverhaal van één persoon. Ze is opgegroeid in de molen en werkte hier in het kasteel voor de Comte de Bellevue. Ze heeft het decennia lang voor zichzelf gehouden, maar ik denk dat ze voelde dat het nu tijd was dat haar verhaal werd verteld.'

Sara staat even stil te mijmeren. Dan zegt ze: 'Ze heette Eliane Martin.'

Eliane

1939

ELIANE HAD VANWEGE DE ZWERMEN aan het begin van de zomer drie extra bijenkasten in de ommuurde tuin aan haar florerende bijenstal kunnen toevoegen. Naarmate de zomer vorderde maakte ze extra ruimte in de kasten door lege ramen boven de broedramen te plaatsen, zodat de drukke werkbijen die met honing zouden vullen. Die kon ze er dan uithalen zonder de koninginnen en werkbijen te storen, die als enige prioriteit het voortzetten van de kolonie hadden.

Monsieur le comte, die nu minder stevig op zijn wandelstok leunde – de zweer op zijn been was goed geheeld – keek op veilige afstand bij het tuinhek toe hoe Eliane, bewapend met een beroker en een hoed met een brede rand en een sluier erover, rustig van kast naar kast bewoog. Ze werkte methodisch, eerst een beetje rook blazend om de bijen te kalmeren, waarna ze de met was overdekte ramen verwijderde, zwaar van de honing, zachtjes de paar bijen die erop zaten weg vegend, waarna ze de ramen zorgvuldig in de tinnen emmer zette die naast haar stond. Ze plaatste lege ramen in de kasten, waarna ze ze weer veilig afsloot, zodat de bijen weer aan de slag konden om de lege ramen met de volgende lading zoete nectar te vullen.

In de keuken gonsde het ook van de activiteit. Francine was er om te helpen met het klaarmaken van de honingoogst voor de markt. Ze hield de ramen op terwijl Eliane er met een breed mes langs ging om de waslaag eraf te halen, waardoor de honingraat bloot kwam te liggen en de zeshoekige cellen direct het kleverige vloeibare goud begonnen te lekken. Eliane zette wat honingraathoning apart – monsieur le comte at die graag bij het ontbijt op zijn geroosterde brioche – en zette de ramen zorgvuldig in de trommel van de honingcentrifuge. Madame Boin draaide vervolgens energiek aan de hendel om de kostbare vloeistof uit de cellen te draaien, terwijl Francine het kraantje onderin bediende en de honing in gesteriliseerde potten liet lopen.

Eliane verzamelde ondertussen de wasstrips en legde die in een lage ijzeren ketel die vlak bij het fornuis stond zodat de warmte die daar afstraalde de was zou smelten. Dan zouden ze de gesmolten was door een schone neteldoek laten lopen om hem te zeven en dan in potten met een bredere opening laten stromen. De naar honing geurende bijenwas begon de keuken te vullen en parfumeerde hun huid en haar tot de zoetheid de kern van hun wezen leek te bereiken.

Madame Boin stond neuriënd aan de centrifuge en de meisjes stonden lachend en kletsend te werken, het chateau met leven vullend.

'Ik hoorde dat Stéphanie de laatste tijd opmerkelijk vaak gaat wandelen in de wijngaard van Château de la Chapelle,' merkte Francine op terwijl ze een natte doek uitwrong om de kleverige substantie mee van de opening van de potten te vegen.

Madame Boin maakte een denigrerend geluid. 'Die meid is altijd op jacht. En dan bedoel ik niet op konijnen.'

'Ze zal een andere prooi dan Mathieu Dubosq moeten zoeken. Ze verdoet haar tijd met hem. Iedereen weet dat hij alleen oog heeft voor Eliane.'

Madame Boin keek met een scherpe blik naar Eliane, die de bijenwas in de ketel aan het doen was. 'Misschien zou hij eens met je vader moeten gaan praten om het officieel te maken, Eliane. Misschien dat Stéphanie dan eindelijk de boodschap begrijpt en hem met rust laat.'

Eliane schudde glimlachend haar hoofd. Ze roerde rustig in de ketel, en Francine stootte haar aan met haar heup. 'Wat betekent die dromerige blik in je ogen?' vroeg ze haar vriendin.

Eliane veinsde zich te concentreren op het roeren van de smeltende was, maar haar blozende wangen verrieden haar. Francine stootte haar nogmaals aan. 'Nou?' drong ze aan.

Eliane veegde haar handen af aan haar schort en draaide zich om naar haar ondervragers. Ze haalde haar schouders op, deed nu geen moeite meer om haar emoties te verbergen, en haar ogen glinsterden als de transparante hemel tijdens een zonsopgang in de zomer. 'Ik houd van hem, Francine. En ik denk dat hij ook van mij houdt.'

Haar vriendin trok haar lachend in een omhelzing. 'Nou, dat straalt ervanaf. Iedereen met ogen in zijn hoofd ziet dat hij je adoreert.'

Elianes wangen kleurden nog donkerder, wat niets had te maken met het feit dat ze zo dicht bij het gietijzeren fornuis stond. Ze pakte nog een paar strips was en deed ze in de ketel. Toen wendde ze zich ineens helemaal serieus tot Francine. 'Ik maak me helemaal geen zorgen dat Stéphanie Mathieu van me gaat afpakken, noch iemand anders. Ik weet dat we samen zullen zijn. We hebben er al over gepraat. We moeten alleen nog even wachten tot hij klaar is met zijn stage en ergens een vaste baan heeft gevonden als wijnboer. Hij weet dat er op Château de la

Chapelle geen vast werk voor hem is, tenzij monsieur Cortini en Patrick zouden beslissen de wijngaard aanzienlijk uit te breiden. En dat lijkt niet waarschijnlijk in deze onzekere tijden.'

Madame Boin schudde fronsend haar hoofd terwijl ze nog vuriger aan de hendel begon te draaien. 'Als je het mij vraagt, moeten we die op macht beluste nazi's tegenhouden. Monsieur le comte is vreselijk bang dat we in nog een oorlog worden gesleept, wat het laatste is wat iedereen wil. Hij brengt veel te veel tijd door bij die radio, luisterend naar de hel en verdoemenis die er dag in, dag uit wordt verkondigd. We moeten ons niet bang laten maken door die bullebakken.'

'Dat vind ik ook. We kunnen niet negeren wat er allemaal gebeurt,' zei Francine. 'Ik heb gehoord dat er duizenden mensen worden gedeporteerd. En de situatie met al die vluchtelingen in Parijs begint een crisis te worden. Je moet in verzet komen tegen bullebakken, ze niet negeren in de hoop dat ze dan vanzelf weggaan. Anders zijn wij straks hun volgende doelwit. Denk je ook niet, Eliane?'

'Ik vind dat we moeten zweren dat we onszelf trouw blijven. Wat er ook gebeurt. Hoe erg het ook wordt. Die waarheid moeten we vasthouden. En ik denk dat we er alles aan moeten doen om verder bloedvergieten te voorkomen. Zelfs als het op dit moment lijkt alsof we niets anders kunnen dan bidden. Bidden dat iedereen gaat inzien dat dit waanzin is.'

'Maar als meer bloedvergieten nou de enige manier is om ons te verzetten?' drong Francine aan.

'Dan moeten we als de tijd daar rijp voor is gaan vechten,' antwoordde Eliane, die ineens een verdrietige blik in haar ogen kreeg. Maar die blik was er maar heel even, als een wolk die voor de zon langs drijft, en toen werd hij weer helder. 'Maar,' zei ze opgewekt, 'geef me nu eens even die deksels, want als we de potten niet klaarmaken voor de markt, staan we ons hier zaterdag nóg zorgen te maken over dingen waar we toch niets aan kunnen veranderen.'

Abi

2017

VANMIDDAG KOMEN DE GASTEN voor de bruiloft, dus Sara en ik zijn in de ommuurde tuin om bloemen te plukken om in de slaapkamers en de grote zitkamer te zetten, en we plukken ook kruiden voor het avondeten. Ze legt uit dat ze cateraars en een bloemist inhuren voor de feestelijkheden in de tent, maar dat ze met haar team zelf de dagelijkse catering en schoonmaak doet. Ze was tuinarchitect voordat ze in Frankrijk ging wonen, en dat is overal om ons heen duidelijk te zien.

Ze heeft in de beschutting van de ommuurde tuin lange bloembedden gemaakt die propvol met bloemen staan – uitbundige pioenrozen en geurende wilde rozen, blauwe juffertjes-in-het-groen en een wolk van boerenjasmijn – waarmee we onze manden vullen voordat we teruglopen naar de keuken om ze in Sara's collectie mooie vazen en kannen te zetten, gekocht op *brocantes*, wat een nog welkomer gevoel zal geven aan de gasten als ze hun slaapkamer binnenlopen.

De tuinman, Jean-Marc, zwaait naar ons vanaf zijn motormaaier terwijl hij een baan door een weide vol margrieten maait die aan een kant van de tent groeien. Het graspad zal het echtpaar gelegenheid bieden om het hart van een weide vol witte bloemen in te lopen, de perfecte locatie voor een serie magnifieke trouwfoto's.

Langs de paden naar de kapel, de schuur en het zwembad hebben Sara en Jean-Marc bedden lavendel geplant met daartussen witte bloemen op lange stelen ('prachtkaarsen' heten ze volgens haar) die als witte vlinders boven het blauwe waas dansen. Crèmekleurige klimrozen hangen over het metselwerk en rond de ramen gedrapeerd, en de hemelse geur van blauwe regen hangt in de verstilde middaglucht.

'Wat een romantisch plaatje,' merk ik op, en ik stel me voor hoe prachtig de achtergrond zal zijn op al die foto's van beeldschone bruiden en knappe bruidegoms. Een scherp contrast met mijn eigen trouwfoto's. Zac en ik bleven even staan op de trap van het gemeentehuis terwijl zijn moeder een kiekje maakte met haar telefoon. Ze had het overduidelijk gemaakt dat haar zoon het veel beter had kunnen doen dan te trouwen met een straatarme nanny zonder familie.

Ik herinner me de dag dat we elkaar leerden kennen nog zo goed. Hij logeerde bij het gezin in Londen waar ik werkte en kwam de keuken binnen marcheren, één en al zelfverzekerdheid in zijn perfect gestreken overhemd (ik kwam er later achter dat hij gebruikmaakte van een professionele wasgoedservice en dat hij verwachtte dat zijn kersverse echtgenote die taak even perfect zou vervullen). Die dag probeerde ik een lepel spaghetti bolognese in de mond van de kleine Freddie te krijgen en had mijn toevlucht gezocht in een spelletje het-treintje-rijdt-de-tunnel-in om hem zover te krijgen zijn Thomas-de-trein-schaaltje leeg te eten. Er was wat saus op mijn grijze T-shirt gespet (ik had na 24 uur bij mijn eerste opdrachtgever, twee gezinnen daarvoor, de witte shirts al voorgoed afgezworen), en mijn haar zat in een slordige knot die meer praktisch dan elegant was.

Hij woelde met zijn hand door Freddies haar (zorgvuldig de

sliert spaghetti omzeilend die daar op de een of andere manier in terecht was gekomen) en stak hem toen naar mij uit. 'Hoi. Zac Howes.'

Ik hield het schaaltje en de vork in mijn ene hand, veegde mijn kleverige andere hand aan mijn spijkerbroek af en schudde hem de hand. 'Abi. De nanny.'

Zijn blauwe ogen, die ik in eerste instantie kil had gevonden, begonnen ineens te twinkelen van geamuseerdheid, en het drong tot me door dat hij adembenemend aantrekkelijk was.

'Wat een interessante naam is dat: Abi de Nanny,' zei hij grijnzend. Ik liet in mijn verwarring het schaaltje spaghetti vallen, dat op de vloer kletterde. Freddie begon enthousiast kraaiend in zijn handjes te klappen, pakte een verdwaalde sliert spaghetti en smeet die op de grond om zijn steentje bij te dragen aan de algehele chaos.

'Ik ruim het wel even op,' zei Zac. 'Houd jij die jonge deugniet maar in de gaten voordat hij het hele huis sloopt.'

Freddies moeder, die niet een mijn favoriete werkgevers was, kwam op haar naaldhakken de keuken binnen tikken. 'Wat is dit in vredesnaam, Abi?' snauwde ze voordat ze Zac opmerkte, die op handen en knieën de spaghetti van de gepolijste plavuizen zat te schrapen. Haar toon wijzigde acuut. 'O, Freddie, je bent toch niet stout geweest, hè? Abi gaat wel even met je naar boven voor een lekker badje.' Ze zorgde dat ze veilig buiten het bereik van haar zoontje bleef, duidelijk niet van plan het risico te lopen bolognesesaus op haar poederroze *yummy-mummy*-jeans te krijgen. 'Zac, laat dat maar liggen, hoor. Zal ik even een drankje voor je inschenken? Abi ruimt het straks wel op.'

Zac wierp me een medelevende blik toe. Freddie sloeg zijn kleverige pootjes om me heen en plantte een dikke, kleffe bolognesezoen op mijn neus. 'Ga je mee, Freddie Frog?' zei ik glimlachend. ‘Dan gaan we eens even kijken of er vanavond nog krokodillen in je bad zitten.’

Ik keek even over mijn schouder terwijl ik met Freddie de trap op liep. Zac keek me goedkeurend na.

Als ik er in die tijd meer dan een moment aan terugdacht, schreef ik het toe aan de manier waarop het licht op zijn gezicht had geschenen, maar op dat moment op de trap voelde het alsof de warmte zó uit die blauwe ogen van hem op mij straalde.

Eliane

1939

ELIANE LIEP DIE EERSTE MAANDAGOCHTEND in september met een verdoofd gevoel van ongeloof het pad naar haar werk op het chateau op. De voorgaande middag – een gouden zondagmiddag – had ze met Mathieu op de rivieroever zitten kijken hoe de libellen boven het water dansten. Het was dat moment van de dag dat de stralen van de ondergaande zon precies in de juiste hoek het water raken om er weer af te kaatsen, als stenen die over het oppervlak worden gekeild. Op het water glinsterde een moment een gouden licht dat terug werd gereflecteerd in de overhangende bomen, een alchemie die de bladeren transformeerde in een schatkist van glinsterend klatergoud.

Net zo plotseling als het was gekomen, was het moment ook weer voorbij. De hoek van het licht wijzigde en de kleuren vervaagden terwijl de schemering haar sluier over de rivier trok. Mathieu stond op en stak een hand naar Eliane uit, haar overeind helpend.

De vredige sfeer werd, zonder enige aankondiging, ineens bruut verstoord door het geluid van fietsbanden die in het stof slipten en een regen van kiezelsteentjes tegen de zijkant van de schuur spuwden. Yves sprong van de fiets, die hij zo gehaast tegen de schuur zette dat hij kletterend op de grond gleed. Hij liep niet terug om hem rechtop te zetten en sprintte verder naar het huis.

'Eliane! Mathieu!' schreeuwde hij toen hij het stel onder de treurwilg zag staan. 'Er is oorlog uitgebroken! We zijn in oorlog met Duitsland.'

Eliane voelde bij zijn woorden een huivering door haar lichaam trekken en ze begon te rillen, hoewel het een warme avond was. Ze had zo lang en zo vurig gehoopt dat haar voorgevoel onterecht zou blijken te zijn. Maar de waarheid was dat ze had geweten dat dit moment zou komen, en ze werd overweldigd door een groot verdriet. Ze reikte instinctief naar Mathieus hand en kneep erin. Zijn sterke grip stelde haar gerust en het was net of zijn kracht in haar vloeide. Ze wist dat ze rustig moest blijven, dat ze de paniek moest weerstaan die ze in haar borst voelde opkomen, zodat ze haar familie en gemeenschap kon steunen bij wat hen ook maar te wachten stond.

Madame Boin was de volgende ochtend toen ze op Château Bellevue arriveerde zo gespannen dat ze tot twee keer toe de brioche voor het ontbijt van monsieur le comte liet aanbranden. Eliane zocht haar toevlucht in de ommuurde tuin, waar ze de bijenkasten controleerde en ingrediënten voor de maaltijden van die dag verzamelde. Ze voegde een hand citroenverbena aan haar mand toe; misschien zouden de kalmerende eigenschappen helpen madame Boins gespannen zenuwen wat tot rust te brengen.

Monsieur le comte zat het grootste deel van die dag in zijn bibliotheek naar de radio te luisteren. Eliane kreeg flarden van het nieuws mee wanneer ze hem zijn maaltijden serveerde. Franse troepen werden langs de oostelijke grens ingezet, in de hoop dat ze een ondoordringbare linie zouden vormen die de

Franse grens moest beschermen. Groot-Brittannië had zich net aangesloten bij de geallieerden en zou zijn aanzienlijke legermacht ter beschikking stellen voor het gevecht.

De graaf deed zijn best haar gerust te stellen en zei: 'Maak je maar geen zorgen, Eliane. Ons leger zorgt wel dat ze binnen de kortste keren op de vlucht slaan, al helemaal met hulp van onze buren. En jouw jongeman is gelukkig boer, dus die wordt niet opgeroepen, aangezien we de landbouw nodig hebben om het land te voeden zolang de oorlog duurt.'

Maar zijn woorden klonken geforceerd zelfverzekerd en camoufleerden de angst die in zijn ogen flikkerde niet terwijl hij zich omdraaide om naar het volgende bulletin te luisteren.

In eerste instantie had Eliane het gevoel dat de natie met ingehouden adem wachtte tot de oorlog echt zou losbarsten. Toen ze de laatste zomerhoning uit de kasten haalde keek ze vanuit haar plekje op de heuveltop naar boven om de hemel boven de ommuurde tuin op signalen van vijandelijke vliegtuigen te scannen. Maar alles was vredig, en ze zag de inwoners van Coulliac in de vallei beneden, druk met hun dagelijkse bezigheden. De herfst ging over in de winter en het leven ging grotendeels verder zoals het dat altijd had gedaan.

Mireille kwam thuis voor kerstmis en Eliane was dankbaar voor het gezelschap van haar zus, wat deels het gat vulde dat was achtergelaten door Mathieu, die een week naar zijn vader en broertje in Tulle was.

Het gezin bereidde in de molen zoals altijd het kerstfeest voor. Mireille draaide aan de hendel van de gehaktmolen terwijl Eliane er stukjes zelf gefokt varkensvlees in stopte en het gehakt kruidde, waarna de zussen rolletjes gehakt in een latwerk van koolbladeren rolden dat zo fijn was als kant om de smakelijke *crépi-*

nettes te maken die zouden worden gebraden om de maaltijd mee te beginnen. Lisette was bezig met de *capon* voor de oven, en het huis vulde zich al snel met de zalige geur van geroosterd vlees.

'Kon ik je maar van gedachten doen veranderen, Mireille,' zei Lisette terwijl ze de aardappelschillen in een emmer deed om er later de kippen mee te voeren. Ze maakte zich zorgen dat haar dochter in Parijs wilde blijven werken nu het land officieel in oorlog was met Duitsland. Maar Mireille wuifde haar zorgen weg.

'Maakt u zich maar geen zorgen, maman, het leven is precies hetzelfde als altijd. Onze rijke cliënten bestellen nog steeds couture; alle cafés en winkels zijn gewoon open en alles gaat zijn gangetje zoals altijd. Ze noemen het de *drôle de guerre*, dat de hele oorlog één grote grap is, aangezien er niets gebeurt. Misschien dat het tot de nazi's zal doordingen dat ze ver genoeg zijn gegaan en bedenken ze zich.'

Het was die winter bitterkoud, de koudste winter die zelfs de oudste inwoners van Coulliac zich konden heugen. Op een dag begin januari, toen het rivieroppervlak hard als staal was bevroren en de waterkering een vel wit ijs was geworden, liep Gustave naar de schuur om de motor van de truck warm te laten lopen. Hij zou Mireille naar het station brengen nu de vakantie voorbij was.

Lisette kon het bijna niet verdragen haar oudste dochter te moeten laten gaan. 'Zorg je alsjeblieft goed voor jezelf, Mireille?'

'Natuurlijk, maman. Het komt helemaal goed. U weet dat ik dol ben op mijn werk, en wat zou ik hier moeten doen als ik hier zou blijven? Ik zou me dood vervelen als ik mezelf de hele dag zou moeten bezighouden met gordijnen naaien en taillebanden uitleggen.'

Ze omhelsde Eliane. 'Zorg je goed voor hen?' mompelde ze, en Eliane knikte.

Nadat Mireille was vertrokken liep Eliane de heuvel op om de bijenkasten te inspecteren. Er kwam een glimlach op haar gezicht toen ze zag hoe de werkbijen hun koningin warm hielden door zich rond haar op te hopen en hun lichaampjes te laten rillen om warmte te genereren. Ze deed wat suiker in de kasten om zo de bijen te voorzien van de extra energie die ze nodig hadden om de kolonies tot de lente te laten overleven en zei tegen zichzelf: misschien dat het weer niet alleen het land, maar ook de oorlog bevriest. Toen keek ze naar het noorden en deed een gebedje voor de soldaten aan de Maginotlinie, waar ze Frankrijk beschermden tegen de mogelijkheid van een Duitse aanval, en terwijl ze dat deed jeukten en brandden haar eigen wintertenen van betrokkenheid.

Abi

2017

'NOU, JE EERSTE BRUILOFT HEB JE in ieder geval overleefd,' zegt Sara. Het was succesvol geweest, in alle opzichten, hoewel een van de bruidsmeisjes iets te enthousiast van de prosecco vooraf had gedronken terwijl ze de bruid hielp zich klaar te maken en heel spectaculair van de grote trap was getuimeld toen ze haar grootse entree maakte. Gelukkig had ze vooraan in de rij bruidsmeisjes gestaan die de bruid voorgingen, dus had ze niemand in haar val meegenomen. En even gelukkig was ze tijdens haar val in een dusdanig ontspannen toestand geweest dat ze er – op wat vervelende blauwe plekken en een scheur in haar jurk na – geen ernstige schade aan had overgehouden. Karen en Sara hadden haar naar de bibliotheek geholpen, waar ze haar in een stabiele zijligging op haar zij op de bank hadden gelegd met een emmer naast haar hoofd. Ik zat even bij haar, tot ze plotseling was bijgekomen. Ze hoorde het feestgedruis uit de stal komen en was al snel weer op weg gegaan om te dansen, nadat ik haar een groot glas water had laten drinken en de scheur in haar jurk zo goed en zo kwaad als het ging had dicht gespeld. Ik besprak het even met Karen, die het haar echtgenoot, Didier, vertelde, die achter de bar stond en het meisje de rest van de avond geen alcohol serveerde. Ze was de volgende ochtend met een grote zonnebril op aan het ontbijt verschenen, maar zo te zien had ze niets aan haar valpartij overgehouden.

Sara en ik zijn nu ramen aan het lappen, die we opengooien om de frisse lucht de laatste sporen van parfum en aftershave mee te laten nemen die zijn achtergelaten door de net vertrokken bruiloftsgasten. Het warme briesje vervangt de harde, chemische lucht door de hemelse geur van blauwe regen; de trossen bloemen vloeien van de pergola op het terras waar we aan het schoonmaken zijn.

'Wat vind je van het werk?' vraagt Sara.

Ik veeg de laatste vlekken van het glas dat ik sta te poetsen. 'Heerlijk. Ik denk niet dat ik al aan een grote menigte toe ben, maar ik heb het prima naar mijn zin achter de schermen, als dat goed is wat jou en Karen betreft.'

Ze knikt en wringt een doek uit in een emmer zeepwater. 'Maak je maar geen zorgen, we zullen je niet zomaar in het diepe gooien. Neem de tijd die je nodig hebt. Zo te zien ben je een vlugge leerling en je helpt ons nu al enorm. Als jij de spiegel en tegels in de badkamer nog even doet, begin ik vast hiernaast.'

Ik werk zo snel mogelijk zodat ik me weer bij Sara kan voegen om haar te vragen me meer over Eliane te vertellen, dat meisje dat, net als ik, in de molen woonde en op het chateau werkte. Ik vang terwijl ik aan het werk ben een glimp van mezelf op in de spiegel. Mijn wangen zijn nog steeds ingevallen en de zwarte kringen onder mijn ogen lijken nog donkerder in het felle licht van boven de spiegel. Maar ik heb ook iets van kleur op mijn wangen, en mijn sleutelbeenderen steken niet meer zo scherp uit als eerst. De regelmatige maaltijden van vers, gezond eten die ik driemaal daags help klaarmaken en serveren, doen me goed. Als ik het glas energiek sta te wrijven om het te laten glanzen – de daadkracht waarmee Sara en Karen hun werk doen is aanstekelijk – zie ik ineens dat mijn zongebruinde armen gespierder zijn geworden. Ik geniet van het opnieuw gevonden gevoel van kracht dat dat me geeft.

Aan het eind van de dag, nadat we hebben gegeten en alles aan kant hebben gemaakt, loop ik heuvelafwaarts naar de molen, waar ik een tijdje beschut onder het bladerdak van de treurwilg zit te kijken naar de kabbelende rivier. Die momenten van complete vredigheid zijn als balsem voor mijn ziel en nemen de spanning in mijn lichaam en de angst in mijn hoofd weg, die ik al zo veel jaren waar ik maar ga bij me draag. Als ik 's avonds de houten trap op loop naar mijn slaapkamer, doen mijn spieren pijn van de bevredigende vermoeidheid van fysieke arbeid in plaats van de pijnscheuten van chronische stress. Dan drijf ik, onder de sluier van de klamboe, die zacht wordt verlicht door maanlicht, een kalmere, diepere slaap in dan ik in lange tijd heb gehad, gezelschap gehouden door de murmelende rivier en het zachte gesprek van de uilen in de bomen langs de oever.

Ik ben de afgelopen week 's nachts maar één keer naar adem snakkend wakker geworden, overstuur door een van de nachtmerries die vroeger elke nacht naar de oppervlakte kwamen. Toen ik me even niet kon herinneren waar ik was, was de paniek nog erger geworden. Maar toen riep het lied van een vogel me terug en herinnerde me eraan dat ik veilig was onder mijn klamboe en dat ik weer een nacht had overleefd.

Het is heel gek, maar hoe meer Sara me over Eliane vertelt, des te meer ik de geest van haar geruststellende aanwezigheid lijk te voelen, die me kalmeert en over me waakt in mijn zolderkamer.

Eliane

1940

DE ANTICLIMAX VAN DE DRÔLE DE GUERRE, de 'nepoorlog', zette zich voort toen de bittere winterkou overging in lente. In april barstten de pruimen- en kersenbomen uit in uitbundige witte wolken bloesem en hervatten de bijen hun drukke vliegroute terwijl de kolonies in de kasten aan hun jaarlijkse uitbreiding begonnen. Eliane vond het heerlijk om te kijken hoe de werkbijen dansten om hun kameraden te vertellen waar ze de beste nectar hadden gevonden. Ze bestudeerde de bijen nauwkeurig en merkte op hoe de dans wijzigde toen de fruitbomen hun bloemen als sneeuwvlokken lieten vallen en de acacia's zich uitdosten met hun eigen sneeuwtapijten voor de Dag van de Arbeid. Dat was een kritiek moment voor de eerste inzameling van het jaar: ze zou nu over een paar weken de met pure acaciahoning gevulde ramen uit de kasten halen en de zoete oogst eruit halen, licht en helder als champagne.

In de velden verborg een zee van spirea en margrieten de verlegen paarse orchideeën. Maar de bijen wisten dat ze er waren en dansten hun gecodeerde menuet om hun collega's te vertellen waar ze van de geheime voorraad kostbaar stuifmeel en nectar konden drinken.

Mathieu was druk in de wijngaard. Hij ploegde de grond tussen de rijen wijnranken en bond de nieuwe scheuten op naar het hekwerk van draden dat de zware druiventakken uiteindelijk zou ondersteunen. Maar elk vrij moment dat hij had, liep hij naar de molen om Eliane te zien. Op 1 mei, de traditionele vrije dag voor arbeiders, bracht hij een in krantenpapier ingepakte pakket wilde *mâche* mee, die hij tussen de wijnranken had geplukt, en een bosje lelietjes-van-dalen. Hij gaf Lisette, woordeloos, de helft, en de andere helft was voor Eliane.

Lisette bracht de bloemen naar haar neus om de zoete geur op te snuiven. 'Ah, *les muguets*,' verzuchtte ze. 'Dank je wel, Mathieu. Die zullen ons geluk brengen.'

Het was een prachtige dag en Eliane had een picknick in een rieten mand gepakt. Ze stak met Mathieu de waterkering over en daarna liepen ze een stuk langs de rivieroever aan de overkant. Mathieu spreidde een deken in de schaduw van een wilde kersenboom die bij het weiland stond en ging naast Eliane liggen, die de mand uitpakte. Hij strekte zijn lange ledematen, genietend van de ongebruikelijke doordeweekse vrije dag en het zonlicht dat tussen de bladeren door scheen. Hij keek met half samengeknepen oogleden omhoog naar de takken en glimlachte. 'Het wordt een goed fruitjaar.' Hij wees naar boven en ze wierp een blik op de clusters groene kersen die net een beetje kleur begonnen te krijgen in de rijpende zonnestralen.

Ze knikte en gaf hem een homp brood met zelfgemaakte paté aan. 'Een buitengewoon goed jaar. De bijen hebben het er maar druk mee. Volgens mij zijn ze de lange, zware winter aan het goedmaken.'

Nadat ze hadden gegeten zat Mathieu met zijn rug tegen de boomstam. Eliane lag op het kleed, haar hoofd rustend op zijn bovenbeen, breed en comfortabel als een onderkussen. Hij plukte een paar grassprieten en begon ze te vlechten, zijn vingers verrassend lenig en precies.

'Volgens monsieur le comte...' begon ze, maar hij drukte zacht een vinger tegen haar lippen om haar tegen te houden.

'Zullen we het vandaag niet over de oorlog hebben, Eliane? Het is onze vrije dag, dus laten we ook een dagje vrij nemen van de oorlog.'

Ze keek hem glimlachend aan, staarde in zijn grote bruine ogen tot zijn mond omhoog krulde in die genereuze lach die hij vrijwel alleen aan haar liet zien. Ze sloot haar vingers om zijn hand en gaf er een kus op. Hij nam haar hand in zijn handen, en zijn glimlach vervaagde terwijl zijn gezichtsuitdrukking serieuzer werd.

'Eliane...' begon hij, maar toen moest hij stoppen met praten om zijn keel te schrapen. Ze zei niets, staarde afwachtend naar zijn gezicht. Toen vervolgde hij: 'We hebben het al vaker over onze toekomst samen gehad, en we kunnen niet echt plannen maken tot ik mijn opleiding als vigneron heb afgerond en ergens een vaste aanstelling heb gevonden... En het is allemaal nogal onzeker met die idiote oorlog, waar we het vandaag dus niet over gaan hebben...' Hij was plotseling de draad van zijn verhaal kwijt, maar ze zei niets, keek hem nog steeds aan met haar heldere grijze ogen, die hem zowel geruststelden als een golf van verwarrende emoties in hem losmaakten. 'Wat ik wil zeggen is, aangezien ik het je nog nooit officieel heb gevraagd, in ieder geval niet in zo veel woorden...' Ze glimlachte en kuste nogmaals zijn handen, wat hem het zelfvertrouwen gaf verder te gaan.

'Eliane, ik wil met je trouwen!' barstte hij toen ineens uit, en zijn voorhoofd vertrok in een massa diepe lijnen terwijl hij op haar antwoord wachtte.

'Nou, Mathieu,' antwoordde ze rustig, 'dat is heel mooi. Want ik wil namelijk ook met jou trouwen.'

Zijn gelaat ontspande in een lach die zo groot was als zijn hart. Hij bond de grasvlecht zorgvuldig om de ringvinger van haar hand. 'Op een dag krijg je een echte ring van me, dat beloof ik.'

'Die belofte is me meer waard dan welke ring dan ook, Mathieu.'

Ze brachten de rest van de middag van die gouden Eerste Mei op de rivieroever door, in een wereld waarin alleen zij tweeën bestonden.

En toen, slechts tien dagen na die picknick op de rivieroever, werden de stemmen uit de radio in de bibliotheek op het chateau steeds schriller en dringender, en ze brachten een nieuw gevoel van paniek over toen bekend werd dat het Duitse leger Nederland, België en Luxemburg was binnengevallen. De Panzerdivisies, in de lucht ondersteund door de Luftwaffe, bewogen onverbiddelijk steeds westelijker richting Frankrijk.

'De Maginotlinie houdt heus wel stand, maak je maar geen zorgen,' verzekerde de graaf Eliane en madame Boin terwijl hij hun de samenvatting van het nieuws van die dag gaf. Hij dronk sinds kort zijn middagtisane in de keuken, zodat hij hun het laatste nieuws kon overbrengen. 'De Britten en Fransen hebben troepen in België. We staan strategisch opgesteld om het leger van monsieur Hitler terug te dringen.'

Maar toen kwam monsieur le comte op een middag in juni met een bedroefde gezichtsuitdrukking de keuken binnen. 'Ik ben bang dat ik vandaag slecht nieuws heb.' Zijn kruidenthee stond onaangeroerd koud te worden terwijl hij hun vertelde dat de Franse en Britse troepen terug waren gedreven naar het Kanaal en een wanhopig achterhoedegevecht streden nu ze langs de kust van Duinkerken in het nauw waren gedreven. 'Maar de resterende Franse divisies houden vooralsnog stand bij de Maginotlinie. Dus er is nog hoop.'

Die werd echter al snel vernietigd toen de Duitse elitebataljons door de laatste verdedigingslinie braken. Halverwege juni bereikten de invasietroepen Parijs. Het was één grote chaos en verwarring terwijl de oorlog Frankrijk opslokte als een vloedgolf, sterk, onstuitbaar en meedogenloos. De president legde zijn taken neer en belangrijke regeringsleiders sloegen op de vlucht, waarbij ze wat er over was van het Franse leger zonder leiderschap achterlieten. Het leger vocht verder, in paniek doch dapper, maar het werd al snel overmand door de meedogenloze efficiëntie van de Duitse oorlogsmachine.

Mathieu kwam op een avond naar de molen en vroeg Gustave en Lisette toen ze aan tafel zaten om advies. 'Ik maak me zorgen om mijn vader en broertje. Ik hoor niets van ze. Ik weet dat Luc niet kon wachten zich aan te melden bij het leger en te gaan vechten, maar mijn vader heeft hem op de boerderij nodig. Ik weet niet wat ik moet...'

Lisette antwoordde zonder aarzelen: 'Je moet naar hen toe. Familie is het allerbelangrijkste wat er is. Je moet zeker weten dat het goed met hen gaat. Zorg dat je erachter komt wat Luc wil en steun je vader. De situatie wijzigt momenteel dagelijks. Het zou het beste zijn voor Luc om thuis te blijven en af te wachten om te zien hoe het verdergaat voordat hij in het wilde weg gaat vechten. En je vader kan hem inderdaad vast niet missen.'

Gustave knikte langzaam. 'Dat denk ik ook. Al is het maar voor je eigen gemoedsrust. Je moet met eigen ogen zien dat het goed met hen gaat. En zo lang hoef je niet weg, als de familie Cortini je een paar dagen kan missen?'

Mathieu knikte. 'Ik heb al toestemming om te gaan. We zijn net klaar met de klimrekken, dus het werk op de wijngaard is voor dit moment gedaan, en zolang het dit weer blijft gaat alles goed met de ranken. Maar...' Hij keek van zijn bord op naar Eliane, die hem kalm aankeek.

Ze glimlachte naar hem. 'Je moet gaan, Mathieu. En als je weet dat alles goed is, kom je weer terug.' Haar stem verried de onrust niet die ze voelde bij de gedachte dat hij er niet zou zijn. Maar alles leek nu wat rustiger, sinds de onderhandelingen in Parijs waren opgestart. Iedereen had het continu over een wapenstilstand, in de hoop dat die de rust en stabiliteit in het land zou herstellen. (Als je het mij vraagt is 'wapenstilstand' gewoon een ander woord voor 'overgave,' had meneer le comte eerder die dag gemompeld.)

Bij zonsondergang liep ze met Mathieu langs de rivier. Het gezang van de vogels en het getjirp van de krekels verstomde en maakte plaats voor het gekwaak van de kikkers. Het stel stond lang in de beschutting van de treurwilg.

'Ik wil niet bij je weg,' fluisterde Mathieu, die haar beide handen vastpakte.

'Je gaat ook niet bij me weg,' zei ze. 'Ik ben gewoon hier, en in mijn hart ben je bij me. En het is maar voor even. Hoe sneller je gaat, hoe eerder je weer terug bent. Doe je vader en Luc maar de hartelijke groeten.'

Hij knikte miserabel; hij wist dat ze gelijk had. Niettemin leek een onuitgesproken angst de lucht om hen heen te vullen, ondoordringbaar als de mist die boven de rivier hing, veranderlijk en verraderlijk, spoken van angst creërend die ondertussen in ieders geest waren gedrongen.

Ze kusten elkaar een laatste keer; uiteindelijk liet hij haar hand los en liep terug naar de wijngaard om een tas in te pakken en de volgende ochtend vroeg naar Tulle te vertrekken.

Toen een paar dagen later de wapenstilstand werd ondertekend was het Franse leger gedecimeerd. Honderdduizenden troepen waren omgekomen en er waren bijna twee miljoen krijgsgevangenen gemaakt, in ieder geval volgens de flarden van rapportages die nog uit de radio klonken. De macht werd overgedragen aan maarschalk Pétain, die aan het hoofd stond van een nieuwe Franse regering – 'de marionetten van de nazi's,' verklaarde de graaf minachtend – in Vichy, waar hij regeerde over een derde van Frankrijk in het zuidoosten, het enige deel van het land dat de Duitsers niet hadden bezet.

Er zou een grens op de kaart worden ingetekend om aan te geven welk deel van het land nu onder nazigezag stond.

'Ze hebben de brug gebarricadeerd!' Yves stormde binnen door de keukendeur nadat hij terug was van het bezorgen van meel aan de plaatselijke bakkerijen.

'Wie heeft de brug gebarricadeerd, mon fils?' vroeg Lisette terwijl ze de tafel schoonveegde, waarop ze het avondeten aan het voorbereiden was.

'De Duitsers. In Coulliac. Ze hebben de grens langs dit deel van de rivier getrokken. Het dorp wordt nu door Duitsland bezet, en wij dus ook. En precies hier,' – hij gebaarde door de deuropening waar hij stond – 'aan de andere kant van de rivier, is het onbezet gebied, dat onder de Vichy-regering valt. Heb je ooit zoiets belachelijks meegemaakt? Ik moest omkeren met de truck omdat ik de rivier niet over mocht om de bezorging aan de andere kant te doen.'

Eliane zat als aan haar stoel genageld, waar ze erwten zat te doppen in een vergiet. Lisette wierp haar een bezorgde blik toe en zei toen, in een poging veel geruststellender over te komen dan ze zich voelde: 'Ze houden de brug heus niet lang dicht. Het zal wel tijdelijk zijn, tot ze er een controlepost hebben neergezet. De mensen hier wonen en werken aan beide kanten, dus we moeten kunnen oversteken.'

Yves schudde zijn hoofd. 'De burgemeester was er ook. Ik heb hem gevraagd hoe het verdergaat en hij zei alleen maar schouderophalend dat alles nu anders is. De soldaten waren de vlag van de *mairie* aan het neerhalen en hesen terwijl we toekeken hun eigen swastika. Er flappert een hakenkruis op het stadhuis in Coulliac, maman.'

'Ze bedenken er heus wel iets op.' Lisette hield haar stem kalm, probeerde redelijk te klinken, hoewel ze het gevoel had dat hun hele wereld ineens op zijn kop stond. 'Hoe moet dat anders als ik volgende maand naar de overkant moet om te helpen met de bevalling van madame Blaye? En hoe moeten we het meel anders naar Sainte-Foy krijgen?'

Nu sprak Eliane eindelijk ook, maar haar stem klonk iel en beverig. 'En hoe moet Mathieu dan terugkomen?'

Lisette omhelsde haar strak. 'Maak je geen zorgen, *ma fille*, hij bedenkt er wel iets op. En tot die tijd kun je er in ieder geval zeker van zijn dat hij veilig in onbezet gebied is.'

Eliane barstte in tranen uit toen ze de andere vraag uitsprak die iedereen zichzelf al dagen stelde. 'Maar Maman, hoe moet dat nu met Mireille? Wat gebeurt er met Parijs nu het in Duitse handen is?'

Met de telefoon in de molen konden alleen plaatselijke gesprekken worden gevoerd, dus vertrok Gustave naar de telefooncel bij *La Poste* in Sainte-Foy-la-Grande, waar hij uren in de rij stond voordat hij aan de beurt was en het atelier probeerde te bellen waar Mireille werkte. Maar toen de telefoon aan de andere kant eindelijk overging, werd er niet opgenomen. Ze wachtten wanhopig op nieuws van Mireille. De kranten deden verslag van bombardementen en een massale exodus uit Parijs nu de Duitsers er waren binnengevallen. Het gezin Martin bad dat het Mireille was gelukt transport te regelen en dat ze op weg was naar de veilige haven die de molen op dat moment was.

Een telefoontje, een brief, een berichtje via een vriend of buur, ze snakten naar iets wat hun zou laten weten dat Mireille veilig was. Maar de minuten werden uren en de uren een kwellende eeuwigheid van dagen terwijl ze wachtten op nieuws.

Abi

2017

IK VRAAG ME AF HOE ELIANE ZICH moet hebben gevoeld tijdens die eerste dagen nadat de oorlog eenmaal echt was uitgebroken. Na die maandenlange impasse was ze misschien gaan denken dat het leven gewoon door zou gaan, dat het Franse leger stand zou houden aan de landsgrenzen. Misschien deed ze relatief ontspannen haar werk in de keuken en moestuin van het chateau. Of misschien droeg ze de spanning wel in zich – dag in, dag uit – terwijl ze haar taken uitvoerde, haar spieren aangespannen en haar vuisten gebald, wachtend…

Ik zet de gigantische waszak die ik vandaag in mijn eentje de trap op heb gezeuld neer. Karen belde om te vertellen dat ze in de plaatselijke supermarkt is uitgegleden over geknoeide olie en in het ziekenhuis zit te wachten tot haar pols wordt ingegipst. Ik beweeg mijn hoofd van de ene naar de andere kant in een poging de spanning in mijn nek wat te verminderen. Mijn spieren zijn pijnlijk van het harde werken, maar ik herinner me de tijd nog dat ze pijn deden om een andere reden: de uren fysiotherapie om de kracht in mijn armen weer op te bouwen; de yogalessen die me met mijn herstel hielpen maar niettemin altijd leidden tot stijfheid en pijn. En vooral herinner ik me nog hoe ik op eieren liep, mijn schouders gespannen en helemaal in de knoop, wachtend op de volgende woede-uitbarsting van Zac. De woede was eenvoudiger te behappen dan de ijzige kou die er altijd op volgde, zo onontkoombaar als de nacht die elke dag opvolgt.

Zac veranderde zo ongeveer op het moment dat we terugkwamen van onze huwelijksreis. Of houd ik mezelf voor de gek en had hij die momenten van ijzige kilte altijd al, als hij zijn liefde terugtrok alsof het een tapijt was dat hij onder mijn voeten vandaan kon rukken wanneer hij maar wilde? Nu ik eraan terugdenk weet ik dat de signalen er al waren. Maar ik herkende ze niet.

De dag nadat we elkaar hadden leren kennen, belde hij naar het huis.

'Hallo, spreek ik met Abi de Nanny?' vroeg hij. 'Met Zac Howes.' Zijn stem klonk zelfverzekerd en licht plagerig. Op dat moment interpreteerde ik het als welwillendheid, misschien zelfs blijdschap bij het horen van mijn stem. Ik besef nu dat het meer de tevredenheid was van een kat die zijn prooi in het vizier heeft en op het punt staat te gaan genieten van de sport van de jacht.

Ik nam aan dat hij belde om zijn gastvrouw voor de ontvangst van de avond ervoor te bedanken. 'Hé, Zac. Ze zijn er niet. Kan ik een bericht aannemen?'

'Nee, hoor. Ik bel voor jou.'

Dat verwarde me even, ik had geen flauw idee wat hij mij te zeggen zou hebben, tenzij hij wilde vragen of hij mijn naam mocht doorgeven aan iemand die sporadisch behoefte had aan een oppas. Maar toen vroeg hij: 'Heb je zin om een keer met me uit eten te gaan? Ik neem aan dat ze je af en toe een avondje naar buiten laten?'

'Eh, ja. Maandag is mijn vrije avond. En ik hoef ook nooit het hele weekend te werken. Maar 's avonds meestal wel…' Ik hoorde mezelf nerveus ratelen en gaf mezelf woordeloos een standje om mijn waffel te houden en hem te laten praten.

'O, oké. Kun je aanstaande maandag?'

Ik deed alsof ik nadacht. 'Even kijken, welke datum is dat?' Ik wist maar al te goed dat ik die avond niets te doen had, of welke maandagavond dan ook, de komende tijd. Ik bracht mijn vrije avonden gewoonlijk door voor de televisie in mijn zolderkamer, de kamer naast die van Freddie, met het volume heel zacht zodat hij het niet hoorde. Als hij wist dat ik er was wilde hij dat ik hem in bad deed en naar bed bracht, en dan stak hij zijn handjes naar me uit en trok mijn gezicht naar zich toe voor een vochtige nachtzoen. 'Eh, ja, volgens mij kan ik maandag.'

'Mooi. Dan kom ik je om acht uur ophalen. Tot dan.'

'Dank je, Zac. Ik kijk ernaar uit.' Ik probeerde nonchalant te klinken, maar zodra hij had opgehangen rende ik de trap op naar mijn slaapkamer en trok mijn kledingkast open, wanhopig op zoek naar iets om aan te trekken.

Ik besloot al snel dat het mijn nieuwste skinny jeans zou worden, met een tuniek en een kort jasje, in de hoop dat ik er chic en wereldwijs in uit zou zien. Ik waste die maandag de aardappelpuree uit mijn haar (een overblijfsel van Freddies enthousiasme over de lunch die middag) en deed veel meer dan gebruikelijk mijn best met de föhn en steiltang.

Ondanks mijn verwoede pogingen voelde ik me vreselijk alledaags en underdressed toen hij het portier van zijn BMW voor me openhield en me in de auto hielp. Maar het leek hem niet uit te maken dat ik jong en onervaren was. Hij stelde me die eerste avond tijdens het eten aandachtige vragen en fixeerde me in de felle straling van zijn doordringende blauwe ogen. Ik voelde me in eerste instantie als een bang konijn, gevangen in het licht van een stel koplampen, maar naarmate de avond vorderde – en hij mijn wijnglas steeds opnieuw bijschonk – begon ik te ontspannen en zelfs te genieten van de warmte van zijn aandacht. Het was een gevoel dat ik helemaal niet kende. Maar ik vond het heerlijk. En ik wilde meer.

Toen hij me ter afscheid kuste, was dat teder en liefdevol. Hij duwde me zacht een stukje van zich af en nam me in zich op met zijn geamuseerde, blauwe blik.

'Kleine Abi,' zei hij. 'Wat ben je toch perfect.'

Zeven woordjes. Meer was er niet nodig.

Ik verwarde het net dat hij om me heen spon met iets anders: met de belofte aan veiligheid en stabiliteit. Ik verwarde het met liefde.

Eliane

1940

NIET WETEN WAS HET ERGST VAN alles, bedacht Eliane terwijl ze de zwabber uitwrong en in de emmer zette. Iedereen probeerde zich zo veel mogelijk aan de normale routine te houden en ze was net klaar met haar werkdag op het chateau. Ze deed de deur van de schoongemaakte keuken dicht en liep de heuvel af terwijl gierzwaluwen in de avondlucht boven haar hoofd cirkelden.

De graaf had verteld dat er in het noorden verslag werd gedaan van luchtaanvallen en dat er flarden nieuws kwamen over burgerslachtoffers. Eliane stelde zich even voor hoe het zou zijn als er in plaats van vogels vliegtuigen geladen met dodelijke wapens over haar hoofd zouden scheren. Ze voelde de paniek in haar keel en haar hart begon te bonzen.

'Mireille, waar ben je toch? Kom alsjeblieft veilig naar ons terug. Kom alsjeblieft naar huis.' Ze zei de woorden hardop, maar ze klonken iel en betekenisloos terwijl ze weg werden gedragen in het briesje dat de bladeren van de acacia's langs de weg deed bewegen.

Toen ze de splitsing naar de molen in de weg naderde, vloog een stel kraaien ineens op van een hek waar ze verderop op de weg hadden gezeten. Het explosieve klappen van hun vleugels en hun schorre, kwade gekrijs deed haar opschrikken. Ze tuurde de weg in om te kijken wat de vogels had verstoord. Een in elkaar gedoken figuur kwam op haar af strompelen, voorovergebogen en volledig uitgeput. Eliane dacht in eerste instantie dat het een oude vrouw was, maar toen ze dichterbij kwam hief de figuur haar stoffige, vieze hoofd en toen drong het tot Eliane door wie het was.

'Mireille!' gilde ze, en ze rende op haar af terwijl haar zus leek te struikelen en haar benen het leken op te geven.

'Neem haar over,' mompelde Mireille, die een bergje lompen in Elianes armen duwde, en toen zakte ze in elkaar aan de voeten van haar zusje.

Het bergje lompen dat Eliane nu in haar armen had voelde verrassend warm en zwaar. Toen begon het te jammeren: het ijle, zwakke huilen van een baby, verzwakt door honger en dorst.

Eliane zat op Mireilles bed op de zolderkamer en streelde haar haren terwijl haar zus haar het verhaal vertelde over haar vlucht uit Parijs en de voorgaande helse dagen, onderweg met duizenden anderen die de stad uit waren gevlucht. Er waren vluchtelingen uit Polen, Tsjechoslowakije, Oostenrijk en Duitsland die hun thuis al een keer waren ontvlucht en nu weer onderweg waren. Er waren ook Parijzenaren die voor hun leven en dat van hun kinderen waren gaan vrezen toen de bommen op de stad vielen en de vijandelijke voorhoedes de stad naderden. Anderen, zoals Mireille, wisten gewoon dat ze in deze tijden bij hun familie moesten zijn.

Ze was op weg gegaan met Esther, haar collega van het atelier, en Blanche, Esthers baby, die net negen maanden was. Esther was de voorgaande lente zwanger, angstig en alleen uit Polen gevlucht. 'Mijn man denkt dat ik veiliger ben in Parijs,' had ze verteld op haar eerste werkdag in het atelier terwijl haar naaiwerk op haar licht gebolde buik lag en ze met fijne, snelle steken een zoom naaide. 'Ik hoop dat dit een goede plek is om onze baby ter wereld te brengen.'

Nadat de Duitsers dat najaar Polen waren binnengevallen had ze bericht gekregen dat haar echtgenoot was ontsnapt en zich in Engeland bij Poolse troepen had gevoegd om van daaruit te blijven vechten. Hij schreef dat zij en de baby veilig waren in Parijs en dat hij hen direct na de oorlog zou komen halen.

Toen Parijs was gevallen had Mireille haar echter aangespoord met haar mee te gaan naar de molen. 'Dan reizen we samen. Mijn ouders kunnen jou en Blanche daar opvangen.'

'Maar dan weet Herschel niet waar hij ons moet zoeken,' had Esther geprotesteerd, waarbij ze Blanche zo stevig in haar armen had geklemd dat ze was gaan huilen.

'Hij kan jullie uiteindelijk beter levend vinden dan dat hij je moet zoeken in het puin in een gebombardeerd souterrain,' was Mireille tegen haar ingegaan. 'Kom, Esther, neem zo veel je kunt dragen voor Blanche mee. Een vriend van me heeft een auto; jullie kunnen ook mee. Maar we moeten nu vertrekken.'

Toen ze bij dit deel van het verhaal was aanbeland begon Mireille te huilen. Eliane sloeg haar armen om haar heen en streelde over haar haren. 'Als ik haar niet had gedwongen mee te gaan zou ze misschien nog leven,' snikte Mireille.

Eliane bleef haar vasthouden, haar zachtjes wiegend, en zei: 'Of ze was bij een bombardement in Parijs omgekomen. Of ze had het overleefd maar was zodra de Duitsers waren binnengevallen samen met Blanche gedeporteerd. We hebben allemaal gehoord wat er gebeurt: mensen die naar "werkkampen" verdwijnen en over wie we nooit meer wat vernemen. Zo'n kamp is geen plek voor een moeder met een baby. Je kunt het jezelf niet verwijten, *ma soeur.*'

Toen ze uiteindelijk wat tot rust was gekomen, vervolgde Mireille haar verhaal.

De autorit van een dag die ze zich hadden voorgesteld verwerd al snel tot een langslepende nachtmerrie. De wegen uit Parijs waren een langzaam bewegende stroom vluchtelingen te voet, op fietsen en in paardenwagens die waren volgepakt met persoonlijke bezittingen en blokkeerden de weg voor degenen in auto's die ongeduldig probeerden te passeren, hoewel er verderop ook geen plaats op de weg was, alleen maar een uitgestrekte mensenzee.

De auto waarin Mireille en Esther zaten kroop stapvoets voort. Maar ze waren dankbaar dat ze in de auto enigszins beschermd waren tegen de menigte die om hen heen krioelde, alsook tegen de hete junizon.

Toen moesten ze de auto om voertuigen heen manoeuvreren die midden op de weg waren achtergelaten zonder benzine, die nergens meer te krijgen was. Uiteindelijk was ook hun auto ermee opgehouden en hadden ze hem moeten achterlaten. Mireilles vriend, de eigenaar van de auto, zei dat hij zou teruglopen naar een garage die ze een paar kilometer eerder waren gepasseerd om te kijken of hij er benzine kon krijgen. 'Gaan jullie maar vast lopen met de baby. We zijn bijna bij Orléans. Probeer daar een overnachting te regelen in een kamer aan het grote plein, daar staan cafés en hotels. Dan kom ik daarheen om jullie te zoeken als ik de auto weer aan de praat heb gekregen.'

En zo hadden Mireille en Esther zich met Blanche aangesloten bij de langzaam bewegende mensenmassa die doodsbang en vermoeid op weg was naar het zuiden.

‘Hebben jullie in Orléans een plek gevonden om te overnachten ?’ vroeg Eliane.

Mireille schudde haar hoofd. ‘Dat bleek een onmogelijke missie. Alles was vol. Mensen barricadeerden hun deuren tegen plunderaars en verjaagden vluchtelingen die op zoek waren naar eten uit hun tuinen. Het was alsof een zwerm sprinkhanen het landschap had aangevreten voordat wij kwamen, alles had verwoest, en de inwoners bejegenden ons alsof wij onderdeel van die sprinkhanenplaag waren. We sliepen die nacht onder een heg, met de baby tussen ons in om haar warm te houden. Esther probeerde haar te voeden, maar ze had geen melk meer, en Blanche is ondertussen gewend aan vast voedsel, dus die had behoefte aan meer. We hebben de volgende ochtend een gezin om een stukje brood gesmeekt, dat we in water geweekt aan haar hebben gegeven. Er was verder niets te eten: de sprinkhanen hadden alles verorberd.’

Hun moeder Lisette kwam een kom kippenbouillon op een dienblad brengen, met Blanche op haar heup. De baby begon er al een beetje beter uit te zien nu ze wat geitenmelk en een paar slokjes bouillon had gedronken.

‘Je moet eten, Mireille,’ droeg Lisette haar op. ‘Je moet snel opknappen zodat je kunt helpen deze kleine schoonheid te verzorgen, hè, liefje?’ Ze kuste de baby op de donkere krullen op haar kruin.

Nadat ze wat bouillon had gedronken en een paar hapjes brood had genomen vertelde Mireille verder.

Ze hadden zich weer bij de doodsbange en vermoeide processie aangesloten, die verder naar het zuiden en westen trok, beredenerend dat ze beter in beweging konden blijven in de richting van de gehoopte veiligheid in Coulliac, dan in Orléans te blijven, waar niets te eten was en ook geen beschutting, in de hoop dat hun vriend hen zou vinden met zijn auto.

'Je leert in dergelijke omstandigheden de ware aard van mensen kennen,' zei Mireille terwijl ze een slokje water nam uit het glas naast haar bed. 'Sommige mensen laten uitzonderlijke compassie en vrijgevigheid zien, zoals het gezin dat zijn brood die ochtend met ons deelde. Anderen toonden alleen egoïsme, jaloezie en kwaadaardigheid. Ze zullen wel net als wij doodsbang zijn geweest, en wanhopig om te overleven.'

Ze waren ergens in de buurt van Tours, dacht Mireille, hoewel ze geen idee had hoeveel kilometer ze hadden afgelegd omdat ze zo langzaam en in het wilde weg vorderden.. Ze waren een stuk via binnenwegen gelopen, waar het rustiger was, maar daar waren ze hun richtingsgevoel kwijtgeraakt, dus waren ze toch weer naar de hoofdweg teruggegaan, die langs een spoorlijn liep. 'Iemand zei dat hij dacht dat het de route naar Bordeaux was, dus wisten we dat we de goede kant op liepen,' zei Mireille.

De middagzon was snikheet geweest en ze waren in de schaduw van een plataan gaan zitten om wat te rusten en Blanche tegen de zon te beschermen. Ze schreeuwde al meer dan een uur lang van de honger. Esther had nogmaals geprobeerd haar te voeden, maar de baby werd alleen maar kwader en gefrustreerder terwijl ze zonder enig succes aan de borst van haar moeder zoog. Esther had Blanche uitgeput aan Mireille overgedragen en haar blouse dichtgeknoopt. 'Zou jij willen proberen of je haar stil kunt krijgen? Dan ga ik rondvragen of iemand iets te eten voor haar heeft.'

Esther was terug gestrompeld naar de weg en Mireille was voor Blanche gaan zingen, haar zachtjes wiegend.

Toen had er een hoge, schrille krijs geklonken. Mireille had geschrokken opgekeken om te zien waar het geluid vandaan kwam. Het gekrijs hield aan. Ze zag als in slow motion dat de andere vluchtelingen op de weg ook om zich heen keken, even geschrokken, om te zien waar het geluid vandaan kwam.

Toen keken ze ineens allemaal de hemel in. 'Als een veld zonnebloemen, dat was wat ik op dat moment dacht,' zei Mireille, die een snik niet kon onderdrukken. Ze ademde diep in en vervolgde: 'Het was een vliegtuig. Een Duits vliegtuig. Dat vreselijke gekrijs kwam door de duikvlucht. En toen veranderde het geluid in iets wat nog erger was. Een hagelregen van kogels en gegil en gekreun van de mensen die op de weg liepen. Een vrouw een stukje van me vandaan keek me in de ogen en zag hoe ik geschokt naar het bloed keek dat zich over de voorkant van haar jurk verspreidde. Pas toen ze naar beneden keek en het zelf zag, zakte ze aan mijn voeten in elkaar. Ik wendde me af en drukte Blanche tegen me aan, tussen mezelf en die plataan, met mijn rug naar de weg. De piloot kwam nog twee keer terug, en elke keer klonk er dat angstaanjagende gekrijs terwijl hij dook, gevolgd door die kogelregen. Ik kon niet ademen tot het geluid van het vliegtuig helemaal was verstomd. En toen ik weer ademde, rook ik het stof. En toen het bloed.'

Mireilles ogen waren droog terwijl ze het laatste deel van haar verhaal vertelde, want wat ze had gezien toen ze zich omdraaide was te gruwelijk voor tranen. Terwijl ze verder vertelde werd haar stem hard en monotoon.

'Ik struikelde over de mensen die me vlak daarvoor waren gepasseerd, gleed uit over hun bloed, dat het hele wegdek kleurde. De meesten van hen bewogen niet, maar sommigen staken hun hand naar me uit, smekend om hulp. Maar ik wist dat er anderen waren die hen konden helpen, en ik moest Esther vinden. Ik bleef haar naam maar roepen. Ik hield Blanche tegen me aan gedrukt, maar die bleef maar huilen. Ontroostbaar, alsof ze al wist dat haar moeder er niet meer was. Toen zag ik een stukje van de blouse die Esther aanhad. Het was de blouse die ze vlak voor de luchtaanval had dichtgeknoopt, maar dat voelde nu als een eeuwigheid geleden. Maar hij was niet meer wit. Hij was doordrenkt van bloed. Haar bloed. Van haar verwondingen. Waar de kogels in haar borst waren geslagen.'

Mireille hield op met praten; er waren geen woorden meer. Maar Lisette en Eliane hadden geen verdere uitleg nodig. Ze lazen de shock en het trauma dat op Mireilles gezicht stond geschreven, zagen hoe haar normaal gesproken zo sterke gelaatstrekken waren ingevallen en waren verworden tot een uitdrukking van complete hulpeloosheid, hoe de pijn zich in haar donkere ogen had gegrift.

Lisette droeg de nu slapende baby over aan Eliane en nam Mireille in haar armen. 'Stil maar, stil maar,' suste ze, haar dochter wiegend, de tranen schreiend waar Mireille niet bij kon.

Abi

2017

IK ZIE UIT HET RAAM VAN MIJN zolderkamer in de molen het maanlicht met de takken van de treurwilg spelen, de bladeren als een cascade van zilveren tranen in de diepe poel onder de waterkering tuimelend. Ik sluit de luiken, hoewel ze niet goed dichtgaan omdat de metalen vergrendeling kapot is, dus hangen ze los op de plek waar de schroeven ontbreken, waardoor motten en muggen naar binnen glippen. Gelukkig heb ik de klamboe, die me 's nachts beschermt en me diep laat slapen terwijl hun vleugeltjes ongevaarlijk op de achtergrond zoemen.

Een kring van gouden licht schijnt van de lamp naast mijn bed op de vloerplanken, die vaag naar bijenwas ruiken, een geur die zich vermengt met het geurige boeketje lavendel en witte rozen waarmee ik vandaag thuis ben gekomen van het chateau. Jean-Marc kwam ermee aanlopen toen ik net wilde vertrekken. Hij bood het me met een verlegen glimlach aan. 'Ik dacht dat wat bloemen je kamer daar misschien wat zouden opvrolijken,' zei hij met een knikje naar de vallei onder ons. Hij was eerder die dag bij de molen geweest om Thomas te helpen met het plaatsen van gipswanden in de keuken.

Ik kijk om me heen in mijn slaapkamer en zie voor me hoe Mireille op haar eenpersoonsbed aan de ene kant van de kamer ligt terwijl Eliane en Lisette haar proberen te troosten na de afgrijselijke exodus uit Parijs nadat de oorlog eenmaal echt was losgebarsten.

Sara vertelde me dat Mireille door het trauma dat ze had opgelopen niet meer in staat was te huilen.

Dat was bij mij uiteindelijk ook gebeurd. Maar in de begindagen van mijn huwelijk had ik heel veel gehuild; een rivier van zilveren tranen.

Na het eerste jaar begon ik het patroon in Zacs gedrag te herkennen als dat van het weer in Londen. Dan zag ik van achter de reusachtige kamerhoge glaswand in Zacs loft in de Docklands – het voelde er nooit als ons appartement, altijd als dat van hem – hoe de wolken zich verzamelden boven de Theems achter het stadsgezicht van al die hoge gebouwen, hoe ze op ons afkwamen vanuit het westen, net zoals ik de verandering in de atmosfeer tussen ons voelde, zijn woede zag opbouwen, boven me uit torenend als een donkere wolk, dreigend. Wachtend... en dan brekend.

Zoals tijdens de eerste kerst die we samen doorbrachten. Ik was vastberaden te zorgen dat alles perfect zou zijn en dat ik de huisvrouw zou zijn die ik altijd had willen zijn. We maakten samen een lijst van mensen die we een kaart zouden sturen. Die bestond grotendeels uit vrienden en familie van Zac, maar ik zette er ook een aantal van mijn vrienden op, en de gezinnen waarvoor ik had gewerkt. We kozen samen de kaarten uit, hoewel Zac mijn keuze overdreven sentimenteel en saai vond, dus werd het een selectie smaakvolle taferelen van Oude Meesters. Hij liet het schrijven aan mij over, en ik was vreselijk trots op de persoonlijke boodschap die ik voor iedereen schreef, en de namen die ik er namens ons beiden opzette. Elke keer dat ik onze namen schreef, voelde het als een openlijke bevestiging dat we nu officieel een stel waren.

Zac kwam binnen toen ik net de laatste paar kaarten in de keurig geadresseerde enveloppen stak zodat ik ze de volgende dag naar het postkantoor kon brengen en ze ruim voor de kerst bij iedereen op de deurmat zouden vallen. Hij kwam achter me staan en keek over mijn schouder. LIEFS VAN ABI EN ZAC, schreef ik een laatste keer, waarna ik me omdraaide om hem een kus te geven. Maar zijn gezicht was uitdrukkingsloos geworden, de non-expressie die ik was gaan herkennen als de voorloper van iets veel ergers.

Hij reikte met zijn hand over me heen, en ik herinner me dat ik automatisch ineenkromp terwijl zijn hand naar beneden bewoog. Maar hij raakte me op dat moment niet aan; hij leunde alleen maar naar voren en pakte de kaart die ik had geschreven, terwijl zich een frons vormde op zijn voorhoofd.

'Hoeveel heb je er zo geschreven?' vroeg hij. De woede liet zijn stem al koud klinken, als de winterregen die in stromen langs de ramen liep en de stad erachter vervaagde als door tranen.

'Hoe bedoel je, Zac? Ik snap niet...'

'Zó.' Hij streek met zijn vinger over onze namen, waardoor de inkt een beetje uitliep. '"Abi en Zac".'

Ik keek hem aan, me afvragend of het een strikvraag was, maar hij stond ondertussen te beven van razernij. Ik keek snel weg naar het kleed onder de koffietafel met glazen blad en focuste mijn aandacht op het grijze, geometrische ontwerp, alsof de logica daarvan me veiligheid zou bieden.

Hij pakte de stapel enveloppen en begon ze open te scheuren, rukte de kaarten eruit om ze te lezen en smeet ze op de vloer terwijl hij de woorden spuwde: '"Abi en Zac"... "Abi en Zac"...'

Hij greep me bij mijn arm en trok me op mijn voeten. 'Waag het niet om je naam óóit voor die van mij te zetten.' Hij spuwde de woorden in mijn gezicht en ik moest de neiging onderdrukken de druppeltjes spuug van mijn huid te vegen, in de wetenschap dat dat hem alleen maar kwader zou maken. 'Wat ben je toch een dom wicht. Wat een weggegooid geld. Nu moeten we een hele berg nieuwe kaarten kopen. Je gaat ze allemaal opnieuw schrijven, en deze keer met onze namen in de goede volgorde.'

A en Z. Ik had er geen moment bij stilgestaan. Ik had onze namen eenvoudigweg zo geschreven omdat het goed klonk in mijn hoofd. Ik had erover na moeten denken. Dom wicht.

De regen sloeg tegen de ruiten en de lichten vervaagden tegen de achtergrond van de donkere hemel.

De blauwe plekken op mijn armen waren ook net donkere wolken, paars en zwart onder de mouwen van mijn shirt. Maar ik wist dat ze uiteindelijk zouden vervagen in het ziekelijke geel van de zonsopgang in Londen, en dat ik ze tegen die tijd kon verhullen onder een laagje concealer. De donkere, razende wolken zouden verdwijnen en Zacs ogen zouden weer helder worden als een strakblauwe zomerhemel, en dan zou hij me in zijn armen nemen en zeggen dat hij van me hield, dat het mijn schuld was dat ik hem zo kwaad had gemaakt, alweer, maar dat hij het me vergaf. En dan zou ik me proberen te ontspannen, mijn vuisten proberen los te laten, maar ik was altijd gespannen, in afwachting…

Ik raakte steeds meer geïsoleerd, opgesloten achter het glas van die gigantische ramen in dat o zo begerenswaardige appartement in Londen, afgesneden van de buitenwereld.

Eliane

1940

DE AANKONDIGING, MET DE DREIGENDE zwarte swastika erboven en eronder, werd buiten bij de mairie in Coulliac aangeplakt en de inhoud verspreidde zich snel van buur naar buur door de gehele gemeenschap.

HET NIEUWE BESTUUR DRAAGT HIERBIJ ALLE INWONERS VAN COULLIAC OP NAAR DE MAIRIE TE KOMEN OM GEREGISTREERD TE WORDEN EN VAN EEN IDENTITEITSBEWIJS TE WORDEN VOORZIEN, DAT MEN TE ALLEN TIJDE BIJ ZICH DIENT TE DRAGEN. EENIEDER DIE VAN NU AF AAN ZONDER DE BENODIGDE DOCUMENTATIE WORDT AANGETROFFEN WORDT GEARRESTEERD EN LOOPT HET RISICO GEDEPORTEERD TE WORDEN.

Het was een schok om de handtekening van de burgemeester – hun verkozen vertegenwoordiger – onder de aankondiging te zien staan. Velen mompelden dat hij te gemakkelijk had gecapituleerd voor de eisen van de bezetters, maar degenen met toegang tot een radio of krant wezen erop dat die gang van zaken ondertussen officieel beleid was en dat het er overal in bezet gebied zo aan toeging. Wat had hij voor keuze? Wat had wie dan ook voor keuze?

Het gezin Martin arriveerde de volgende ochtend na het ontbijt en trof een lange rij op het kleine plein in het hart van het dorp aan. Ze sloten achteraan. Plaatselijke bewoners bleven in groteren getale arriveren dan ze uit de mairie vertrokken, en het plein stond al snel helemaal vol. Normaal gesproken zou zo'n verzameling mensen, voor een markt of *fête*, een opgewekte aangelegenheid zijn; een kakofonie van lachende stemmen en vriendschappelijke kletspraatjes zouden zijn weerkaatst tegen de winkeltjes rond het plein en van de balkons en luiken erboven zijn gestuiterd. Maar vandaag was de menigte stil en voelde niemand zich op zijn gemak. Mensen spraken zachtjes met elkaar, als ze al spraken, mompelden hun begroeting en vroegen elkaar steels waar dit toch allemaal om ging. De sfeer van de bezetting was drukkend. De meeste mensen in de rij staarden naar de grond om niet op te hoeven kijken naar de rood-wit-zwarte vlag die de Franse driekleur op de vlaggenmast van de mairie had vervangen, en om te voorkomen dat ze oogcontact zouden maken met een van de twee Duitse soldaten die aan weerszijden van de ingang met hun geweer over de schouder stonden.

Eliane herkende terwijl ze naar voren schuifelden Stéphanie in de rij vlak voor hen. Toen Stéphanie achterom keek glimlachte Eliane naar haar, waarop ze werd beloond met een koel knikje van herkenning. Toen zag Eliane Francine, die net uit de mairie was gekomen. Ze had haar nieuwe identiteitsbewijs in haar hand. Ze las het terwijl ze de trap afkwam, met een verbijsterde blik in haar ogen. Toen ze Eliane passeerde, al haar aandacht nog steeds op het document, trok Eliane zachtjes aan haar mouw. Francine keek op, glimlachte warm toen ze haar vriendin zag en omhelsde Eliane hartelijk.

'Hoe is het daarbinnen?' vroeg Eliane.

'Raar,' antwoordde Francine zacht. 'Er staan soldaten, met geweren, die de burgemeester en zijn secretaresse in de gaten houden. Je moet allerlei formulieren invullen en ze stellen allemaal vragen: wie je bent, waar je vandaan komt, wie je ouders en grootouders zijn, waar je woont, wanneer je bent geboren en wat voor godsdienst je hebt. En dan krijg je dit.' Ze stak haar kaart naar Eliane uit.

'Wat betekent dat?' Eliane wees naar de grote J die op Francines kaart stond gestempeld.

'Dat begreep ik in eerste instantie ook niet. Ik zag dat hij niet op alle kaarten staat, dus vroeg ik het op weg naar buiten aan de secretaresse van de burgemeester. Ze zegt dat ze een stempel moeten zetten op de kaart van iedereen die joods is.'

'Waarom?'

Francine schudde haar hoofd en sprak zacht verder: 'Geen idee. Maar het kan nooit iets goeds zijn.' Ze was even stil en wendde zich tot Lisette, die Blanche in haar armen had. 'Is dit de baby over wie je vertelde? *Comme elle est mignonne*!' Ze boog zich naar voren om de oudere vrouw te omhelzen. Toen ze dat deed, zag Eliane dat Francine Lisette iets in het oor fluisterde.

Toen vervolgde Francine met luidere stem, zodat iedereen die om hen heen in de rij stond haar zou horen: 'Wat verschrikkelijk dat de neef van uw man en zijn vrouw tijdens het bombardement zijn omgekomen, madame Martin. Godzijdank hebt u de baby op kunnen nemen. Ik kan me geen beter gezin voorstellen om in op te groeien. Ik weet zeker dat uw neef enorm dankbaar zou zijn dat zijn dochtertje bij familie is.'

Lisette knikte en vond haar stem. 'Nou, het was zeker een groot geluk dat het onze Mireille is gelukt om Blanche in Parijs te vinden en haar mee naar Coulliac te nemen. Maar ik vind het wel wat, hoor, nog een baby, op mijn leeftijd.'

Toen hij het gesprekje hoorde, keek Gustave haar vragend aan, maar Lisette glimlachte geruststellend naar hem. 'Ik weet zeker dat we er binnen de kortste keren aan gewend zullen zijn dat we weer ouders zijn, hè, *chéri*? Ze is per slot van rekening ons eigen vlees en bloed.'

Het duurde even voordat Eliane begreep waarom Francine dit had gezegd, maar toen drong het belang van wat haar vriendin net voor haar familie en voor Blanche had gedaan tot haar door.

Overal om hen heen in de rij knikten mensen medelevend hun steun. Hoewel Stéphanie, die ook naar het gesprek had staan luisteren, een vernietigende blik naar de baby in Lisettes armen wierp en toen, gemelijk als altijd, een boos gezicht trok.

Francine omhelsde Eliane nogmaals en nam afscheid. 'Nu de brug dicht is geeft de burgemeester toestemming voor een markt hier in Coulliac in plaats van in Sainte-Foy.' Ze wees naar een andere aankondiging op het bord bij de mairie. 'Dus dan zie ik je zaterdag. Is die nieuwe voorraad honing al klaar?'

Elianes blik was een mengeling van verdriet en liefde terwijl ze in Francines hand kneep en afscheid van haar nam tot het weekend.

Toen Lisette vertelde dat alle papieren van het gezin tijdens het bombardement verloren waren gegaan kostte het niet veel moeite om de gekoeioneerde en overwerkte burgemeester over te halen een identiteitsbewijs voor Blanche uit te vaardigen waarop stond dat haar achternaam 'Martin' was. Het geboortebewijs van de baby, dat Esther in haar tasje met bezittingen had gestoken dat ze zo overhaast had ingepakt toen Mireille en zij de stad waren ontvlucht, was snel uit het stapeltje papieren gevist dat Gustave in zijn hand had, en diep in de zak van zijn overall verdwenen. Toen ze terug waren in de molen had Lisette de kreukels er zorgvuldig uit gestreken, het in vieren gevouwen en het in haar dikke boek over kruidenremedies gestoken, dat op een plank in de keuken lag.

De zaterdag daarop, toen Eliane vroeg in de ochtend naar beneden kwam om alles te pakken wat ze nodig had om naar de markt in Coulliac te gaan, was haar vader al in de schuur aan het werk. Ze hoorde hem fluiten, gevolgd door het geluid van een zaag en daarna een hamer. Het viel stil toen haar voetstappen de deur naderden, die op een kier stond.

'Want bent u aan het maken, papa?'

Gustave ontspande toen hij zag dat het Eliane was, en hij begon te grijnzen. 'Een bord, ma fille. Het drong, geïnspireerd door de efficiëntie van het nieuwe bestuur, tot me door dat we hebben nagelaten mensen te waarschuwen voor de gevaarlijke waterkering en stroming hier in de rivier. Ik zou het mezelf nooit vergeven als iemand zou omkomen wanneer hij zou proberen hem over te steken.'

Eliane schoot in de lach. 'Ik neem aan dat dit een van uw grapjes is?'

Zijn gezichtsuitdrukking was ineens ernstig. '*Non*, ma fille, ik ben bloedserieus. Het is slechts een kwestie van tijd voordat het tot de *Boches* doordringt dat ze niet alle toegangen tot onbezet gebied hermetisch hebben afgesloten. Dus camoufleer ik wat we hier hebben, voor het geval we het nodig gaan hebben.'

'Maar papa, als de Duitsers komen controleren, hoeven ze alleen de waterkering maar op te lopen om te zien hoe eenvoudig het is om over te steken.'

Gustave begon weer te glimlachen. 'Je hebt de rivier nog nooit gezien wanneer alle sluisdeuren zijn gesloten, hè?'

Ze schudde haar hoofd. 'U laat er altijd één open, om voor

een omloopkanaal voor het molenwiel te zorgen, of om het te laten draaien.'

'Precies, en zo blijft de stroming in balans. Maar als ik alle deuren sluit, moet al het water dat door de rivier stroomt via de waterkering verder. Dat is een heel spektakel: het waterpeil stijgt en de waterkering wordt een wilde stroming. Iemand die op zo'n moment probeert over te steken, zou direct worden meegesleurd.'

Eliane knikte langzaam terwijl ze het plan van haar vader overwoog.

'Ik weet dat het misschien een beetje gek klinkt, wat ik doe...' Gustave pakte het bord waarmee hij bezig was. 'Maar gekke tijden vragen om gekke plannen. Ik moet het in ieder geval proberen. De Duitsers zullen de rivieroever hoe dan ook afsluiten, maar als we het er uit kunnen laten zien alsof het hier zo gevaarlijk is dat het niet verdedigd hoeft te worden, kan het in de toekomst mogelijk iemand van nut zijn.' Hij pakte een moker, een scherp gemaakte houten staak en het bord, waarop stond: LET OP! GEVAARLIJKE WATERKERING. LEVENSGEVAARLIJK!

'Wil je hem even vasthouden terwijl ik hem neerzet? Dan geef ik je daarna een lift naar de markt.'

Eliane glimlachte naar haar vader. 'Omdat het onze plicht is om iedereen die hier woont te behoeden voor een gruwelijk ongeluk? Natuurlijk, papa.'

Tegen de tijd dat Eliane arriveerde met haar mand vol potten honing en bijenwas had Francine al een schragentafel opgezet op het plein, zo ver mogelijk van de swastika die bij de mairie aan de vlaggenmast wapperde vandaan. Ze had een vrolijk geblokt tafellaken over de tafel gespreid en was piramides van jam en conserven aan het bouwen. Enkele andere stalhouders waren ook hun spullen aan het neerzetten, maar de geïmproviseerde markt haalde het in geen enkel opzicht bij de drukte en overvloed van die in Sainte-Foy.

Een Duitse soldaat liep over het plein, een geweer achteloos over zijn schouder, om alle kraampjes te inspecteren. Aangekomen bij de tafel van de meiden bleef hij staan.

'Wat is dat?' Hij wees naar de pot die Francine in haar hand had. Ze verstijfde. Toen sloeg ze haar ogen neer en antwoordde: 'Reine claude-jam, m'sieur. Hij wordt gemaakt van een groene pruimensoort.'

'Is dat lekker op brood?' Het Franse accent van de soldaat klonk snauwerig.

Francine knikte. Ze gaf hem met bevende hand de pot zodat hij hem beter kon bekijken.

'Hoeveel kost hij?' Hij balanceerde zijn geweer tegen de tafel terwijl hij wat muntgeld uit zijn zak viste. 'Dank je wel, juffrouw. Goedendag.'

Eliane werkte verder, maar vroeg ondertussen zacht: 'Gaat het een beetje, Francine?'

'Sorry. Ik snap niet waarom ik zo nerveus ben, maar dit voelt gewoon niet goed. Soldaten en geweren horen niet thuis in het gewone leven. Wat overkomt ons toch allemaal?'

Eliane slaakte een zucht. 'Een oorlog, dat is wat ons overkomt. En ik vrees dat dit pas het begin is.' Ze was zelf ook zenuwachtig en uit balans. Ze wilde tegen Francine zeggen dat ze zich geen zorgen moest maken, dat ze nergens bang voor hoefde te zijn, dat het allemaal goed zou komen. Maar ze merkte dat ze die geruststellende woorden niet tegen haar vriendin kon uitspreken omdat ze de dreiging die boven Francines hoofd hing even hard voelde als de stralen van de zon die van boven op hen brandden. 'Kijk, daar heb je de eerste klanten. Help je me even met de parasol?' vroeg ze opgewekt. Ze omhelsde Francine kort. 'Anders smelt de bijenwas.'

De eerste klant, die doelbewust over het plein naar het kraampje van de meiden kwam lopen, was de secretaresse van de burgemeester.

'Goedemorgen, Eliane. Francine.' Ze werkte al zo lang de meiden zich herinnerden in de mairie en kende iedereen in de commune bij naam. 'Mag ik een pot bijenwas en een pot *confiture aux myrtilles*?' Ze telde glimlachend naar Eliane het exacte bedrag op tafel uit. 'En hoe is het nu met de baby?'

'Het gaat uitstekend met Blanche, dank u wel.'

'En met je zus?'

'Veel beter. Haar voeten genezen goed.' Dat was waar, hoewel Eliane wist dat Mireilles geestelijke littekens veel langer nodig zouden hebben om te helen.

'Dat vind ik fijn om te horen. Doe je mijn hartelijke groeten aan je ouders?' Alsof het ineens in haar opkwam, voegde ze toe: 'O, en misschien wil je ook even tegen hen zeggen dat de moulin maandag bezocht zal worden. Sommige mensen vinden het fijn om zich voor te kunnen bereiden op bezoek.'

Toen deed ze met een zakelijk knikje haar aankopen in haar tas en liep verder.

Die maandag werd het geluid van de jeep die stopte bij de schuur overstemd door het kabaal van de rivier die met volle kracht over de waterkering stroomde. Gustave en Yves waren zakken meel achter in de truck aan het tillen. Een officier en een officiële tolk, beiden in uniform, stapten uit en namen de omgeving in zich op. Het bord van Gustave zag eruit alsof het er al jaren stond; hij had het bewerkt met een stuk schuurpapier en modder uit de rivier. De officier pakte een steen en wierp die in de schuimkop in de waterkering. Het water slokte hem gretig op en trok hem de diepte in. De officier trok zijn wenkbrauwen op en instrueerde de tolk een aantekening te maken op het schrijfblok dat hij bij zich had.

Pas toen erkende de officier de aanwezigheid van Yves en Gustave.

'Goedemorgen. Ik ben op zoek naar Herr Martin, de eigenaar van de watermolen.' Hij moest schreeuwen om boven het gebrul van de rivier uit te klinken.

'Dat ben ik,' antwoordde Gustave terwijl hij de laatste zak op de truck sjorde, het meel van zijn handen veegde en een zeildoek over de lading trok.

'Kunnen we even naar binnen gaan, waar het wat rustiger is?' stelde de tolk met zorgvuldige beleefdheid voor, zijn manieren wat minder direct dan die van de officier. 'Onze excuses dat we u moeten storen bij uw werk, monsieur, maar we moeten het een en ander met u bespreken.'

Gustave ging het tweetal voor de keuken in, waar de Duitsers ieder een stoel onder de tafel vandaan trokken en plaatsnamen, Gustave gebarend hetzelfde te doen. Yves was achter hen aan naar binnen gelopen en bleef staan, met zijn armen over elkaar tegen de deurstijl leunend.

De tolk keek in zijn schrijfblok en zei: 'Als we u een paar vragen mogen stellen, monsieur Martin? U woont hier met uw gezin: uw vrouw, twee dochters en een zoon.' Hij keek nu even op naar Yves. 'En een baby, die de dochter van uw overleden neef is?'

'Dat klopt,' antwoordde Gustave.

'Haar ouders zijn omgekomen toen jullie je bommen op hun hoofd hebben gegooid,' voegde Yves eraan toe, maar zijn vader snoerde hem met een strenge blik de mond.

De soldaat negeerde de opmerking van Yves en vervolgde: 'En hoeveel voertuigen hebt u in uw bezit?'

'Alleen de truck die u buiten hebt zien staan.'

'Fietsen?'

'Eén, die we met zijn allen delen. Mijn echtgenote is de vroedvrouw, dus ze heeft af en toe transport nodig om direct naar haar patiënten te kunnen.'

De man knikte, vertaalde de woorden voor de officier en maakte een aantekening in zijn blok.

'En u gebruikt de truck voor het bezorgen van meel aan de bakkerijen hier in de omgeving?'

'Ja. En ik moet de bruggen bij Coulliac en Sainte-Foy over kunnen om mijn leveringen daar te kunnen doen.'

De officier schudde gedecideerd zijn hoofd en sprak in een spervuur van Duits.

'Dat is onder het nieuwe bestuur helaas niet meer mogelijk,' zei de tolk. 'Het onbezette gebied zal voor zijn eten zelfvoorzienend moeten zijn. U gaat van nu af aan een derde van uw meel inleveren bij een depot dat we aan de rand van de stad aan het optuigen zijn. Het meel is nodig voor de arbeiders in Duitsland. De rest kunt u zoals gebruikelijk aan uw klanten aan deze kant van de rivier verkopen.'

'En mijn vrouw?' vroeg Gustave kalm. 'Wat moet zij doen als er aan de andere kant van de rivier een vrouw moet bevallen? Moeten de vrouwen in onbezet gebied zonder hulp hun kinderen baren?'

De soldaten discussieerden even.

'Het is mogelijk om een vergunning voor haar te regelen om in geval van medische noodzaak onbezet gebied te betreden. Aan de andere kant van de rivier loopt een strook van zeven kilometer waarop streng wordt gesurveilleerd, en iedereen die daar zonder de juiste papieren wordt aangetroffen wordt overgedragen aan de autoriteiten en moet de gevolgen dragen. Uw vrouw moet zich melden op de mairie, waar er een vergunning voor haar kan worden geregeld. En u krijgt een vergunning om met uw truck te rijden om meel te bezorgen, aangezien u nu bijdraagt aan de oorlogsinspanningen. Het voertuig wordt officieel ingeschreven voor publieke dienstverlening. U krijgt wekelijks benzinebonnen om de benodigde taken uit te kunnen voeren.'

De Duitse officier zei weer iets, een harde tirade van woorden waar Gustave niets van verstond, hoewel de impliciete dreiging overduidelijk was. De soldaat vertaalde op mildere toon: 'U dient niet te vergeten, monsieur Martin, dat u en uw vrouw privileges genieten die niet voor iedereen zijn weggelegd. Maak er geen misbruik van. En vergeet niet dat hamsteren of sabotage strafbare misdrijven zijn. De privileges die u hebt, brengen verantwoordelijkheden met zich mee. We houden u beiden nauwlettend in de gaten om ons ervan te verzekeren dat u correct met die verantwoordelijkheden omgaat.'

'*Vous comprenez*?' De officier spuwde de twee Franse woorden op dreigende toon uit naar Gustave.

Gustave beantwoordde de vijandige blik van de officier met gelijkmoedigheid, zijn eigen gezichtsuitdrukking kalm neutraal. 'Dat begrijp ik zeker, m'sieur.'

De tolk maakte nog wat aantekeningen. 'Dan verwachten we u en uw vrouw op zo kort mogelijke termijn op de mairie.'

Ze stonden op en Yves deed een stap opzij om hen naar buiten te laten. Vader en zoon keken toe hoe de soldaten het pad afreden, de banden van hun jeep steentjes en stofwolken opwerpend.

Verderop zagen ze de jeep een nieuwe stofwolk doen opwaaien toen ze de zijweg inreden en de heuvel achter de molen opklommen.

'Ze gaan naar het chateau,' zei Yves.

'Daar ziet het wel naar uit,' knikte Gustave. Toen draaide hij zich om naar de truck. 'Kom, dan gaan we deze lading zo goed mogelijk bezorgen.' Hij maakte het dekzeil los en begon een deel van de zakken meel uit te laden.

'Wat doet u, papa?' vroeg Yves.

'Als we een derde van onze productie aan de Duitsers moeten afstaan, moeten we zorgen dat die evenredig kleiner is,' gromde Gustave. 'Help je me even deze te verstoppen in de tunnel achter de varkensstal?'

Eliane was de bijenkasten aan het verzorgen toen ze de jeep hoorde die tot stilstand kwam bij het chateau, gevolgd door het geluid van de portieren die dichtsloegen. Het militaire voertuig en de soldaten zagen er extra grotesk uit in die vredige omgeving, afgezet tegen het tijdloos elegante metselwerk van de gebouwen.

Monsieur le comte, die hen vast aan had zien komen rijden vanachter het raam van de bibliotheek, stond op de bovenste trede van de trap bij de voordeur, nauwelijks leunend op zijn wandelstok nu hij zich zo groot mogelijk maakte. De soldaten salueerden, hun hakken tegen elkaar klikkend op hun abrupte manier. Na wat inleidende woorden liepen ze achter hem aan naar binnen en verdwenen.

Eliane plaatste snel de ramen die ze in een van de kasten aan het zetten was – voor een nieuwe zwerm die ze eerder die zomer uit de takken van de perenboom had gelokt – en haastte zich naar de keuken. Ze trok onderweg haar handschoenen uit en zette haar brede hoed met sluier af.

'Ze zijn er! Hebt u hen gezien?' vroeg ze buiten adem aan madame Boin.

De kokkin knikte en perste haar lippen afkeurend op elkaar terwijl ze met veel meer kracht dan nodig was een ui in stukken hakte. 'Nou en of.'

'Wat moeten we nu?'

Madame Boin draaide zich om naar Eliane. 'Helemaal niets, kind. Luister goed: de beste manier om te overleven wat ons ook te wachten staat is door alles precies zo te blijven doen als altijd. Ik ben van plan het zogenaamde nieuwe "bewind" zo veel mogelijk te negeren. Ik krijg mijn orders van monsieur le comte en van niemand anders. Hij is nu 27 jaar mijn baas en er is meer nodig dan het Duitse leger voordat ik hem aan zijn lot overlaat. Hier...' Ze gaf Eliane het mes waarmee ze net had staan zwaaien. 'Als jij de groente verder snijdt, dan ga ik het brood in de oven zetten, anders rijst het te lang.'

Op dat moment verscheen de graaf in de deuropening. 'Ah, madame Boin, zou u even een pot koffie voor het bezoek willen zetten? En een tisane van citroenmelisse voor mij? We zitten in de bibliotheek.'

Eliane bracht het dienblad naar de bibliotheek. Hoewel madame Boin erop aandrong dat het uitstekend met haar ging, beefden haar handen toen ze de ketel op het vuur zette zo onbedaarlijk van nauwelijks ingehouden razernij dat het water alle kanten op klotste en de kokende druppels over de bovenkant van het fornuis ketsten, waar ze een spuwende, sissende stoomwolk creëerden.

De mannen stopten abrupt met praten toen Eliane binnenkwam en wachtten tot ze de koffie had ingeschonken en was vertrokken voordat ze verder spraken.

Het was meer dan een uur later toen ze de soldaten hoorden

vertrekken, de portieren van de jeep weer dichtslaand en nog een stofwolk achter hen de lucht in sturend.

De graaf kwam naar de keuken, onhandig met het dienblad in één hand balancerend. 'Dank u wel, madame Boin, en jij ook, Eliane. Die kalmerende tisane had ik hard nodig. Het leven op het chateau gaat drastisch veranderen. De bezoekers die er net waren worden onze vaste gasten op Château Bellevue. Ze gaan zich hier inkwartieren en er zullen ongetwijfeld nog meer collega's volgen.'

Madame Boin snakte naar adem en liet zich op de dichtstbijzijnde stoel zakken, waar ze zichzelf wat verkoeling toe wapperde met de theedoek die ze in haar hand had.

Eliane verzamelde de moed om te vragen: 'En hoe moet dat dan met u, monsieur?'

'Ik mag in mijn eigen kamer blijven. Maar ik denk dat het veel minder spanning zal opleveren als ik onafhankelijk van hen ben. Dus hoop ik dat je me wilt helpen naar de cottage te verhuizen. Ik denk dat dat de beste oplossing is voor deze onwelkome situatie.'

'En wij dan?' Madame Boin wapperde zichzelf met fellere beweging nog wat lucht toe. 'Waar moeten wij naartoe? En wie zorgt er dan voor u, monsieur?'

Hij ging tegenover haar aan tafel zitten en gebaarde Eliane ook te gaan zitten.

'Dames,' begon hij, en toen schraapte hij zijn keel. 'Ik hoef jullie niet te vertellen dat we in een uitzonderlijke tijd leven. Ik wil niet dat jullie iets doen waarbij je je onprettig voelt. Als jullie niet op Château Bellevue willen zijn zolang het is bezet door de vijand, begrijp ik dat volkomen. Als we de oorlog allemaal heelhuids doorkomen, mogen jullie erna uiteraard terugkomen.'

Een traan biggelde over Elianes wang, die ze stilletjes wegveegde. Madame Boin keek de graaf geschokt aan.

Hij schraapte nogmaals zijn keel. 'Er is echter een alternatief. Denk er maar rustig over na. Laat me nogmaals benadrukken dat ik niet wil dat je iets doet waarbij je je onprettig voelt. Maar het chateau biedt ons ook een kans. Een unieke kans. De Duitsers hebben me verteld dat ze van plan zijn hier een radiostation te bouwen. Onze positie op de heuveltop maakt het een ideale locatie voor het versturen en ontvangen van berichten. We hebben de kans te zien wat ze doen en misschien zelfs hun berichten te horen. Wat ons de gelegenheid biedt om onze landgenoten bij te staan in hun gevecht tegen de vijand. In Londen zit een Franse generaal die sinds een paar weken berichten stuurt. Hij heet De Gaulle. Ik heb vlak voordat de wapenstilstand werd ondertekend voor het eerst van hem gehoord, toen hij ons in onze wanhoop hier een bericht van hoop stuurde. Het heeft daarna ook in de krant gestaan, en ik draag het altijd bij me.' Hij viste een dun, opgevouwen stukje krantenpapier uit zijn borstzak en las voor: "'Frankrijk heeft een slag verloren! Maar Frankrijk heeft de oorlog niet verloren! Ik nodig alle Fransen, waar ze ook zijn, uit met mij deel te nemen aan de strijd, in opoffering en hoop. Ons vaderland dreigt te sterven. Laat ons samen vechten om het in leven te houden!'

'Hebt u net koffie gedronken met die Duitsers met die woorden in uw borstzak?' vroeg madame Boin ongelovig.

'Eerlijk gezegd dronk ik een kopje kruidenthee, maar inderdaad. Als jullie dus net zoals ik besluiten gehoor te geven aan de oproep van generaal De Gaulle, vraag ik jullie in overweging te nemen hier te blijven werken. Ik weet dat dat zal betekenen dat je onaangenaam werk zult moeten doen, zoals het verzorgen van de maaltijden voor de soldaten die onder ons dak vertoeven. Maar het biedt ons de kans inzicht te krijgen in hun plannen en activiteiten; het biedt ons de kans ons vaderland te helpen redden en het te bevrijden van de Duitse onderdrukker.'

Madame Boin keek van Eliane naar de graaf en weer terug. Haar lach was onverwachts, en Eliane schrok ervan. 'We zouden wel een onwaarschijnlijk geheim legertje vormen met zijn drietjes. Als ik zo vrij mag zijn, m'sieur,' voegde ze snel toe toen ze zich herinnerde dat ze het tegen haar baas had.

De graaf glimlachte. 'Dat is precies de reden waarom we mogelijk heel effectief zullen zijn, mijn beste madame Boin. Wie gaat ons drietjes hier op het chateau ergens van verdenken?'

De kokkin knikte langzaam terwijl ze zijn woorden overwoog.

'U hoeft niet meteen te beslissen,' zei monsieur le comte. 'Onze wereld is vanochtend op zijn kop gezet, dus neem de tijd die nodig is om te beslissen. Maar...' Hij stak een waarschuwende vinger op. 'Zelf ga ik hoe dan ook doen wat ik kan. Dus wil ik jullie vragen dit met niemand te bespreken, zelfs niet met je familie. We leven in een verraderlijke tijd en de oorlog legt op iedereen die hij raakt veel onvoorziene druk. Als de Duitsers zouden weten dat mijn motivatie om hen zo gastvrij te ontvangen geen capitulatie aan hun nieuwe orde is – zelfs het tegenovergestelde – maak ik me geen illusie over de gevolgen.'

Madame Boin smeet haar theedoek op tafel. 'Ik hoef er niet over na te denken,' zei ze manhaftig. 'Er moet iemand voor u zorgen, m'sieur. Meer dan ooit, in een huis vol Duitsers, lijkt me.'

Eliane aarzelde en dacht terug aan de woorden die madame Boin eerder die dag had gesproken: de beste manier om te overleven wat ons ook te wachten staat is door alles precies zo te blijven doen als altijd. Zou dat mogelijk zijn als er Duitse soldaten op Château Bellevue zouden wonen? Een plotseling beeld van hoe Mireille op de landweg op haar af was komen strompelen met de baby in haar armen – en de gedachte aan wat de Duitsers de moeder van Blanche hadden aangedaan – maakte dat ze naar adem snakte. Ze dacht aan Mathieu, van wie ze nu al meer dan twee weken niets had gehoord. Was hij gestrand in onbezet gebied en niet in staat haar te bereiken? Had hij geprobeerd contact met haar op te nemen, zoals zij op haar beurt probeerde hem te bereiken? Had hij haar brieven gekregen? Hoe – en wanneer – zouden ze elkaar weer kunnen zien? Haar verlangen naar hem zat vastgeklonken in haar borst, een ziekmakende pijn, een samentrekking van verlies die haar de adem ontnam en haar het gevoel gaf dat haar hart verschrompelde. Hoe kon dit zijn gebeurd? Hoe kon iemand, ergens, op een dag beslissen een lijn over een landkaart te trekken die hen zo van elkaar scheidde? Diezelfde lijn had als een scalpel door gemeenschappen en families gesneden en Frankrijk in tweeën gespleten.

Toen drong tot haar door dat het onmogelijk zou zijn om alles te blijven doen zoals altijd. De wereld was niet meer zoals altijd. Het was tijd om te vechten voor de dingen die ertoe deden. Ze leefden samen met de vijand; het was tijd om te doen wat ze kon om zich daartegen te verzetten.

Abi

2017

DE NACHTLUCHT IS DIK EN ZWAAR als een deken. Ik lig onder mijn klamboe, de ramen en luiken wijd open, in de hoop dat elk zuchtje wind dat er misschien is zich verleid voelt binnen te komen.

Boven op de heuvel wordt het dreunen van de dancemuziek uit de schuur zachter en valt dan als de laatste trouwgasten naar bed gaan helemaal stil. Ik begin aan de routine te wennen, hoewel elk evenement een eigen sfeer heeft binnen het raamwerk dat Sara en Thomas aanbieden. Mijn zelfvertrouwen begint ook een beetje terug te komen. Ik heb terwijl Karens pols moest genezen wat extra taken op me genomen en heb voor het eerst voor in het huis, bij de gasten, gewerkt. Ik moet toegeven dat ik van tevoren zo zenuwachtig was dat ik in een grote groep mensen moest werken dat ik bijna moest overgeven, maar Jean-Marc was er ook, achter de bar, en het was fijn zijn geruststellende glimlach te zien, elke keer dat ik me langs de bar heen haastte, en te weten dat Sara en Thomas ook in de buurt waren. En iedereen was zo vriendelijk en het was allemaal zo gezellig dat het onmogelijk was om niet samen met de gasten te ontspannen en van het feest te genieten.

De meeste bruiloften zullen wel gelukkige gebeurtenissen zijn. Misschien heb ik gewoon pech gehad.

Ik lig te woelen in de verstikkende duisternis in de zolderkamer en denk aan de keuzes die Eliane en haar familie hebben moeten maken. Madame Boin zei dat het het beste zou zijn om alles zo veel mogelijk hetzelfde te blijven doen, te proberen de oorlog te negeren. Dat klinkt mij behoorlijk onmogelijk in de oren. Ik weet dat er mensen met de Duitsers hebben gecollaboreerd. Sommigen deden dat waarschijnlijk omdat ze geloofden in waar de Duitsers voor vochten; maar de meesten waren waarschijnlijk doodsbang, werden voor onmogelijke keuzes gesteld en gingen collaboreren om te overleven.

Anderen kozen het pad van verzet.

Ik denk na over wat Sara me over Eliane heeft verteld. Ze had overduidelijk zo'n vredelievend, zachtaardig karakter en geloofde, net als haar moeder, Lisette, in het redden van levens, in nieuw leven in de wereld brengen en te zorgen voor ouden en zieken, zoals monsieur le comte. Maar toen ze voor de keuze werd gesteld, koos ze zonder aarzelen de weg van verzet.

Ik schaam me dat ik me pas aan het eind ben gaan verzetten. Het heeft me jaren gekost om er de kracht voor te vinden, omdat ik zo snel in Zacs web van totale controle verstrikt was geraakt. Hij nam me systematisch mijn gevoel van identiteit af, dat misschien al nooit heel sterk was geweest. Het was zo eenvoudig om geïsoleerd te raken in mijn glazen toren met uitzicht op de rivier; het was gemakkelijker om binnen te blijven dan erop uit te trekken en mijn nieuwe woonomgeving te ontdekken; gemakkelijker om excuses voor mijn paar vrienden te bedenken dan nog een avond van Zacs hatelijkheden en kilte jegens hen te verduren, de subtiele verandering in zijn stemming gewaar te worden, waarvan ik wist dat het ellende voor mij betekende zodra we thuis kwamen.

Na een tijdje hadden we alleen nog contact met zijn vrienden.

Ik probeerde een paar keer alleen naar mijn eigen vrienden te gaan, maar als ik dan thuiskwam had Zac zich zonder uitzondering in zijn eentje bezat. En als hij dronken was, was het voor mij nog erger. Dus werd het, ironisch genoeg, veiliger voor me om de vrienden, die me als ze hadden geweten wat zich er afspeelde uit mijn huwelijk hadden kunnen helpen ontsnappen, los te laten. Ik was verstrikt geraakt in Zacs web, en ontsnappen was onmogelijk.

Ik probeerde mezelf ervan te overtuigen dat de momenten dat hij liefdevol en zorgzaam was de momenten waren die ertoe deden en dat de storm in zijn humeur niets meer was dan donkere wolken die door de blauwe hemel van ons leven samen bewogen. En niemand heeft per slot van rekening een relatie zonder ooit ruzie te maken of andere obstakels tegen te komen? Toch? Ik had geen idee. Ik kon het niemand vragen, had geen vrienden om mijn leven mee te vergelijken of te zien waar de grenzen voor 'normale' mensen liggen.

Ik wist ondertussen dat ik niet 'normaal' was, want daar wees Zac me veelvuldig op. 'Als ik zou hebben geweten hoe beschadigd je bent zou ik nooit met je zijn getrouwd,' zei hij op een dag op ijzige toon toen hij me stille tranen huilend op mijn zij op mijn bed aantrof. 'Misschien had mijn moeder toch gelijk.'

Maar hij kwam ook met cadeautjes om me mee op te beuren (of probeerde hij zijn schuldgevoel ermee te sussen?). Hij kocht een dure nieuwe telefoon voor me. Ik was dolblij toen hij hem me gaf, op een avond tijdens het eten. Maar toen had hij hem uit mijn handen gegrist en erop gestaan hem voor me in te stellen. 'En hier,' zei hij terwijl hij op knoppen drukte en schermen weg swipete, 'kun je deze aanzetten,' – hij klikte op het icoon DEEL MIJN LOCATIE – 'en dan kan ik altijd op mijn eigen telefoon zien waar je bent. Dan kan ik voor me zien waar je bent en wat je doet als we overdag niet bij elkaar zijn.' Ik neem aan dat het de bedoeling was dat ik me gevleid voelde dat hij altijd dicht bij me in de buurt wilde zijn.

Hij zei alles wat ik wilde horen, maar waarom leken zijn woorden altijd iets anders te betekenen?

Hij kocht ook kleren voor me, heel anders dan mijn gebruikelijke stijl: getailleerde jurkjes, kokerrokjes, zijden blouses. Dure kleren, waar ik dankbaar voor had moeten zijn, maar die me inperkten en me het gevoel gaven dat ik iemand moest zijn die ik niet was.

Ik miste mijn spijkerbroeken en de kleverige knuffels van de kinderen voor wie ik had gezorgd. Op een avond verzamelde ik de moed om hem voor te stellen dat ik een baan zou gaan zoeken – natuurlijk niet fulltime, aangezien het schoonhouden van het appartement (Zac had een hoge standaard) en het koken van zijn eten me een groot deel van de dag bezighield, maar misschien een paar uurtjes in de ochtend voor een overwerkte moeder die de hulp goed kon gebruiken.

Zacs blik werd donker en ik zette me schrap voor zijn woede, deinsde terug in de kussens van de bank waar we zaten. Dat kon hij met louter zijn blik: me vastpinnen op de plek waar ik zat, als hij zo op me focuste. Hij keek me even aan en het was moeilijk zijn uitdrukking te lezen. Ik keek weg, probeerde te voorkomen dat zijn blik me zou bevriezen, concentreerde me op de twinkelende lichten van de stad onder het enkele knipperende licht van een vliegtuig dat bijna zijn bestemming had bereikt. Hij legde een hand op mijn arm en ik deinsde nogmaals terug.

'O, Abi,' verzuchtte hij. Zijn stem klonk zacht, wanhopend. 'Ik heb geprobeerd je alles te geven wat je hartje begeert. De meeste vrouwen zouden dolgelukkig zijn als ze zich geen zorgen zouden hoeven maken om werk. Het appartement, alles wat we hebben, ik heb er zo hard voor gewerkt. En dan is dit hoe je me bedankt? Door voor te stellen voor de kinderen van anderen te gaan zorgen? En hoe zit het dan met mijn behoeftes? Hoe zit het dan met een kind van onszelf?'

Mijn bloed leek te stoppen met stromen toen hij dat zei. Ik had altijd vreselijk graag een eigen kind gewild, of twee, of drie, maar de gedachte aan hoe dat me gevangen zou houden – en hen – in zijn web, zo strak dat er nooit, nooit een ontsnapping mogelijk zou zijn, joeg me doodsangst aan.

Hij pakte mijn hand. 'Weet je wat, we gaan het meteen proberen, vanavond nog!' Nu was zijn gezichtsuitdrukking weer teder, bezorgd dat ik probeerde me van hem los te maken, dat ik me probeerde te ontworstelen aan de zijden draden van het web waarin hij me had vastgezet. 'Gooi je pil weg, liefste, en kom mee naar bed.'

In de badkamer deed ik het kastje boven de wastafel open en haalde het doosje met anticonceptiepillen eruit. Ik wist dat hij het zou gaan controleren. Dus liet ik een half opgemaakte strip in het doosje zitten en gooide dat in de prullenbak onder de wastafel. De andere strips schoof ik in de mouw van mijn shirt. Ik wachtte in de slaapkamer tot hij zijn tanden ging poetsen en deed de strips toen in het ritsvak van een oude handtas die op een plank in de kledingkast lag.

Nu ik erop terugkijk was dat wellicht mijn eerste verzetsdaad. Misschien hoef ik me toch niet zo heel erg voor mezelf te schamen.

Deel 2

Eliane

1940

ELIANE WAS BLIJ TE ZIEN DAT HAAR zus in de loop van de zomer steeds meer haar kracht terugvond. Nu ze weer thuis in de molen woonde en er de eenvoudige, doch voedzame zelfgemaakte maaltijden at, liefdevol werd verzorgd door haar familie en haar dagen vredig spelend met Blanche aan de rivier doorbracht, begon haar gewonde geest te helen. De sluisdeuren waren weer opengezet, dus klonk niet langer het oorverdovende gebulder van het water op de waterkering, maar het bekende gemurmel op de achtergrond van het leven in de molen. Eind augustus had Mireille weer haar oude levenslustige blik in haar ogen en op een wonderschone zondagmiddag keken Lisette en Eliane elkaar met een brede glimlach aan toen het geluid van Mireilles lach klonk, welkom en vreugdevol als het gelui van de kerkklokken.

'Moet je dat stoute aapje nou toch zien!' riep ze terwijl ze Blanche aan Lisette overdroeg. 'Ze is helemaal naar de rand van de poel gekropen en toen begon ze modder te eten.'

'Ze zit helemaal onder!' Maar Lisette kon haar lachen ook niet inhouden. 'En jij bent zelf geen haar beter, Mireille. Jullie zijn schandalig smerig. Je hebt net zo veel viezigheid aan je handen als Blanche.' Ze veegde met de hoek van haar schort een vlek van Mireilles wang.

'Ach, aangezien ze toch al helemaal onder zat, leek het me leuk om een modderkasteel te bouwen,' grijnsde Mireille.

Lisette waste Blanches handjes en gezichtje en liep met haar naar boven om haar schone kleertjes aan te trekken. Mireille ging aan de keukentafel zitten en bladerde afwezig door de krant van de week ervoor.

'Hoe is het met monsieur le comte?' vroeg ze Eliane. 'Dat zal niet gemakkelijk voor hem zijn, in de cottage wonen terwijl zijn chateau is overgenomen door les Boches.'

'Het gaat wel. Hij is een dappere oude man.' Eliane wijdde verder niet uit; de graaf bleef aandringen hoe belangrijk het was dat ze tegen niemand iets zei, ook niet tegen haar eigen familie. 'In tijden als deze kan kennis levensgevaarlijk zijn,' had hij gezegd. 'Je beschermt je familie door niets te vertellen over wat zich hier afspeelt. Dat is ook de reden waarom ik jou de details van wat ik doe niet vertel: als de Duitsers erachter komen, is het beter voor jou en madame Boin als je niet weet wat er speelt.'

Eliane had bepaald niet de indruk dat er subversieve activiteit was. Ze vroeg zich zelfs wel eens af of monsieur le comte waanbeelden begon te krijgen, wat ze best zou begrijpen, gezien zijn leeftijd en de shock dat zijn huis in beslag was genomen door de vijand. Hij zat veel in de bibliotheek te lezen – de Duitsers stonden hem die ruimte graag af, gezien hoe vrijelijk hij hen in zijn huis had toegelaten – en hij at in de keuken. Een groot deel van de middag lag hij te slapen in de cottage, en na het avondeten vertrok hij al snel naar zijn slaapkamer, waarna de vrouwen nog net tijd hadden om alles aan kant te maken en naar huis te gaan voordat de avondklok inging.

Madame Boin weigerde haar keuken te verlaten nu het chateau was 'vergeven van les Boches,' zoals zij het noemde. Ze kookte voor de Duitsers, zoals de graaf haar had gevraagd te doen, maar dat deed ze met nadrukkelijk chagrijn en demonstratief gekletter van pannen. In opdracht van de graaf zette Eliane alles in de eetkamer neer voordat de Duitsers kwamen eten, en kwam ze pas afruimen als ze weer waren vertrokken, dus kruisten hun paden zelden of nooit. De enige uitzondering was de tolk – *Oberleutnant* Farber – die als liaison fungeerde en verzoeken (of eigenlijk waren het gewoon bevelen) overbracht van de officiers die hun intrek hadden genomen op Château Bellevue. Het was op zich best een aardige man, vond Eliane, hoewel ze nerveus werd van zijn uniform. De insignes op zijn jas – de zilveren adelaar met uitgestrekte vleugels en de scherpe geometrie van de swastika – voelden als brute iconen van dominantie en vervolging.

Op een vrijdagavond had Eliane de keukenvloer net gedweild, haar laatste taak van die week, toen ze geschrokken opkeek en een figuur in de deuropening zag staan. Het was monsieur le comte, die een vinger tegen zijn lippen drukte en haar een verzegelde envelop gaf. Ze nam hem aan, in verwarring, en toen zag ze dat de naam van haar vader er in het gedistingeerde handschrift van de graaf op stond geschreven. Hij gebaarde haar de brief in de zak van haar schort te steken en verdween toen met een hoofdknikje het donkere pad naar de cottage op. Ze keek hem na, en had het gevoel dat hij bewust in de schaduw liep, de weinige lichtstralen vermijdend die rond de randen van de slecht passende verduisteringsgordijnen in het chateau ontsnapten en die de tuin hier en daar verlichtten.

Toen ze thuis was gekomen, had ze haar vader de envelop gegeven. Gustave had geknikt en hem ongeopend in zijn zak gestoken. Eliane had wel beter geweten dan er iets over te vragen.

Ze zei nu, toen Mireille begon voor te lezen uit de krant, ook niets tegen haar zus over die brief. '"Parijs ligt er vrijwel verlaten bij en werkgevers roepen hun personeel op terug te keren. Nu de wapenstilstand een feit is voert de Luftwaffe geen bombardementen meer uit en zullen er tijdelijk extra treinen uit Bordeaux naar de hoofdstad rijden om te zorgen dat werknemers terug kunnen naar hun post."'

Eliane had haar moeders werk in de keuken overgenomen toen die Blanche schone kleertjes was gaan aantrekken. Lisette had medicatie voor de komende week staan maken, dus goot Eliane nu zorgvuldig de essentiële oliën uit de flessen met glazen stop in de kleinere flesjes die Lisette altijd meenam als ze haar ronde deed. Ze hield een moment op met waar ze mee bezig was en keek Mireille even aan, de woorden die ze net had voorgelezen nog in de lucht, vermengd met de medicinale geur van pepermunt tegen maagzuur tijdens de zwangerschap, en kruidnagel voor het tandvlees van kleintjes bij wie de tandjes doorkwamen.

'Ga je terug?' vroeg ze.

Mireille staarde uit het raam; of ze de rivier en de treurwilg zag of beelden van het bloedbad waarvan ze getuige was geweest, wist Eliane niet.

Toen knikte Mireille langzaam, haar besluit nemend. Ze wendde zich tot Eliane. 'Ik ben genoeg aangesterkt. Ik weet dat ze me goed kunnen gebruiken in het atelier; heel veel meiden zijn tegelijk met Esther en mij vertrokken. Ik vraag me af wie er verder nog teruggaat. Ik vraag me af wie er nog in leven zijn...'

'Maman zal het er niet mee eens zijn,' zei Eliane, die haar aandacht nu weer op de medicijnflesjes richtte.

Mireille slaakte een zucht. 'Dat weet ik. Maar ik heb hier niets te doen. Maman en jij zorgen zo goed voor Blanche, daar hebben jullie mijn hulp niet bij nodig. Maar in Parijs hebben ze me wel nodig. Ik heb laatst een ansichtkaart van monsieur le directeur gekregen. Hij heeft te horen gekregen dat als het hem niet lukt zijn bedrijf zoals altijd te runnen, het door de Duitsers wordt overgenomen en dat die er dan hun eigen mensen aan het werk zetten. Het lijkt me veel beter als hij het in eigen handen kan houden. Hij is een goede baas. En hij heeft mensen als Esther proberen te helpen. Misschien zijn er wel andere vrouwen zoals zij, die er werk en onderdak kunnen vinden. Misschien dat ik op die manier ook mijn steentje kan bijdragen…'

Mireilles stem werd sterker terwijl ze sprak, en haar woorden droegen meer overtuigingskracht dan ze hadden gedaan sinds haar terugkeer naar de molen. Op dat moment kwam Lisette binnen met een fris gewassen en schoon aangeklede Blanche, die heerlijk naar de massageolie rook – een mengsel van dragon, lavendel en munt – die Lisette voor de baby's voor wie ze zorgde gebruikte als balsem tegen buikkrampjes en om hen tot rust te brengen. Ze droeg de baby aan Mireille over om met haar op haar knie te hupsen.

'In dat geval,' zei Lisette, die duidelijk had meegekregen wat Mireille had gezegd, 'zul je moeten zorgen dat je echt sterk genoeg bent om terug te gaan, ma fille.'

Mireilles gezicht lichtte op. 'Betekent dat dat u me laat gaan, maman?'

'Begin september, mits ik ervan overtuigd ben dat je inderdaad volledig bent hersteld.' Lisette streek een lok haar van Mireilles voorhoofd, en ze keek diep in de donkere ogen van haar oudste dochter. 'Ik ken je. Ik weet dat hier blijven je ziel niet zal helpen te helen en sterker te worden. In Parijs gaat dat je wel lukken, dat weet ik zeker. Maar vergeet niet dat je altijd naar de molen terug kunt komen als je Parijs opnieuw moet verlaten. Dit is je thuis, en dat zal het altijd blijven.'

Er biggelde een traan over Mireilles wang en ze begroef haar gezicht in de krullen van Blanche, die zo op die van haarzelf leken.

Lisette streelde het haar van haar dochter, stelde haar gerust. 'Nu weet ik zeker dat je beter aan het worden bent,' zei ze glimlachend. 'Want je kunt eindelijk weer huilen.'

Die maandagochtend ging Eliane zoals gebruikelijk naar de ommuurde tuin om de bijenkasten te controleren en de ingrediënten te plukken die madame Boin nodig had voor het menu van die dag. De bovenste ramen in de kasten zaten vol zomerhoning, netjes verzegeld met bijenwas. Ze zou die week de laatste voorraad van dat jaar verzamelen, waarbij ze er zorg voor zou dragen dat er genoeg voorraad voor de bijen overbleef om de winter mee door te komen. Als hij net zo streng zou worden als de winter ervoor zouden ze extra nodig hebben, al helemaal nu het vanwege de rantsoenering moeilijk was om suiker over te houden.

Toen ze de ramen die ze had geïnspecteerd terugplaatste, hoorde ze het hek opengaan; ze draaide zich om en zag monsieur le comte.

'Bonjour, monsieur.'

'Bonjour, Eliane. Hoe is het vandaag met de bijen?'

'Uitstekend, dank u. De kolonies waren na de vorige winter de uitputting nabij, maar ze hebben het overleefd en zijn nu weer helemaal op kracht.'

Hij boog zich een stukje voorover, leunend op zijn wandelstok, om een werkbij te bestuderen die net bij de ingang van de kast was geland en druk haar dansje deed om haar kameraden te vertellen waar ze de beste voorraad nectar konden vinden.

'Ik blijf het fascinerend vinden om te zien hoe ze dat doen.'

Hij rechtte zijn rug en glimlachte naar Eliane. 'Ze werken zo slim samen, als gemeenschap, elk diertje met zijn eigen rol om te zorgen dat de kolonie overleeft.'

Hij gebaarde Eliane hem te volgen en liep een stukje van de kasten vandaan om te voorkomen dat hij in hun vliegroute zou staan en ze daarmee zou agiteren. 'Laat me eens zien wat je hier aan het verbouwen bent,' vroeg hij haar.

Ze bracht meer tijd in de moestuin door sinds het vertrek van de tuinman. Hij was een paar maanden voordat de wapenstilstand was ondertekend het leger in gegaan en was voor zover iedereen wist nu een van de duizenden gevangen Franse soldaten die naar werkkampen in Duitsland waren gestuurd.

Eliane wees de nazomerse oogst courgettes, bonen en tomaten aan, maar de graaf leek er niet bij te zijn met zijn hoofd. Ze hield op met praten. Toen zei hij, nog starend naar de keurig gewiede bedden, alsof hij zich concentreerde op de groenten: 'Zou jij net als die werkbij je gemeenschap willen helpen, Eliane?'

Ze volgde zijn voorbeeld en bleef de tuin in kijken, alsof ze de planten bestudeerde. Ze antwoordde zacht: 'Bien sûr, monsieur.'

'Ik wil je niet in gevaar brengen. Dus ga ik je alleen vragen om een soort dans uit te voeren om daarmee een bericht aan anderen te sturen. Je hoeft niet te weten wie ze zijn of waar ze zijn. Het enige wat je moet doen is wanneer ik het zeg deze hoofddoek dragen...' Hij viste een opgevouwen roodzijden doek met een patroon erop uit zijn zak. 'En dan buiten de muren van de tuin een wandelingetje maken met je mand. Het is belangrijk dat je die hoofddoek draagt en met de klok mee beweegt: dat zijn de onderdelen van de dans die het bericht overbrengen. Zou je dat willen doen?'

Eliane keek naar de felgekleurde sjaal die hij naar haar uitstak. Ze nam hem zonder iets te zeggen van hem aan en deed hem in de zak van haar schort. Toen mompelde ze: 'Maar m'sieur, die doek is veel te chic voor een meisje als ik. Zijde van die kwaliteit, en met dat schitterende patroon... Gaan mensen daar niets van denken?'

'Hij is van mijn moeder geweest,' zei hij. 'Maar ik wil dat je hem vaker gaat dragen. Als iemand ernaar vraagt, kun je misschien zeggen dat je hem van je zus in Parijs hebt gekregen. Zij heeft toegang tot zulke mooie stoffen, dat zal iedereen geloven. Als een van onze "gasten" je tijdens je wandeling aanhoudt, zeg dan dat je wilde bloemen plukt voor de geneeskrachtige drankjes die jij en je maman maken.'

'Dat is goed, m'sieur. Maar hoe weet ik wanneer ik moet gaan wandelen?'

'Ik zit vanochtend zoals gebruikelijk in de bibliotheek. Ik heb begrepen dat onze "gasten" vandaag een belangrijke bijeenkomst in de mairie hebben. Als de kust veilig is, kom ik naar de keuken en vraag madame Boin pepermunttisane voor me te maken. Dat is het moment dat jij je dans moet doen, zoals de bijen, om het bericht te versturen.'

'Begrepen.' Haar stem was bijna een fluistering, maar hij hoorde haar antwoord duidelijk.

'Dank je, Eliane.' Hij wees nogmaals naar de groentetuin, alsof hun gesprek daar de hele tijd over was gegaan, en liep toen terug naar het chateau.

Diep in gedachten verzonken terwijl ze de ingrediënten voor madame Boin verzamelde, plukte Eliane opzettelijk geen pepermunt.

Het was die ochtend het gebruikelijke komen en gaan van Duitse soldaten op Château Bellevue; een koerier op een motorfiets kwam de oprijlaan op sputteren om documenten voor de generaal te brengen; een stel soldaten marcheerde langs het keukenraam op weg om de patrouille bij de controlepost op de brug in Coulliac af te lossen; een militaire truck kwam tot stilstand bij de voordeur.

'Er komen er nog twee,' zei madame Boin misnoegd toen zij en Eliane nog twee bedden aan het opmaken waren in een kamer op de eerste verdieping. 'Als dat zo doorgaat, barst het chateau straks uit zijn voegen.'

De deur van de belendende kamer ging open en ze hoorden het kraken van een radio en Duitse stemmen. Het radiostation was hier opgezet, en het drong ineens tot Eliane dat het recht boven de bibliotheek was, waar de graaf de laatste tijd zo veel tijd doorbracht.

Oberleutnant Farber klopte op de open slaapkamerdeur. '*Mesdames*, die bedden hebben geen haast. De nieuwe gasten hebben opdracht hun plunjezakken zolang in de hal te laten staan, aangezien ze nu elders nodig zijn. Als de kamer vanmiddag klaar is, is dat goed. En er hoeft vandaag geen lunch te worden geserveerd; we zijn er niet.'

'Oui, monsieur,' zei madame Boin. Toen het geluid van zijn voetstappen niet meer te horen was, gromde ze verder: 'Eerst laten ze ons niet van tevoren weten dat er nieuwe gasten komen en dan wijzigen de plannen voor de lunch. Hoe moet ik de keuken onder zulke omstandigheden succesvol runnen? Over aanmatigend gesproken...'

Eliane keek terwijl ze een onderkussen in een sloop deed uit het slaapkamerraam hoe een aantal soldaten in de truck klom, waarna oberleutnant Farber de jeep voorreed voor de generaal. Toen hij wegreed, keek de oberleutnant kort naar boven, waar hij Eliane zag staan. Hij glimlachte en gaf haar een kort knikje voordat hij het voertuig draaide en de steile oprijlaan af reed in de richting van de stad.

Toen het stof eenmaal weer was neergedwarreld, was het stil in het chateau. Eliane haastte zich naar beneden naar de keuken en ging aan de slag met het doppen van de sperziebonen. Een paar minuten later hoorde ze de langzame voetstappen en het getik van de wandelstok, dat aangaf dat de graaf eraan kwam.

Toen hij de keuken binnenliep bracht het vredige tafereel van huiselijkheid dat hij gadesloeg een glimlach op zijn gezicht. 'Madame Boin, wilt u mijn ochtendtisane even maken? Ik heb vandaag wel zin in pepermunt.'

'Oui, monsieur.' Ze zette een ketel water op. 'Eliane, waar is de munt? Ik had je toch gevraagd die te plukken?'

'Ben ik dat vergeten? O, dat spijt me, madame. Ik ga het nu meteen doen.' Ze pakte de rieten mand die naast de keukendeur stond en liep naar buiten. Zodra ze uit het zicht van madame Boin was, zette ze de mand neer en haalde de sjaal uit de zak van haar schort. Het was een van de mooiste dingen die ze ooit had gezien: een vierkant knalrode zijde met een patroon van exotische bloemen en vogels. Ze schudde de vouwen eruit, maakte er een driehoek van en bond die over haar haren. Ze knoopte hem achter in haar nek dicht, zoals de boerinnen dat deden, en pakte toen haar mand weer op. Ze liep rechtsaf de ommuurde tuin uit, met de klok mee zoals de graaf had geïnstrueerd, met een gevoel van onzekerheid omdat ze wist dat er iemand naar haar keek. Ze voelde zich onveilig en verdacht terwijl ze langs de muur liep, zich ervan bewust dat ze zichtbaar was vanuit Coulliac, waar de Duitsers waren, alsook vanaf het omringende platteland. Haar schedel prikkelde van angst onder haar hoofddoek, maar ze liep vastberaden verder.

Nadat ze haar ronde had gedaan deed ze de sjaal af en vouwde hem zorgvuldig op, waarna ze hem terugstak in de zak van haar schort. Toen duwde ze het hek open en plukte gehaast een bosje zoet geurende muntbladeren voor madame Boin.

Een half uur later kwam er een auto aanrijden, die tot stilstand kwam bij de hoofdingang.

'Als dat maar geen Boches zijn die hier alsnog willen lunchen,' mopperde madame Boin.

Eliane stak haar nek uit om te kijken en was verrast de truck van haar vader te zien. 'Het is mijn vader!' riep ze.

Gustave stapte uit, vrolijk fluitend, en haalde een zak meel van de truck. Hij liep naar de keukendeur en klopte hard aan. 'Goedemorgen, madame Boin. *Et re-bonjour*, ma fille.' Hij glimlachte naar Eliane. 'Ik kwam er na mijn bezorging van vandaag achter dat ik een zak over had, die ik per ongeluk moet hebben vergeten in te leveren bij het depot. Ik wilde geen kostbare benzine verspillen door helemaal terug te rijden en dacht dat ik u er misschien blij mee kon maken. Ik weet dat u tegenwoordig een groot aantal "gasten" onder uw hoede hebt.'

Eliane vond het gek dat hij hetzelfde licht spottende woord gebruikte als meneer le comte nu hij het over de Duitsers had. Ze dacht ook even dat ze het portier van de truck zacht open en dicht hoorde gaan, maar Gustave stond geanimeerd met madame Boin te kletsen, dus misschien had ze het verkeerd gehoord.

Haar vader leek geen haast te hebben weer te vertrekken en besprak uitgebreid het laatste nieuws en de plaatselijke roddel die hij die ochtend tijdens zijn ronde had opgevangen. 'Lisette heeft gisteren een zware dag gehad. Madame Leblanc heeft zeventien uur over haar bevalling gedaan. Lisette is er de hele nacht druk mee geweest. Maar alles is goed. Om vijf uur vanochtend heeft ze uiteindelijk een gezonde jongen ter wereld gebracht. Lisette deed even een dutje toen ik vertrok...'

Zijn stem ebde weg toen de graaf binnenkwam. 'Bonjour, monsieur le comte. De twee mannen schudden elkaar de hand. 'Zoals u kunt zien,' Gustave wees naar de zak met meel die tegen een stoel aan stond geleund, 'kom ik een extra zak meel brengen.'

'Dat wordt zeer gewaardeerd, Gustave. Wat attent dat je aan ons denkt. Alles is in orde.' Dat vond Eliane meer als een feitelijke mededeling dan een vraag klinken.

De molenaar knikte. 'Nou, laat ik dan maar weer eens gaan. Als Lisette ondertussen wakker is geworden zal ze zich afvragen waar ik blijf. Goedendag, monsieur, madame Boin.' Hij bleef even staan om zijn dochter een kus op haar kruin te geven en zei: 'Tot straks, ma fille.' Toen stapte hij in zijn truck, zwaaide opgewekt naar iedereen en ging op weg naar huis.

Toen ze die avond thuiskwam bleef Eliane even bij de rivier staan in de beschutting van het dak van wilgentakken. Ze deed dat sinds Mathieu weg was vrijwel dagelijks, stond dan een paar minuten aan hem te denken en dacht terug aan de tijd die ze samen aan de oever hadden doorgebracht. Ze keek uit over de rivier naar de velden, en de bossen daarachter, zichtbaar als donkere schaduwen in het maanlicht. Achter het bos hoorde ze het vage gerommel van een passerende trein.

Mathieu was daar ergens, achter het bos, aan de andere kant van de spoorlijn en achter nog meer velden, aan de andere kant van de steile, nauwe valleien van de Périgord, waar hogergelegen land overging in het open hooi- en grasland van de Corrèze, waar hij zijn vader en broertje hielp op de boerderij bij Tulle. Ze wenste met heel haar hart dat ze bericht van hem zou krijgen. Slechts enkele woorden om haar te laten weten dat hij veilig en gezond was en haar nog niet was vergeten. Ze dacht terug aan de dagen die ze bij de rivier hadden doorgebracht, picknickend in het zonlicht en lui plannen makend voor een toekomst waarvan ze zo zeker waren geweest dat het een gedeelde zou zijn. Ze had toen zo zeker geweten dat het was voorbestemd dat ze samen zouden zijn. Maar wie had kunnen voorzien dat Frankrijk een land zou worden dat in tweeën zou zijn gespleten door een lijn op een landkaart? En dat die lijn van het ene op het andere moment een onneembare barrière zou worden?

Op dat moment werd de verduistering even verbroken door de deur van de molen die openging. Licht vanuit het huis scheen op het gras waar Eliane stond, verborgen, achter de sluier van wilgenbladeren. Lisette liep naar buiten en deed de deur snel achter zich dicht. Eliane zag haar moeder naar de schuur lopen met iets in haar handen, wat ze voorzichtig droeg. Eliane hoorde het zachte geklingel van servies op een dienblad en dacht dat ze iets hartigs rook… was het soep? Of stoofpot?

Wat gek. Haar moeder liep met een maaltijd naar de schuur. Maar het was ook een gekke dag geweest, met die ochtendwandeling met die zijden sjaal, en haar vader die onverwachts naar het chateau was gekomen. Eliane liep uit de beschutting van de treurwilg toen Lisette net, nu met lege handen, de schuur uit kwam lopen.

'O!' snakte ze naar adem, en ze drukte een hand tegen haar keel. 'Ben jij het, Eliane? Je liet me schrikken.'

'Sorry, maman. Dat was niet de bedoeling.'

'Hoe was je dag?' vroeg Lisette.

'Prima. Net als anders,' antwoordde Eliane. Hoewel ze zich afvroeg wie er zat te eten in de schuur van de familie Martin, wist ze wel beter dan er iets over te vragen als haar moeder dat niet wilde.

'Papa is in de keuken. Hij wil even met je praten.'

Eliane liep achter haar moeder aan naar binnen en knipperde met haar ogen in het licht.

'Kijk eens wie we daar hebben!' Gustave trok de stoel naast die van hemzelf onder tafel vandaan en gebaarde Eliane te gaan zitten. 'Je hebt vandaag goed werk verricht, ma fille. Die wandeling die je hebt gemaakt was heel belangrijk.'

Ze haalde haar schouders op. 'Het was gewoon een wandeling.'

Hij grijnsde naar haar en haalde zijn hand door haar haar. 'Het was een wandeling die dingen mogelijk heeft gemaakt. Dingen die nu verborgen moeten blijven. Maar dingen die een verschil zullen gaan maken.'

Ze glimlachte naar hem terug en veegde haar steile, honingblonde haar achter haar oren. 'En zit een van die dingen nu te dineren in onze schuur?'

Lisette snakte naar adem. 'Ik zei toch dat het veel te gevaarlijk is hem hier te laten blijven?' berispte ze Gustave.

'Maak je geen zorgen, *chérie*. Eliane speelt al langer een rol en weet dat ze er met niemand buiten deze muren over moet praten. Ik vind het wel zo eerlijk dat ze het weet. En morgen is hij weer vertrokken, nadat Yves en ik hem naar zijn nieuwe onderkomen hebben gebracht, samen met het meel voor de bakkerij. En het is nu hoe dan ook te laat om nog iets te doen, aangezien de avondklok al is ingegaan.'

Gustave wendde zich tot Eliane. 'Zoals je zelf al hebt geconcludeerd, hebben we vannacht een "gast" in de moulin. Net als de "gasten" op het kasteel is het een buitenlander; hij is Engels. Hij is vandaag de waterkering overgestoken nadat hij afgelopen nacht per parachute in onbezet gebied is geland. Hij blijft hier een tijdje om in de coulissen mee te helpen. Meer hoef je niet te weten.'

'Oké.' Eliane knikte bedachtzaam. 'En heeft mijn wandeling van vandaag iets te maken met zijn aankomst?'

'Inderdaad. Je hebt bepaalde mensen laten weten dat de kust veilig was. Je hebt geholpen te zorgen dat hij – en anderen – veilig zijn.'

'Mag ik dan nog één vraag stellen?'

'Nog eentje dan. Maar ik kan je niet beloven dat je er antwoord op krijgt.'

'Hebt u vandaag meer dan een zak meel afgeleverd op Château Bellevue?'

Hij keek in haar eerlijke grijze ogen en overwoog zijn antwoord. 'Het antwoord op je vraag is "ja", Eliane. En meer kan ik er niet over zeggen.'

'Dat snap ik, papa. Ik zal verder niets vragen.'

Toen ze de trap op naar haar slaapkamer was gelopen viste Eliane de hoofddoek uit de zak van haar schort. Ze spreidde hem uit op haar bed en streek met haar vingertoppen over de gladde, rijk gekleurde zijde. Ze wist dat het een baken was. En dat het die dag een belangrijk signaal vanaf de top van de heuvel naar het omliggende platteland had gezonden. De sjaal leek op het wit van de beddensprei een triomfantelijke boodschap van hoop uit te stralen. Ze wenste vurig dat hij de vreemdeling in de schuur veilig zou houden en haar familie hier en in Parijs zou beschermen. Ze dacht aan monsieur le comte, wiens moeder die sjaal ooit had gedragen, en hoopte dat hij hem daar op het chateau zou omringen met licht, wat het ook was dat hij daar allemaal uitvoerde tussen al die Duitse soldaten. En nog het meeste van alles wenste ze dat het een baken zou zijn, als het licht uit een vuurtoren dat over een donkere oceaan beweegt, dat haar liefde voor Mathieu naar de andere kant van die barrière zou dragen.

Toen ze de volgende ochtend beneden kwam voor het ontbijt zat er een vreemdeling aan de keukentafel. Hij was gekleed in onopvallende arbeiderskleren, maar zijn gelaatstrekken waren kenmerkend: een haviksneus en rechte kaaklijn suggereerden lichamelijke kracht die werd verzacht door een licht geamuseerde uitdrukking in zijn ogen, die de kleur hadden van de donkerblauwe korenbloemen die langs de randen van de tarwevelden groeiden. Toen hij Eliane zag, zette hij zijn kom koffie neer en stond op.

Ze boog zich voorover om haar vader een kus te geven, die aan het hoofd van de tafel bij de deur zat. 'Bonjour, papa.'

'Bonjour, Eliane. Mag ik je voorstellen aan Jacques Lemaître?'

De veemdeling stak zijn hand naar haar uit. '*Enchanté, mademoiselle. Je suis ravi de faire votre connaissance.*'

Hij sprak perfect Frans, met misschien een heel licht accent dat moeilijk te plaatsen was. Als je niet beter wist zou je denken dat hij uit het zuiden kwam, misschien Baskenland, of de Languedoc.

'Jacques heeft een baan gekregen in de bakkerij in Coulliac, en hij gaat in het appartement erboven wonen. Hij is een vriend van de familie en komt helpen nu de reuma van monsieur Fournier de laatste tijd zo opspeelt.'

Ze knikte. 'Ze zullen blij zijn met uw hulp, m'sieur.'

Jacques glimlachte. 'Wat heb je een mooie hoofddoek om, Eliane.'

'Dank je. Ik heb hem van mijn zus in Parijs gekregen.'

Het voelde alsof ze hun rol aan het oefenen waren, nu even zonder publiek voordat ze hem in het openbaar zouden uitvoeren.

Gustave sloeg zijn koffie achterover, viste een zakdoek met stippen erop uit zijn zak en veegde zijn snor af. 'Kom, Jacques, dan gaan we er vandoor. Monsieur Fournier verwacht zijn levering meel voordat de rest van Coulliac wakker wordt.'

'*Au revoir*, Eliane,' zei de vreemdeling. 'Ik kijk ernaar uit je nog eens te zien.'

'Welkom in Coulliac, monsieur Lemaître,' antwoordde ze. 'Ik hoop dat je je hier snel thuis voelt.'

Abi

2017

HET IS MAANDAG – EEN RUSTDAG voor het personeel op Château Bellevue – en ik zit op de oever, mijn voeten in het water bungelend. Thomas en Jean-Marc waren vanochtend aan het werk in de molen maar zijn nu de heuvel opgegaan voor de lunch. Het is veel te heet om midden op de dag buiten te werken.

Ik durf ondertussen in de rivier te zwemmen. Jean-Marc heeft me laten zien dat je naar de waterkering kunt lopen en van daar de diepe poel stroomopwaarts in kunt duiken, zolang je maar in het midden van de rivier blijft, weg van de sluiskanalen. Het molenwiel staat tegenwoordig stil, bevroren in ruimte en tijd, een stille getuige van de oorlogsjaren, toen het werd gebruikt om het graan te malen voor het dagelijkse brood van de gemeenschap. Maar de sluisdeur in het omloopkanaal staat open en het water wordt er ingezogen als een zwart lint dat tot schuimend wit wordt gemalen op de plek waar het terugstroomt in de rivier onder de waterkering. In het midden van de stroom is het water in de diepe molenpoel donker en koud, en dan springt het over de bovenkant van de waterkering, waar het speels in de goudbruine poel eronder valt, waar vissen zwemmen in de draaikolken onder de treurwilg en de rivier verder stroomt voordat hij verderop samenvloeit met andere, grotere waterwegen en uiteindelijk in de oceaan uitkomt.

Ik loop over de stenen naast de oever en ga met mijn rug tegen de boomstam van de treurwilg zitten. De bast voelt ruw, zit vol scheuren en kloven. Sara heeft me verteld dat de bast een hoofdbestanddeel van aspirine is en dat Eliane en Lisette er toen er in de oorlog nauwelijks medicatie beschikbaar was thee van brouwden, die gebruikt werd als milde pijnstiller. Ik laat mijn hoofd tegen de geneeskrachtige bast leunen en sluit mijn ogen, laat het glinsterende zonlicht dat tussen de elegante bladeren van de wilg door filtert patronen van warmte en licht op mijn oogleden maken. Ik denk aan Eliane, zoals ze daar heeft gestaan in de beschutting van de boom, dromend over Mathieu op die avond dat Jacques in de molen was aangekomen.

Ik vraag me af hoe het zou voelen als een man als Mathieu Dubosq of Jacques Lemaître van je zou houden. Een goede man.

Het vage gerommel van een passerende trein klinkt in de verte en trekt me uit mijn dagdroom. Het is hier zo vredig (nu Thomas' cementmixer godzijdank eindelijk stil is) dat je elk geluid apart hoort: de fluitende roep van een vogel boven mijn hoofd, de hartslag van de passerende trein in de verte, het geruis van de bladeren van de treurwilg, de kabbelende rivier. Zo anders dan het uitzicht op de Theems vanuit mijn appartement in Londen, waarvan het geluid wordt overstemd door dat van de stad eromheen; waar de stadsgeluiden op hun beurt worden buitengehouden door het hermetische glas van de ramen, waardoor er binnen een absolute stilte heerst die alles behalve vredig is.

Ik had altijd muziek of een praatprogramma aanstaan als ik alleen in het appartement was; alles om die stilte niet te hoeven horen.

Zac moet hebben aangevoeld hoe eenzaam ik was. Er was iets veranderd op die avond dat hij had voorgesteld dat we zouden gaan proberen een kind te krijgen. Hoewel ik het gevoel had dat ik er uiterlijk nog precies hetzelfde uitzag als altijd, was ik niet langer de passieve collaborateur die ik in het begin van ons huwelijk was geweest. Mijn kleine verzetsdaad door het verbergen van mijn pil gaf me dagelijks kracht als ik er een uit het tasje pakte dat op de plank in de kledingkast lag verstopt en ik die doorslikte met een slokje water uit het glas naast het bed.

Misschien dat Zac op de een of andere manier de verandering ook voelde, een minimaal verlies aan controle, op een manier waar hij zijn vinger niet precies op kon leggen. Hoe hij er ook op was gekomen, hij presenteerde het idee dat ik weer zou gaan studeren met een uitstraling van triomfantelijke welwillendheid.

Hoe kwam het toch dat ik elke keer dat hij me iets gaf het gevoel had dat hij me iets afnam?

'Je zou naar de universiteit kunnen gaan,' stelde hij voor, 'terwijl we proberen een kind te krijgen Wat vind je daarvan? Je zegt altijd dat je spijt hebt dat je na school niet bent gaan studeren.'

Ik was verbijsterd, gevolgd door dankbaarheid. Dus hij had tóch het beste met me voor.

Ik straalde van oor tot oor. 'O, Zac! Echt waar? Dat zou ik heerlijk vinden!' Ik zag mezelf al voor me in een overvolle collegezaal, en koffiedrinkend met andere studenten (ik zou natuurlijk wat ouder zijn dan de rest, maar niet belachelijk veel ouder), met mijn boekentas in de metro op weg naar huis en aan mijn bureau om een essay te schrijven...

Mijn fout drong onmiddellijk tot me door toen zijn gezichtsuitdrukking van warm naar koel ging. Ik was een moment niet op mijn hoede geweest, had hem een glimp van mijn ware gevoelens getoond, en dat had hem macht gegeven.

'Een studie is natuurlijk ontzettend duur. Maar ik heb online naar de Open Universiteit gekeken. Dat is veel goedkoper, en het scheelt ook nog reiskosten. Het geld groeit me per slot van rekening niet op de rug.'

En daar gebeurde het weer. Hij gaf iets met zijn ene hand en nam het weg met de andere. Waarom had ik, hoewel de gedachte aan het behalen van een graad aan de Open Universiteit me met opwinding vervulde, toch almaar het gevoel dat de muren van het appartement steeds dichter op me afkwamen, dat het uitzicht op de skyline van de stad steeds verder de verte in verdween en steeds onbereikbaarder werd achter het dikke glas van de ramen?

Maar, zo zei ik tegen mezelf, als ik een graad had, zou dat me macht geven. Dan kon ik een echte baan gaan zoeken, op eigen benen staan. Het iele stemmetje van mijn verloren Zelf fluisterde in mijn oor: en dan kun je genoeg geld verdienen om weg te gaan.

Het was een stap. En op dat moment was elke stap, in welke richting dan ook, beter dan als bevroren achter die ramen te zitten.

Eliane

1940

IN PLAATS VAN ZICH IN DE cottage terug te trekken voor een middagdutje begon de graaf de meeste middagen in de kapel door te brengen. Op dat moment van de dag, nadat alles van de lunch was opgeruimd, was het stil op het chateau, de meeste Duitsers op hun post in Coulliac of, op hun vrije dag, slapend na het drinken van de wijn uit de kelder van het chateau, waarvan ze bij het middagmaal hadden genoten met de complimenten van hun gastheer.

'Zet elke dag maar twee flessen neer,' had monsieur le comte Eliane opgedragen. 'Net als jouw bijen hebben onze "gasten" een regelmatige aanvoer van nectar nodig om hen tevreden te houden.'

Voor madame Boin was de trap die in de hoek van de keuken naar de kelder liep onmogelijk om af te lopen. Ze zei dat hij zo steil was dat ze er duizelig van werd. Dus was het Elianes taak om de koele duisternis in te gaan onder het fundament waarop het kasteel stond en de wijn boven te brengen. 'Je moet de wijn van links naar rechts uit de rekken halen,' had de graaf tegen haar gezegd. 'De beste flessen liggen aan de rechterkant, die bewaren we voor ons eigen feest, als God het wil.'

Aan een kant van de kelder lagen drie houten vaten, vastgezet met houten keggen om te voorkomen dat ze zouden gaan rollen. De eerste keer dat Eliane naar beneden was gegaan had de graaf haar geïnstrueerd de vaten goed te bekijken en het hem te vertellen als haar er iets aan opviel.

'De middelste lijkt een beetje lager te liggen dan de andere twee, wat gek is, aangezien ze dezelfde afmetingen lijken te hebben,' had ze verteld toen ze boven was gekomen.

Monsieur le comte had geknikt. 'Ik wil dat je er de volgende keer dat je naar beneden gaat weer goed naar kijkt, Eliane. Heb je wel eens geruchten gehoord dat er een geheime tunnel van het chateau naar de molen loopt? Dat is waar. Het middelste vat ligt op een valdeur in de vloer, wat de reden is dat hij een heel klein beetje lager ligt.'

Ze was nog nooit in die tunnel geweest, maar ze dacht er nu vaak aan als ze de kelder in ging om wijn te halen: een verborgen tunnel die haar werkplek met haar huis verbond.

Op een middag toen ze de trap afliep om een paar flessen wijn te halen zodat die rustig op temperatuur kon komen voordat hij die avond zou worden geserveerd, zag ze dat de vrijgevigheid van de graaf ertoe had geleid dat de rekken aan de linkerkant van de kelder bijna leeg waren. Voor de rekken stonden een paar op elkaar gestapelde dozen, met daarop het stempel van een plaatselijke wijnboer en het jaar 1937. Waren die onderdeel van de voorraad kostbare wijn van de graaf? Of kon ze deze flessen links in het rek zetten om aan te vullen wat er al was geconsumeerd? Ze zou het even na moeten vragen...

Toen ze even later op weg was naar de moestuin om daar een uur of twee aan het werk te gaan voordat ze madame Boin zou gaan helpen met de voorbereidingen voor het avondeten, bedacht ze dat ze wel even naar de kapel kon lopen om de graaf naar de wijn te vragen. De kapel was een van de oudste delen van het chateau en het steenwerk sluimerde in de middagzon, verzacht door de tijd en gebeden. Het eeuwenoude kruis op de punt van het dak boven de ingang wees de hemel in en stak boven de daken van de belendende panden uit. Ze klopte zacht op het verweerde hout van de deur om de graaf niet te storen als hij zat te bidden. Ze had gek genoeg het gevoel dat ze twee stemmen van binnen hoorde komen, maar toen ze de deur openduwde, stond monsieur le comte op, schijnbaar in vredige eenzaamheid, van zijn plekje naast het altaar, vlak voor het beeld van Christus aan het kruis. Hij zal wel hardop hebben gebeden, dacht ze.

Toen ze de situatie in de wijnkelder uitlegde begon de graaf te glimlachen, zijn ooghoeken rimpelend van geamuseerdheid. 'Ach, die dozen was ik helemaal vergeten. 1937 was een abominabel jaar, wrang en vol looizuur. De wijnboer raakte de wijn aan de straatstenen niet kwijt, dus gaf hij me een paar dozen gratis bij een andere bestelling. Hij is nog niet oud genoeg om op dronk te zijn, en dan nog kan hij ondrinkbaar blijven. Het is perfecte wijn om aan onze Duitse gasten te serveren, dus zet die flessen vooral in de lege rekken, Eliane. Maar zorg wel dat ik hem niet geserveerd krijg!'

Hij ging weer zitten op zijn stoel naast het altaar. Alsof het ineens in hem opkwam, voegde hij eraan toe: 'O, en Eliane, misschien vraag ik je morgen weer om een wandeling te maken, dus zorg dat je je sjaal bij je hebt.'

Ze klopte op de rode zijde die ze om haar hals geknoopt droeg en hij knikte goedkeurend. 'Ik laat het je weten,' zei hij.

Ze liet hem achter in de stilte van de kapel, op zijn stoel in een straal zonlicht die gefilterd door het glas-in-loodraam boven het Christusbeeld binnenkwam. Het licht deed de stofdeeltjes rond zijn hoofd dansen in de koele lucht en verlichtte zijn handen, die losjes in elkaar op zijn schoot lagen. Nadat ze de deur achter zich dicht had getrokken hoorde ze zijn stem weer, onverstaanbaar mompelend aan de andere kant van de dikke muur.

Ze was de volgende dag op een wandeling voorbereid, zoals ze die sinds die eerste keer niet heel frequent maar wel een aantal keer had gemaakt. Ze moest af en toe een andere kant op lopen, meer of minder rondjes; ze wist nooit wat ze communiceerde, of aan wie. Niettemin hoopte ze dat de berichten die ze de wijde wereld instuurde – net als de middaggebeden van de graaf – op de een of andere manier een verschil zouden maken.

Abi

2017

KAREN EN IK ZIJN VANOCHTEND aan het schoonmaken in de kapel. Het is buiten bloedheet, dus het is heerlijk om de deur open te doen en het koele halfduister in te lopen. We vegen de flagstones, verwijderen met stoffer en blik de laatste sporen van de voorgaande bruiloft; een paar gedroogde rozenblaadjes die Sara aanbiedt in plaats van confetti; enkele achtergelaten programmaboekjes; zand van de zolen van een heleboel mooie nieuwe schoenen, speciaal voor de gelegenheid aangeschaft. Het gepolijste hout van de banken glanst waar het licht door het glas-in-loodraam schijnt.

Karen en ik schudden samen de gewassen linnen doek uit en spreiden die over het altaartje voor het Christusbeeld uit. Ze draait met haar pols, die nu en dan nog steeds een beetje stijf is, hoewel hij heel goed is genezen, en dan werpt ze een blik op mijn arm. Ik zie haar kijken en doe alsof ik een niet bestaande kreukel uit het altaardoek strijk om zo mijn onzekerheid te verbergen. Ik heb in de hitte uiteindelijk toch mijn shirts met lange mouwen afgezworen. Ik weet dat het er niet mooi uitziet. Het waren open breuken met versplinterde botten, die mijn huid hebben doorboord. De pinnen die ze erin hebben gezet om alles weer op zijn plaats te krijgen hebben nog meer littekenweefsel veroorzaakt, dus mijn arm is bobbelig en misvormd. De littekens van de wonden steken hard en wit af tegen het kleurtje dat ik heb gekregen van mijn uurtjes op de rivieroever in mijn badpak op mijn vrije dagen.

Karen kijkt me open aan. 'En dan heb ik medelijden met mezelf omdat ik mijn pols nog een beetje voel. Ik neem aan dat dat veel meer pijn heeft gedaan.'

Ik haal mijn schouders op, probeer er niet aan te denken. Ik tracht de beelden uit mijn hoofd te duwen die zich ongevraagd aan me opdringen. 'Ja, dat is misschien wel zo. Maar het is al lang geleden. Ze zijn helemaal geheeld.'

Ze kijkt me vragend aan. 'Het gaat goed met je, Abi. Ik heb hier al heel wat mensen zien komen en gaan, en jij bent een van de goede.'

Ik weet niet of ze het werk bedoelt dat ik op het chateau verzet of dat ze het over iets anders heeft, maar de tranen springen in mijn ogen van haar norse vriendelijkheid. Ik kijk weg en buig me voorover om mijn stoffer en blik te pakken zodat ik me kan vermannen. Buiten klinkt het geluid van de motormaaier van Jean-Marc, steeds harder en dan weer zachter. Hij zal wel op weg zijn naar de schuur om hem te parkeren voor de lunch.

Als ik overeind kom staat Karen nog steeds goedkeurend naar me te kijken. Ze begint te grijnzen en zegt: 'En volgens mij ben ik hier niet de enige die er zo over denkt.'

Als we de kapel uitlopen blijf ik even staan voordat ik me weer in de felle middaghitte waag. Ik denk aan de graaf die zijn middagen hier heeft doorgebracht. Op dat moment, in het halfduister van de kapel, is het net of ik zacht fluisterende stemmen hoor, hun boodschap overbrengend uit het verleden.

Eliane

1942

HET WERD OP DE MARKT in Coulliac snel bekend dat er verse honing beschikbaar was. Er waren nu ernstige voedseltekorten, en dat ondanks de strikte rantsoenering. Suiker was een van de kostbaarste levensmiddelen, en een van de meest schaarse, dus stond er al snel een rij bij het kraampje van Francine en Eliane.

Het was ondertussen gewoon geworden dat je overal in de rij moest staan: bij de mairie voor reisvergunningen en benzinebonnen; bij de bakker voor het steeds kleiner wordende dagelijkse broodrantsoen en bij de slager voor een flintertje paardenvlees; en dan ook nog bij de controleposten die overal als paddenstoelen uit de grond schoten op de wegen waar ze vroeger zo vrijelijk hadden kunnen gaan en staan waar ze maar wilden.

Iedereen vulde zijn rantsoenen zo goed mogelijk aan met wat er maar beschikbaar was: vis uit de rivier, wilde salade van paardenbloemblad, vogelmuur en veldsla die onder de heggen groeide. Als er geen tarwe was, zoals de laatste tijd zo vaak het geval was, maalden Gustave en Yves kastanjes tot een grof meel waar je zware, gele broden van kon bakken die als een baksteen op je maag lagen. Maar je hoorde niemand klagen. Na een winter waarin mensen hadden moeten overleven op vrijwel niets anders dan rapen en aardperen was iedereen dolblij met de relatieve overvloed en variëteit die het voorjaar en de vroege zomer brachten. Een zwaar kastanjebrood vulde een lege maag. Maar een beetje honing… daarmee werd zelfs een stuk beschimmeld brood een traktatie.

In plaats van een astronomisch hoog bedrag te vragen, wat de meeste mensen als ze het zouden hebben gehad gretig zouden hebben neergeteld, rekenden de meiden een symbolisch bedrag en distribueerden de kostbare voorraad onder zo veel mogelijk gezinnen in Coulliac. In sommige gevallen konden ze een deal sluiten op de *marché amical* (een zoveel vriendelijker woord dan 'zwarte markt') en een potje honing ruilen tegen een stukje droge worst of een paar gerimpelde appels, de laatste van de oogst van het voorgaande jaar. Die producten werden haastig weggestopt achter het kraampje.

Zo op het eerste oog was Francine haar gebruikelijke vrolijke zelf. Ze was een paar dagen daarvoor echter naar de mairie gesommeerd, waar ze nadat ze twee uur in de verplichte rij had staan wachten een gele ster had gekregen. Ze kreeg opdracht hem te allen tijde op haar kleding gespeld te dragen. Eliane voelde dat ze steeds angstiger begon te worden. En dat was ook niet gek: in de kranten stonden steeds vaker berichten over deportaties. Met name Joden werden van straat gehaald en naar werkkampen in het oosten gestuurd, en de toon van de verslaggeving werd steeds openlijker antisemitisch.

Toen oberleutnant Farber naar het kraampje kwam om – voor de volle prijs – een van de weinige potten jam te kopen die het hun dat jaar was gelukt te maken (het gebrek aan suiker had geleid tot een kleinere productie), beefden de handen van Francine zo vreselijk dat ze zijn wisselgeld op de kinderkopjes op het plein liet vallen. Jacques Lemaître, de volgende in de rij, raapte de munten op en gaf ze aan de soldaat.

'Merci, monsieur,' zei de oberleutnant.

Jacques knikte vriendelijk en wendde zich toen de soldaat weer op de weg terug was naar de mairie tot Eliane en Francine. 'Een potje van jullie zalige honing, graag, *mesdemoiselles*,' zei hij galant. 'Hoe is het met je ouders? En met je broer?' vroeg hij Eliane. 'En heb je de laatste tijd nog iets van je zus in Parijs gehoord?"

Stéphanie, die achter hem stond en geconcentreerd de gesprekjes met beide mannen had gevolgd, stak haar arm langs Jacques heen en veinsde de laatste pot jam te willen bestuderen, gemaakt van wilde pruimen die de meiden in het voorjaar langs de weg hadden geplukt.

'Als u me toestaat, mademoiselle,' zei hij beleefd, en hij gaf haar de pot.

'Dank u wel, m'sieur. Kennen wij elkaar al? Kan het zijn dat ik u in de bakkerij heb zien werken?' Ze stelde zichzelf voor en bood hem zelfvoldaan glimlachend een keurig gemanicuurde hand aan.

'Enchanté,' antwoordde hij. 'Dat klopt, ik ben de assistent van monsieur Fournier.'

'Hallo, Eliane,' zei Stéphanie, plotsklaps haar aandacht verleggend. 'Wat een mooie sjaal heb je om. Ik zie hem je heel vaak dragen. Hoe ben je in godsnaam aan zoiets exclusiefs gekomen?'

'Ik heb hem van mijn zus gekregen,' antwoordde Eliane.

'Van Mireille? Echt waar? Niet van een dankbare Duitse soldaat op het chateau?'

Eliane weigerde te happen naar het aas en antwoordde ferm: 'Nee. Een dankbare klant in Parijs heeft hem aan Mireille gegeven, en ze heeft hem me voor mijn verjaardag gegeven.'

‘Aha.’ Stéphanies lach klonk scherp van onoprechtheid. ‘Dan ben ik heel benieuwd of die klant een man of vrouw was. En hoe is het met die schattige baby die je moeder zo vriendelijk in huis heeft genomen? Die zal ondertussen al wel groot zijn.’

Eliane voelde Francine achter haar verkrampen van woede. Ze glimlachte kalm naar Stéphanie. ‘Ja, het gaat ondertussen uitstekend met Blanche. Ze is een vrolijk kind met een sterke eigen wil.’

Stéphanie maakte een snoevend geluid, gaf de pot jam terug aan Jacques en richtte nu al haar aandacht weer op hem. ‘Zou u deze even voor me terug willen zetten, monsieur?’

Francine sloeg razend gade hoe Stéphanie openlijk met hem stond te flirten. ‘Alleen een potje honing graag, Eliane.’ Stéphanie bestudeerde Francine; ze pinde haar blik opzettelijk vast op de gele ster die ze op haar blouse droeg. Ze stopte de honing in haar tas en stak toen nogmaals haar hand uit naar Jacques. ‘Tot de volgende keer, monsieur.’ Toen flaneerde ze het plein af, onderwijl haar glanzende zwarte haar gladstrijkend.

‘Tot ziens, Eliane, Francine.’ Jacques’ glimlach deed beiden goed. Toen hij wegliep, rende de secretaresse van de burgemeester naar hem toe.

‘Goedemorgen, monsieur Lemaître,’ zei ze. ‘Ik heb dat krantenartikel waarnaar u me laatst vroeg. Ik hoop dat u het interessant vindt.’

‘Dank u vriendelijk, madame. Wat attent van u, dat waardeer ik zeer. Ik weet zeker dat ik het interessant zal vinden.’ Hij nam de opgerolde krant aan die ze uit haar boodschappentas had gehaald en stak hem onder zijn arm. ‘Een prettige dag verder, dames.’

Toen liep Jacques kwiek het plein over, doelgericht naar de deur van zijn appartementje boven de bakkerij.

De volgende dag, zondag, was Eliane wat restjes voor de kippen aan het verzamelen, geholpen door Blanche, die ondertussen was uitgegroeid tot een stevige tweeënhalfjarige. Het meisje schaterde van het lachen toen de haan zijn vleugels uitsloeg en zo probeerde over te brengen dat hij de baas over de hennen was, die hem volledig negeerden en druk in de rondte pikten op zoek naar eten. Toen zagen ze tot hun verbazing Jacques Lemaître het pad op naar de molen komen lopen.

'Goedemorgen, Blanche en Eliane. Zijn je ouders en Yves thuis?' vroeg hij terwijl hij naderde.

'Natuurlijk. Kom verder.' Ze liet hem binnen, bood hem een stoel aan tafel aan en ging Lisette, Gustave en Yves zoeken. 'Ze komen eraan,' zei ze toen ze terug was. 'Wil je wat drinken? We hebben alleen eikeltjeskoffie of tisane: lindebloesem of citroenmelisse.'

Hij nam een kop lindebloesemthee aan en snoof de zomerse geur van de gedroogde bloesem op toen ze de kop voor hem neerzette om te trekken. Eliane trok een stoel onder tafel vandaan, ging zitten en zette Blanche op haar knie. Jacques keek toe hoe het stel een spelletje handjeklap deed en Blanche giechelend 'meer!' riep zodra het klaar was.

Toen haar ouders binnenkwamen stond ze met Blanche in haar armen op, van plan te vertrekken, maar Jacques gebaarde haar weer te gaan zitten.

'Wat ik te zeggen heb gaat jullie allen aan,' zei hij met een ernstige gezichtsuitdrukking. 'Ah, bonjour, Yves.' Hij stond op om Yves de hand te schudden en sloeg hem op de schouder op een manier die meer vriendschap uitdrukte dan Eliane was opgevallen tussen de twee jongemannen.

'Ik heb een lijst ontvangen.' Jacques sprak het hele gezelschap aan en wond er geen doekjes om. 'Alle Joden die in Coulliac staan ingeschreven dienen zich te melden voor deportatie naar de kampen in het oosten. Het is onderdeel van een veel breder programma dat op touw is gezet voor het gehele bezette gebied.'

Eliane snakte naar adem en trok zonder zich daar bewust van te zijn Blanche zo strak tegen zich aan dat het meisje begon te wriemelen om los te komen.

'Er staat een aantal vrienden en bekenden op de lijst.' Jacques keek Eliane aan.

'Francine.' Ze fluisterde de naam van haar vriendin. Ze voelde haar bloed ineens koud worden, ook al was het een warme dag.

Hij knikte. 'Zij en twee anderen uit onze directe omgeving. We proberen de anderen op de lijst ook te waarschuwen.' Daar hield hij even op met praten en keek naar Yves, die knikte.

'Zeg maar om wie het gaat. Ik ga vanmiddag fietsen met een vriend; we stippelen wel een route uit om langs alle deuren te kunnen gaan.' Eliane keek Yves verrast aan terwijl hij sprak. Haar broertje leek ineens te zijn uitgegroeid tot iemand die ze nauwelijks herkende.

Jacques knikte. 'Dank je, Yves. We hebben maar weinig tijd. Denk er goed aan dat je geen enkel risico neemt.'

'Ik weet hoe het moet. Maak je maar geen zorgen.'

'Wat betreft Francine en de twee anderen,' vervolgde Jacques terwijl hij zich tot Gustave en Lisette wendde, 'is het me gelukt een bericht bij een *passeur* te krijgen, een agent die hen naar een veilig onderduikadres zal brengen. Van daaruit zullen ze via het netwerk in veiligheid worden gebracht. Het is echter wel noodzakelijk dat we hen aan de andere kant van de rivier krijgen en door een stuk onbezet gebied waar wordt gepatrouilleerd. De Duitsers worden met de dag oplettender, dus het is gevaarlijker dan ooit.'

Gustave wierp een zijdelings blik op Lisette, die met gebogen hoofd had zitten luisteren. 'Over de waterkering is geen enkel probleem,' zei hij, 'maar ik weet niet hoe we ze op de ontmoetingsplek moeten krijgen.'

Lisette keek opzettelijk niet naar haar man en ving in plaats daarvan de blik van Jacques.

'Ik heb een vergunning om door onbezet gebied te reizen. En ik heb toevallig een patiënt op een boerderij bij Les Lèves; ik ben al veel te lang niet bij madame Desclins op bezoek geweest. Wanneer wil je gaan?'

Jacques stak zijn handen over tafel en kneep in haar handen, die ze ineengestrengeld voor zich op tafel had, alsof ze aan het bidden was. 'Dank je wel, Lisette. Je weet dat we het je niet zouden vragen als er een andere manier was. Maar we moeten snel zijn. Het moet vanavond gebeuren.'

'Dan wordt het een spoedvisite. Ik weet zeker dat madame Desclins blij zal zijn me te zien: het is haar eerste kind en ze vindt het vreselijk spannend. Ik heb medicatie die ik haar moet brengen.' Lisette maakte met een glimlach haar handen van hem los en stond op. 'Niets bijzonders. Laten we doen wat er moet gebeuren.'

'Wacht even!' De stem van Gustave brak toen hij opstond en haar arm vastgreep om te voorkomen dat ze van hem weg bewoog. 'Lisette, dit kan ik niet toestaan. Het risico...'

Ze legde haar hand zacht op de zijne en glimlachte, hoewel er van achter de glimlach verdriet door sijpelde. 'Ik doe de hele oorlog al gewoon mijn werk als altijd, Gustave, en negeer hem zo veel mogelijk, concentreer me op mijn gezin en patiënten. Maar ik stel mezelf elke dag dezelfde vraag.' Ze keek langs hem heen, het raam uit naar de waterkering. 'Wanneer kom je op dat kruispunt? Wat moet er gebeuren voordat dat het geval is? Moet je land worden bedreigd? Je manier van leven? Het huis van je buren? Of dat van jezelf? Moeten je vrienden in gevaar zijn? Of je kinderen?' Ze draaide zich naar hem om. 'Iedereen moet voor zichzelf de beslissing nemen. Of we de oorlog nu gaan winnen of verliezen, we zullen met de consequenties van onze beslissingen moeten leven. Ik heb mezelf de vraag gesteld wat mijn geweten me zal zeggen als dit achter de rug is, wat ik zou besluiten als ik dat kruispunt heb bereikt. En dat is nu het geval. En ik heb mijn besluit genomen, net zoals jullie dat allemaal,' – ze keek naar Eliane, Yves en Jacques – 'al veel eerder hebben gedaan.'

Gustave liet haar arm los en knikte, maar Eliane had haar vader nog nooit zo angstig gezien.

Net na zonsondergang glipte een jong stel de molen binnen. Eliane herkende hen van de markt – een jongeman die horloges en klokken had gerepareerd voordat de oorlog een einde aan dergelijke luxe had gemaakt, en zijn aantrekkelijke, levenslustige vrouw. Lisette begroette beiden warm. 'Daniel, Amélie. Hoe is het nu met je ochtendmisselijkheid?'

'Veel beter sinds ik je tisane drink,' antwoordde de vrouw. Nu ze beter keek zag Eliane een lichte bolling bij haar buik, hoewel ze zoals de meeste vrouwen zo mager was dat haar ribbenkast en heupbeenderen boven en onder de ronding uitstaken.

Er werd zacht aangeklopt en Eliane deed open. Ze omhelsde Francine woordeloos en trok haar de keuken in, waarna ze snel de deur dichtdeed. Ze hield haar vriendin stevig in haar armen; Francine huilde.

'*Courage*,' fluisterde Eliane. 'Jullie zullen elkaar moeten steunen om sterk te blijven... en mijn moeder te helpen dit te doen.'

Francine knikte, droogde haar tranen en vermande zich. Ze wendde zich tot Lisette, die haar laarzen aan het aantrekken was. 'Madame Martin, we kunnen u niet genoeg bedanken.'

Lisette glimlachte geruststellend naar Francine. 'Maak je maar geen zorgen. Jullie zijn straks veilig. De reis naar de vrijheid zal niet eenvoudig worden, maar ik weet dat jullie het gaan halen.' Ze pakte haar mandje met essentiële oliën en de leren tas met haar medische gereedschap.

Yves stak zijn hoofd om de deur en zei zacht: 'De truck staat klaar, maman. Het zeildoek ligt op zijn plek.'

Eliane kon het bijna niet verdragen Gustave zijn vrouw te zien omhelzen voordat ze in de truck stapte. De blik in zijn ogen trok aan haar hart: een gekwelde mengeling van pijn en angst. Lisette glimlachte eenvoudigweg naar hem toen ze de voorplaats af reed en een hand door het open raam van de truck naar buiten stak om hem op de schouder te kloppen terwijl ze hem passeerde. Ze leek haar gebruikelijke kalme, competente zelf. 'Ik kom zo snel mogelijk terug,' beloofde ze hem.

De anderen wachtten een paar minuten in de veilige haven van de keuken, lang genoeg om haar de kans te geven te onderhandelen op de controlepost op de brug bij Coulliac. Als ze aan de beurt was om over te steken, zouden haar papieren grondig worden geïnspecteerd, en de kans was groot dat de truck zou worden doorzocht. Alles zou naar behoren zijn: gewoon de plaatselijke vroedvrouw die een spoedvisite bracht aan een aanstaande moeder aan de andere kant van de rivier.

Toen het tijd was omhelsde Francine Eliane alsof ze haar nooit meer zou loslaten. 'Ik zal nooit vergeten wat jij en je familie voor me hebben gedaan. Voor ons allemaal,' zei ze met samengeknepen stem.

'Je moet nu gaan,' spoorde Eliane haar aan. 'Maman staat straks op jullie te wachten in het laantje aan de andere kant van het veld. Succes. En Francine… Ik weet zeker dat ik je op een dag zal weerzien.'

Francine, Daniel en Amélie pakten hun laarzen en liepen blootsvoets de waterkering op. Gustave ging hen voor en stak een helpende hand uit naar Amélie toen ze de oever aan de andere kant opklauterde. Daar trokken ze snel hun laarzen weer aan.

'Je moet tussen de bomen langs de rand van het veld blijven,' fluisterde Gustave. Gedimde koplampen bewogen voorbij in het laantje aan de andere kant van het veld. 'Daar komt ze. Hup, *dépêchez-vous*!'

De drie figuren glipten langs de rij acacia's die om het veld stond en toen voorzichtig langs de heg, bukkend om niet boven de gesnoeide haagdoorn uit te komen. De truck kwam tot stilstand bij het hek en de koplampen werden gedoofd, zodat het enige licht van de sterren kwam, die als speldenprikken in de hemel hingen. Lisette stapte uit, maakte het zeildoek los en liet de achterklep zakken. Daniel sprong erin en hielp vervolgens Francine en Amélie in de truck. Lisette trok snel en zacht het zeildoek weer strak en haalde de pinnen door de lussen om het op zijn plaats te houden. Ze nam zonder iets te zeggen weer plaats achter het stuur en trok op, de koplampen weer aan nu ze over de landweggetjes en achterafstraatjes navigeerde die ze zo goed kende.

Bij de molen liep Gustave de waterkering over naar waar Eliane en Yves stonden te wachten in de deuropening van de verduisterde keuken. Hij knikte naar hen. 'En nu wachten we. En bidden we.'

Abi

2017

IK KAN ME NIET VOORSTELLEN HOE ongelooflijk veel moed het Francine en de anderen moet hebben gekost om te vertrekken. Ik neem aan dat ook zij op een kruispunt in hun leven stonden, zoals Lisette dat ook omschreef. Voor hen was het echter een kwestie van leven of dood: vluchten of naar een dodenkamp worden gestuurd. De kans op leven of de zekerheid dat je sterft. Er was geen keuze.

Ik weet hoe leven in een toestand van angst tot lethargie leidt. Het zuigt al je kracht uit je en vreet al je energie, tot je gevangen zit als een vlieg in een spinnenweb. Hoe meer je in eerste instantie je best doet om los te komen, hoe strakker de zijden draden om je heen worden aangetrokken, tot ontsnappen uiteindelijk onmogelijk wordt.

Waarom ging ik niet weg bij Zac? Dat is een vraag die ik mezelf sindsdien zo vaak heb gesteld. Ik zie mensen het denken, bij de fysiotherapeut en in de praatgroepen. De therapeuten en psychologen leggen het me uit in klinische termen: wederzijdse afhankelijkheid, een gebrek aan eigenwaarde, een geheime, schaamtevolle overtuiging dat ik het emotionele en lichamelijke misbruik verdiende, wat ik over me heen kreeg in een verslavende mengeling van net genoeg aandacht en liefde (van een bepaalde soort) om me op mijn plaats te houden.

Maar misschien was mijn realiteit eenvoudiger dan dat: ik kon nergens heen. Ik had geen familie, geen werk, geen vrienden. En tegen de tijd dat het zo erg was geworden dat ik had moeten vertrekken, had ik niet meer de kracht om dat te doen. De angst voor de onbekende wereld aan de andere kant van het dikke raam werd sterker dan de angst voor wat er kon gebeuren binnen de vier muren van het appartement. Daarom bleef ik.

Daarom, en misschien ook omdat er een minieme flikkering van hoop in me leefde die hij nooit helemaal heeft kunnen uitdoven. Hoop dat het beter zou worden. Dat hij op de een of andere manier, als ik me nou maar zus gedroeg of zo kleedde, precies zoals hij het wilde, zou veranderen. Daarom bleef ik.

Eliane

1942

HET WAREN DE LANGSTE TWEE uren van hun leven. Een gevoel van paniek vloog als een gevangen vogel door Elianes borst toen ze uiteindelijk het gekraak van de banden op het kiezelpad hoorden.

Yves en Eliane sprongen op.

'Wacht even!' droeg Gustave hun op. Zijn zoon en dochter wisselden een angstige blik uit nu tot hen doordrong dat ze misschien was gevolgd; of dat het niet eens hun moeder was die achter het stuur van de truck zat, en dat ze was gepakt.

Na wat voelde als nog een eeuwigheid hoorden ze voetstappen, en toen ging de deur open. Lisette zette haar tas en mand op de vloer en vergrendelde de deur zorgvuldig achter zich.

Toen lachte ze een uitgeputte glimlach. Ze knikte naar het drietal en zei: 'Nog een succesvolle bevalling voor de vroedvrouw.'

In het gouden half uur voor zonsondergang, toen Eliane de laatste recalcitrante kippen het hok in joeg en Gustave en Yves het werk in de molen aan het afronden waren, kwamen de Duitsers.

Yves zag vanachter het raam van de graanzolder de jeep en een legertruck op hoge snelheid over de weg rijden. Hij keek toe hoe de voertuigen vaart minderden en het pad insloegen, waarna ze weer accelereerden en naar de molen kwamen rijden.

'Papa!' schreeuwde hij. 'De sluisdeuren!' Hij viel bijna van de ladder in zijn haast naar het mechanisme dat de sluisdeur naar het kanaal naast het molenwiel bediende. Yves en Gustave moesten gezamenlijk al hun kracht inzetten om de deur in beweging te krijgen tegen de sterke waterkracht, maar net toen de Duitsers voor de schuur tot stilstand kwamen, bulderde het water in volle kracht over de waterkering.

Eliane deed met bevende handen de kippenschuur op slot. Ze ademde diep in en liep naar de soldaten om hen te begroeten, waardoor Gustave en Yves een moment langer hadden om af te maken waar ze mee bezig waren. De generaal stapte uit de jeep, vergezeld door oberleutnant Farber. Zes soldaten sprongen uit de truck, hun geladen geweren in de aanslag.

'Goedenavond, mademoiselle Martin,' zei oberleutnant Farber. Zijn toon was neutraal, maar zijn blik stond ernstig. 'Messieurs.' Hij knikte naar Gustave en Yves. 'Is madame Martin thuis?'

Lisette verscheen in de deuropening, Blanche troostend, die vreselijk was geschrokken van het plotselinge, razende gebrul van de rivier toen de sluisdeuren waren gesloten, alsook van de piepende banden en dichtslaande portieren.

'Als u met ons wilt meekomen, madame Martin.' De officier deed een stap naar haar toe.

'Mag ik vragen waar het om gaat?' vroeg Lisette kalm. Eliane hoorde haar moeder nauwelijks boven het gebrul van het water en het hameren van haar eigen hart uit.

'We hoopten dat u ons dat kunt vertellen, madame.' Zijn woorden klonken bijna alsof het een genoeglijk babbeltje betrof, hoewel de boze blik van de generaal naast hem boekdelen sprak.

'Eliane,' Lisette gebaarde haar dochter. 'Breng jij Blanche even naar bed?'

Gustave deed een stap naar voren terwijl Lisette naar de jeep liep. 'Ik ga ook mee.'

Een van de soldaten hief zijn geweer, haalde het van de vergrendeling en richtte op de molenaar. Lisette snakte naar adem.

'Laat je wapen zakken, sergeant.' De stem van oberleutnant Farber was nog steeds kalm en redelijk. 'Monsieur Martin, dat zal helaas niet gaan. U en uw zoon blijven hier. Deze mannen' – hij gebaarde naar de soldaten – 'hebben hier werk te doen. Het is het beste voor iedereen als u hen daar niet bij hindert. We treffen extra maatregelen om mogelijke oversteekpunten langs de grens af te sluiten.'

De soldaten begonnen rollen prikkeldraad uit de truck te laden.

'Maar het is hier zoals u ziet onmogelijk om over te steken,' protesteerde Yves.

De generaal wierp hem een razende blik toe en blafte een waterval van Duits, een en al boze keelklanken.

'Niettemin,' zei oberleutnant Farber, 'wordt de rivier hier vergrendeld. Je kunt per slot van rekening tegenwoordig niet voorzichtig genoeg zijn.'

Gustave, Yves en Eliane keken hulpeloos toe hoe de jeep het pad weer opreed en Lisette van hen wegvoerde.

Toen de achtergebleven soldaten hun puntige palen in de oever sloegen en het boosaardig uitziende prikkeldraad uitrolden, vermengde het gesnik van Blanche zich met het geluid van hun gehamer en het gebrul van de rivier.

Die eerste nacht nadat ze Lisette hadden meegenomen deden Eliane, Gustave en Yves, achtergelaten in de molen, geen oog dicht.

Eliane probeerde Blanche de volgende dag te kalmeren en [illegible] slaap te zingen, maar het meisje was angstig en onrustig sinds ze haar 'maman' meegenomen had zien worden door soldaten, en ze had ook last van het gehamer, dat doorging tot na zonsondergang.

Uiteindelijk klommen de mannen terug in de legertruck en reed hij rammelend het pad af. Eliane deed voorzichtig het verduisteringsgordijn een stukje open en keek naar buiten. Haar vader stond hen na te kijken en zag er doodongelukkig uit. Zijn sterke, capabele handen hingen nutteloos langs zijn zij terwijl hij naar de oever keek. In het maanlicht leken de stekels van het prikkeldraad kwaadaardig te knipogen, hun dreigende boodschap glinsterend de duisternis in sturend. Er was geen tolk nodig om de boodschap te begrijpen: probeer hier over te steken en je wordt aan flarden gescheurd.

Zonder Lisette voelde het alsof het hart van de molen eruit was gerukt. Elianes eigen hart voelde beklemd en zwaar en bonsde snel uit angst over wat haar moeder werd aangedaan. Waar was ze? Wat deden ze met haar? Had iemand gezien hoe ze Francine, Daniel en Amélie door onbezet gebied naar de passeur had gebracht? Je kon niemand meer vertrouwen: buren gaven hun eigen buren aan om allerlei redenen: om privileges te verkrijgen, wraak te nemen over oude onenigheid, om familieleden te beschermen of hun eigen huid te redden. Maar als de Duitsers zeker wisten dat de waterkering was gebruikt om mensen te helpen oversteken zouden ze Gustave hebben gearresteerd, en Yves waarschijnlijk ook.

Er ging nog een gedachte door Eliane heen, die haar deed rillen van angst: misschien waren Francine en de anderen gepakt en hadden ze Lisettes naam aan de Gestapo gegeven. Francine

erraden, maar misschien Daniel? Als hij had ge-
et leven van zijn vrouw en ongeboren kind kon
vast niet in staat zijn geweest om zijn mond te
ls ze waren gemarteld?

Het wa[s] [...]raaglijk. En toch moest ze het dragen.

De wijzers van de keukenklok bewogen zo tergend langzaam dat Eliane nauwelijks de behoefte kon onderdrukken hem van de muur te rukken. Het enige wat ze kon doen was wat Lisette van haar zou willen: voor Gustave, Yves en Blanche zorgen, hen zo goed en zo kwaad als het ging ondersteunen en sterk blijven. Die gedachte, en een plotseling beeld van het gezicht van haar moeder – kalm, vriendelijk, glimlachend – maakte dat Eliane zich herpakte. Ze moesten doorgaan, voor Lisette, en met de fervente hoop dat ze snel naar hen terug zou komen.

Ze hielden Lisette drie lange dagen en nachten vast op het Gestapo-hoofdkwartier in Castillon. Toen geschiedde het wonder waarvoor het gezin had gebeden.

Eliane was de middag van de derde dag nadat Lisette was meegenomen op het chateau. Ze had Blanche bij Gustave achtergelaten in de hoop dat het goede afleiding voor hem zou zijn voor het meisje te moeten zorgen in plaats van aan tafel te zitten met zijn hoofd in zijn handen, hulpeloos en wanhopig.

Madame Boin had één blik op Elianes gespannen gezicht en bleke wangen geworpen en erop gestaan dat ze het prima alleen af kon in de keuken, waarna ze het meisje naar buiten de frisse lucht in had gestuurd.

Weg van de bedrukte, angstige sfeer van de molen – al was het maar voor twee uurtjes – kreeg Eliane zichzelf zover dat het haar lukte zich te concentreren op haar werk. Ze pakte haar schoffel en voelde zich een heel klein beetje getroost door de bijen, die onverstoorbaar als altijd hun werk aan het doen waren.

Het werk in de tuin zette haar met beide benen op de grond, en ze had het gevoel dat ze een heel klein beetje gemakkelijker kon ademen terwijl ze zich op haar werk focuste: schoffelen en de planten water geven, haar geliefde kruiden verzorgen. De geuren van tijm, rozemarijn en munt deden haar aan Lisettes geneeskrachtige drankjes denken. En toen wist ze ineens zeker dat haar moeder zou terugkomen. Ze voelde het in haar botten en in het bloed dat door haar aderen stroomde. Het was veel meer dan hoop: het was volledige overtuiging.

Ze was de uitgebloeide rozen die tegen de muur naast het tuinhek groeiden aan het verwijderen toen ze een voertuig hoorde en geschrokken opkeek. Haar handen begonnen te beven toen ze een grijs uniform zag. Oberleutnant Farber leunde uit het chauffeursraam en gebaarde haar met een urgente beweging naderbij te komen.

Eliane liep met de snoeischaar in haar hand geklemd naar hem toe. De motor van de jeep draaide nog.

'Kom maar met me mee, mademoiselle. Je hoeft niet bang te zijn. Je moeder is vrijgelaten. Ze is in Coulliac. Ik ga haar nu halen.'

Eliane aarzelde even, maar keek hem toen recht in de ogen. Ze keek hem – en de andere soldaten – zelden aan, maar ze zag nu dat het gezicht achter het sombere uniform open en eerlijk was en dat zijn ogen, die bijna net zo blauw waren als die van Jacques Lemaître, medeleven overbrachten. Haar handen beefden nog, maar ze legde de schaar weg en ging op de passagiersstoel zitten. Ze was zich ervan bewust dat dit hetzelfde voertuig was dat Lisette drie dagen daarvoor had weggevoerd, en een koude angstrilling ging door haar lichaam. Kon ze hem op zijn woord vertrouwen, of werd zij ook gearresteerd? Maar de uitdrukking die ze in zijn gezicht zag was zo eerlijk en menselijk dat ze instinctief wist dat ze hem kon vertrouwen.

Lisette zat op het muurtje naast de fontein op het plein. Hoe ze van Castillon hierheen was gekomen wist niemand. Ze was er ineens, strompelde mank het plein op, niet naar links of rechts kijkend terwijl ze naar het water liep dat in het stenen bassin rond de fontein spetterde. De vrouwen die bij de bakker in de rij stonden voor het armzalige rantsoen brood voor hun gezin keken achterdochtig toe, haar steelse blikken toewerpend. Stéphanie, met een lege boodschappentas in de hand, fluisterde iets tegen haar buurvrouw.

Lisettes haar was losgekomen uit de gewoonlijk keurige vlecht die ze droeg, en haar kleren waren verfomfaaid. Hoewel er geen uiterlijke kenmerken van fysieke verwondingen waren, leek alles aan Lisette gebroken. Ze schepte met haar handen wat water uit de fontein en waste haar gezicht.

Toen verliet een van de vrouwen haar plek in de rij en liep naar haar toe. Ze ging naast Lisette zitten en bood haar een versleten zakdoek aan, waarna ze Lisettes handen vastpakte en haar woorden van troost en aansporing toefluisterde.

Toen de jeep het plein op kwam rijden stond de vrouw die naast Lisette was gaan zitten snel op. Toen ze Eliane zag, slaakte ze een zucht van opluchting. 'Kijk eens, Lisette,' zei ze bemoedigend, 'je dochter komt je ophalen.'

Maar Lisette reageerde niet; ze staarde uitdrukkingsloos in het water dat glinsterde doordat het zonlicht met de druppels speelde die uit de fontein kletterden.

Eliane nam haar in haar armen. 'Maman,' fluisterde ze. 'Hier ben ik. Gaat u mee naar huis? Ze hebben u meegenomen. Maar u mag nu weer naar huis.'

Lisettes blik stelde zich langzaam scherp op Eliane. Ze stak haar hand omhoog en streek zacht met haar vingers over de wang van haar dochter. Ze zei nog steeds niets, maar ze knikte, nauwelijks zichtbaar, en liet zich door Eliane naar de jeep helpen. Ze zaten samen achterin. Eliane sloeg een arm om haar moeder heen, alsof dat haar haar kracht en levenslust zou teruggeven, maar Lisette snakte huiverend naar adem van de pijn, dus liet Eliane haar snel weer los.

Oberleutnant Farber, die achter het stuur was blijven zitten, startte de auto en ging op weg naar hun huis. Toen ze langs de rij bij de bakkerij reden, draaide Stéphanie zich om om hen na te kijken. 'Ach ja, sommige mensen krijgen nu eenmaal een speciale behandeling,' zei ze zo hard dat iedereen haar kon horen. De meeste vrouwen in de rij negeerden haar, maar een of twee perste misprijzend de lippen opeen en knikte.

De oberleutnant zette hen bij de molen af en Gustave kwam toen hij de jeep hoorde naar de deur lopen. Hij omhelsde Lisette teder, voorzichtig, en hield haar lang vast, staand in een omhelzing naast het prikkeldraad dat langs de oever was gespannen. Eliane nam Blanche mee naar binnen en ging water koken, dat ze voor haar moeder naar de badkamer droeg.

Pas toen ze zich had gewassen en de schone kleren had aangetrokken die Eliane voor haar had neergelegd, begon Lisette een heel klein beetje bij te komen. Ze nam Blanche op schoot, Gustave kuste haar op haar natte haar en kamde het liefdevol uit. Blanche nam het gezicht van haar maman in haar zachte handjes en kuste haar op haar wang. Toen Lisette het meisje omhelsde en de liefde van haar familie tot haar kern begon door te dringen, begonnen het licht in haar ogen en de kleur op haar wangen een beetje terug te komen.

'Wil je erover praten?' vroeg Gustave haar later die avond

toen Blanche in bed lag en Yves de molen aan het afsluiten was. Eliane hield op met het afruimen van het avondeten, waar haar moeder nauwelijks van had gegeten.

Na een korte aarzeling begon Lisette te huilen; het waren stille tranen van wanhoop. Toen begon ze te praten, met lage stem, de woorden hier en daar brekend. 'In de ruimte naast waar ik was sloegen ze een jongen in elkaar. Ik hoorde hem gillen. Ik bleef maar denken: dat had Yves kunnen zijn. Ik wilde zo graag dat het geluid ophield. Maar toen het uiteindelijk ophield, was de stilte nog angstaanjagender.'

Tranen rolden over Elianes gezicht. Ze keek naar haar moeder en durfde niet te bewegen uit angst dat Lisette weer zou stoppen met praten.

'En met jou?' fluisterde Gustave. 'Wat hebben ze met jou gedaan?'

Ze schudde haar hoofd en keek toen naar hem op, haar gezichtsuitdrukking vastberaden opstandig. 'Ze hebben me niets aangedaan, Gustave. Omdat ik dat niet toestond. Wat ze ook hebben gedaan, het raakte me niet. Ik heb namelijk besloten dat ik daar niet was, in die ruimte met die grijze muren. Ik was hier, in de molen, bij jou.'

Toen begon Gustave ook te huilen, en ze hield hem vast en wiegde hem heen en weer, zoals ze met een baby zou doen.

Toen er geen tranen meer waren, glimlachte Lisette naar hen beiden. 'Maar weet je wat? Ze zijn weggekomen. Francine, Amélie en Daniel. En de anderen ook. Dat werd me duidelijk uit wat de Gestapo me vroeg. Uiteindelijk konden ze niet anders dan mijn verhaal aannemen. De truck is per slot van rekening op zowel de heen- als de terugweg over de brug doorzocht en was leeg. Uiteindelijk zijn ze naar madame Desclins gegaan. Die bevestigde dat ik zondagavond bij haar was geweest en liet hun de medicijnen zien die ik haar had gegeven. Ze konden niet anders dan me laten gaan.'

Yves was klaar in de molen en kwam binnen. Lisette wendde zich tot hem, haar ogen ineens weer helemaal helder, de vrouw van wie ze zo zielsveel hielden weer helemaal terug. 'Ze zijn weggekomen, Yves! Ze zijn allemaal weggekomen.'

Abi

2017

DISSOCIATIE NOEMEN ZE DAT VOLGENS mij: wanneer je in je hoofd ergens anders naartoe gaat om het ondraaglijke te kunnen dragen. Dat is wat Lisette voor elkaar kreeg in die drie dagen en nachten van onuitsprekelijke gruwelen toen ze werd ondervraagd door de Gestapo. Sara vertelde me dat Lisette in staat was geweest zichzelf los te maken van wat haar werd aangedaan, zich voor te stellen dat ze ergens anders was, zichzelf te distantiëren van die ruimte met grijze muren en terug te gaan naar de liefde van de moulin. Dat noem ik nog eens kracht. 'Veerkracht' is een ander woord dat therapeuten vaak gebruiken. 'Je moet je veerkracht vergroten,' zeggen ze dan. Dat is voor de één blijkbaar gemakkelijker dan voor de ander. Maar ik denk dat Lisette een goed voorbeeld is van wat het betekent.

Ik deed dat ook wel eens: uit mijn lichaam treden. In bed met Zac. De manier waarop hij de liefde bedreef was in eerste instantie een dronken makende mix van tederheid en passie. Maar toen werd het iets anders: razend, liefdeloos en onderdrukkend. Dat waren de momenten dat mijn geest mijn lichaam verliet en ik me voorstelde dat ik ergens anders was. Waar dan ook, als het maar niet bij hem was.

Ik voelde zijn behoefte te domineren, te bezitten, te controleren; hij gaf affectie en trok die dan weer in, tot ik verward en angstig werd. Ik werd extreem alert, niet in staat me ook maar een seconde te ontspannen, wachtend op de volgende uitbarsting of denigrerende opmerking, of een blik in mijn richting die me deed bevriezen, wetend dat wat ik daarna ook zou gaan doen of zeggen een trigger voor zijn razernij zou zijn.

Toen ik eenmaal weer was gaan studeren voelde ik me minder gevangen in het appartement. Ik had andere plaatsen om naartoe te gaan, ook al was het alleen maar in mijn hoofd. Ik studeerde Engelse Taal- en Letterkunde, dus hoewel ik steeds minder het appartement verliet en alles voor mijn studie online regelde, hielpen schrijvers als Charles Dickens, Jane Austen en George Eliot me naar andere werelden te ontsnappen. Ik haalde goede cijfers voor mijn essays en begon te geloven dat ik uiteindelijk mijn graad zou kunnen halen.

Er waren af en toe colleges in een heuse collegezaal, en die had ik online kunnen doen, maar ik zag ze als kans om nu en dan een avondje te kunnen ontsnappen en zei tegen Zac dat ze verplicht waren. Nog een leugen. Nog een kleine verzetsdaad. Het was ondertussen dusdanig met me gesteld dat ik het appartement nauwelijks nog durfde te verlaten, maar ik wist dat ik mijn best moest doen. Maar als mijn medestudenten, die me allemaal heel aardig leken, me na college mee vroegen om koffie te gaan drinken, verzon ik een excuus en haastte me naar huis. Ik wist dat Zac de tijd in de gaten hield en op zijn telefoon bijhield waar ik was. Als ik zonder verklaring te laat zou zijn, zou ik in de problemen zitten.

Niettemin was het me gelukt om één of twee van de zijden draden door te snijden die me aan hem verbonden. Ik voelde het licht van mijn Zelf in me branden, als een piepklein, warm vlammetje.

Eliane

1942

ELIANE WERD DIE ZATERDAG VROEG wakker en stapelde haar potjes honing in manden zodat Gustave en Yves ze in de truck konden laden en naar de markt konden brengen. Achter het kraampje staan was zo anders zonder Francine, maar ze wist dat ze de honingvoorraad zo eerlijk mogelijk moest blijven verdelen. De rantsoenen waren kariger dan ooit.

De rivier en het omliggende bos waren in Coulliac een nuttige bron van extra vis en wild om het kleine beetje aan te vullen waar ze uren voor in de rij stonden bij de slager en de bakker. De meeste mensen hadden een moestuintje, waar ze verbouwden wat maar kon. Eliane wist dat de mensen in de grote steden het veel zwaarder hadden. Zelfs in Coulliac legde de Duitse bezetter strenge eisen op: een derde van alles wat werd verbouwd moest worden ingeleverd in het depot; hamsteren was een misdaad waarvoor je werd gearresteerd; en er hing sinds kort een mededeling bij de mairie dat iedereen die werd betrapt op het fokken van een varken de gevangenis in zou gaan en zijn varken kwijt zou raken.

Dus was de varkensstal bij de molen nu leeg. Verborgen in de tunnel achter de deur, nog steeds verstopt achter de lege trog en een achteloos gestapelde berg golfplaten, had de familie Martin echter een aantal gedroogde hammen in neteldoek hangen, en er stonden potjes paté, en *rilettes* en *grattons* in glazen potten. Ze aten er bij hoge uitzondering van, en nu en dan gaf Lisette wat weg aan ondervoede zwangere vrouwen.

Tijdens een van Elianes wandelingen in de vroege ochtend op zoek naar wilde paddenstoelen in het bos stuitte ze op een geïmproviseerd hek, verstopt achter takken, waar een stel dikke zwarte varkens tevreden knorrend naar eikels zocht. Ze wiste glimlachend haar sporen uit. Iemand zou die kerst geroosterd varkensvlees eten.

Toen ze Gustave en Yves aan het helpen was de honing in de truck te laden schrok Eliane van een groep Duitse soldaten tussen de bomen aan de andere oever van de rivier. Ze moest over de rollen prikkeldraad turen om te kunnen zien wat ze aan het doen waren.

Een van de mannen zwaaide naar haar, heel vrolijk; misschien herkende hij het *Mädchen* dat in het chateau werkte aan de rode sjaal die ze als een boerin om haar hoofd had gebonden om haar mooie donkerblonde haar uit haar ogen te houden. De soldaten trokken hun jassen uit en gingen aan de slag met bijlen en trekzagen.

Eliane snakte naar adem. 'Wat doen ze, papa?'

'Ze hebben opdracht de bomen daar om te zagen. Ze denken nog steeds dat er op de een of andere manier mensen oversteken, ondanks al dat verrekte prikkeldraad dat mijn rivier verpest. Jacques wist te vertellen dat ze de hele oever aan de overzijde leeghalen en er regelmatig patrouilleren.'

Ze vroeg zich af hoe Jacques dat wist, maar ze begreep dat ze daar beter niet naar kon vragen.

Ze pakte een van de potjes acaciahoning die ze zo zorgvuldig had gevuld. Hij was licht en helder als champagne. Aan de andere kant van de rivier viel een boom met een zware dreun en hard geruis van de bladeren om, die van de takken werden gescheurd als confetti. Ze zette het potje terug in de mand en slaakte een zucht. Er zouden geen acaciabloemen meer zijn. Maar de bijen zouden andere bronnen van nectar in de wilde bloemen en appelbloesem vinden: zelfs zij zouden het moeten doen met het rantsoen dat ze kregen aangeboden, net als de rest van de gemeenschap.

Het was die dag rustig op de markt. Er waren maar weinig mensen die zich een luxe als honing konden veroorloven, hoewel er ook vrijwel geen suiker meer was. Een groot deel van de verkopers kwam niet meer naar de markt omdat ze eenvoudigweg niets overhielden om te verkopen nadat ze hun deel bij het depot hadden ingeleverd en sinds de rantsoenen zo krap waren. De meeste mensen kregen het ternauwernood voor elkaar hun gezin en zichzelf te voeden. Op één of twee schragentafels stonden mooie piramides van aardperen, aardappels, courgettes en meiraapjes, maar het zag er allemaal kleurloos en onsmakelijk uit vergeleken bij hoe het vroeger was. Bovendien was iedereen het helemaal zat om dag in, dag uit hetzelfde te eten.

Er werd nog wel stiekem het een en ander geruild: sommige mensen wachtten tot er niemand anders bij het kraampje stond en duwden dan een paar eieren of konijnenvellen onder de tafel in ruil voor een potje honing. Maar vaker werd Eliane betaald met muntgeld voor een grotere pot bijenwas; het poetsen van de meubels stond bij de meeste mensen helemaal onderaan het prioriteitenlijstje, maar lampenolie was ook schaars, en van bijenwas kon je kaarsen maken, die veel werden gebruikt nu de elektriciteit steeds vaker werd afgesneden.

Twee jongens, die eruitzagen als ongeveer tien en twaalf,

kwamen naar het kraampje lopen. De kleren die ze droegen waren veel te klein en meer dan eens versteld, en hun huid was strak om de botten van hun magere polsen gespannen, die centimeters onder de rafelige manchetten van hun mouwen uitstaken. De oudere haalde een vochtige, in krantenpapier ingepakte schat uit zijn jasje. 'Kunnen we misschien een potje honing ruilen tegen deze twee prachtige baarzen?' vroeg hij. Hij vouwde het papier open en liet twee visjes zien, waarvan ze wist dat ze één en al graten zouden zijn.

'We hebben ze vanochtend gevangen,' voegde de jongste toe. 'We hebben het geheim gehouden. Maman is vandaag jarig. We willen haar een cadeau geven.'

Eliane gaf hun met een brede glimlach een potje honing en pakte de vis weer in. 'Geef die ook maar aan je maman. Een traktatie voor haar verjaardagslunch. En feliciteer haar maar van harte van me.'

'Dank u wel, honingmevrouw.' De broers keken haar grijnzend aan. De oudste stak het pakje weer onder zijn jas en toen renden ze naar huis, de jongste met de honing in zijn handen alsof hij een kist juwelen vervoerde.

Toen de laatste honing was verkocht begon Eliane op te ruimen. De spulletjes van de marché amicale deed ze in haar mand, waar ze een theedoek overheen spreidde.

'Goedemorgen, mademoiselle Martin.' Ze schrok van de stem van oberleutnant Farber, maar ze herstelde snel.

'Goedemorgen, monsieur.'

'Ik zie dat ik helaas te laat ben om een potje van je heerlijke honing te kopen.'

Ze knikte. 'Ik vrees van wel. En ik kan u ook geen jam aanbieden nu we geen suiker meer hebben om die mee te maken. Maar u hoeft niet naar de markt te komen om honing van me te kopen. Ik zet hem elke ochtend op het chateau voor u en uw collega's klaar.'

'Niettemin steun ik de plaatselijke handel graag,' antwoordde hij. Hij was even stil. Toen vroeg hij beleefd: 'En hoe is het nu met je moeder?'

'Beter, dank u. Goed genoeg om weer aan het werk te gaan.'

'Mooi.' Toen zei hij met dezelfde gezichtsuitdrukking: 'Je zult je vriendin wel vreselijk missen. Die vriendin met wie je altijd samen op de markt stond.'

Zijn stem was mild, maar toen ze schuchter naar hem opkeek zag ze dat hij haar geconcentreerd bestudeerde.

Ze knikte opgewekt. 'Nou en of. Ik moet zonder haar twee keer zo hard werken. Dus als u me nu wilt excuseren, meneer, want ik moet gauw verder.'

Hij glimlachte. 'Natuurlijk, mademoiselle. Ik wil je niet van je werk houden. Goedendag.'

'Bonne journée, monsieur.'

Haar handen beefden. Waarom was hij direct nadat hij naar Lisette had gevraagd over Francine begonnen? Eliane was over het algemeen heel goed in het inschatten van karakters, maar van oberleutnant Farber begreep ze niets. Hij was de vijand, maar niettemin leek hij haar vriend te willen zijn. Was hij oprecht? Of probeerde hij haar ergens in te luizen? Hoeveel wist hij? Wat had hij gezien? Terwijl ze hem de trap van de mairie op zag lopen stak ze zonder erbij na te denken een hand op om aan de zijden sjaal te voelen die ze vandaag om haar hals droeg.

Pas toen drong het ineens tot haar door dat iemand vanaf de andere kant van het plein naar haar keek. Een jongeman met het postuur van een beer, met donker, warrig haar.

Haar hart sloeg over en haar ogen vulden zich met vreugdetranen. 'Mathieu!' riep ze, en ze rende naar hem toe terwijl hij met open armen op haar af kwam.

Ze zaten in Café de la Paix te wachten tot Gustave zou komen met de truck, elkaars handen niet meer loslatend terwijl hun kopjes bittere cichorei koud stonden te worden op het tafeltje naast hen.

Eliane wilde hem zo veel vragen, had hem zo veel te vertellen.

Maar er was ook zo veel wat ze hem niet zou kunnen vertellen, hielp ze zichzelf herinneren. Ze kon hem niet vertellen dat Blanche niet echt de dochter van de neef van haar vader was; ze kon hem niet vertellen hoe Jacques Lemaître op een avond over de waterkering was gekomen en dat hij meer was dan het hulpje van de bakker; ze kon hem niet vertellen hoe Yves een aantal joodse dorpelingen had kunnen waarschuwen dat ze gedeporteerd zouden worden en hun daarmee tijd had gegeven om te ontsnappen; ze kon niet vertellen wat Lisette had gedaan of waar Francine heen was. En ze kon hem niet vertellen over haar wandelingen rond de ommuurde tuin van het chateau. Al die geheimen gaven haar op de een of andere manier het gevoel dat er nog een afstand tussen hen was, ook al zat hij hier nu, naast haar.

'Ik kan niet geloven dat je er echt bent!' Ze streelde over zijn handpalm vol eelt en de zachtere huid op de rug, die donkerbruin was van uren en uren in de buitenlucht werken; een hand die na al die tijd tegelijk bekend en vreemd voelde. 'Hoe heb je het voor elkaar gekregen? Hoe is het je gelukt hier te komen?'

'Ik ben de brug gewoon overgestoken,' zei hij lachend. 'Heel officieel allemaal. Ik kan je ervan verzekeren dat mijn papieren in orde zijn.' Hij viste een opgevouwen reisvergunning uit de borstzak van zijn praktische katoenen jasje. 'Ik ga een week naar

Bordeaux. Voor mijn werk. Het is me gelukt een baan te krijgen bij de spoorwegen, bij de *Service de Surveillance des Voies*.'

Eliane keek hem verrast aan. 'Bij het spoorwegbeheer? Wat houdt dat in?'

Hij durfde haar niet aan te kijken terwijl hij antwoord gaf. 'Ik word onderdeel van een team dat patrouilleert om ervoor te zorgen dat er geen subversieve handelingen worden uitgevoerd op de verbinding tussen Brive en Limoges.'

'Subversieve handelingen? Hoe bedoel je?'

'Er is de laatste tijd steeds meer verzetsactiviteit. De lijn is onderdeel van een strategische verbinding tussen Parijs en Toulouse. Ik moet zorgen dat de treinen veilig kunnen rijden. De opleiding is in Bordeaux, maar ik heb de machthebbers ervan weten te overtuigen dat dit de beste route is die ik kan nemen om er te komen. Ik kan dit weekend en volgend weekend met je doorbrengen, maar dan moet ik terug naar Tulle. Ik heb geprobeerd je een ansichtkaart te sturen om je op de hoogte te brengen, maar die kreeg ik terug met een stempel *INADMIS* erop omdat ik de reden voor mijn bezoek erop had gezet, en dergelijk contact is niet toegestaan tussen bezet en onbezet gebied. Maar hoe dan ook: ik ben er nu! Twee hele weekenden met jou, na al die tijd; het voelt als een wonder!'

Op dat moment kwamen Gustave en Yves aanrijden om Eliane op te halen. Ze waren verbijsterd en dolblij Mathieu te zien. Ze omhelsden elkaar hartelijk en sloegen elkaar stevig op de rug. 'Kom,' zei Gustave nadat Mathieu kort had uitgelegd hoe het hem was gelukt te komen. 'We mogen geen moment van je bezoek verspillen. We gaan meteen naar huis. Lisette zal zo blij zijn je te zien. Maar hoe is het met je vader? En met Luc?'

Ze laadden Elianes manden in en stapten in de truck, op weg naar huis.

Die avond zaten Eliane en Mathieu onder de treurwilg zoals ze dat al zo vaak hadden gedaan. Ze konden nu vanwege het prikkeldraad echter niet op de oever onder het dak van de wijduitstaande takken zitten, dus spreidden ze een doek hoger op de oever uit, waar ze met hun gezicht naar de warmte van de zomeravond zaten gericht.

Mathieu had een fluitend geluid gemaakt toen hij de veranderingen zag die de Duitsers rond de Moulin de Coulliac hadden aangebracht: hoewel de vervaarlijk uitziende berg stekelig ijzerdraad het uitzicht over de rivier deels wegnam, kon je toch de afgeslachte boomstronken op de oever aan de overzijde nog zien, achter nog een rij met rollen prikkeldraad, die daar waren neergelegd op de ochtend nadat de soldaten de acacia's hadden weggehaald.

'Wanneer hebben ze de bomen omgehakt?' vroeg hij.

'Net, vandaag. En dat prikkeldraad hebben ze er ook vandaag neergelegd. Ze scherpen de beveiliging aan.'

Hij knikte en draaide zich naar haar om. 'Ik heb eerder geprobeerd naar je toe te komen. Op een avond vorig jaar is het me gelukt een lift te krijgen, helemaal naar Sainte-Foy. De rest van de weg heb ik gelopen, de patrouilles aan de andere kant ontwijkend omdat ik geen reispapieren had. Ik wist dat ik als ik zou worden gepakt de gevangenis in zou draaien, of naar een werkkamp zou worden gedeporteerd. Maar ik nam het risico omdat ik je zo graag wilde zien. Ik ben helemaal tot hier gekomen, maar toen zag ik dat iemand de sluisdeuren had gesloten, waardoor de waterkering een onneembare barrière was geworden. Ik heb het geprobeerd, maar het lukte niet en ik moest omkeren.'

Ze leunde naar hem toe en kuste hem op de wang. 'O, Mathieu. Ik heb altijd geweten dat je daar ergens was. Ook al kwamen er geen ansichtkaarten en kreeg ik de kaarten die ik jou probeerde te sturen ook allemaal terug. Het maakte niet uit. Ik wist dat je er was.'

'Die verrekte ansichtkaarten. Voorgedrukte hokjes die je moet aanvinken en maar dertien regeltjes om in te vertellen wat je voelt terwijl je weet dat het wordt gelezen en de kans groot is dat het wordt teruggestuurd of weggegooid. Ik vind het gruwelijk dat we door de oorlog niet meer vrijuit kunnen praten. Ze hebben ons niet alleen ons land afgepakt, maar ook onze stem.'

'Maar sommige dingen kunnen ze niet afpakken,' zei ze vriendelijk. 'Zoals onze rivier. Ze kunnen hem in een ijzeren kooi zetten en de bomen omhakken, maar moet je nou eens zien.' Ze gebaarde met een open hand naar het water, dat de avond goud had gekleurd. Ze keken even naar de dansende saffierblauwe libellen. 'En ze kunnen ons onze hoop en dromen ook niet afnemen. Hoeveel regels en voorschriften ze ook maken, hoezeer ze ons ook uithongeren.'

Hij kuste haar terug en ze zaten een tijdje naar de stromende rivier te kijken, die hun dromen meevoerde naar de toekomst.

Toen zei Mathieu: 'Ik liep in Sainte-Foy een bekende tegen het lijf, die man die op Château de la Chapelle de wijn altijd kwam proeven. Hij zegt dat het goed gaat met de familie Cortini. Maar hij vertelde me ook over een gerucht over verzetsactiviteiten die hier in het bezette gebied plaatsvinden. Hij denkt dat er een geheim netwerk is dat berichten naar en van generaal De Gaulles Vrije Franse Strijdkrachten weet te sturen, ter ondersteuning van de Geallieerden. Ze zeggen dat er op de een of andere manier mensen over de grens worden gesmokkeld, en via onbezet gebied naar een veilige plek. Heb jij daar iets over gehoord?'

Eliane schudde haar hoofd en haalde haar schouders op, haar

blik nog op de rivier. 'Het is in Coulliac stil en rustig als altijd. We moeten er alles aan doen om niet te verhongeren, we hebben weinig tijd voor iets anders dan eten zoeken.'

Er schoot ineens een beeld van monsieur le comte bij het altaar in de kapel van Château Bellevue door haar hoofd. Ze dacht terug aan die keer dat ze dacht dat ze stemmen had gehoord, maar hem vervolgens alleen had aangetroffen... Ze wist ineens zeker dat haar wandelingen berichten van het verzet in Londen aan de verzetsstrijders in de heuvels boven Coulliac stuurden, hun bewegingen dirigeerden, hun hielpen hun activiteiten te plannen. En ze wist dat dat nóg een geheim was dat ze voor Mathieu moest bewaren. Toen ze daar zo zaten, hand in hand, voelde ze hoe de wig van al die geheimen steeds dieper naar binnen werd geslagen, hen uit elkaar drijvend.

In de stille avondlucht gaf het geluid van een trein in de verte haar een welkome kans om over iets anders te beginnen.

'Vertel nog eens wat over je nieuwe baan,' zei ze.

'Het is heel iets anders dan wat ik ben gewend. De spoorwegen nemen mensen aan omdat ze die nodig hebben om de lijnen open te houden. Het verzet saboteert steeds meer en vaker, dus moet ik langs het spoor patrouilleren om te proberen sabotage te voorkomen of het spoor erna te repareren zodat de treinen kunnen blijven rijden. Ik probeer al een hele tijd een manier te vinden om jou te kunnen zien én mijn vader te kunnen blijven helpen. Hij heeft de laatste tijd vreselijk veel last van zijn rug – op sommige dagen heeft hij zo veel pijn dat hij niet eens kan staan – en Luc redt het niet in zijn eentje op de boerderij. Dus moet ik bij hen blijven. Snap je dat?'

Eliane knikte. 'Natuurlijk...' Ze aarzelde even, maar vervolgde toen: 'Maar Mathieu, die treinen op de route waar je gaat patrouilleren... wat vervoeren die?'

Hij keek naar de grond en plukte een stengel gras, die hij in tweeën spleet met zijn duimnagel. 'Vitale voorraden van en naar Parijs.'

Ze pakte zacht zijn hand. 'Ze vervoeren ook wapens en munitie die de Duitsers gebruiken om nog meer van onze mensen te vermoorden. En soms vervoeren ze mensen. Jij moet met eigen ogen de veewagens hebben gezien waarover we horen, de wagons die onze landgenoten meenemen. Die mensen komen nooit meer terug, Mathieu.'

'Ze gaan naar werkkampen,' antwoordde hij.

Ze schudde verdrietig haar hoofd. 'Vrouwen en kinderen, hele gezinnen... Ze gaan naar gevangenenkampen waar de omstandigheden zo barbaars zijn dat ze het misschien niet overleven.'

'Hoe weet je dat? Dat zijn maar geruchten.'

Ze staarde in zijn smekende, donkerbruine ogen met haar eigen heldere, grijze blik. Toen herhaalde ze: 'Die mensen komen nooit meer terug, Mathieu.'

Zijn gezicht werd rood – van schuldgevoel of woede, dat kon ze niet zien – en zijn gezichtsuitdrukking was ineens gekwetst.

'Ik heb die baan genomen om bij jou te kunnen zijn, Eliane. Ik heb je twee jaar niet gezien. Ik vind het vreselijk om van je gescheiden te zijn. Het is een manier om gemakkelijker te kunnen reizen. Ik heb nu twee banen, overdag op de boerderij en 's nachts aan het spoor. Ik doe het voor ons en om mijn vader en broertje te eten te geven. We hebben het vreselijk moeilijk nu we zo veel moeten inleveren voor de oorlogsinspanningen.'

Ze staarde weer naar de rivier, maar het licht was nu anders en het water eentonig bruin. De libellen waren weg en de rivier zag er, gevangen in zijn metalen kooi, ineens levenloos uit.

'Dat weet ik, Mathieu. En ik snap het.'

'We moeten allemaal compromissen sluiten. Dat betekent niet dat ik aan de kant van de Duitsers sta. Ik moet dit doen, voor jou, mijn vader en Luc.'

Ze rilde een beetje, hoewel de zomerlucht heet en zwaar was. 'Tijd om naar binnen te gaan,' zei ze met een glimlach naar hem.

Toen ze het zeil opvouwden waarop ze hadden gezeten en het teruglegden in de schuur, lukte het hun niet elkaar aan te kijken.

Toen ze de volgende dag afscheid namen op het station, wachtend op de trein naar Bordeaux, omhelsde hij haar alsof hij haar nooit meer zou loslaten.

Ze kuste hem en zei met een glimlach: 'Succes met je training. Tot volgende week.'

Hij knikte, even niet in staat iets te zeggen. Toen draaide hij zich om en liep zonder om te kijken weg.

Abi

2017

ER IS EEN ZOMERSTORM OP KOMST, net zo een als de storm die me hierheen heeft gebracht. Je voelt hem naderen: de hitte is verstikkend en de avondlucht zo donker dat het voelt alsof je in een grot bent. Zware, dreigende donderwolken drukken de sterren weg. Ik lig in bed met de luiken wijd open in de hoop dat de nachtlucht de zolderkamer een beetje verkoelt, maar de hete lucht drukt van alle kanten op me, maakt het onmogelijk te slapen.

De kamer wordt ineens verlicht door een bliksemflits, en even later knettert de donder onheilspellend in de zwarte hemel. Ik trek de klamboe open en loop naar het raam. Een tweede bliksemflits brandt een beeld van de rivier en de bomen erachter op mijn netvlies als op de film in een fototoestel. Ik leun naar buiten, trek de luiken naar me toe en vervloek de metalen haak, die niet goed in het oog past. Ik pak een shirt en gebruik de mouwen om de twee delen aan elkaar te binden, de volgende donderklap buitensluitend voordat die de lucht doet trillen als een bominslag.

Ik kruip terug in bed. Achter de dubbele barrière van de luiken en de klamboe voel ik me veilig, weet ik dat de storm me niet kan bereiken.

Eliane en Mireille moeten hier toen ze opgroeiden vaak zo hebben gelegen, terwijl ze luisterden naar het onweer en hoorden hoe de regen op het dak van de molenwoning kletterde, kijkend naar de bliksemflitsen, in de wetenschap dat de loze bedreigingen van de hemel hen niet konden raken.

Ik stel me voor dat de oorlog voor Eliane moet hebben gevoeld als deze onweersbui. In eerste instantie ver weg, iets wat zich aan de horizon verzamelde maar haar niet kon raken. Maar toen, toen hij over hen heen tuimelde en al die jaren door bleef razen, maakte ze de keuze uit de veiligheid van de zolderkamer te treden en er de confrontatie mee aan te gaan en haar hand uit te steken om anderen te helpen die er ook door waren overvallen.

Ik voel vanavond haar aanwezigheid, die me beschermt tegen gevaar.

Uiteindelijk wordt het gat tussen de lichtflitsen en donderslagen steeds groter en reist het onweer verder. De regen wordt zacht geruis op het dak boven mijn hoofd. Als ik wegdrijf naar een wereld tussen waken en slapen verschijnt Eliane voor mijn geestesoog.

'Aan jou de keuze, Abi,' zegt ze. 'De wereld is er voor je, wacht op het moment dat je er klaar voor bent. Je bent sterker dan je weet.'

Ze vertrekt met een glimlach, de vage geur van bijenwas en lavendel in de lucht achterlatend.

Eliane

1942

ELIANE HAD MOEITE ZICH TE concentreren op haar werk op het chateau in de week dat Mathieu naar Bordeaux was voor de opleiding voor zijn baan bij het spoorwegbeheer. Het was begin augustus en de hete, vochtige lucht leek alle energie uit haar ledematen te trekken. Ze had het gevoel dat ze zich door een dikke soep bewoog toen ze de kruiden in de moestuin water gaf. Zelfs de bijen leken langzamer te bewegen dan anders, dronken van de zomernectar terwijl ze de bovenste ramen van de bijenkast aan het vullen waren. Eliane verzamelde zo vaak mogelijk de honing, maar ze was zich ervan bewust dat de kostbare voorraden over een paar weken, als de zomer op zijn eind liep, steeds minder zouden worden. Ze zou er voor moeten zorgen dat ze de bijen met genoeg achterliet om de winter door te komen nu er niet genoeg suiker was om hun voorraad indien nodig aan te vullen.

Maar het was niet alleen de hitte die haar energie vrat. De herinnering aan haar gesprek met Mathieu het weekend daarvoor leidde Eliane af. Hij had gelijk: hij had slechts een baan aangenomen die hem zou helpen zijn familie te laten overleven en die hem wat extra vrijheid gaf om onbezet gebied te verlaten zodat zij elkaar nu en dan konden zien. Waarom maakte het haar dan zo onrustig? De gedachte dat die treinen mensen naar de kampen vervoerden ontstelde haar. Maar los daarvan was het net of Mathieu en zij zich ineens aan weerszijden van een onzichtbare lijn bevonden. Het was niet alleen de officiële grens die hen nu van elkaar scheidde; ze werkten tegen elkaar in, werden door de stroming van de oorlog in tegenovergestelde richtingen getrokken.

Alles wat ze niet tegen hem kon zeggen stond tussen hen in, even onoverkomelijk als een barricade van prikkeldraad.

Mathieu stond midden op de ochtend op het marktplein. Hij liep naar haar kraampje en trok Eliane in een stevige omhelzing. Ze kuste hem en begroef haar gezicht even tegen zijn borst. Ze ademde de geur van zijn katoenen jasje in. Normaal gesproken rook dat naar frisse lucht en hooi van de boerderij, maar het had in zijn week in Bordeaux de vreemde lucht van de spoorwegen in zich opgezogen: dieselwalm, sigarettenrook en motorolie; de geur van een vreemde.

'Ik wacht wel op je in het café,' zei hij toen haar volgende klant zich meldde.

Hij stak het plein over naar Café de la Paix, waar hij zijn canvas plunjezak op de kinderkopjes zette en een stoel onder een van de ronde tinnen tafeltjes vandaan trok.

Hij keek toe hoe Eliane lachend en kletsend de kleine rij bediende die zich bij haar kraampje had gevormd, maar zijn dagdroom werd al snel verstoord.

'Nou ja, zeg, Mathieu! Wat en feest om jou hier na al die tijd aan te treffen!'

'Stéphanie. Hallo. Wat leuk je te zien.' Hij stond op en kuste haar op beide wangen.

Ze ging zonder daartoe uitgenodigd te worden aan zijn tafeltje zitten. 'Vertel,' zei ze met grote, onschuldige ogen terwijl ze een hand op zijn arm legde. 'Wat brengt je naar Coulliac? Ik wil je zo veel vragen; je moet me al je nieuws vertellen. Het is hier doodsaai nu we de hele dag op zoek zijn naar eten, en je wilt niet weten hoeveel uur ik elke week in de rij sta. Het zal in Tulle vast veel gemakkelijker zijn. Jullie hebben daar tenminste geen Duitsers die elke seconde van de dag in je nek staan te hijgen.'

'Maar we hebben er wel politie en burgerwacht die ons de wetten van de Vichy-regering opleggen,' antwoordde hij rustig toen het hem lukte haar een moment de mond te snoeren. 'Ik vermoed dat het niet heel anders is dan wat jullie hier meemaken.'

'Moet je zien hoe mager ik ben geworden,' ging ze verder alsof hij niets had gezegd. 'Zie ik er niet vreselijk uit?' Ze streek haar lange, zwarte haar glad en trok een pruillip, wachtend op een complimentje van hem.

Mathieu keek naar de slanke gestalte van Eliane achter haar kraampje. Haar schort was strak om haar taille gebonden zodat haar loszittende blouse erin bleef zitten, en in de riem van haar leren geldgordel waren extra gaatjes gestanst om te voorkomen dat hij van haar heupen zou glijden.

'We zijn de afgelopen twee jaar allemaal erg veranderd,' merkte hij op.

Stéphanie volgde zijn blik en tikte hem geïrriteerd op zijn arm om zijn aandacht terug te eisen. 'En moet je zien hoe versleten mijn jurk is. Maar je moet maar het beste maken van wat je hebt, hè?' Ze viste nogmaals ongegeneerd naar een complimentje.

'Je ziet er zoals altijd prima uit, Stéphanie,' antwoordde hij beleefd.

Ze glimlachte met flapperende wimpers naar hem en vroeg: 'Ga je geen koffie voor me bestellen, Mathieu?'

Toen ze eenmaal een bitter brouwsel in een piepklein kopje van dik aardewerk geserveerd hadden gekregen keek Stéphanie toe hoe Jacques Lemaître voor zijn ochtendpauze de bakkerij uitliep en naar de fontein slenterde voor een babbeltje met Yves Martin, die net aan was komen fietsen.

'Wie is dat?' vroeg Mathieu. 'Volgens mij heb ik hem nog nooit gezien.'

Stéphanie draaide zich naar hem om, verrassing veinzend. 'Jacques? Dat is de assistent van de bakker. Hij woont hier al een tijdje. Zoals je wel ziet is hij dikke maatjes met de familie Martin. Hebben ze je niets over hem verteld? Hij hangt heel vaak met Yves rond. En met Eliane,' kon ze het niet laten op te merken.

'Ze hebben het niet over hem gehad,' zei Mathieu schouderophalend. 'Maar we hebben ook nog bijna geen tijd gehad om bij te praten.'

'Wat heb je allemaal gedaan de afgelopen twee jaar?' Stéphanie richtte nu weer al haar aandacht op hem en leunde naar hem toe terwijl ze luisterde naar zijn verhaal over zijn baan bij de spoorwegen.

'O, Mathieu, wat heerlijk om te weten dat jij zorgt dat we allemaal veilig zijn. Niet dat ik tegenwoordig ooit in de trein zit. Of waar dan ook naartoe reis, nu we het er toch over hebben. Was het heerlijk in Bordeaux?'

Hij haalde nogmaals zijn schouders op. 'Als je ervan houdt. Het is een stad. Veel te druk, als je het mij vraagt.'

Stéphanie liet zich, geïrriteerd dat hij niet inging op haar geflirt, in haar stoel zakken en keek over het plein uit. Op dat moment kwam oberleutnant Farber de mairie uit lopen. Ze stootte Mathieu aan.

'Daar heb je nóg een nieuwe vriend van Eliane over wie ze je vast niets heeft verteld.' Er glinsterde venijn in haar ogen, wat

Mathieu ontging, aangezien hij aandachtig toekeek hoe de Duitser naar Elianes kraampje liep.

De officier zei iets tegen haar en Mathieu zag Eliane glimlachen en knikken. Toen pakte ze iets uit een mand onder de tafel en zette een pot honing voor hem neer. Hij telde wat geld uit, dat ze aannam en in haar geldgordel deed. Maar de soldaat leek geen haast te hebben te vertrekken. Er waren geen andere klanten en hij bleef even staan kletsen. Mathieu zag Eliane nogmaals glimlachend de felgekleurde sjaal goed doen die ze om haar hals droeg.

Uiteindelijk pakte de oberleutnant zijn pot honing en wandelde terug naar de mairie, waar hij voordat hij naar binnen liep even halt hield om iets tegen een Duitse bewaker te zeggen.

'Het is vast reuzefijn om hooggeplaatste vrienden te hebben,' merkte Stéphanie met geoefende nonchalance op. 'Ze heeft natuurlijk het grote voordeel dat ze dagelijks in het gezelschap van de Duitsers verkeert op Château Bellevue. Handig hoor, al die privileges. De familie Martin lijkt veel beter te eten dan alle anderen hier. Ze lopen er vreselijk mee te pochen en geven ons aalmoezen alsof we zwervers zijn. En terwijl iedereen zijn productie moet inleveren, mag mademoiselle Eliane haar honing gewoon voor zichzelf houden en verkopen. En ik heb gehoord dat ze extra benzinebonnen lospeutert zodat haar vader haar kan brengen en halen met die truck van hem.'

Mathieu dronk zijn bittere drankje op en zette het kopje kletterend op het schoteltje terug.

'Dat lijkt me niet, Stéphanie,' zei hij toen.

Aangezien ze eindelijk een reactie van hem kreeg, danste die venijnige sprankeling opnieuw in haar ogen. Ze slaakte een diepe zucht, alsof ze intens leed. 'O, Mathieu...' Ze legde haar hand nogmaals zacht op zijn arm. 'Ik vind het afschuwelijk dat ik je dit moet vertellen... Ik weet hoe intiem Eliane en jij waren voordat je vertrok. Maar ik heb het gevoel dat ik je als goede vriendin de waarheid moet vertellen.'

'De waarheid? Hoe bedoel je?' Nu had ze ineens zijn onverdeelde aandacht.

'Kijk dan,' knikte ze naar Jacques Lemaître die nu op Elianes kraampje af liep. 'Hoe ze met iedereen flirt. Met het hulpje van de bakker, met die Duitse officier... ze heeft er geen gras over laten groeien nadat je was vertrokken, dat kan ik je wel vertellen.'

Mathieus gezicht werd knalrood van woede. 'Dat is niet waar! Zo is Eliane niet.'

'Ik vrees dat ze is veranderd, Mathieu. Ik doe natuurlijk mijn best om niet te hard te oordelen; de oorlog doet nu eenmaal vreselijke dingen met ons allemaal. Maar zie je die halsdoek die ze omheeft?'

Hij knikte. Hij herinnerde zich dat ze hem het weekend daarvoor ook had gedragen.

'Nou, er wordt gefluisterd dat ze hem van haar Duitse minnaar heeft gekregen. Hoe moet je hier anders aan zo'n sjaal komen? Ze loopt er waar ze maar gaat mee te pronken.'

'Ze zei dat ze hem cadeau heeft gekregen van haar zus in Parijs,' wierp Mathieu tegen.

Stéphanie begon spottend te lachen. 'O, zei ze dat? Nou, het enige cadeautje dat de familie Martin van Mireille heeft gekregen is die baby met wie ze ineens op de stoep stond. Er wordt gezegd dat Eliane niet de enige van de zusjes Martin is die het aanlegt met de Duitsers. Mireille heeft haar bastaard bij haar familie gedumpt en is meteen teruggegaan naar Parijs. We vonden het allemaal heel vreemd dat ze zo snel vertrok, maar de aantrekkingskracht van een leven van overvloed en verwennerij door Duitse officieren in de beste restaurants zal wel onweerstaanbaar zijn geweest toen ze eenmaal van dat kind af was. Ze hebben dat verhaal over die neef van Gustave gefabriceerd om hun schaamte te verbergen.'

Al het bloed was nu uit Mathieus gezicht getrokken; het was ondanks zijn gebruinde huid helemaal bezweet, bleek en klam.

'Ik geloof geen woord van wat je zegt, Stéphanie,' zei hij geschokt.

Ze haalde haar smalle schouders op. 'Dan geloof je me maar niet, Mathieu. Ik snap best dat het een schok voor je is om de waarheid te horen. Het enige wat ik kan doen is je vertellen hoe het zit, voor je eigen bestwil. Ik vind het vreselijk om te zien hoe je voor schut wordt gezet. Maar verder zal het me een zorg zijn of je me gelooft of niet.' Ze stond op, trok haar rok en blouse recht en streek haar haar glad. 'Bedankt voor de koffie, Mathieu. En succes met je nieuwe baan. Kom maar eens bij me op bezoek als je in de buurt bent.'

Stéphanie controleerde met een zijdelingse blik snel of Eliane had gezien dat ze bij Mathieu had gezeten, boog zich voorover en gaf hem een kus.

Mathieu zat als versteend terwijl hij de woorden van Stéphanie steeds opnieuw in zijn hoofd afspeelde. Een paar minuten later kwam Yves met zijn fiets aan de hand aanlopen. '*Salut*, Mathieu! Mag ik even bij je komen zitten?'

'Graag. Geestelijk gezond gezelschap is me meer dan welkom.'

Yves keek hem grijnzend aan. 'Ja, ik zag dat Stéphanie je net probeerde in haar web te trekken. Ze is wel een doorzetter, dat moet ik haar nageven.'

'Wie is die vent met wie je bij de fontein stond te kletsen?' vroeg Mathieu.

'Jacques? Een goede vriend. Hij werkt bij de bakkerij, dus ik ken hem van het rondbrengen van het meel.'

Mathieu merkte op dat Yves, die altijd overal zo open over was, hem niet aankeek terwijl hij dat zei.

'Niet dat er nog veel meel te bezorgen is, natuurlijk,' ging Yves verder. 'We malen tegenwoordig kastanjes. En mais, en haver. We eten beestenvoer. Maar het zal aan de andere kant van de grens wel niet anders zijn? Het zijn zware tijden...'

Het drong tot Mathieu door dat het onderwerp vakkundig van Jacques Lemaître was weggeleid. Om de een of andere reden wilde Yves niet met hem over zijn nieuwe beste vriend praten.

Mathieu keek over het plein. Eliane zag hem kijken en zwaaide naar hem. Ze trok de sjaal om haar hals recht en begon in te pakken.

In plaats van naar haar toe te lopen om haar te helpen, wat hij normaal gesproken zou doen, bleef Mathieu zitten. Hij bestudeerde haar bedachtzaam terwijl hij Yves' stroom van inhoudsloos gebabbel over zich heen liet komen.

Hij was stil in de truck tijdens het korte ritje terug naar de molenwoning en raakte nauwelijks de lunch aan die Lisette had gemaakt van groente uit Elianes moestuin voor een rijke bouillon die werd geserveerd met kastanjebrood, zachte geitenkaas en, ter ere van het bezoek van Mathieu, een paar plakjes kostbare gedroogde ham uit de grot achter de varkensstal.

Het lekkere eten werd vermalen tot zaagsel in Mathieus mond, vergiftigd door de twijfel die Stéphanie in zijn hoofd had gezaaid.

Toen ze klaar waren met eten zei hij: 'Ga je even mee wandelen langs de rivier, Eliane?'

Ze pakte zijn hand en krulde haar vingers om zijn brede knokkels, waar hij nauwelijks op reageerde. Toen ze langs het water liepen, over een smal, stoffig pad langs de rollen prikkeldraad, vroeg ze: 'Is er iets, Mathieu?'

Hij bleef staan en keek haar aan. Toen stak hij zijn hand uit naar de zijden sjaal die ze nog steeds losjes geknoopt om haar hals had. 'Van wie heb je die sjaal?' vroeg hij. Zijn stem was nauwelijks meer dan een fluistering.

Ze keek weg. 'Dat heb ik je toch verteld? Ik heb hem van Mireille gekregen.'

'Eliane,' zei hij nu op smekende toon. 'Ik wil de waarheid weten. Hoe kom je aan die sjaal?'

Ze keek hem nu aan. 'Het spijt me, Mathieu. Dat kan ik je niet vertellen.'

'Oké,' zei hij zacht. 'En Blanche? Wie zijn haar echte ouders?'

Ze fronste haar wenkbrauwen, in verwarring dat hij daar ineens over begon. 'Het spijt me, Mathieu, maar dat kan ik ook niet zeggen. Ik wil niets liever dan je de waarheid vertellen. Maar de waarheid is dat er dingen zijn die ik niet met je kan delen.'

Hij wendde zich af en keek uit over de rivier, waar het water gevangen was in zijn kooi. Hij leek moeite te hebben iets te zeggen en slikte een aantal keren voordat hij verder sprak: 'O, Eliane. Wat heeft de oorlog met je gedaan?' Zijn stem beefde door de ondraaglijke pijn die zijn hart verscheurde.

Ze probeerde hem te omhelzen, maar hij wendde zich van haar af. 'Mathieu,' zei ze. 'Wil je me alsjeblieft aankijken?'

Dat deed hij met moeite. Hij beet hard op zijn onderlip en zijn ogen waren rood omrand, geprikkeld door tranen die hij weigerde te laten stromen.

'De oorlog heeft met mij hetzelfde gedaan als met jou,' zei ze. Haar stem klonk kalm en ferm, terwijl die van hem vol emotie was geweest. 'Ik heb keuzes moeten maken en beslissingen moeten nemen, net als jij. Het enige wat we allemaal doen, is proberen te overleven.'

'Maar Eliane, de oorlog zal niet eeuwig duren. Dus wat gebeurt er daarna? Als hij voorbij is moeten we allemaal leven met wat we hebben gedaan.'

'Dat klopt, Mathieu,' antwoordde ze. 'We zullen allemaal moeten leven met wat we hebben gedaan. Net zoals we allemaal zullen moeten leven met wat we niet hebben gedaan.'

Ze bleven even woordeloos staan, keerden toen om en liepen terug naar de molen, elk verzonken in eigen gedachten.

'Hoe wil je nu verder?' vroeg Eliane hem toen ze bijna weer bij de molen waren.

Hij haalde zijn schouders op. 'Ik moet terug naar mijn vader en Luc. Als ik nu vertrek, kan ik de trein uit Sainte-Foy halen en vanavond nog thuis zijn.'

Een traan biggelde over haar wang en viel op de sjaal, waardoor het rood van de zijde bloedrood kleurde. 'Mathieu,' zei ze als verstikt, 'het spijt me.'

Hij knikte, even niet in staat iets te zeggen. Toen zei hij: 'Weet je nog wat ik vorige week heb gezegd? Dat ze ons niet alleen ons land hebben afgenomen, maar ook onze stem?'

Ze keek hem aan. 'Maar ze kunnen ons niet voor eeuwig het zwijgen opleggen. Op een dag kan de waarheid worden verteld.'

Hij schudde zijn hoofd. 'De waarheid lijkt ineens een vreselijk ingewikkeld concept. Het spijt me, Eliane, maar het is het beste als ik mijn spullen pak en vertrek.'

Ze liep met hem op tot de brug. Ze keek toe hoe hij zijn papieren aan de bewakers liet zien en overstak. En terwijl hij wegliep, niet in staat naar haar om te kijken, voelde het alsof de grens die hen scheidde nog onmogelijker te overschrijden was geworden dan ooit.

Deel 3

Eliane

1943

IN NOVEMBER 1942 BEZETTEN DE Duitsers heel Frankrijk en drongen de troepen het gehele tot dan toe onbezette gebied binnen. In Coulliac maakte het opheffen van de grens echter weinig of geen verschil: er leken meer wegversperringen dan ooit te zijn en de controleposten op de brug bleven staan. Binnenlandse reizen waren zonder de juiste documentatie nog steeds verboden en het was net zo moeilijk als altijd om een *Ausweis* te bemachtigen.

Eliane wachtte dag na dag op een ansichtkaart van Mathieu. De kaarten die ze hem stuurde verdwenen in een zwart gat, onbeantwoord. Een reactie, ook al was het maar de officieel voorgeschreven dertien regeltjes oppervlakkig, gecensureerd nieuws over de oogst van het voorgaande seizoen, zou haar hebben laten weten dat hij haar had vergeven dat ze hem niet alles had verteld en dat hij haar weer vertrouwde. Maar er kwam niets. Ze hield zichzelf voor dat hij misschien wel had geschreven, maar dat de kaart niet was bezorgd, ook al geloofde ze dat zelf niet echt.

Vrieskou beet in de lucht en mist hing boven de rivier toen Eliane op een vroege ochtend in februari naar haar werk ging. Ze hoorde stemmen – Gustave en Yves waren druk bij de sluisdeuren – maar ze zag alleen hun vage contouren. Zo te zien probeerden ze iets zwaars uit de rivier te hijsen, dus liep ze erheen om te kijken of ze ergens mee kon helpen. De mist was beweeglijk, trok ineens een moment op, en ze snakte naar adem. Gustave hoorde haar, draaide zich om en schreeuwde: 'Blijf staan! Niet dichterbij komen.'

Maar ze had al gezien dat er een mannenlichaam klem zat in een van de sluisdeuren. Yves was met zijn zakmes met hoornen handvat bezig de kleding van de man los te snijden uit het prikkeldraad dat hem met zijn scherpe klauwen had gegrepen.

Vader en zoon trokken samen het lichaam op de oever. Rivierwater stroomde uit de doorweekte jas en broek van de man, en toen zag Eliane dat het druipende water roze werd en toen donkerrood. Zijn torso was doorzeefd met kogels.

Gustave scheurde een lege meelzak open en bedekte het lichaam zo goed als lukte.

'Wie is het, papa?' vroeg Eliane. Ze had het gezicht niet goed kunnen zien, dat bleek en opgezwollen van het water was. Ze dacht een gruwelijk moment dat het Jacques Lemaître was.

Gustave schudde met een gekwelde gezichtsuitdrukking zijn hoofd. 'Ik ken hem niet. Maar ik weet zeker dat het een *maquisard* is. De Duitsers doen er alles aan om het verzet de kop in te drukken. Ze zullen hem wel te pakken hebben gekregen en hebben geëxecuteerd.'

Yves, die geknield bij het lichaam zat, sprong ineens opzij en begon over te geven op het gras. Gustave klopte zachtjes op zijn rug, geruststellend mompelend, en toen Yves weer rustig was geworden hielp hij hem overeind.

'Eliane, loop jij even met je broer naar huis en vertel je maman wat er is gebeurd?'

'Wat moeten we nu doen, papa?'

‘Ik wacht tot negen uur en dan ga ik het melden op de mairie.’ Zijn gezicht was bijna even bleek als dat van Yves. ‘Kun jij het aan om naar je werk te gaan, Eliane? Ik denk dat het goed is als we zo veel mogelijk onze routine volgen.’

Ze knikte. ‘Dat gaat wel lukken.’

‘En Eliane?’

‘Ja, papa?’

‘Heb je je sjaal bij je? Ik heb het gevoel dat je vandaag misschien een wandelingetje moet maken, als de mist is opgetrokken.’

Ze trok de sjaal uit de zak van haar schort en bond hem stevig over haar haar. Toen nam ze Yves bij de arm om hem te ondersteunen en leidde hem terug naar de molen.

Abi

2017

IK DENK TERWIJL IK ME klaarmaak om naar bed te gaan aan het stuk van Elianes verhaal dat Sara me vandaag heeft verteld. Ik leun uit het raam, trek de luiken dicht en zie in het maanlicht de rivier stromen, kabbelend op weg naar de zee. Ik hoor het geflapper van de huidachtige vleugels van de vleermuizen in de duisternis, die over het zwarte water scheren van de poel bij de waterkering, en ik huiver. Het is moeilijk om me voor te stellen hoe afschuwelijk het moet zijn geweest om dat dode lichaam daar te hebben gezien. Hoe Gustave en Yves het uit het water hebben getrokken en hoe Eliane haar broertje naar huis heeft geholpen.

Ik maak de zware ijzeren haak vast en sluit de luiken tegen de beelden in mijn hoofd. Jean-Marc is vandaag geweest om het slot te maken en het houdt nu perfect de vleermuizen, motten en andere gevleugelde nachtwezens buiten. Hij heeft me een zakje lindebloesemthee gegeven, en ik heb een kopje meegenomen naar de zolderkamer en neem een slokje. Hij ruikt naar zomer.

Ik strek mijn benen lui onder het laken en drink mijn tisane. Het is een nieuwe sensatie om het gevoel te hebben dat ik zo veel ruimte in beslag kan nemen. Toen ik in één bed met Zac sliep lag ik altijd op mijn zij, helemaal tegen de rand van het bed om zo weinig mogelijk ruimte in beslag te nemen. Als ik hem per ongeluk aanraakte schrok ik daar vreselijk van omdat ik niet het risico wilde lopen hem wakker te maken. Ik maakte mezelf kleiner en kleiner tot ik me begon af te vragen of ik helemaal zou verdwijnen.

Mijn thee is op en ik zet het kopje op het nachttafeltje. Ik doe het licht uit en hoor in de duisternis achter de luiken de zachte plons van een vis die uit het water springt en weer terug duikt in de mysterieuze diepte van de rivier.

Als ik begin weg te doezelen zwemmen gedachten en herinneringen mijn hoofd in en uit... Een dood lichaam ziet eruit alsof het van was is gemaakt. Wat achterblijft ziet er als het leven eruit is zo onwerkelijk uit. Ik vraag me af wat het is, die vonk van leven die wordt uitgedoofd. Wat het is dat ons Zelf vormt. Ik ben mijn eigen Zelf bijna kwijtgeraakt. Ik dacht dat het in me was uitgedoofd. Maar op de een of andere manier heeft de vonk het toch overleefd... Op de een of andere manier, op het allerlaatste moment, net toen hij dreigde voorgoed te worden gedoofd, vlamde hij weer op.

Eliane

1943

GUSTAVE HAD GELIJK: OP DE DAG dat ze het lichaam van de maquisard uit de rivier hadden gehaald, vroeg de graaf haar toen de bleke winterzon de mist uit de riviervallei had gebrand om de tuinmuur te lopen. Het was een langere wandeling dan gebruikelijk: drie keer rond, en tegen de klok in. Onder de hoofddoek prikte haar schedel van het zweet, hoewel het een koude dag was, en ze voelde zich kwetsbaarder dan ooit in de blik van wie die onbekende ogen ook waren of van waar ze haar bespiedden. Ze kreeg het beeld van dat dode lichaam in het prikkeldraad maar niet uit haar hoofd en voelde zich naar en misselijk tijdens haar wandeling. Een golf van opluchting ging door haar heen toen ze nadien de keuken van het chateau weer binnenliep. Ze leidde zichzelf af door bosjes te maken van de kruiden die ze had geplukt en bond er een touwtje omheen zodat ze thuis boven het fornuis konden drogen.

Toen ze die avond thuiskwam, was er niemand in de keuken. 'Papa? Maman? Yves?' riep ze. Ze hoorde boven haar hoofd de vloerplanken kraken en iemand snel heen en weer lopen. Ze ging naar boven, waar ze Lisette in Yves' kamer aantrof. Ze was kleding in een canvas plunjezak aan het stoppen. In de belendende ruimte begon Blanche te huilen in haar bedje in de hoek van de slaapkamer van Lisette en Gustave.

'Wat is er aan de hand?' vroeg Eliane bezorgd.

'Yves vertrekt,' antwoordde Lisette. Groeven van angst stonden in haar gezicht gegrift en ze zag er ineens veel ouder uit. 'Toen je vader vanochtend naar de mairie ging om te melden dat hij dat lichaam in de rivier had gevonden kreeg hij van de secretaresse een brief voor Yves over een nieuwe wet, de *Service du travail obligatoire*. Ze hebben vandaag ook een aanplakbiljet opgehangen over die dwangarbeid. In plaats van mensen met bepaalde vaardigheden sturen ze nu hele leeftijdsgroepen naar de werkkampen. Yves moet zich over een paar dagen melden voor transport.'

'Yves...' fluisterde Eliane. Ze dacht aan de treinen die in de verte langs raasden. Toen bedacht ze iets anders. 'En Mathieu? Voor hem zal het ook gelden.'

Lisette bleef even staan met een wollen trui in haar handen. 'Nee, maak je geen zorgen: Mathieu hoeft niet. Op dat biljet staat dat het voor bepaalde beroepsgroepen niet geldt, zoals politie en brandweer. En mensen bij het spoorwegbeheer.'

Een golf van tegenstrijdige emoties ging door Eliane heen, waardoor ze moeite had met nadenken. 'Maar Yves... naar een werkkamp...'

Lisette perste haar lippen op elkaar en schudde haar hoofd. 'Je broertje gaat niet naar een werkkamp.'

'Maar waarom staat u zijn spullen dan in te pakken?'

'Hij heeft besloten dat hij gaat onderduiken bij de maquisards. Vannacht al. Hij is nu met papa het een en ander in de molen aan het organiseren om het voor papa gemakkelijker te maken het werk alleen te doen, dus ben ik ondertussen voor hem aan het inpakken. Hij kan niet veel meenemen...' Lisette kon verder niets zeggen; een snik beknelde haar keel.

Eliane trok haar moeder in een omhelzing en hield haar vast terwijl ze met schokkende schouders in de vouwen van de trui snikte die ze nog in haar handen had.

'Wat kan ik doen?' vroeg Eliane.

Blanche begon steeds harder te huilen en Lisette veegde glimlachend met de rug van haar hand de tranen uit haar ogen. 'Wil jij de kleine meid gaan troosten? Geef haar in de keuken maar een kopje kamillethee. Ik kom er zo aan. En Eliane: we moeten ons dapper houden als we afscheid nemen van Yves. We moeten hem de herinnering aan onze glimlach en onze liefde meegeven. Hij gaat alle kracht nodig hebben die we hem mee kunnen geven.'

De donkere krullen van Blanche waren vochtig van de tranen en ze stak haar armpjes naar Eliane uit toen die zich voorover-boog om haar op te pakken, sloeg ze om Elianes nek en klampte zich vast alsof ze nooit meer zou loslaten.

Eliane stelde haar gerust. 'Stil maar, *ma petite*, het is goed. Alles komt goed.'

'Eyann, waar Yves?' vroeg Blanche. Haar spraak kwam opmerkelijk langzaam op gang ('Geen wonder, na alles wat ze heeft meegemaakt,' had Lisette erover gezegd), maar ze was nu grote stappen aan het zetten, hoewel ze Eliane nog steeds 'Eyann' noemde.

'Hij komt eraan. Hij is papa aan het helpen, maar straks komt hij je een dikke knuffel geven. Hij moet een tijdje weg, maar hij komt weer naar ons terug.' Ze hoopte vurig dat ze de waarheid vertelde, zowel voor zichzelf als voor Blanche.

'Yves snel terug?' vroeg Blanche met haar grote bruine ogen, die werden omrand door stekeltjes van wimpers, nog nat van het huilen.

'Dat hoop ik.'

'Hoop ik,' zei Blanche haar nadrukkelijk knikkend na. 'Snel.'

Eliane liet wat gedroogde kamillebloemen in warm water trekken, waarna ze de vloeistof in het lievelingskopje van Blanche zeefde, met een motief van vlinders erop. Ze zat met Blanche op schoot en zong zacht voor haar terwijl het meisje haar rustgevende thee dronk.

De deur ging open en een vlaag koude winterlucht nam de keuken een moment over toen de mannen binnenkwamen. Gustave deed zijn uiterste best kalm en positief over te komen, zich focussend op praktische zaken en adviezen voor Yves. 'Zorg dat je voeten niet nat worden, want daar krijg je spijt van. Ik heb je laarzen goed voor je in de bijenwas gezet. Luister naar wat de anderen tegen je zeggen; zij zijn ervaren. Ik weet zeker dat er meer mannen als jij zullen volgen, die denken dat het beter is in de bossen te overleven dan gevangen in een werkkamp.'

Yves was stil, veel meer in zichzelf gekeerd dan gebruikelijk, en Eliane vond dat hij er ineens zowel een stuk ouder als angstaanjagend jong uitzag. Ze wilde voor hem huilen, haar kleine broertje, gedwongen deze keuze te maken, weggerukt van de warmte en liefde van zijn familie om als voortvluchtige te leven en in de natuur te overnachten bij een bende vreemden. Maar ze hielp zichzelf herinneren aan de woorden van Lisette en dwong zichzelf naar hem te glimlachen. Ze durfde niets te zeggen, voor het geval ze dan alsnog in snikken zou uitbarsten, maar ze knikte naar hem en begon zacht een van de lievelingsliedjes van Blanche te zingen, net zozeer voor Yves als het meisje op haar schoot: '*Il y a longtemps que je t'aime...*' Ik houd al zo lang van je...

Yves gaf haar een kneepje in haar schouder en haar adem stokte even, maar ze haalde diep adem en zong verder terwijl

Yves zich vooroverboog om Blanche een kus op haar krullen te geven. Het meisje sloeg haar armpjes om Yves' nek, glimlachend en meezingend met het liedje terwijl ze hem omhelsde.

Hij trok zich los terwijl het liedje eindigde en liep abrupt de keuken uit, met twee treden tegelijk de trap op in zijn lange, soepele pas.

Na een paar minuten kwam hij terug, zijn plunjezak in zijn ene hand en zijn andere arm om het middel van Lisette. Ze had haar tranen gedroogd en probeerde net als Gustave dapper te zijn.

Er werd zacht aangeklopt en Eliane draaide zich om in haar stoel. Jacques Lemaître stond in de deuropening. Hij knikte naar het gezelschap en schudde Yves ferm de hand.

'Ben je zover?' vroeg hij zonder eromheen te draaien. 'We moeten gaan.'

Yves knikte, met zo'n beklemd gevoel in zijn keel dat het hem niet lukte met woorden afscheid te nemen van zijn familie. Hij omhelsde iedereen om beurten en hield zijn moeder een aantal seconden vast. Eliane zag dat Lisette haar ogen sloot, en haar gezicht vertrok even van de intense pijn van het afscheid.

Uiteindelijk liet Yves haar los; hij sloeg zijn plunjezak over zijn schouder. Jacques mepte hem kameraadschappelijk op de rug en glimlachte naar het gezin. 'Maak je geen zorgen, we zullen goed voor hem zorgen. Ik stuur zodra het mogelijk is bericht om te laten weten hoe het met hem gaat.'

'Dank je, Jacques. God zij met je.' Lisette stak haar hand uit naar Yves, om haar zoon nog een laatste keer aan te raken, maar hij had zich al omgedraaid en liep naar de deur. Dus liet ze haar arm vallen en begon aan haar schort te pulken. Eliane stak haar hand uit en pakte die van haar moeder, kneep erin om beiden kracht te geven.

Toen sloot de deur achter Yves en Jacques, en verdwenen ze in de bitterkoude nacht.

Sinds het begin van dat jaar werkte een nieuwe Franse politiemacht, de Milice, samen met de Gestapo. Toen Eliane dat weekend op de markt stond met de laatste paar potten honing en bijenwas en een paar potjes appelmoes waar ze wat zwarte komijn aan had toegevoegd om hem bij gebrek aan suiker wat minder zuur te maken, zag ze twee *miliciens* in hun bruine overhemd en blauwe jas bij de fontein staan. Ze stonden het komen en gaan op het plein in de gaten te houden. Ze herkende een van de mannen vaag als een plaatselijke inwoner.

Stéphanie passeerde de miliciens, haar mand in de hand, en glimlachte naar hen terwijl ze haar haar over haar schouder zwiepte. De jongste van de twee mannen ging wat rechterop staan en zei iets wat haar deed stilhouden. Ze draaide zich naar hen om en liet de inhoud van haar mand zien. Toen stond ze lachend en sjansend een paar minuten met hen te kletsen. Eliane zag hoe Stéphanie zich op een bepaald moment naar voren boog, alsof ze iets vertrouwelijks met de mannen deelde. Toen keek ze over haar schouder naar het kraampje van Eliane. De politieagenten volgden haar blik en bestudeerden Eliane. Na nog wat kletspraat liep Stéphanie verder, een ingebeeld stofje van haar mouw vegend en Elianes blik ontwijkend toen ze langs haar kraampje liep.

De miliciens slenterden naar Eliane toe, zonder enige haast, en hun adem vormde wolkjes in de koude ochtendlucht.

'Goedemorgen, messieurs,' zei ze beleefd toen ze bij haar kraampje waren gearriveerd.

'Mademoiselle Martin, als ik het goed heb?' zei de man wiens gezicht ze had herkend.

'Oui, monsieur.'

'Vertel eens, mademoiselle,' de man sprak niet hard, maar op dusdanig kwaadaardige toon dat haar handen beefden terwijl ze het gekleurde laken op de tafel rechttrok, 'waar kunnen we je broertje vinden?'

Ze keek hem recht in de ogen en het licht in haar gelijkmoedige, grijze blik leek hem een enigszins ongemakkelijk gevoel te geven. 'Wist ik dat maar, m'sieur. We hebben hem al in geen tijden gezien.' Ze bleef hem aankijken, weigerde de eerste te zijn die wegkeek.

Uiteindelijk knipperde hij met zijn ogen en wierp een blik op de spaarzame collectie potjes op haar tafel. De blik van zijn collega ging onrustig heen en weer, en de man likte herhaaldelijk over zijn gebarsten lippen met velletjes eraan. Hij deed Eliane aan een slang denken.

'En je vriendje? Mathieu Dubosq, heet hij toch? Hoor je nog wel eens wat van hem?'

Eliane keek hem geschrokken aan. Wat had Mathieu met Yves te maken? Die had het toch veel te druk met het beschermen van de spoorlijn? Ze ademde langzaam in om zichzelf wat tot rust te brengen en maande zichzelf nogmaals niets prijs te geven. 'Ik heb niets meer van Mathieu gehoord sinds hij uit Coulliac is vertrokken. Voor zover ik weet is hij thuis, in Tulle. Hij is mijn vriendje niet meer.'

De slang maakte een snoevend geluid. 'Wat liegt ze goed, hè?'

De eerste milicien trok zijn wenkbrauwen op. 'Nou, als je van een van beiden iets hoort, laat je het ons dan even weten, mademoiselle Martin? We willen hun het een en ander vragen over bepaalde verzetsdaden, waaronder het vernielen van staatseigendom.'

Het stel slenterde weg, hier en daar even pauzerend om de

andere stalhouders te ondervragen. De weinige inwoners van Coulliac die zich zo vroeg die koude ochtend naar buiten hadden gewaagd dwaalden weg toen ze de agenten zagen. De Milice had nu al de reputatie erger te zijn dan de Gestapo met hun meedogenloze wreedheid jegens hun eigen landgenoten. Het feit dat ze de moedertaal spraken en alles over de omgeving en de bevolking wisten – inclusief elke informant in de wijde omgeving – maakte hen een nog grotere bedreiging.

Eliane keek toe hoe ze het plein rondgingen. Er stonden tegenwoordig veel minder kraampjes, met steeds minder voedingsmiddelen te vergeven na nog een strenge winter. Het eten was ondertussen zo schaars dat vrijwel alle gezinnen *jours sans* hadden – dagen zonder – waarop ze nauwelijks iets binnenkregen. Ze leefden in de molen van hun laatste voorraden en hadden de dag ervoor de laatste aardappels en rapen uit hun *potager* aan de oever opgegraven. Ze keek met rammelende maag omhoog naar de staalgrijze hemel, verlangend naar de eerste signalen dat het weer lente werd, wanneer de bossen en velden zouden ontwaken en weer een voorraadkast van de natuur zouden worden, en haar bijen aan het werk zouden gaan om nieuwe voorraden honing aan te leggen met de bloesem van de fruitbomen.

Toen hoorde ze het geluid, als een wonder, alsof ze het zo uit de hemel had getoverd: de roestige, krakende roep van de eerste kraanvogels die boven haar hoofd overvlogen. Het waren er maar een paar, de voorhoede van mannetjes die hun reis van duizenden kilometers maakten op weg naar hun noordelijke broedplaats. De vrouwtjes en jonge vogels van het jaar daarvoor zouden later volgen, in reusachtige vluchten van duizenden vogels tegelijk, die aan de horizon verschenen en de blauwe voorjaarshemel vulden met hun roep. Haar hart sloeg over. De eerste *grues* van het jaar waren een boodschap van hoop: houd nog even vol: het voorjaar komt eraan.

Ze hoopte dat Yves, waar hij ook was, de vogels ook zou zien.

En ze hoopte dat ze over Mathieus hoofd vlogen terwijl hij de modderige velden rond de boerderij ploegde en klaarmaakte voor de gewassen van dat jaar.

Toen ze de vogels in het noorden zag verdwijnen wenste ze dat ze een oostelijke omweg zouden nemen, via Parijs, om zo een verbindingslijn tussen haarzelf en Mireille te maken. 'We leven allemaal nog,' fluisterde ze tegen zichzelf. 'Houd vol. De lente komt eraan.'

Abi

2017

WAAR VINDEN WE DE VEERKRACHT om door te gaan? Die jaren van uithongering en isolatie van de buitenwereld moeten zwaar hun tol hebben geëist van Eliane en haar familie. Maar de familie Martin had veel om zich aan vast te klampen: ze hadden hun gemeenschap, ze hadden elkaar.

Toen ik me eenzamer dan ooit voelde, toen ik mezelf voelde verwelken als een plant zonder water, licht en voedingsstoffen, maakte iets in me dat ik hulp zocht. Een diepgeworteld overlevingsinstinct werd aangewakkerd op het moment dat ik mijn laatste levenskracht uit me voelde wegebben.

Het was niets dramatisch. Het zal een onoplettende voorbijganger waarschijnlijk niet eens zijn opgevallen. Toen Sam, een vrolijke, vriendelijke meid uit mijn werkgroep, vroeg of ik meeging om koffie te drinken, hoorde ik mezelf in plaats van de gebruikelijke excuses voor te wenden, zeggen: 'Leuk. Ik ga mee.'

Ik verraste mezelf. Ik was niet van plan geweest om ja te zeggen. Toen we met ons groepje de straat overstaken naar een koffietentje, sloeg mijn geest op hol. Waar was ik mee bezig? Zac zou razend worden. Wat moest ik tegen hem zeggen? Niettemin maakte iets in me dat ik bij de groep bleef; dat ik met hen meeliep de warmte van die koffietent in, dat ik een stoel pakte, ging zitten en een latte bestelde. De daaropvolgende drie kwartier herinnerde ik me hoe het voelde om ontspannen te kletsen en te praten met een stel aardige mensen, mee te doen aan het gemopper over hoe onmogelijk het is om iets te begrijpen van *Ulysses* – laat staan dat je iets zinnigs kunt zeggen in een essay dat je schrijft over het beroemde boek van James Joyce – en te luisteren naar flarden uit de levens van andere mensen.

Gedurende die vijfenveertig minuten herinnerde ik me hoe het voelde om mezelf te zijn.

Uiteraard zat ik in de problemen toen ik thuiskwam. Ik voelde het op het moment dat ik mijn sleutel in de deur stak. Zac zat op de bank die naar de voordeur van het appartement stond gericht, een bijna lege fles rode wijn op de salontafel voor hem. De televisie stond aan, maar hij keek er niet naar. Hij staarde in het luchtledige en zijn ogen stonden bitterkoud en donker als de winteravond aan de andere kant van het raam achter hem.

Hij erkende mijn aanwezigheid niet, wachtte bewust tot ik de eerste beweging zou maken. Kat en muis.

Ik hing mijn jas op, trok mijn laarzen uit en draaide me naar hem om met een glimlach waarvan ik hoopte dat hij de angst die ik erachter voelde voldoende zou camoufleren. Ik voelde mijn schouders aanspannen en dwong mezelf mijn vuisten los te laten toen tot me doordrong dat ik ze gebald had.

Op weg naar huis had ik meerdere excuses overwogen. Er was een 'incident' in de metro geweest (hoe vaak had ik zelf overwogen van de rand van het perron in die aanlokkelijke leegte te stappen, op zoek naar vergetelheid in het geraas van de naderende trein?). Of dat ik spontaan had besloten een keer de bus naar huis te nemen ('Grote vergissing, het verkeer was een nachtmerrie!' hoorde ik mezelf al tegen hem zeggen). Maar toen flapte dat kleine vlammetje van Zelf, dat die vijfenveertig minuten tijdens die kop koffie met dat gesprek iets harder had gebrand, er eenvoudigweg de waarheid uit.

'Sorry dat ik wat later ben. We zijn na college nog even koffie gaan drinken.' Mijn toon was licht en opgewekt. Misschien zou ik ermee wegkomen. Ik had per slot van rekening niets verkeerd gedaan.

Maar ik wist wel dat ik er niet mee zou wegkomen. Ik wist wat er zou gebeuren. Ik wist dat ik na college nooit meer koffie zou gaan drinken.

Ja, dat is absoluut het goede woord. Dissociatie: wanneer je geest uit je lichaam treedt... een manier om het ondraaglijke draaglijk te maken.

Eliane

1943

ONDANKS DE SCHADUW DIE DOOR de schijnbaar oneindige oorlog werd opgeworpen was monsieur le comte gastvrij als altijd tegen zijn Duitse 'gasten', en bleven zij de kwetsbare oude man toestaan zijn bibliotheek en kapel dagelijks te gebruiken. In de keuken borrelde het gemopper van madame Boin nu en dan over in frustratie over het gebrek aan goede ingrediënten en de monotonie van het eten dat ze moest bereiden: stukjes paardenvlees was vaak het enige wat verkrijgbaar was bij de slager, en ze zwoer dat ze als de oorlog eenmaal achter de rug zou zijn nooit meer een knol of *topinambour* zou eten.

De graaf vroeg Eliane steeds vaker een middagwandeling rond de tuinmuur te maken. De kleuren van de zijden sjaal waren vervaagd en hij rafelde een beetje aan de randjes, hoewel Eliane hem elk weekend uiterst zorgvuldig waste, streek en verstelde. Maar het rijke patroon was gelukkig nog steeds goed te zien.

Eliane voelde zich de laatste tijd echter steeds minder op haar gemak tijdens de wandeling. Wie had zijn ogen op haar gericht? Ze probeerde de miliciens die haar al die maanden geleden op de markt hadden ondervraagd uit haar hoofd te zetten, die plaatselijke inwoner en zijn collega met die priemende tong en slangenogen, en zei tegen zichzelf dat Yves en zijn mede-maquisards over haar waakten.

Jacques kwam sinds het vertrek van Yves vaker op bezoek in de molen. Eliane was hem dankbaar voor de helpende hand die hij Gustave zo vaak hij kon bood, en nu en dan kwam hij met het bericht dat het goed ging met Yves, dat hij het uitstekend deed in zijn nieuwe broederbende, en zijn familie wilde laten weten dat hij zijn voeten drooghield en regelmatig schoon ondergoed aantrok, precies zoals zijn papa en maman hem hadden geïnstrueerd. Dat laatste bericht bracht een brede grijns op Lisettes gezicht: 'Dat is Yves ten voeten uit,' riep ze. 'Helemaal zijn gebruikelijke, brutale zelf!'

Het viel Eliane ook op dat Jacques bepaald geen haast leek te hebben weer weg te gaan nadat hij zijn berichten of wat brood van de bakkerij was komen brengen. Hij bleef vaak nog even zitten om een tisane te drinken en Eliane naar haar dag te vragen. Ze leken het nooit over iets belangrijks te hebben, maar ze voelde niettemin een diepere band tussen hen groeien, en het ontging haar niet dat hij haar tegenwoordig een kus ter afscheid gaf en met tegenzin terug leek te gaan naar zijn eenzame appartement boven de bakkerij.

Ze betrapte zichzelf erop dat ze nu en dan aan hem dacht als ze haar taken op het chateau uitvoerde of bij de molen met Blanche speelde. De manier waarop zijn haar over een van zijn blauwe ogen viel; hoe zijn gezicht oplichtte als hij haar zag; hoe zijn gezichtsuitdrukking in een fractie van een seconde overging van serieus en gefocust naar ontspannen en lachend. Het waren facetten van zijn karakter die haar het gevoel gaven dat het zomer was, zelfs als het zwaarbewolkt was buiten. Hij speelde zijn rol zo goed, nu al een jaar of drie onderdeel van de gemeenschap, dat ze bijna vergat dat hij een Engelsman was die een dezer dagen gegarandeerd zou teruggaan naar zijn moederland.

Toen de bittere koude van de winter zijn greep op het land begon te verliezen en de eerste wilde narcissen hun kopjes uit het modderige gras van de rivieroever staken, slaakte de familie Martin een zucht van verlichting dat het nu in ieder geval wat eenvoudiger zou worden voor Yves, in welke grot of open plek in de heuvels zijn nieuwe thuis ook maar was.

In de kranten stonden steeds vaker verslagen over toenemende verzetsactiviteiten: bruggen en spoorweglijnen werden gesaboteerd en het voedseldepot aan de rand van Coulliac was overvallen. Hoewel dergelijke artikelen de incidenten openlijk veroordeelden, gaven ze desalniettemin hoop dat het oorlogstij begon te keren. Maar de verzetsdaden bleven nooit ongestraft: mensen werden meegenomen om te worden ondervraagd door de Milice en de Gestapo. Sommigen keerden terug naar huis; in elkaar geslagen en gebroken, niet in staat hun buren aan te kijken nadat ze tijdens hun marteling informatie – naar waarheid of verzonnen – hadden losgelaten. Anderen kwamen nooit meer terug. Soms werden er hele gezinnen afgevoerd.

In de verte raasden de treinen nog steeds voorbij, onheilspellend, harteloos, volgeladen met hun vracht van menselijk leed.

Dat voorjaar begon het in Frankrijk te gonzen van geruchten over een ophanden zijnde geallieerde invasie. De bezetter was uitermate alert, gedwongen in Frankrijk te blijven, toen de Russen de aanval op het oostelijk front openden. Maar de weken verstreken en er kwam geen invasie. Eliane voelde dat de soldaten op Château Bellevue steeds gespannener werden, hoewel ze nog steeds met smaak de flessen wijn uit de kelder van de graaf dronken en de maaltijden aten die madame Boin samenstelde uit wat ze maar kon vinden.

Het land was uitgehongerd en de elektriciteit werd regelmatig afgesloten. Eten was onbetaalbaar, maar de familie Martin overleefde met het vangen van vis in de sluiskanalen en voedsel dat ze vonden in het bos en onder heggen. De relatieve overvloed van het voorjaar droogde echter al veel te snel op in de brandende zomerzon. Alleen Elianes bijen gingen onverstoord verder met hun werk, druk nectar oogstend uit de wilde bloemen die sterk genoeg waren om de hitte te weerstaan.

'Papa! Wat doet u hier?' vroeg Eliane verrast toen hij onverwachts bij de keukendeur op het chateau stond. Hij ademde zwaar, alsof hij had gerend, en hij zweette in de hitte. Een poederlaagje van meel lag op zijn kleding, die los om zijn ooit forse gestalte hing, en hij had een vieze veeg op zijn gezicht.

Hij leunde een moment tegen de deurstijl om op adem te komen. 'Monsieur le comte? Is hij thuis? Ik moet hem dringend spreken.'

'Ja, die is thuis. Volgens mij is hij in de kapel.'

'Kun je hem even voor me gaan halen? Ik denk dat het veiliger is als ik hier wacht, voor het geval er iemand rondloopt.'

Eliane nam aan dat hij met 'iemand' de Duitsers bedoelde, van wie enkelen de middag vrij hadden en in de schaduw van het terras bij de zitkamer een dutje deden na de lunch.

Ze knikte en haastte zich over het binnenplein naar de kapeldeur, klopte aan en probeerde naar binnen te gaan, maar de deur was op slot. Ze hoorde ook nu weer vaag gemompel van stemmen, gevolgd door het schrapen van stoelpoten over de vloer en de voetstappen van de graaf, die langzaam met zijn tikkende wandelstok over de eeuwenoude flagstones naar de deur kwam lopen.

'Het spijt me dat ik u moet storen, m'sieur, maar mijn vader is er. Hij zegt dat hij u dringend moet spreken.'

De graaf knikte, trok de dikke houten deur achter zich dicht en draaide hem op slot met een zware ijzeren sleutel, die hij in de zak van zijn jasje stak. 'Als je me wilt voorgaan, kind.'

Aangekomen bij de keukendeur aarzelde Eliane, onzeker of ze hen alleen moest laten om te praten. Maar de graaf vroeg haar binnen te komen. 'Misschien dat je nog een wandeling moet maken, Eliane. En je hebt denk ik ondertussen hoe dan ook al wel veel geraden van wat zich afspeelt.' Hij glimlachte vriendelijk naar haar en ze knikte.

'Het gaat om Jacques.' Gustave viel meteen met de deur in huis, alsof het een gesprek was dat al halverwege was. 'Hij is verraden.'

De graaf knikte. 'We wisten dat het een kwestie van tijd was. De Milice zijn al maanden aan het rondwroeten en zoals we weten zijn hun methodes om aan informatie te komen pijnlijk effectief.'

'Hij moet direct Coulliac uit.'

'Waar is hij op dit moment?'

Gustave wierp Eliane een zijdelingse blik toe. 'In de bergen. Hij had vandaag een afspraak met onze vrienden daar. Hij zal nu op de terugweg zijn, maar de Duitsers wachten op hem in de bakkerij. Toen ik net meel ging bezorgen, zag ik hen. Er stond een Gestapo-officier naar buiten te kijken uit het raam van zijn appartement, en er waren soldaten op het plein.'

'In dat geval is het van levensbelang dat we hem dat laten weten. Onze vrienden kunnen hem nog onderscheppen. Eliane, zou jij even willen gaan wandelen?'

Ze gaf geen antwoord, haalde eenvoudigweg de sjaal van haar hals en bond hem over haar haar.

'Het wordt een ander patroon dan gebruikelijk,' legde de graaf uit. 'Je moet naar het achterste deel van de tuin gaan en daar heen en weer lopen. Blijf dat alsjeblieft doen tot ik zeg dat je mag stoppen. Gaat dat lukken?'

Ze knikte en pakte haar mand. 'Als iemand ernaar vraagt, ben ik Roomse kervel aan het plukken. Die groeit langs die kant van de muur. We kunnen sowieso nog wel wat gebruiken.' Madame Boin gebruikte de zaadjes en bladeren als suikervervanger, om de ergste zure smaak van het fruit dat ze te pakken kon krijgen wat minder te maken.

Naast het pad dat langs de tuinmuur liep schuimden de witte bloemkoppen van de kervel boven de varenachtige bladeren. Ze begonnen net zaad te vormen en de smalle groene speren stonden trots om de bloemen. Ze liep heen en weer, heen en weer, nauwelijks halt houdend om de bloemen te plukken en in de mand te doen die ze aan haar arm had. Daar ging ze weer, heen en weer, met geheven hoofd.

Het land liep aan die kant van het chateau steil naar beneden en de vallei eronder was een dichtbegroeid bos dat van alles kon verbergen... Maar wat? Een bende maquisards? Een stel miliciens? Een patrouille Duitse soldaten? Of Jacques Lemaître? Ze probeerde niet te denken aan wie haar in de gaten hield. Aan de andere kant van de vallei liep de heuvel weer steil omhoog, en daar gingen de bomen over in droog struikgewas, het *maquis* waar de verzetsstrijders hun naam aan dankten. Toen ze daar zo liep dacht ze even dat ze een lichtflikkering in de hoogte zag, alsof iets in de middagzon reflecteerde, heel even, in de richting van het chateau. Kort daarna kwam monsieur le comte aanlopen, steunend op zijn wandelstok.

'Dank je wel, Eliane. Heb je genoeg geplukt om madame Boin tevreden te stellen?'

Ze liet hem haar mand vol planten zien.

Hij knikte goedkeurend. 'Ga het maar gauw naar de keuken brengen, kind. Je vader is naar huis. Alles is goed.'

Hij liep van haar vandaan, op weg naar de kapel. Ondanks de middaghitte ging er een rilling door haar heen toen ze hem zo weg zag lopen. Hij zag er ineens zo fragiel uit, en ze was geroerd dat zo'n oude, kwetsbare man recht onder de neus van het machtige Duitse leger dergelijke heldendaden verrichtte.

Alles leek net als anders toen ze die avond terugliep naar de molen. Achter het prikkeldraad kabbelde de rivier vredig en de avondinsecten dansten in de laatste stralen zonlicht boven het water. Nu en dan sprong er een vis op om een vliegje te vangen, die dan snel als een droom weer verdween en alleen een steeds groter wordende kring van ronde rimpelingen achterliet dat aantoonde dat hij er was geweest.

Toen ze echter de keuken binnenliep, ijsbeerde Gustave geagiteerd rond.

'O, ik ben zó blij dat je thuis bent, Eliane! Eindelijk!' riep hij.

'Ik ben niet later dan anders, papa,' antwoordde ze met een kalme glimlach.

'Dat weet ik. Maar ik weet zeker dat de Milice vanavond op bezoek komt. Ze zijn op zoek naar Jacques Lemaître, aangezien die vanmiddag niet thuis is gekomen. Ik weet zeker dat ze mij willen spreken, maar jou en je moeder misschien ook. Je kunt hier beter niet zijn als ze komen.'

'Waar is maman?'

'Die is Blanche naar bed aan het brengen.'

'Maar papa...' wierp Eliane tegen. Hij snoerde haar de mond.

'Ik ga er niet over in discussie, *ma chérie*. En ik heb hoe dan ook een andere opdracht voor je. Je moet helpen Jacques te verbergen.'

‘Waar dan? En waar is hij nu?’

‘In de schuur. En hij moet daar nú weg.’

‘Waar moeten we hem verstoppen?’

Gustave glimlachte sluw. ‘We hebben de perfecte plek om onder te duiken. Recht onder de voeten van de Duitsers.’

‘De tunnel?’

Hij knikte. ‘Precies. Kom, neem die mand met eten mee die je moeder heeft klaargezet. Er zit ook een fles water in. We moeten gaan. Nu.’

Aangekomen bij de schuur trok hij de deur open en riep zacht.

‘Hallo, Eliane,’ zei Jacques terwijl hij uit het donker tevoorschijn kwam. ‘Dat heb je fantastisch gedaan, vandaag. Je hebt mijn leven gered.’ Hij had een koffer in zijn hand die er zwaar uitzag; zijn gewicht leunde licht opzij.

‘Is het je gelukt om wat spullen uit je appartement mee te nemen?’ vroeg ze.

Hij schudde zijn hoofd. ‘Nee, Eliane. Dit is een radio-ontvanger. We waren hem vanmiddag gelukkig net aan het gebruiken om berichten naar het netwerk te verzenden, dus ik had hem bij me. Bij de inval in mijn appartement hebben ze dus niets gevonden. Het is ons gelukt een kostbare bron te beschermen en bezwarend bewijs te verbergen.’

Gustave had de ruwhouten deur naar de varkensstal al opengegooid en trok de stapel hout en golfplaten tegen de achtermuur opzij. Daarachter was de geïmproviseerde toegang, in de stenen muur achter in de kleine grot die werd gebruikt als varkensstal. Hij haalde een sleutel uit zijn zak en stak die in het roestige slot. Het lukte hem met wat moeite om het slot en daarna de deur te openen. Hij gebaarde hen hem naar binnen te volgen. Nadat hij een olielamp had aangestoken die in een nis stond die uit het steen was gehouwen, zagen ze de voorraad wijn en meel die er was verborgen. Er was verdrietig weinig van over. Er hing geen gedroogde ham meer, en de potjes paté en *grattons* waren al lang geleden opgemaakt.

Achter in de kleine ruimte leidde een smalle opening de duisternis in. Gustave gaf Eliane de lamp en wees. 'Je moet de gang naar boven volgen. Hij zit vol bochten. Als je de vork bereikt moet je links aanhouden. Uiteindelijk kom je uit in de grote grot direct onder het chateau. Daar moet je blijven. Er zit voor een paar uur olie in de lamp en er zitten lucifers en kaarsen in de mand. We komen je halen als het veilig is, Eliane. Maar wees erop voorbereid dat je vannacht misschien hier moet slapen. Je weet hoe vasthoudend de Milice kan zijn.'

Hij gaf haar een kus en omhelsde haar stevig. Ze voelde hoe mager zijn armen waren geworden; toch hadden ze nog steeds een stalen kracht, die haar de moed gaf die ze nodig had om de lamp aan te nemen en Jacques de duisternis onder de rotsen in te leiden.

Voordat hij vertrok schudde Gustave Jacques de hand.

'*Bon courage*, Gustave,' zei Jacques.

'Jullie ook.' Toen draaide hij zich abrupt om en vertrok.

Jacques en Eliane liepen via de opening achter in de opslagruimte de tunnel in, waar het pad steil omhoogliep. Eliane hield de lamp op om het te verlichten. De tunnel was hier smal en Jacques, die achter haar liep, zeulde met de zware koffer, die hij voor zich uit door de smalle gang duwde. Naarmate ze verder vorderden, het stijgende pad hier en daar glad door stromend water dat duizenden jaren daarvoor het kalksteen had uitgesleten en op andere plekken via traptreden die er door mensenhanden uit waren gehakt, begon de tunnel uiteindelijk breder te worden. De duisternis was stil en koel, en het voelde alsof ze in slechts een paar honderd stappen honderd kilometer verwijderd waren van de warmte van de avond buiten. De lucht hierbinnen was verrassend droog. Ze kwamen bij een vork in de tunnel, precies zoals Gustave had gezegd, en sloegen linksaf, waar het pad nog verder steeg. Toen werd de tunnel nog breder, en hij begon minder te stijgen, tot ze bijna rechtop over het kalkstenen pad konden lopen dat eeuwen daarvoor door de rivier was uitgesleten. Uiteindelijk stonden ze in een ruime grot, die werd verlicht door Elianes lamp. De vloer was droog, met een dun laagje fijn stof erop, en de lichtstralen verlichtten een gewelfd plafond, ruim boven hun hoofd.

'Oef!' Jacques zette kreunend de radio neer, strekte zijn vingers en rekte zich uit om de stijfheid in zijn rug te verlichten na het dragen van de zware koffer door de tunnel, grotendeels gebukt.

Achter in de grot waren nog meer treden uit het steen gehouwen, die steil omhoog liepen. Eliane liep erheen en stak de lamp omhoog. Ze glimlachte toen ze de ronde duigen van een wijnvat op de opening boven aan de trap zag liggen. Ze drukte een vinger tegen haar lippen, gebaarde Jacques stil te zijn en wees naar boven.

'Daar is de wijnkelder van het chateau; de keuken ligt er recht boven, en daar zijn de Duitsers ook.'

'Maak je maar geen zorgen; niemand kan ons horen. Er zit een heel dik stuk solide rots tussen ons en hen, en ook tussen ons en de kelder.'

Het licht van de lamp wierp schaduwen op zijn gezicht; hij glimlachte naar haar en pakte haar hand. 'Wat een bijzondere plek is dit. Het is net of we de echte wereld hebben verlaten en ons in een alternatieve realiteit bevinden. Wat is het gek – en fantastisch – om hier verstopt te zijn. En je hebt gelijk: recht onder de neus van de Duitsers! Weet je heel zeker dat verder niemand weet dat deze tunnel er is?'

Eliane knikte. 'De Comte de Bellevue is de enige levende persoon die hier ooit is geweest, en dat is jaren en jaren geleden. Hij is absoluut niet meer in staat de trap naar de wijnkelder af te lopen, om nog maar te zwijgen over die treden in de rotsen. Papa gebruikt alleen de eerste paar meter aan het uiteinde van de tunnel bij de molen en zoals je hebt gezien verbergt hij de ingang heel efficiënt. Je bent hier veilig tot ze je komen halen.'

'En jij?' Hij streelde met zijn duim over haar hand, probeerde haar gerust te stellen, en ze glimlachte naar hem. 'Vind je het niet erg om hier met mij te blijven, Eliane? Ik weet dat het moeilijk voor je moet zijn in de wetenschap dat de Milice en de Gestapo de molen mogelijk gaan doorzoeken. Maar het is echt beter als je er niet bent als dat gebeurt.'

Er ging een flits van angst over Elianes gezicht. 'Papa... en maman... Het voelt niet goed om niet bij hen te zijn.'

Hij legde een hand op haar arm om haar gerust te stellen. 'Als je ouders worden ondervraagd helpt het vast als ze weten dat jij veilig bent. En je vader komt je halen zodra het kan.'

Ze knikte, met tegenzin instemmend met zijn woorden.

Jacques trok zijn jas uit en spreidde hem uit op de vloer. 'Maak je geen zorgen, het komt wel goed met je ouders. Er is geen enkel bewijs tegen hen. Zolang de tunnel niet wordt ontdekt, kan ons niets gebeuren.' Hij trok haar in een omhelzing om haar te troosten en voegde toe: 'Ik beloof je dat ik je zal beschermen, Eliane.'

Zijn borstkas was breed en hij rook naar het bos – frisse lucht, naaldbomenhars en bladschimmel – toen ze haar gezicht tegen hem aan drukte en de geur van deze bekende vreemde inademde, die bij hen was komen wonen en zo veel op het spel zette om het Franse verzet te helpen.

'Heb je Yves vandaag gezien?' vroeg ze.

Toen ze naar hem opkeek, staarden zijn blauwe ogen haar aan, vervuld van een uitdrukking van een zo grote tederheid dat haar hart ervan oversloeg. Ze had wel gemerkt dat ze naar elkaar toegroeiden, maar ze had tot dat moment niet beseft hoeveel hij van haar hield.

Hij glimlachte en fluisterde, alsof iemand hen toch zou kunnen horen: 'Ja. Hij is in goede vorm. Hij is ondertussen een van de meer ervaren leden van de groep. Ze zijn vreselijk druk met de plannen... En meer kan ik er niet over zeggen.' Hij hield op met praten. Ze zag dat het hem irriteerde dat hij al te veel had gezegd. Maar misschien had het heerlijke gevoel dat je hier had in een andere wereld te zijn, veilig verborgen, hem doen ontspannen.

'Dat begrijp ik,' zei ze. Toen ging ze op haar tenen staan, en haar lippen streelden die van hem. Veilig en weg van de oorlog voor dit ene moment, weg van het dagelijkse gevaar en de constante ontbering, ontspande zij zelf ook een beetje. Toen deed ze echter ineens een stap naar achteren, in verwarring en beschaamd over haar eigen, ongebruikelijke vrijpostigheid.

Om haar te helpen haar gêne te verbergen gebaarde hij overdreven galant naar de jas op de vloer en zei: 'Mademoiselle Martin, als u wilt plaatsnemen, dan gaan we dineren. We moeten per slot van rekening niet vergeten dat we ons in een zeer exclusief restaurant bevinden. Ik heb gehoord dat het eten hier excellent is.'

Ze schoot in de lach, waardoor ze weer ontspande, en ging op de vloer zitten, knoopte haar zijden sjaal los en liet haar honingblonde haar over haar schouders vallen. Ze trok de mand die Lisette voor hen had ingepakt naar zich toe.

Met een vervaarlijk uitziend legermes dat hij uit een verborgen zak die in zijn jas was genaaid viste, sneed Jacques een zwaar, geel brood van kastanjemeel in plakken, waar hij een dikke laag romige geitenkaas met kruiden op smeerde. Er waren twee grote, rode tomaten, door de zon gerijpt in Elianes potager bij de rivier, die hij in plakken sneed, die hij vervolgens op het brood met de kaas legde. 'Uw *tartine*, mademoiselle. Ik hoop dat het u smaakt.' Hij presenteerde het eten met een zwierig gebaar.

'Verrukkelijk,' zei ze nadat ze een grote hap had genomen. 'Maar wacht eens even, er ontbreekt nog iets.'

Ze liep de uitgehouwen trap op en duwde zorgvuldig tegen de ronde buik van het middelste wijnvat, tot dat omrolde tegen het vat ernaast. Ze klom de wijnkelder in, waar de duisternis slechts heel vaag werd verlicht door de lamp in de grot onder haar, en liep op de tast langs de wijnrekken. Ze pakte een bescheiden fles wijn – niet een van de duurste wijnen van de graaf, maar ook niet dat bocht uit 1937 – en liep er voorzichtig de trap mee af, even halthoudend om aan het touw met knopen erin te trekken dat aan het vat was bevestigd. Het vat rolde netjes terug op zijn plaats en bedekte het trapgat weer.

Ze peuterden met Elianes zakmes de kurk uit de fles.

'Dit noem ik nog eens dineren,' zei Jacques. Hij sloeg nogmaals een arm om haar heen. 'Ik kan geen betere manier bedenken om de avond door te komen.'

Nadat ze klaar waren met eten deden ze de lamp uit om olie voor de volgende ochtend te sparen. Ze lagen op zijn jas en Jacques hield Eliane dicht tegen zich aan.

Ze raakte met haar vingertoppen zijn gezicht aan en streelde in het aardedonker zacht over zijn gelaatstrekken. 'Hoe heet je echt?' fluisterde ze.

Hij aarzelde even. Toen fluisterde hij: 'Jack Connelly.' Hij sprak de naam met een Engels accent uit, waar ze een beetje van schrok. Het Franse accent van Jacques Lemaître was ineens weg, en in het Engels was het net of hij ineens heel iemand anders was.

'Jack Connelly,' herhaalde ze, en toen drukte ze haar vingers tegen zijn lippen, alsof ze zijn geheim weer verzegelde.

Hij kuste haar, haar lippen zoekend in de duisternis. Toen fluisterde hij, in datzelfde pure Engels: 'Jack Connelly houdt van Eliane Martin.'

Abi

2017

SARA EN IK ZIJN GROENTE AAN het snijden voor het avondeten. Op de gastenlijst voor het huwelijk van dit weekend staan twee vegetariers, een veganist, iemand met een ernstige notenallergie en drie mensen die geen vis eten. Sara heeft haar indrukwekkende verzameling kookboeken doorgespit en het is haar ook nu weer gelukt met een creatief en heerlijk menu te komen, dus ik sta genoeg courgettes in slierten te snijden om een klein leger te voeden.

'Begrijp ik goed dat Eliane en Jacques de nacht hier recht onder onze voeten hebben doorgebracht?' vraag ik verbijsterd.

Sara begint te grijnzen. 'Klopt. Ik kan het je wel even laten zien, als je dat leuk vindt.'

Ik leg de spiraalsnijder even weg om de kontjes van de laatste paar courgettes te snijden terwijl zij haar handen wast en de deur naar de wijnkelder opendoet. Ze pakt een zaklamp van de plank naast de deur, kijkt over haar schouder en glimlacht naar me. 'Ga je mee?'

Het is allemaal precies zoals ze het heeft beschreven: de drie vaten in de hoek van de wijnkelder; de treden die zijn uitgehouwen in de rots die naar de grot onder de keuken leidt. Het licht van de zaklamp weerkaatst tegen het gewelfde plafond boven ons. Op de droge, stoffige vloer onderscheid ik voetsporen; ik vraag me af of er afdrukken van Eliane en Jacques tussen staan.

Sara gebaart me naar een kant van de grot en schijnt zonder iets te zeggen met de zaklamp op de muur.

'Dat is van hen!' roep ik naar adem snakkend.

Een hart staat duidelijk in de wand gekerfd, alsof het nog maar gisteren is gebeurd, beschermd tegen de elementen in de duisternis van de grot. De initialen in het hart zijn nog perfect leesbaar: E.M. en J.C.

Ik streel er met mijn vingertoppen overheen, volg de contouren en probeer me voor te stellen hoe ze zich moeten hebben gevoeld, met de Duitsers luttele meters boven hun hoofd. Bang misschien? Maar Sara vertelde net dat ze zich veilig voelden in deze alternatieve, ondergrondse werkelijkheid, weg van de uitdagingen van de realiteit boven hun hoofden.

Misschien waren ze die ene nacht in staat om enkel liefde te voelen.

Eliane

1943

ZE HAD NIET GEDACHT DAT ZE zou kunnen slapen naast Jack op de stoffige vloer van de grot, maar toen ze wakker werd, drong tot haar door dat ze dat wel degelijk had gedaan, en verrassend goed, genesteld in de warmte van zijn lichaam, zijn armen om haar heen. Hij was al wakker, en ze vroeg zich af hoelang hij daar in de duisternis al over haar zat te waken. Hij zocht op de tast de lucifers in de mand en stak de lamp aan.

'Hoe laat is het?' vroeg ze. Normaal gesproken had ze geen klok nodig om haar te vertellen hoe laat het was als ze wakker werd, dat zag ze aan de intensiteit van het licht, de lengte van de schaduwen en het gezang van de insecten en vogels om haar heen, die even accuraat als een klok vertelden hoe laat het was.

Jacques bracht zijn horloge naar het licht zodat hij het kon aflezen. 'Iets na zessen. In de bakkerij zou ik nu al uren aan het werk zijn. Een van de voordelen van op de vlucht zijn is dat je uren in bed kunt blijven liggen met een beeldschone vrouw!'

Eliane begon te blozen, dankbaar dat het licht van de lamp niet sterk genoeg was om dat te verraden. Ze had nog nooit een nacht met een man doorgebracht, niet eens met Mathieu. Nu ze aan hem dacht voelde ze dat ze nog dieper begon te blozen. Ze had ondertussen al meer dan een jaar niets van hem gehoord, maar toch had ze nog steeds het gevoel dat ze hem ontrouw was.

Jack was opgestaan en liep een paar meter de tunnel in om te gaan plassen. In plaats van terug te komen en weer naast haar te gaan zitten liep hij bij terugkomst naar de door water glad geschuurde wand van de grot en trok zijn legermes. Ze strekte haar nek om te zien wat hij precies aan het doen was terwijl hij iets in het steen kerfde. Ze stond op en liep met de lamp naar hem toe. Hij had een hart in de wand gekerfd, met het puntje van zijn mes, en nu was hij er twee sets initialen uit aan het snijden: E.M. en J.C.

Hij draaide zich om en kuste haar op haar hoofd, en toen deed hij een stap naar achteren om zijn handwerkje te bewonderen. 'Zo,' zei hij. 'Dit is het bewijs dat dit allemaal geen droom is. Het bewijs dat we hier echt zijn geweest, jij en ik. En het bewijs dat wij, midden in een oorlog die één en al angst en haat is, liefde hebben gevonden. Laat het een teken zijn om iedereen die hier in de toekomst ooit nog in deze grot komt eraan te helpen herinneren dat wat er ook gebeurt, liefde het belangrijkste van alles is.'

Ze trok hem in een omhelzing, wilde niet aan de wereld buiten worden herinnerd, wenste dat dit moment eeuwig kon duren...

Maar toen stonden ze allebei als versteend. Zachte maar duidelijke voetstappen klonken boven hun hoofd in de kelder.

Jack greep zijn mes en ging voor Eliane staan om haar te beschermen. 'Ga terug de tunnel in,' fluisterde hij op dringende toon.

Het wijnvat dat het trapgat bedekte schoof rommelend opzij en Jack spande al zijn spieren aan, klaar om aan te vallen.

En stel stevige kuiten vol spataderen verscheen boven aan de trap, vergezeld van piepend en grommend gemompel.

'Madame Boin!' Eliane kwam de duisternis uit lopen.

De kokkin boog zich voorover, met enige moeite omdat haar omvangrijke buik in de weg zat, en tuurde in het lamplicht.

'*Mon Dieu*,' beklaagde ze zich. 'Ik had niet gedacht dat ik op mijn leeftijd ooit die trap nog af zou hoeven. Het is bijna mijn dood geworden. Wat ik allemaal moet doen... Eliane, de graaf zegt dat je nog niet terug mag naar de molen. Het is er nog niet veilig. De Milice is er. Je moet in plaats daarvan naar boven komen zodat je zoals altijd aan het werk bent als ze naar het chateau komen. Zo zal niemand vermoeden dat je iets over de schuilplaats van monsieur Lemaître weet. Goedemorgen, m'sieur,' voegde ze toe alsof ineens tot haar doordrong dat Jacques er ook was, hoewel ze duidelijk naar beneden was gekomen om met beiden te praten. 'De graaf zegt dat jij hier moet blijven tot ze iemand van de molen kunnen sturen om je op te halen. Dat zou over niet al te lange tijd moeten zijn: de miliciens gaan niets vinden, en dan gaan ze zich vervelen en ergens anders herrie schoppen.'

Het was niet voor het eerst dat Eliane stilstond bij het brede netwerk dat in het geheim opereerde om essentiële berichten door te geven. Ze verwonderde zich in stilte om de bekwaamheid en daadkracht van madame Boin. Eliane had natuurlijk geweten dat de kans groot was dat de kokkin hoogstwaarschijnlijk haar eigen bijdrage aan de geheime activiteit rond het chateau zou leveren, maar daar hadden de twee vrouwen het de voorgaande drie jaar niet één keer over gehad. Zoals madame Boin had gezegd, vormden ze samen een onwaarschijnlijk geheim legertje, maar misschien was dat wel precies waarom ze zo effectief waren. Eliane klom gehoorzaam de trap op, de grot uit en de wijnkelder in. Madame Boin mopperde ondertussen: 'Je zult me moeten helpen die trap weer op te komen. Ga jij maar eerst, en geef me dan een hand als het me niet lukt. Als ik eerst ga, plet ik je als een vlieg als ik ineens duizelig word en val...'

Eliane bukte en keek naar beneden de grot in. Jack glimlachte met opgestoken duim naar haar, en toen blies hij haar een kus toe. Ze had geen idee wanneer ze hem weer zou zien, maar ze keek hem een laatste, lang moment aan, nam zijn scherpe gelaatstrekken in zich op, zijn brede schouders, zijn sterke armen en de manier waarop zijn ogen oplichtten als de zomerhemel als hij naar haar keek.

Toen rolde ze het wijnvat op zijn plaats en liep voor madame Boin de keldertrap op.

Het was fel verlicht en warm in de keuken van het chateau na de koele duisternis in de grot, en Eliane knipperde met haar oogleden toen ze de kelder uitkwam. Ze stak een hand uit naar madame Boin om haar met de laatste treden te helpen.

'Ga jij je gezicht maar even wassen, kind. Dan maak ik iets te eten en een kop koffie. Een hele nacht in een donkere grot, mijn hemel, hoe gek kan het worden?'

Eliane streek haar haar naar achteren, bond haar sjaal om en glimlachte bij de herinnering aan Jacks armen om haar heen in die andere wereld onder hun voeten; een wereld waar liefde iets eenvoudigs was wat je in steen kon kerven. Een wereld zo ver verwijderd van de complexiteiten van de realiteit.

Later die dag waren Eliane en madame Boin bezig met de voorbereidingen voor het avondeten toen er een zwarte auto stopte bij de voordeur van het chateau. De generaal stapte van de achterbank, gevolgd door oberleutnant Farber, en twee mannen die voorin zaten. In tegenstelling tot de soldaten droegen zij zwarte overhemden met lange overjassen, ondanks de hitte, maar op hun pet stond hetzelfde insigne als op het legeruniform – een hoekige, zilverkleurige adelaar met uitgestrekte vleugels – en rond hun linkerbovenarm droegen ze een felrode band met daarop een zwart hakenkruis op een witte cirkel.

Madame Boin sloeg hen gade van achter het keukenraam, haar oogleden tot spleetjes geknepen, en toen wendde ze zich terwijl ze haar handen droogde aan haar schort tot Eliane. 'Zo te zien krijgen we bezoek van de Gestapo. Je moet rustig blijven, kind. Vergeet niet dat ze niets weten. En, wat nog belangrijker is: dat wij ook niets weten.'

Eliane was even bang dat ze naar de kapel zouden lopen, op zoek naar monsieur le comte. Maar een klop op de keukendeur een paar minuten later bevestigde dat ze voor het personeel kwamen.

Oberleutnant Farber zag er meer gespannen uit dan anders. Eliane zag dat zijn kaakspieren zich aanspanden voordat hij moeizaam slikte en zei: 'Madame Boin, mademoiselle Martin, lopen jullie even mee naar de zitkamer? Een aantal heren wil u wat vragen stellen.'

De twee vrouwen knoopten hun schort los, hingen het over een stoelleuning, en Eliane deed haar hoofddoek af en streek haar haar glad terwijl ze achter de oberleutnant en madame Boin aan door de gang van de keuken naar de hal bij de voordeur liep. De deuren van de zitkamer stonden open, maar toen de vrouwen eenmaal binnen waren sloot de oberleutnant ze met een zachte klik, waar Eliane van schrok, zo zenuwachtig was ze.

De generaal en de twee mannen in de zwarte jassen zaten op de banken bij de grote open haard achter in de ruimte. Boven de stenen schoorsteenmantel was het wapen van de Comtes de Bellevue uitgesneden uit een plaat kalksteen in dezelfde tint als de lichte crèmekleur van het steen in de grot die onder hen verborgen lag. Eliane fixeerde haar blik erop en madame Boin en zij liepen verder, kracht puttend uit het Latijnse motto, dat in een banier stond geschreven boven een paar heraldische leeuwen die een schild vasthielden: AMOR VINCIT OMNIA. Het was een herinnering dat liefde haar zou helpen alles te verduren wat er maar op haar pad zou komen: haar liefde voor haar ouders, voor Yves, ergens in de heuvels, en voor Jack Connelly. Was hij nog in de grot onder haar voeten? Of was iemand van de molen hem ondertussen komen halen om hem de tunnel uit te leiden en te verstoppen bij de Maquis?

Madame Boin en Eliane stonden zij aan zij voor de mannen, hun rug nu naar de open haard gedraaid, en oberleutnant Farber zat op het puntje van een elegante Louis XV-stoel. Onder andere omstandigheden zou het contrast tussen die frivole stoel en zijn strenge, grijze uniform en sombere gezichtsuitdrukking bijna komisch zijn geweest.

'Dames.' De kleinste van de twee Gestapo-officieren – een wezelachtige man zonder duidelijke kin – sprak hen aan in het Frans, hoewel hij vergeleken met oberleutnant Farber een snauwerig accent vol keelklanken had. 'Het is ons ter ore gekomen dat er een vijandige agent in Coulliac woont. Spijtig genoeg is hij verdwenen. We zijn er echter van overtuigd dat de goede inwoners van de gemeenschap hun patriottische burgerplicht zullen willen doen om ons te helpen hem te vinden, alsook alle andere verraders in ons midden die met hem hebben samengezworen en hem hebben geholpen.'

Hij zei even niets, wachtend tot de vrouwen zouden spreken.

Madame Boin wendde zich met een overtuigende verbijsterde blik in haar ogen tot Eliane. 'Een vijandige agent? In Coulliac? Wie kan dat in 's hemelsnaam zijn? Heb jij enig idee, Eliane?'

Eliane speelde direct in op de perfect uitgevoerde voorstelling van madame Boin en schudde langzaam haar hoofd, alsof ze diep nadacht. 'Ik heb geen flauw idee. Maar wat een schok om te horen dat er zo iemand in ons midden heeft geleefd.'

'Mogen we vragen wie die agent is, messieurs?' vroeg madame Boin.

De kleinere officier maakte een minachtend geluid. 'Ik hoop niet dat u van plan bent een spelletje met ons te gaan spelen. Óf u weet al wie het is, óf het zijn uw zaken niet om dat te weten. Hebt u iets gezien of gehoord, in het dorp? Misschien toen u naar de winkels was? Of...' Hij keek met half samengeknepen oogleden naar Eliane. 'Toen u op de markt aan het werk was? Een bezorgde medeburger heeft ons laten weten dat u mogelijk samenzweert met het betreffende sujet.'

Eliane was nog steeds stil, alsof ze hard stond na te denken. Ze probeerde haar gezichtsuitdrukking neutraal te houden, niet te laten zien hoezeer ze schrok van zijn woorden. Er schoot ongevraagd een herinnering aan Stéphanie door haar hoofd – aan hoe die op die dag nadat ze met de miliciens had gesproken langs haar kraampje was gelopen – die ze onmiddellijk wegduwde. Ze kon zich nu niet laten afleiden door de verhulde beschuldiging dat iemand haar had verraden.

Ze keek de man aan met haar gelijkmoedige, grijze ogen. 'Ik heb geen idee, monsieur. Ik heb steeds minder klanten op de markt, en iedereen die komt, ken ik al jaren. Behalve oberleutnant Farber, natuurlijk.' Ze draaide zich naar hem toe en glimlachte. 'Hij is een van mijn beste klanten.'

De officiers gingen anders zitten om de oberleutnant te bestuderen, die verrast was dat hij nu ineens het middelpunt van de aandacht was. De tolk sloeg zijn ogen neer en bestudeerde het patroon op het Aubusson-kleed onder zijn glanzend gepoetste laarzen.

De langere Gestapo-officier zei in het Duits iets tegen de generaal en zijn collega in zwarte jas; hij sprak op snerend insinuerende toon, waar ze hartelijk om moesten lachen. Oberleutnant Farber liep donkerrood aan en trok nerveus aan het kraagje van zijn overhemd. Toen keek hij op naar zijn superieuren en haalde zijn schouders op, waarna hij berouwvol glimlachte en zijn schouders ophaalde, alsof hij wilde zeggen: Ach, wat kan ik eraan doen?

De wezelachtige officier staarde naar Eliane en schatte haar een lang moment in, wat haar misselijk maakte van angst en haat. 'Ik begrijp het,' zei hij uiteindelijk. 'Nou, dan is het wel duidelijk dat we onze tijd hier verspillen, denkt u ook niet, oberleutnant?'

Oberleutnant Farber haalde nogmaals zijn schouders op. 'Dat lijkt mij ook.' Hij vermeed zorgvuldig de blik van Eliane.

'Mooi. In dat geval mag u uw werkzaamheden hervatten, dames. We willen per slot van rekening niet dat het eten van de generaal te laat op tafel staat.' Hij keek Eliane nog eens scherp aan met zijn kraalogen, alsof hij een mogelijke prooi inschatte. 'Maar laat ik u wel waarschuwen, mademoiselle: wie uw vrienden ook zijn, of niet zijn, we houden u in de gaten.'

De twee Gestapo-officieren stonden op, zetten hun zwarte pet weer op, klikten hun hakken tegen elkaar en salueerden de generaal met een krachtig: 'Heil Hitler!'

Toen madame Boin en zij zich terug haastten naar de keuken hoorde Eliane de motor van de auto starten. Pas toen de soldaten waren weggereden van het chateau had ze het gevoel dat ze weer kon ademhalen.

'Die oberleutnant Farber is een rare snuiter,' zei madame Boin terwijl ze in de *blanquette* roerde die op het fornuis stond te pruttelen. 'We hebben aan hem te danken dat we er zo gemakkelijk van af zijn gekomen.'

Eliane knikte. 'Hij is inderdaad anders dan de anderen. Maar is hij een rare snuiter, of is hij gewoon menselijk?'

Madame Boin zette haar handen op haar heupen en wierp Eliane met opgetrokken wenkbrauwen een schrandere blik toe. Toen perste ze haar lippen opeen en schudde haar hoofd.

De plotselinge gedachte dat madame Boin haar misschien wel verdacht van een daadwerkelijke affaire met de officier deed Elianes maag zich omdraaiden, en haar gezicht vertrok.

'Madame, u denkt toch niet dat ik een relatie met die man heb die verdergaat dan de alleroppervlakkigste vriendschap die ooit mogelijk is tussen vijanden?'

Madame Boin schudde glimlachend haar hoofd. 'Geen moment, Eliane. Ik ken je door en door. Ik weet wat je ervoor overhebt om de mensen van wie je houdt te beschermen, net zo goed als ik weet wat je nooit zou doen. Ik ben dagelijks getuige van je moed en integriteit. Ik schrok even van mezelf dat ik soms vergeet me als een beschaafd mens te gedragen. Misschien heb je gelijk. Die rotoorlog is al zo lang bezig dat we vergeten hoe het is om menselijk te zijn. Als er meer mensen als oberleutnant Farber en monsieur le comte in de wereld zouden zijn, zou er misschien geen oorlog meer zijn.'

Eliane bond gerustgesteld haar schort weer om en ging verder met aardappels schillen voor het avondeten. Toen dacht ze echter terug aan de blik in de ogen van die Gestapo-officier en de vijandige ondertoon in zijn stem toen hij had gezegd dat ze haar in de gaten hielden. Bedoelde hij dat ze haar haar wandeling rond de tuinmuur hadden zien maken? Hadden ze haar de dag ervoor heen en weer zien lopen, herhaaldelijk, om de Maquis bericht te sturen dat Jacques Lemaître was verraden en moest worden onderschept voordat hij zijn appartement boven de bakkerij in Coulliac zou bereiken? En wie was die 'bezorgde burger' die hij had genoemd, die Eliane had aangegeven? Was het Stéphanie?

Bij die gedachte begonnen haar handen zo te trillen dat haar mes uit haar hand gleed en ze zich in haar duim sneed. Het water in de pan aardappels kleurde rood – de kleur van haar zijden sjaal, de kleur van gevaar – voordat het haar lukte de bloeding te stelpen met de zoom van haar schort.

Abi

2017

HET FAMILIEWAPEN VAN DE COMTES de Bellevue hangt nog steeds boven de open haard in de zitkamer. Terwijl ik de ingelegde ovale tafel aan de andere kant van de kamer in de was zet, stel ik me voor hoe Eliane en madame Boin daar voor de Gestapo stonden. Wat een bijzonder stel was het, de oudere kokkin en het magere jonge meisje, die samen de kwade krachten het hoofd boden.

Sara vertelde dat Eliane nadacht over het netwerk van mensen dat in het geheim samenwerkte om berichten door te geven. Ik bedenk iets terwijl ik de overtollige bijenwas van het tafeloppervlak boen, dat glanst van ouderdom. Mireille was teruggegaan naar Parijs en leek nauwelijks nog contact met haar familie te hebben, op nu en dan een standaardansichtkaart met dertien regels tekst na, de enige vorm van correspondentie die in het bezette Frankrijk was toegestaan. Maar Sara had ook verteld dat toen Mireille uit de molen vertrok ze had gezegd dat ze misschien andere mensen als Esther en Blanche zou kunnen helpen. Om de een of andere reden doen Elianes eigen gedachten over het heimelijke netwerk me daaraan denken.

Ik doe mijn stofdoek in mijn emmer met schoonmaakspullen en ga naar de keuken om Sara te zoeken. Die is net koffie aan het zetten, en op de keukentafel staan een cafetière en mokken. Karen zet haar emmer neer en gaat zitten, en Jean-Marc komt binnen uit de tuin. Hij veegt zijn voeten af aan de deurmat en wast zijn handen in de gootsteen voordat hij de stoel naast die van mij pakt. Hij zet zijn pet, die hij binnenstebuiten draagt, af en legt hem op tafel voor hem neer. Ik schuif een mok koffie naar hem toe en hij glimlacht dankbaar.

Ik schenk wat melk in mijn mok en vraag Sara naar Mireille, die knikt en een bordje met koekjes rondgeeft. 'Mireille speelde in Parijs haar eigen, belangrijke rol. Het appartement boven het atelier waar ze werkte, waar couture werd gemaakt voor degenen die zich dat nog konden veroorloven – en die mensen waren er, zelfs in de oorlog – werd gebruikt als onderduikadres. Mireille was *passeuse*, deel van een groep mensen die anderen helpen ontsnappen. Er zijn vast mensen via daar naar hier gestuurd, van het ene naar het andere onderduikadres, via geheime routes die via de Pyreneeën naar Spanje en uiteindelijk Portugal leidden. In Lissabon kon je per boot naar Amerika en een veilige haven reizen. O, ja...' Ze kijkt me grijnzend aan. 'Mireille speelde zeker haar rol. Maar dat is een verhaal apart.'

Karen drinkt haar koffie op, staat op, veegt wat koekkruimels van haar handen en is klaar om weer aan het werk te gaan.

'Dus, Sara,' zegt ze. 'Wanneer ga je met Abi naar hen toe?'

Mijn mond valt open en mijn koffiemok blijft in de lucht hangen als tot me doordringt wat ze net heeft gezegd. Elianes verhaal heeft in mijn oren altijd geklonken als iets uit een ver verleden en ik ging ervan uit dat de zussen Martin ondertussen wel dood zouden zijn, als ze de oorlog al hadden overleefd.

'Leeft Eliane nog?' vraag ik. 'En Mireille ook?'

Sara knikt. 'Ja. Ze zijn allebei ondertussen dik in de negentig.

Volgens mij wordt Mireille volgend jaar zelfs honderd. En Eliane zal daar ook niet ver vanaf zitten; ze is maar iets jonger.'

'En Yves?' vraag ik gretig.

Sara schudt haar hoofd. 'Jammer genoeg niet. Hij heeft een paar jaar geleden een beroerte gehad en heeft daarna nog maar een paar maanden geleefd. Maar zijn zussen zijn nog sterk. Als je dat leuk vindt, kan ik een afspraak maken om een keer thee bij hen te gaan drinken.'

Ik zit te stralen. 'Dat lijkt me geweldig!'

Sara en Karen gaan weer aan het werk; Jean-Marc staat op en zet zijn pet op. Dan kijkt hij me aan en twijfelt, alsof hij moed moet verzamelen om iets te zeggen. Ik kijk hem vragend aan.

'Weet je, Abi, je lijkt wel een ander mens als je lacht,' observeert hij verlegen. 'Dat zou je vaker moeten doen.'

Eliane

1943

HET WAS DE DAG VÓÓR ALLERHEILIGEN en de eerste vorst van de herfst had een zilveren poederlaagje om elk takje, elke zaadbol en grasspriet gevormd. Maar het zonlicht begon eind oktober aan zijn magische verdwijntruc, de mist werd van de rivier getrokken en de glinsterende kou verdween en zijn toverformule werd over het donkere land uitgesproken.

Eliane liep naar de keukenschuur, vergezeld door Blanche, die het heerlijk vond om te kijken hoe de haan naar buiten paradeerde, zijn vleugels uitschudde met zijn uitstraling van protserige eigendunk en aankondigde dat de dag wat hem betreft mocht beginnen. Dan tuimelden de hennen in een vlaag van veren en een kakofonie van gekakel achter hem aan naar buiten, direct in het zand pikkend op zoek naar insecten.

Eliane hield het mandje vast terwijl Blanche in het stro van de nesten op zoek ging naar eieren. Nu het herfst was, lagen er al aanzienlijk minder, en de hennen waren een stuk magerder sinds ze moesten overleven op wat ze zelf konden verzamelen langs de oever bij gebrek aan de overdadige aanvoer van graan waar ze voor de oorlog aan waren gewend. Hun veren stonden uit elkaar en waren dof en ze ruzieden geïrriteerd over de kleinste mieren en larven, die ze probeerden van elkaar af te pikken om ermee vandoor te gaan. Eliane slaakte een zucht en bedacht dat het net mensen waren. Het was veel eenvoudiger vriendelijk te zijn als je genoeg te eten hebt, je wat vet op je botten hebt en je tevreden voelt. Iedereen moest tegenwoordig knokken om te overleven en dat leek het slechtste naar boven te halen, of je nu een kip of een mens was. Over het geheel genomen waren de inwoners van Coulliac elkaar blijven steunen. Maar nu de grip van de Gestapo en Milice steeds strakker werd in een poging de steeds frequenter voorkomende sabotage door de maquisards de kop in te drukken, werden verwijten en beschuldigingen steeds gebruikelijker. Onder de aanhoudende stress van de oorlog begonnen de banden van de gemeenschap te scheuren.

Toen de zon de bijenkasten genoeg had opgewarmd om de bijen erop uit te sturen, werkten die onvermoeibaar op zoek naar nectar in de struikachtige wilde tijm en de laatste klavers. Ze leken als enige onaangetast door de wurggreep van de oorlog.

'Hier, Eyann. Een, twee, drie, vier.' Blanche pronkte met haar net geleerde telvaardigheid terwijl ze elk ei uit de zak van haar schortje pakte en zorgvuldig in het mandje legde.

'Goed zo, Blanche. Wat kan jij goed tellen! Een ei voor papa, een ei voor maman, een ei voor Eliane, en... hmm, voor wie zou dat laatste ei zijn?'

'Voor mij!' giechelde Blanche, in haar handen klappend.

'O, ja, natuurlijk is het voor jou! Wat dom van mij.' Eliane tilde het meisje op, gaf haar een stevige knuffel en kuste haar op haar donkere krullen. 'Zullen we wilde paddenstoelen gaan zoeken? Misschien kunnen we wel een grote, dikke *cèpe* vinden, dan kan maman vanmiddag een zalige omelet voor de lunch van prinses Blanche bakken.'

Ze liepen terug over het smalle pad langs de oever, Eliane met Blanche aan de hand om te voorkomen dat ze te dicht naar het prikkeldraad zou dwalen terwijl ze dansend naast haar liep, toen ze de zwarte auto zagen die bij de voordeur van de molen stond geparkeerd.

'Au! Eyann, je knijpt!' protesteerde Blanche toen Eliane zonder er erg in te hebben Blanches hand vastgreep.

'Sorry, Blanche.' Ze liet haar grip een beetje los, hoewel angst als een bankschroef om haar maag klemde.

Toen ze het huis naderden kwam een stel Gestapo-officieren de keuken uit lopen, duidelijk wachtend op hun terugkeer.

'Mademoiselle Martin.' De kleinste van de twee mannen begroette haar met een glimlach, maar zijn ogen stonden koud en wezelachtig als altijd. 'Wat een genot om u weer te zien.'

'Messieurs.' Eliane hield haar toon neutraal en probeerde te voorkomen dat haar stem zou beven.

'We hebben een opdracht voor u, mademoiselle. Als u in de auto wilt stappen.' Het was een bevel, geen vraag.

Eliane knikte, niet in staat te spreken terwijl Lisette en Gustave in de deuropening verschenen. Zij zijn in ieder geval veilig, dacht ze. Ze overhandigde haar mandje aan haar moeder en dirigeerde Blanche naar Gustave, die zijn armen naar haar uitstrekte.

De langste van de twee officieren, wiens nek en hals over het strakke kraagje van zijn overhemd bolden en in een vlezige vouw over de knoop in zijn zwarte stropdas hingen, zei iets in het Duits tegen zijn collega, die knikte en weer die kille glimlach lachte.

'*Non*. Het meisje gaat ook mee.'

Eliane stond als aan de vloer genageld, met afschuw vervuld. 'Maar monsieur, ze is pas vier. Ik zal alles wat u me opdraagt doen, maar laat haar alstublieft bij mijn ouders blijven.'

De man schudde zijn hoofd. 'We hebben haar ook nodig.'

Lisette begon stil te huilen en Eliane dacht even dat Gustave de officieren zou aanvliegen. Ze stak een hand uit om hem daarvan te weerhouden en sprak de man nogmaals aan.

'Wilt u in dat geval alstublieft zeggen om wat voor opdracht het gaat? Een jong kind moet goed worden verzorgd. Ik moet weten... Heeft ze haar jas nodig? Mag ze even iets eten voordat we gaan? Wanneer gaan we weer naar huis?'

De wezel begon te lachen. 'U bent heel dapper, mademoiselle. Dat mag ik wel aan u. Heel goed. Zoals u waarschijnlijk wel weet voert het zogenoemde verzet de laatste tijd steeds meer sabotagehandelingen uit in een zinloze poging om de autoriteiten ervan te weerhouden de taken uit te voeren die essentieel zijn voor de oorlog. Vanavond rijdt er een trein met vitale voorraden door deze regio op weg naar Bordeaux. We zijn "vrijwilligers" aan het ophalen om ervoor te zorgen dat de trein veilig zijn eindbestemming bereikt. U neemt met uw zusje en een aantal anderen in een open wagon aan de voorzijde van de trein plaats zodat u goed zichtbaar bent voor iedereen die mogelijk overweegt de trein tegen te houden. Dus ja,' lachte hij, 'een jas lijkt me een uitstekend idee. Het begint per slot van rekening frisjes te worden 's avonds.'

Eliane staarde hem ontzet aan. 'Alstublieft, meneer, bespaar Blanche die beproeving. Ze is nog maar zo klein.'

Hij perste zijn lippen opeen en een flits van woede schoot over zijn gezicht. 'En dat is precies waarom we haar nodig hebben. Misschien dat die criminelen twee keer nadenken voordat ze een kind vermoorden. We zijn hun sabotage meer dan zat en zijn al veel te veel manschappen en voorraden kwijtgeraakt aan hun verraad. Ga haar jas pakken. En die van uzelf.' Toen glimlachte hij zijn wrede glimlach weer en voegde toe, alsof het ineens in hem opkwam: 'O, en doe die rode hoofddoek die u zo graag draagt ook maar om, mademoiselle Martin. Dan weten we zeker dat u wordt herkend.'

Toen Eliane hun jassen aan het pakken was, maakte haar moeder haastig een paar sneden kastanjebrood met honing klaar, die ze inpakte in vetvrij papier. Ze stopte ze in Elianes zak en omhelsde haar bij de deur. 'Blijf sterk, ma fille,' fluisterde ze. 'Courage.'

Het kon Gustave niet schelen of iemand hem zag toen hij met de truck naar de kleine cottage reed waar de graaf zijn intrek had genomen. Hij bonkte op de deur, maar er kwam geen reactie. Gustave wierp een wanhopige blik op de kapel. Hij zou alles in gevaar brengen als hij daar werd gezien: als er iemand toekeek wilde hij die niet in de richting van de verborgen radio-ontvanger leiden. Als die zou worden ontdekt, zou dat voor zowel hemzelf als de graaf de onmiddellijke doodstraf betekenen. Maat hij moest het netwerk op de een of andere manier laten weten dat de operatie van die avond afgeblazen moest worden. Eliane... en Blanche... De gedachte was onverdraaglijk.

Hij bonkte nogmaals op de deur van de cottage en uiteindelijk hoorde hij tot zijn immense opluchting de schuifelende voetstappen van de graaf in de smalle gang, vergezeld door het getik van zijn wandelstok op de houten vloer. Gustave viel bijna naar binnen zodra de deur openging, en de graaf stak een hand uit om dat te voorkomen.

'Rustig maar, Gustave. Wat is er? Haal eens even diep adem en vertel het me dan.'

Gustave vertelde snel en de graaf luisterde, een diepe frons in zijn voorhoofd terwijl hij knikte.

'De operatie moet hoe dan ook worden tegengehouden. Maak je geen zorgen, Eliane en Blanche zijn veilig, net als de andere vrouwen en kinderen die ze hebben opgehaald. Ik zorg dat Jacques op de hoogte wordt gebracht. Hij zal het kunnen tegenhouden.'

'Godzijdank!' Tranen van opluchting sprongen Gustave in de ogen. 'Als er iets met hen gebeurt... Als Yves verantwoordelijk zou zijn voor hun dood... Hoe zou hij daarmee kunnen leven? Hoe zouden wij daarmee kunnen leven?'

'Wacht hier maar even. Ik ga hem meteen berichten en ben zo weer terug.'

Gustave veegde zijn ogen droog en snoot zijn neus in zijn vieze zakdoek terwijl hij door het raam van de cottage toekeek hoe monsieur le comte moeizaam de binnenplaats naar de kapel overstak. Hij bleef staan bij de deur, op zoek naar zijn sleutel alsof hij alle tijd van de wereld had. Toen verdween hij naar binnen, de zware eikenhouten deur achter zich sluitend.

Na wat als een eeuwigheid voelde maar niet meer dan maximaal een half uur kon zijn geweest, kwam de graaf weer naar buiten, de deur zorgvuldig sluitend, en schuifelde hij terug naar de cottage.

Hij knikte naar Gustave, die was opgesprongen van zijn stoel. 'Jacques is op de hoogte. Hij is doordrongen van de gruwel van de omstandigheden. Maar hij heeft geen transport; de anderen zijn al op weg om alles klaar te zetten voordat het donker wordt. Hij vraagt of je met de truck naar de gebruikelijke plek kunt rijden om hem te ontmoeten. Je zult nu direct moeten vertrekken.'

Gustave greep de hand van de graaf met beide handen vast en

kuste erop. 'Ik kan u niet genoeg bedanken, m'sieur. U redt mijn gezin het leven.'

'Hup, je moet nu gaan,' antwoordde de Comte de Bellevue op urgente toon. 'God zij met je.' Terwijl hij toekeek hoe Gustave wegreed bad hij tot de hemel dat de zielen van al zijn voorvaderen die er zouden zijn voor Allerheiligen samen zouden komen om alle onschuldigen te beschermen tegen het onheil dat die avond op de loer lag. 'En laat er alstublieft ook geen wegversperringen zijn,' voegde hij toe. 'Elke seconde telt.'

De zwarte auto kwam voor de mairie in Coulliac tot stilstand achter een met canvas overdekte legertruck. Het was griezelig leeg op het plein. Alleen op de trap naar het gemeentehuis stond een groepje mensen ineengedoken tussen twee Duitse bewakers in. Voor de oorlog zou het in de winkels op de avond voor Allerheiligen druk zijn met mensen die boodschappen deden voor de uitgebreide familielunch van de volgende dag en zouden er duur vlees, verse oesters uit Arcachon en speciale *pâtisseries* bij de bakkerij worden gekocht. Maar dergelijke delicatessen bestonden nu alleen nog in de herinnering, en in de winkels waren klanten noch voorraden. Niettemin zouden er wel wat mensen op het plein zijn geweest, in de rij in de hoop op iets om de monotonie van hun uithongeringsdieet te kunnen onderbreken: misschien een stukje konijn, of een reepje vet om de soep van de volgende dag op smaak te kunnen brengen. Maar toen de legertruck aan was komen rijden en er nog meer mensen bijeen waren gedreven hadden de inwoners van Coulliac zich uit de voeten gemaakt, hun toevlucht zoekend achter hun luiken en vitrage, ingesloten door hun angst te worden geselecteerd voor deelname aan het groepje op de trap bij de mairie.

De wind trok aan en verbrak huilend en zwiepend over het

plein de stilte, druppels water uit de fontein op de kinderkopjes spettend en stof tegen de uitdrukkingsloze gesloten deuren van het dorp blazend.

De Gestapo-officieren sommeerden Eliane en Blanche uit te stappen en zich bij het groepje voor de mairie te voegen. Tussen de grauw geworden en versleten kleding die iedereen aanhad, stak Elianes felgekleurde hoofddoek af als een baken in de nacht.

De soldaten dirigeerden de groep naar de truck. Ze lieten de laadklep zakken en tilden eerst de kinderen erin; de volwassenen moesten zelf naar binnen klauteren. Eliane herkende de twee jongetjes die haar vis hadden aangeboden in ruil voor een potje honing voor de verjaardag van hun moeder. Een magere, afgetobde vrouw die zo te zien hun moeder was, was er ook, evenals de bakker en zijn vrouw, meneer en madame Fournier. Monsieur Fournier had tegenwoordig zo veel last van zijn reuma dat beide soldaten nodig waren om hem moeizaam in de truck te hijsen.

Niemand sprak terwijl ze op de houten lattenbankjes zaten die langs de zijkanten van de truck stonden, maar Eliane nam Blanche stevig op schoot en glimlachte geruststellend naar de twee jongens.

De bewakers bonden het canvas op zijn plaats over de achterkant van de truck, waardoor iedereen werd ingesloten, waarna de motor werd gestart en de truck optrok.

Veilig in het gebrul van het voertuig sprak Eliane de kinderen toe, zo kalm en opgewekt als ze kon opbrengen.

'Weet iemand waar we heen gaan? Nee? Nou, ik wel. We zijn geselecteerd om op een groot avontuur te gaan. We gaan een reis met een trein maken, in een speciale wagon, helemaal aan de voorkant van de trein.'

‘Zelfs vóór de locomotief?’ vroeg een van de jongens.

Ze knikte. ‘Ja, zelfs vóór de locomotief. Het wordt een koude en lawaaiige reis, maar ook spannend, want de meeste mensen krijgen hun hele leven niet de kans om in zo’n speciale wagon te zitten. En het wordt helemaal niet eng, want wij volwassenen gaan allemaal met jullie mee.’ Ze keek om zich heen naar de rest van de groep, met bleke, angstige gezichten in het halfduister, en ze glimlachte naar hen, iedereen bemoedigend om mee te gaan in haar verhaal.

Madame Fournier, die de hand van haar echtgenoot vasthield, deed dat meteen. ‘Inderdaad: we blijven allemaal bij elkaar. Het is net alsof we in de draaimolen gaan... of de achtbaan in Parijs. Hebben jullie daar wel eens een foto van gezien?’

Monsieur Fournier begon te grinniken. ‘*Oh là-là*, iedereen in Coulliac zal zó jaloers zijn dat wij voor dit avontuur zijn geselecteerd en zij niet!’

De andere knikten, een glimlach forcerend om de kinderen gerust te stellen.

De jongere van de twee broertjes pakte zijn moeders hand. ‘Wees maar niet bang, maman. Zelfs als het geluid van de trein heel hard is, zijn wij er om u te beschermen.’

De vrouw veegde met de rafelige manchet van haar jas snel een traan weg en boog zich voorover om haar zoontje een kus op zijn kruin te geven. ‘Hoe zou ik ooit bang kunnen zijn met allebei mijn dappere jongens aan mijn zijde?’

De truck hobbelde en schokte. Het lukte monsieur Fournier om het canvas een heel klein stukje open te trekken. ‘Zo te zien zijn we op de weg naar Bergerac,’ zei hij.

Uiteindelijk kwam de truck nadat hij steeds langzamer en slingerend door de smalle straten van het stadje was genavigeerd tot stilstand. De soldaten trokken het canvas weg en lieten de laadklep neer zodat iedereen uit de truck kon klauteren. Een van de bewakers hield iedereen in de gaten, zijn geweer in de aanslag om te voorkomen dat iemand zou proberen te ontsnappen, en de andere verdween in het stationsgebouw.

Een paar plaatselijke inwoners haastten zich voorbij, heimelijke blikken op de ineengedoken groep vrouwen, kinderen en een kromme oude man werpend, zich afvragend welke misdaad – waar of ingebeeld – ertoe had geleid dat ze voor het station van Bergerac bijeen werden gedreven op de avond voor Allerheiligen. Angst en schuldgevoel, beide even zwaar wegend, begeleidde de inwoners op weg naar huis, waar ze net als de mensen in Coulliac dat hadden gedaan hun voordeur vergrendelden en de luiken sloten; ze waren hier al getuige geweest van zo veel deportaties – van zo veel mensen die als een kudde dieren in treinen en veewagens werden gedreven – van zo veel angst en wanhoop.

De bewakers dirigeerden de groep het station binnen en het perron erachter op. Terwijl ze stonden te wachten sneed de koude wind als een mes door hun versleten jassen, en hun rillingen werden veroorzaakt door een mengeling van kou en angst. Eliane haalde het pakketje brood uit haar zak en deelde het rond, ervoor zorgend dat het eerlijk werd verdeeld.

'Geef mijn stukje maar aan de kinderen,' zei madame Fournier.

Eliane schudde haar hoofd en drong aan: 'Non, madame. Eet alstublieft. Het is maar één hapje, maar we hebben allemaal onze kracht nodig voor deze reis.' Ze wendde zich tot de kinderen en probeerde hen af te leiden van de spanning die toenam nu ze op de trein stonden te wachten. 'Weet iemand hoe mijn bijen de honing voor ons brood hebben gemaakt?'

De jongste van de broertjes stak zijn hand op, alsof hij antwoord gaf op een vraag die op school door de juf werd gesteld. 'Die hebben ze uit de bloemen gegeten en toen uitgepoept in de honingraat.'

'Bah! Dat klinkt helemaal niet lekker.' Zijn moeder wierp een vertwijfelde blik op haar stukje brood.

Eliane schoot in de lach. 'Bijna goed, maar niet helemaal. Ze verzamelen inderdaad nectar uit de bloemen door die op te zuigen met hun tong. Maar ze slaan hem op in een speciale maag, hun honingmaag, wat een andere maag is dan de maag waarmee ze eten verteren. Als hun maagje vol zit, vliegen ze terug naar de bijenkast. En dan geven ze de honing met hun tong over aan de volgende bij, en dan kauwen ze er samen op om er kleverige honing van te maken. Eigenlijk is het eten voor de bijen in de kast, maar gelukkig zijn ze heel vrijgevig en maken ze extra honing, die wij mogen verzamelen om op ons brood te smeren.'

'Dat klinkt alsof ze heel goed kunnen samenwerken,' zei madame Fournier.

'Dat kunnen ze zeker. Net zoals wij straks, in de trein. Een bij in zijn eentje is niet zo sterk, maar als ze samenwerken en een gemeenschap vormen zijn ze zo sterk dat ze de strengste winter kunnen overleven en de engste vijand kunnen verjagen.'

Op dat moment klonk, gedragen door de wind die over de spoorlijn raasde, in de verte het gerommel van een naderende trein. Eliane tilde Blanche op en hield haar stevig tegen zich aan. 'Ben je klaar voor ons grote avontuur, *ma princesse*?' Blanche knikte glimlachend, maar Eliane voelde het lichaam van het meisje rillen in een mengeling van kou en angst.

Eliane zag ineens Mathieu voor zich. Was hij hier ergens in de buurt om de spoorlijn te beschermen? Had hij deze trein zien langskomen en was hij tevreden geweest dat hij zijn werk goed deed nu hij weer een transport veilig door zag rijden, zonder te weten dat hij het naar haar en Blanche stuurde? Zou hij erom hebben gemaald als hij had geweten wie de rillende, hulpeloze passagiers waren die op het punt stonden aan deze angstaanjagende reis te beginnen?

Ze proefde gal in haar keel bij de gedachte. Niettemin merkte ze dat ze wenste dat hij er was, verlangde ze naar zijn geruststellende aanraking, zijn sterke, stille aanwezigheid om hen allen te beschermen. Ze schudde haar hoofd in een poging de verwarrende gedachten te bannen. Concentreer je, vermaande ze zichzelf. Mathieu kan je nu niet helpen. Je moet sterk blijven en zorgen dat je dit overleeft.

Toen de trein naderde, kwamen er bewapende soldaten uit het stationsgebouw. Ze maakten hun sigaretten uit en trokken warme jassen aan. De groep burgers ging instinctief dichter bij elkaar staan. Ze keken in stilte hoe de trein tot stilstand kwam langs het perron en hoe een open, lage wagon voor de locomotief werd geplaatst. Er was een reling op bevestigd, maar verder was het een open wagen.

'*Allez-y*!' dirigeerde een van de soldaten iedereen met een beweging van zijn geweer om via de loopplank de wagen op te gaan. 'En waag het niet om eraf te springen. Ik zit bij de machinist in de locomotief en schiet iedereen neer die probeert te ontsnappen.'

'Laten we dit even goed organiseren,' zei madame Fournier. 'Als de grootste volwassenen met hun rug tegen de reling gaan staan en we de kinderen voor ons zetten, beschermen we die tegen de ergste wind.' Ze draaide zich om zodat ze met haar aanzienlijke derrière tegen de reling stond. Haar echtgenoot kwam naast haar staan en pakte de handen van de jongetjes vast om hen staand te kunnen houden tijdens de rit.

Eliane stond vooraan in het midden met haar rug naar de rails die zich voor de trein uitstrekten naar de heuvels en bossen en over de grote bruggen over de rivieren die tussen hen en Bordeaux lagen, een uur of twee verderop. Ze hield Blanche stevig vast en sloeg de panden van haar jas om het meisje heen om haar te beschermen tegen de koude wind en haar een wat veiliger gevoel te geven. Haar scharlakenrode hoofddoek was in het schemerdonker net een lantaarn op de boeg van een schip.

De soldaten stapten in de trein en sloegen de deuren hard dicht. Het geluid van de locomotief werd harder en doelgerichter. De remmen werden met een sissend geluid losgelaten en toen kwam de trein met een langzame, dreigende beweging op gang.

'Houd je goed vast,' riep madame Fournier tegen de kinderen. '*Courage, mes enfants*! We gaan op avontuur!'

Gustave drumde ongeduldig met zijn vingers op het stuur terwijl hij in de file stond bij een wegversperring bij de brug in Port Sainte-Foy. Zo te zien was het routinematig oponthoud – de soldaten controleerden reisvergunningen en gebaarden iedereen verder te rijden – maar sommige chauffeurs leken er uitzonderlijk lang over te doen om hun papieren te vinden. Gustave mompelde door opeengeklemde kaken: 'Kom op, nou. Je hebt net tien minuten de tijd gehad om tijdens het wachten je spullen klaar te leggen.' Zijn eigen documentatie lag op de passagiersstoel klaar ter inspectie.

Toen hij aan de beurt was bestudeerde de soldaat de papieren en keek Gustave streng aan. 'Waarom moet u hier zo laat nog zijn?' blafte hij.

‘Laatste bezorging van meel aan de bakkerijen. Ze zitten helemaal zonder en hebben het dringend nodig voor Allerheiligen morgen.’ De soldaat controleerde de voorraad, en aangezien hij alleen een paar zakken meel zag liggen, knikte hij kortaf en gebaarde hem verder te rijden.

Hij reed langzaam over de brug, wilde niet de indruk wekken dat hij haast had. Maar zodra hij was overgestoken gaf hij gas en racete door de donker wordende straten van Sainte-Foy. Aan de andere kant van het stadje sloeg hij een weg in die door wijngaarden kronkelde en omhoog de heuvels in liep, de truck hobbelend terwijl hij zo hard hij kon over de smalle landweg scheurde. Hij parkeerde de truck naast een kruis van ruw hout met een erin gegraveerde kokkelschelp, die een kruising op een pelgrimsroute markeerde. Uit een bosje ietsje verderop kwam een figuur, die naar de truck rende.

‘Sorry dat ik er nu pas ben. Er was een wegversperring bij de brug,’ zei Gustave.

‘Je bent er sneller dan ik had gedacht,’ zei Jacques terwijl hij op de passagiersstoel plaatsnam. ‘Ik was bang dat je het niet zou gaan halen. Als we haast maken zouden we nog op tijd moeten zijn.’

‘Waar gaan we heen?’ vroeg Gustave.

‘Naar de spoorwegbrug bij de rivier, vlak voor Le Pont de la Beauze.’

Gustave knikte nors, zette de truck in de versnelling en gaf gas.

‘Ga hier maar door de wijngaard,’ wees Jacques hem, waarop Gustave aan het stuur draaide en een hobbelig boerenpad opreed. Ze stuiterden over de door de tractor omgeploegde klei langs net geplukte ranken en kwamen aan de andere kant weer op de landweg uit. De rivier glinsterde hen tegemoet en de oogstmaan begon op te komen, onmogelijk groot en honingkleurig. Flarden wolken, rafelig en uit elkaar gescheurd door de snijdende wind, bewogen voor de maan langs. Het was niet moeilijk je voor te stellen dat de zielen der doden vanavond rondwaarden.

'Stop hier maar.' Jacques gebaarde naar een deels verborgen pad dat langs de weg het bos in verdween.

Gustave zette de motor uit en de twee mannen sprongen uit de truck; Jacques ging hem voor op het pad tussen de bomen door, naar de plek waar de spoorlijn een dijk op liep en naar de bogen van baksteen van de brug die over de Dordogne liep. In eerste instantie was de spoorlijn stil. Maar toen begon hij te resoneren van een zacht gezoem. Er naderde een trein.

Gustave dacht dat hij even verderop kort een licht zag flikkeren, maar het ging meteen weer uit. Ze renden door het lage struikgewas, te laat om zich nog te kunnen permitteren voorzichtig te zijn.

Gustave rende hijgend achter Jacques aan, met steken in zijn zij; de gedachte aan Eliane en Blanche in die trein en Yves onder de brug maakte dat zijn voeten bleven rennen.

Er klonk een schot. Bijna op datzelfde moment schreeuwde Jacques iets. Toen struikelde hij, viel voorover, zijn beweging dreef hem recht in de armen van Yves, die uit de groep mannen die onder de boog verstopt zat was gekomen en tussen de bomen door op hen af was gerend.

Het spoor zoemde ondertussen harder, en het kenmerkende gerommel van een trein werd meegevoerd in een windvlaag.

'Stop!' schreeuwde Gustave met zijn laatste kracht. 'Eliane en Blanche… ze zitten in de trein. Stop!'

Er was een vlaag van activiteit onder de brug en toen stond hij ineens naast Jacques en Yves op de vochtige bosgrond.

Hij dook naast hen in elkaar, naar adem snakkend, terwijl het gerommel verwerd tot gebrul.

Op dat moment dreven de wolken voor de maan weg, die de trein verlichtte.

De groep mannen die gebukt onder de brug zat ving een glimp op van een roodzijden hoofddoek en het bleke gezicht van een kind, verstijfd van angst en kou. Toen, vergezeld door een razende vlaag van wind en kabaal, flitste de trein voorbij en raasde verder, de rivier over op weg naar Bordeaux.

'Mon Dieu, we hadden geen minuut later moeten zijn!' Gustave draaide zich opgelucht om naar Yves en Jacques.

Maar Yves keek niet op. Hij hield Jacques vast, leunde over hem heen en maakte de knopen van zijn jas los. Toen hij de ruwe serge opzijtrok, spreidde een donkere vlek zich over de voorkant van Jacques' overhemd uit.

Daar waar het maanlicht erop scheen, zag Gustave dat het dezelfde levendige kleur rood was als de zijden sjaal van Eliane.

De trein begon eindelijk vaart te minderen toen hij over de uitgestrekte monding van de Gironde reed. Het was vanwege de verduistering aardedonker in Bordeaux, maar de maan schitterde en danste op het enorme wateroppervlak en scheen op het bleke aangezicht van de panden aan de waterkant en de witte gezichten van de groep mensen op de platte wagen.

'We zijn er bijna,' riep Eliane naar de anderen. De gierende wind en de oorverdovende herrie van de motor maakten haar woorden onverstaanbaar, maar ze zagen haar glimlach, en die gaf hun de kracht die ze nodig hadden om zich de laatste paar minuten vast te blijven houden met hun bevroren vingers en verkrampte armen.

Toen de trein het Gare Saint-Jacques binnenreed, gingen de

deuren open en stroomden Duitse soldaten het perron op. Ze waren druk in de weer met het uitladen van houten kratten munitie en wapens uit de goederenwagon en stapelden alles op om over te worden geladen in de wachtende legertrucks.

Het groepje mensen uit Coulliac stond weifelend op de wagen, bevroren door de combinatie van angst, kou en door het kabaal verdoofde zenuwen, onzeker wat nu te doen.

De oudste van de broers riep boven het geschreeuw en gekletter dat door het station echode uit: ‘Moeten we nu ook weer naar huis in die kar?’ Stille tranen stroomden over Blanches koude, door de wind ruw geworden wangen bij de gedachte dat ze nog een keer die hellegang zou moeten doorstaan.

Eliane keek om zich heen, Blanches armen wrijvend om het kindje te troosten en te proberen haar bloedsomloop weer op gang te krijgen. Ondertussen keek ze om zich heen op zoek naar iemand aan wie ze kon vragen hoe het nu verderging. Toen, midden in de chaos, zag ze een bekend gezicht.

‘Oberleutnant Farber!’ riep ze.

Hij kwam naar het groepje toe lopen, zijn blik gefixeerd op het scharlaken baken van Elianes hoofddoek terwijl hij om groepen soldaten en stapels houten kratten heen manoeuvreerde.

Hij stak zijn armen uit om Blanche van haar over te nemen. ‘Kom,’ zei hij. ‘Het is tijd om jullie thuis te brengen.’

Hij hielp de groep van de platte wagen en leidde iedereen een zij-uitgang uit, waar een legertruck, net zo een als de wagen die hen naar Bergerac had gebracht, stond te wachten. De chauffeur sprong uit de cabine, maakte met de hak van zijn laars zijn sigaret uit op de kinderkopjes en hielp de kinderen achterin te tillen. Ook nu waren er weer twee mannen nodig om monsieur Fournier in de wagen te krijgen, die door de reis ondraaglijke pijn leed in zijn reumatische ledematen. Zijn vrouw ging achter in de truck naast hem zitten en probeerde zijn vergroeide handen te warmen door ze tussen haar eigen te wrijven, hopend dat ze zijn lijden iets kon verzachten.

Hij glimlachte naar haar, kuste haar op de wang en zei: 'Godzijdank leven we nog.'

Uitgeput en tot rust gebracht door de beweging van de truck viel een aantal leden van de groep toen ze door de wijngaarden van Bordeaux terugreden naar Coulliac in slaap. Maar Eliane waakte over hen, haar zenuwen nog te gespannen om te kunnen rusten tot ze weer veilig thuis zouden zijn.

Uiteindelijk kwam de truck schokkend tot stilstand. Oberleutnant Farber sloeg de canvasdoek aan de achterkant van de truck open. 'Eliane, je bent thuis. We zijn bij de moulin.' Hij glimlachte naar de anderen, zijn tanden een beetje glinsterend in het maanlicht. 'En u bent allemaal ook bijna weer thuis. Over een paar minuten zijn we in Coulliac.'

Hij nam Eliane bij de hand om haar te helpen uit de wagen te klimmen. Ze deed haar hoofddoek af en stopte hem in haar jaszak, haar haar losschuddend, dat in een bleekgouden deken over haar schouders viel, gevangen in het maanlicht. Toen tilde de officier de slapende Blanche uit de wagen en droeg haar over aan Eliane.

Ze zeiden niets, maar hij kneep zachtjes in haar arm voordat hij zich omdraaide en weer plaatsnam naast de chauffeur.

Ze liep met Blanche in haar armen over het pad naar de molenwoning, strompelend op haar pijnlijke, stijve benen. Blanche jammerde in haar slaap en Eliane probeerde haar te troosten: 'Het is goed, ma princesse. We zijn weer thuis.'

Toen ze het huis naderden ontsnapte een lichtstraal uit een hoekje van het verduisterde keukenraam. Ze was haar tijdsbesef kwijtgeraakt, maar ze wist dat het ver voorbij middernacht moest zijn, en het beklemmende gevoel van angst dat haar hart uren in zijn greep had gehad werd ietsje minder bij de gedachte aan haar ouders, die al die tijd op waren gebleven, wachtend op hun terugkeer.

Ze probeerde de deur open te duwen, maar die was, heel ongebruikelijk, vergrendeld van binnenuit. 'Maman! Papa!' riep ze terwijl ze op de deur klopte. 'Ik ben het, Eliane.'

Er klonk een vlaag van activiteit in de keuken en Gustave trok de deur open. 'Eliane! Blanche! Godzijdank! Jullie leven nog!' Hij trok het tweetal in zijn armen, die ondanks de ravage die de honger had aangericht nog sterk waren, en het lukte haar te ontspannen tegen de troostende soliditeit van haar vader. Ze sloot haar ogen en deed een dankgebedje.

Toen voelde ze dat de lucht in de keuken anders was. In plaats van de geruststellende geuren van zelfgekookt eten en drogende kruiden ademde ze een vreemde geur in: muf, opgedroogd zweet met daaronder wilde tijm en dennennaalden; ze keek langs Gustave heen en zag dat de keuken vol mensen zat.

Het kostte haar een moment om te begrijpen wat ze zag. Drie zwaarbebaarde mannen stonden bij het fornuis, hun kleding gescheurd en smerig. Drie geweren lagen lukraak gestapeld op de keukentafel. Toen hij Eliane zag, deed een van de mannen een stap naar haar toe, een gekwelde uitdrukking op zijn verweerde gezicht. Hij stak een hand naar haar uit. 'Het spijt me verschrikkelijk,' zei hij met brekende stem. 'Ik dacht dat het de nazi's waren...' Hij liet zijn hand zakken en bleef woordeloos naast zijn kameraden staan, een tableau van verdriet. Toen drong het tot haar door dat ze naar een ander tableau staarden, op de keukenvloer.

Lisette en Yves zaten geknield op de flagstones en keken op

naar Eliane. In plaats van een glimlach van opluchting zagen hun gezichten eruit als een bleek masker van geschokte hulpeloosheid.

Toen zag ze dat ze naast een lichaam knielden en met bebloede doeken wanhopig probeerden te voorkomen dat het levensbloed verder uit de buik van Jacques Lemaître zou stromen.

Ze propte Blanche in de armen van Gustave en zakte naast haar moeder en broer op de grond neer. Ze sloegen beiden een arm om haar heen in een poging haar te troosten.

'Jack,' fluisterde ze, en ze reikte uit naar de levenloos uitziende vingers van zijn hand, de huid al wasachtig in het licht van de olielamp.

Zijn oogleden trilden en hij opende zijn ogen, eerst met een wazige blik, maar toen langzaam helder wordend als een blauwe zomerhemel terwijl ze zich focusten op haar gezicht en hij begon te glimlachen.

Hij probeerde iets te zeggen, maar in plaats daarvan reutelde er iets in zijn keel en begon hij te proesten, zijn gezicht verwrongen van pijn.

'Sssh,' stelde ze hem gerust, 'zeg maar niets. Het komt allemaal goed.' Ze drukte zijn hand tegen haar hart, vurig wensend dat het leven niet zo meedogenloos uit hem zou ebben, biddend dat de stroom van donkerrood bloed zou stoppen. Maar ze wist dat het al te laat was.

Ze legde haar andere hand zacht op zijn wang, en zijn ogen sloten weer. Zijn lippen probeerden woorden te vormen en ze bracht haar oor naar zijn mond.

Het lukte hem met heel veel moeite te fluisteren: 'Je ruikt naar honing en zonneschijn. Zelfs na vandaag. De duisternis in deze wereld kan het licht dat jij uitstraalt niet dimmen, Eliane.'

Ze boog verder naar hem toe en kuste hem op zijn voorhoofd.

Zo werd zijn laatste ademteug geparfumeerd door bijenwas en het briesje dat over de rivier waait. En zelfs toen het langzamer ging kloppen, haperde en toen stopte, was zijn hart vervuld van liefde.

Ze begroeven het lichaam van Jack onder een jonge eikenboom aan de rand van een klein bosje. Het graf werd niet gemarkeerd, maar een van de maquisards sneed een lange verticale lijn in de eikenbast, onderbroken door twee kortere horizontale lijnen, het Croix de Lorraine – het symbool van de Vrije Franse Strijdkrachten – een inkerving die zou groeien naarmate de boom ouder werd. Eliane bleef nog lang bij het graf staan nadat iedereen was vertrokken, verloren in haar herinneringen aan Jack. Ze zag de blik in zijn ogen voor zich wanneer hij haar zag, de manier waarop hij verlegen naar haar glimlachte als ze alleen waren, zo anders dan het gebruikelijke zelfvertrouwen dat hij uitstraalde in het gezelschap van anderen. Ze herinnerde zich elk moment van hun nacht samen in de grot onder Château Bellevue, de wijn die ze hadden gedronken en de vertrouwelijkheden die ze hadden uitgewisseld, hoe warm en veilig ze zich had gevoeld in zijn armen in die ondergrondse wereld waar de oorlog die paar kostbare uren zo ver weg had geleken.

Uiteindelijk vermande ze zich, plukte een bosje herfstzaden en bessen en legde dat op de ruwe aarde die was omgespit om te verhullen dat het een vers gegraven graf was. Als je er zo naar keek, leek de bosrand onaangedaan, op wat verloren bloemen in het gras na. Ze keek nog een laatste keer en etste de locatie in haar geheugen om de jonge eik met het kruis erin terug te kunnen vinden als ze zijn graf weer zou bezoeken.

Beneden in de vallei hoorde ze een kerkklok luiden. Het was Allerheiligen en families stroomden het kerkhof van Coulliac op om bloemen op de graven van hun voorouders te leggen. Eliane vroeg zich af of Jack familie had, of zijn ouders nog leefden. Had hij broers en zussen? Wie zou hun vertellen over zijn dood in een vreemd land, en over het ongemarkeerde graf waar hij lag? Ze wilde dat ze zouden weten dat hij in het bijzijn van vrienden was gestorven. Dat hij was bewonderd en gerespecteerd, zoals hij had verdiend, om zijn moed en onbaatzuchtigheid. Dat hij was gestorven terwijl hij haar leven had gered, en dat van Blanche, en had voorkomen dat het leven van Yves een hel zou zijn geworden. Ze wilde dat ze zouden weten dat er van hem gehouden was. Maar er was geen enkele mogelijkheid om hun dat te kunnen vertellen.

Ze schrok plotseling op van een figuur tussen de bomen. Het was Yves, die blijkbaar achter was gebleven nadat zijn kompanen waren weggeglipt. Hij kwam op haar af lopen en sloeg een arm om haar heen. Ze begroef haar gezicht tegen zijn schouder en barstte in snikken uit.

Hij bleef stil met zijn arm om haar heen staan, liet haar huilen. Vervolgens, toen het snikken minder werd, veegde hij een lok nat geworden haar uit haar gezicht. 'Eliane,' zei hij. 'Luister naar me. Je denkt dat je de twee mannen van wie je hebt gehouden beiden hebt verloren, maar dat is niet zo. Mathieu is er nog. Als de oorlog voorbij is, zul je weten dat je hem nooit echt kwijt bent geweest. Dat hij er altijd is geweest.'

Ze maakte zich van Yves los en staarde hem aan. 'Hoe bedoel je? Hoe kan ik ooit nog van Mathieu houden? Hij is overgelopen. Hij werkte Jacques tegen. Hij werkt jou tegen.'

Yves schudde zijn hoofd. 'Nee, Eliane. Dat is alles wat ik je kan vertellen. Maar je moet me geloven: dat doet hij niet.'

Hij trok haar kort in een omhelzing en glipte toen zonder omkijken weg tussen de bomen.

Toen ze wegliep van het graf en langzaam terug de heuvel af liep, vielen haar tranen als regendruppels op de droge grasstengels in het weiland, die met gebogen kopjes zuchtten in de koude novemberwind.

Abi

2017

OP MIJN VOLGENDE VRIJE dag krijg ik een routebeschrijving van Sara en klim ik via de velden boven Coulliac naar waar het bos begint. Het is even zoeken, maar uiteindelijk vind ik hem: de eikenboom met het in de bast gekerfde Kruis van Lotharingen.

Ik weet dat Jacks lichaam er niet meer ligt. Na de oorlog zijn zijn ouders op de hoogte gebracht van zijn dood en de locatie van zijn geïmproviseerde graf, dus konden ze zijn lichaam naar huis brengen om te begraven op het kerkhof in de buurt van zijn familiehuis. Ik voel echter dat een deel van hem hier altijd zal zijn, in de heuvels boven Coulliac, wakend over het land dat hij heeft geholpen te bevrijden.

Als ik daar sta en over de vallei uitkijk, kan ik niet anders dan de uitvaart van Jack Connelly vergelijken met de dienst die in die imposante kerk in Londen voor Zac is gehouden. Ik zat op de voorste rij naast zijn moeder, hoewel ik de golven van minachting van haar af voelde komen terwijl ze daar zo zat, haar lichaam een beetje van me af gericht, haar blik op de kist. Zij had alles geregeld, van de locatie tot de gastenlijst tot het boeket lelies op de gepolijste deksel van de beukenhouten kist. Ik kon me alleen maar voorstellen hoe vreselijk het voor haar moet zijn geweest om haar geliefde enige zoon te verliezen. En nog erger: dat het rare vrouwtje met wie hij zo nodig moest trouwen hem had overleefd. Ik hoorde het haar denken toen de dominee de dienst opende: waarom leeft zij nog, en hij niet? Waarom is Abi niet omgekomen tijdens dat ongeluk, in plaats van mijn Zac?

En ik voelde mijn eigen schuldgevoel in golven door de stof van mijn zwarte jas heen. Het ongeluk was weken daarvoor gebeurd, lang genoeg om mijn gezwollen, zwarte knie te laten beginnen met het genezingsproces en de botten van mijn arm tijd te geven weer aan elkaar te groeien. Zo lang had de politie erover gedaan om het onderzoek naar de omstandigheden rond het ongeluk te reconstrueren, mij en de andere getuigen te ondervragen en het autopsieverslag op te stellen. Verlies van controle over het stuur onder invloed van een extreem hoge hoeveelheid alcohol in het bloed, zo klonk het officiële oordeel.

Hoewel ik de politie had verteld dat ik het stuur had omgegooid. Hoewel ik wist dat ik hem had omgebracht terwijl hij mij probeerde te vermoorden.

De dienst was vreselijk, hoewel Zacs moeder in de kerk in ieder geval enige schijn van beleefdheid jegens mij had weten op te houden, al was het maar voor de vorm. Na de dienst echter, in de privacy van het crematorium, deed ze niet meer alsof. Nadat de kist stil de diepte in was gegleden en de gordijnen op hun plaats waren gevallen, draaide ze zich naar me om terwijl we nog op de stijf bekleedde stoelen zaten. Ik had instinctief een hand naar haar uitgestoken, in de hoop, denk ik, op een klein gebaar van verzoening of wederzijdse steun op het einde. Maar ze had me alleen maar met intense haat in haar ogen aangestaard, haar blik hard en kil, en was teruggedeinsd voor mijn aanraking. Ik had mijn hand langs mijn zij laten zakken en ze was weggelopen, het aan een van de uitvaartbegeleiders overlatend me uit mijn stoel te helpen en me de kruk aan te geven die ik nodig had om het gewicht van mijn knie te houden tijdens het lopen. Hij was een vriendelijke, vaderlijke man en hij had me een lift terug naar het appartement gegeven. Nadat hij me achter uit de zwarte limousine had geholpen en me veilig het pand in had gebracht, had hij op mijn hand geklopt, die uit het gips om mijn arm stak. 'Trek je van haar maar niets aan, meid. Verdriet doet vreemde dingen met mensen. Ik heb genoeg uitvaarten gezien om te weten dat ze óf het beste, óf het slechtste in mensen naar boven halen. Iedereen heeft ruimte en tijd nodig om te rouwen.'

Dat was het enige moment op de dag van Zacs uitvaart dat de tranen in mijn ogen sprongen. Een paar vriendelijke woorden van een vreemde waren de enige troost die ik die dag kreeg.

Het ongeluk. Ik heb er al heel lang niet aan gedacht. 'Ongeluk' is een handig woord, maar ik vraag me nog steeds af hoe accuraat het beschrijft wat er is voorgevallen. Omdat het op een bepaalde manier onafwendbaar was. Geen willekeurige wending in het lot, maar een onontkoombaar eindpunt op het pad dat we samen waren ingeslagen op de dag dat hij me voor het eerst had gezien en me in het vizier had gekregen als prooi.

We zaten in de auto op weg naar huis van een zondagse lunch bij zijn moeder. Hij had een paar glazen wijn gedronken, zoals gebruikelijk, ondanks mijn bezorgde blikken en omfloerste suggestie dat ook nog een glas port na de maaltijd misschien een beetje veel was.

'Nonsens, Abigail. Zac kent zijn grenzen. Ik heb altijd gevonden dat een zeurende vrouw een van de meest onaantrekkelijke dingen op aarde is,' had zijn moeder tegengeworpen terwijl ze zijn glas had volgeschonken uit de kristallen karaf van het gepolijste dressoir in de eetkamer.

'Zal ik rijden?' had ik hem gevraagd toen we naar de auto

liepen. Waarop hij me had uitgedaagd, met de sleutels voor mijn gezicht had gezwaaid en geveinsd zwalkend naar de auto was gelopen.

'Kom op, Zac. Laat mij alsjeblieft rijden,' had ik nadrukkelijker gezegd.

Wat ik niet had moeten doen.

Zijn gezichtsuitdrukking werd acuut kil, zijn ogen bevroren van woede. De meeste mensen beschrijven woede als heet en vurig, maar Zac werd altijd koud als ijs.

'Als ik jou was zou ik maar instappen,' snauwde hij. 'Of wil je liever lopend naar huis?'

Ik had moeten weigeren in te stappen.

Ik had moeten gaan lopen.

Ik had niet naar huis moeten gaan.

Ik had hem daar ter plekke moeten achterlaten.

Eenmaal in de auto was hij stil. Ik probeerde het goed te maken, zijn woede te temperen door het over van alles en nog wat te hebben: hoe lekker de lunch was geweest (wat helemaal niet waar was: het was zoals altijd een grijs, smakeloos stuk vlees met tot pulp gekookte groenten geweest), hoe goed zijn moeder eruit had gezien nu ze van haar verkoudheid af was, hoe de weersvoorspelling voor de komende week er beter uitzag.

Hij had nergens op gereageerd. Hij was gewoon opgetrokken en, te snel, door het dorp gescheurd, waarbij de waarschuwingsborden van de snelheidsmeters waren opgelicht toen we erlangs reden. Ik had mijn telefoon erbij gepakt om het weerbericht te lezen en te zien of het inderdaad een warme en zonnige week zou worden. Ik had hem tijdens de lunch uitgezet, een formaliteit, aangezien niemand anders dan Zac me ooit appte of belde. Ik zette hem weer aan en er klonk een piepje. Ik keek naar het schermpje en swipete het bericht weg.

‘Ga je me niet vertellen van wie dat bericht is?’ zei Zac, zijn stem druipend van venijn.

‘Het is een berichtje van iemand uit mijn werkgroep. Ze zegt dat ze al een tijd niets van me hebben gehoord en zich afvragen of het goed met me gaat.’

‘Laat eens zien,’ zei hij, waarbij hij zijn linkerhand van het stuur haalde. De auto, die veel te hard reed op de kronkelende landweg, zwenkte een beetje en een tegemoetkomende motorfietser knipperde kwaad met zijn lichten en gebaarde geïrriteerd.

‘Zac, niet doen, dat is gevaarlijk.’

‘Geef me je telefoon, Abi,’ zei hij op onnatuurlijk kalme toon. Hij klonk op dat moment bijna redelijk.

‘Kijk maar.’ Ik draaide het schermpje naar hem toe zodat hij het kon lezen.

‘Sam?’ vroeg hij. ‘Wie is Sam?’ Ik zag zijn kaakspieren samentrekken.

‘Sam is een meisje. Van mijn werkgroep. Dat zei ik net.’

‘Geef me je telefoon, Abi.’

‘Als we thuis zijn. Dan kun je er rustig naar kijken en dan zie je het zelf. Er staan verder geen berichten op. Ze zei alleen maar dat ik al twee keer niet ben geweest en online achterloop.’

En toen draaide hij door. ‘Ik zei verdomme dat je me die telefoon moet geven!’ schreeuwde hij. Ik deinsde terug alsof de woorden slagen waren die op mijn hoofd en armen neerkwamen.

Op dat moment drong tot me door dat hij recht op een boom afreed die vlak langs de rand van de weg stond. Ik stak in doodsangst mijn rechterhand uit om het stuur vast te grijpen, ons weer op de goede rijstrook te krijgen, waarop hij zo hard met de zijkant van zijn linkerhand op mijn arm ramde dat ik de botten hoorde breken. Ik slaakte een gil van pijn en angst, mijn hand nutteloos aan mijn pols bungelend. We hadden die boom gemist, maar de auto begon weer te zwenken en de motor brulde terwijl hij keihard op het gas trapte, bewust naar de volgende boom sturend.

Ik wist op dat moment dat hij probeerde me te vermoorden. En misschien ook zichzelf als hij toch bezig was, maar hij reed doelbewust op volle snelheid met de passagierskant van de auto naar die boom in een poging mij weg te vagen.

Waar kwam hij vandaan, die opwelling van kracht in mijn lichaam? Ik weet nu dat de doodsangst en pijn de adrenaline door mijn lichaam lieten gieren en dat mijn volgende beweging een reflex was. Maar toch denk ik ook dat het meer was. Het was razernij om wat hij me had aangedaan, het was een vonk van mijn Zelf, dat plotseling ontwaakte; het was de veerkracht van de menselijke geest. Het was een verzetsdaad.

Hij reed plankgas en mijn gordel hield me niet tegen toen ik me omdraaide en mijn goede linkerarm uitstak. Ik greep het stuur en rukte eraan, weerstond zijn kracht en vond eindelijk die van mezelf terug. Ik voelde de auto omhoogkomen toen hij het gras opreed, de solide grijze stam van een boom op een haar na missend. Toen sloeg hij om, in een bijna gracieuze boog van metaal in de vorm van een auto dat door de lucht vloog, recht de baan van een naderende vrachtwagen in.

Ik voelde mijn knie branden terwijl ik me schrap zette voor de knal, een pijn die een rode mist over mijn ogen trok en mijn maag zich deed omdraaien.

En toen voelde ik helemaal niets meer. Enkel een vreemde, onaardse kalmte terwijl de auto om ons heen implodeerde. Zac en ik.

Toen alles eindelijk was gestopt, keek ik naar hem. Zijn ogen stonden wijd open, verbijsterd, koud en blauw als ijs. Hij opende zijn mond, alsof hij iets wilde zeggen, en toen rolden zijn ogen naar achteren en trok het wasachtige masker van de dood over zijn gezicht.

Ik herinner me nog haarscherp wat ik op dat moment voelde. Opluchting. Niets anders. Voordat ik flauwviel van de pijn.

Later, toen ik bijkwam en Zacs gezicht zag terwijl ze zijn lichaam uit de auto aan het zagen waren, voelde ik nog steeds heel weinig. Ik was natuurlijk in shock, maar niettemin weet ik nog hoe het was om die bekende gelaatstrekken in zijn bloedeloze gezicht te zien en het gevoel te hebben dat hij het niet was.

Zijn lichaam was veel minder gehavend dan dat van mij. Hij had een enorme inwendige bloeding op de plek waar het stuur zijn ribbenkast had vermorzeld, zijn botten had versplinterd en ze in zijn hart en longen had gespietst.

Mijn verwondingen waren veel zichtbaarder, maar niet fataal: mijn armen aan flarden, het onderste deel van de rechterarm hing in een nutteloze hoek en de botten staken eruit; een knie uit de kom en ook mijn dijbenen zwaar gehavend. Mettertijd allemaal te genezen. Maar het trauma dat gepaard ging met het ongeluk was veel erger; dat haalde me veel verder onderuit dan mijn kapotte ledematen.

Maar ondanks de shock en de chaos en het feit dat de ambulancebroeders probeerden te voorkomen dat ik hem zou zien, herinner ik het me nog glashelder. Zijn bevroren, wasachtige gelaatstrekken en mijn gevoel van verbijsterde opluchting.

'Kleine Abi, wat ben je toch perfect...' Ik hoor zijn woorden nu, de woorden die hij na onze eerste date sprak, alsof ze worden meegeblazen door de wind die het gras in het weiland aan mijn voeten in beweging brengt. En ik weet nu precies wat die woorden voor hem betekenden. Ik was voor hem een leeg vel papier waar hij op kon schrijven wat hij maar wilde. Ik was al zo geïsoleerd, het zou zo gemakkelijk zijn me te overheersen. Ik snakte wanhopig naar affectie, maar wist niet wat echte liefde was. Mijn moeders liefde voor mij was lang daarvoor al opgelost in een zee van goedkope wodka en sindsdien had ik het gedaan met de liefde van de kinderen voor wie ik zorgde, in de wetenschap dat ze zouden opgroeien en dat ik zou worden vergeten zodra ik naar een ander gezin ging. Wat was ik een klein muisje, naïef genoeg om me gevlijd te voelen en de aandacht die hij me gaf te verwarren met liefde. Ik wilde dat het zo zou zijn, dus overtuigde ik mezelf ervan dat het iets was wat het niet was.

Ik streel met mijn vingertoppen over de lijnen van het kruis dat in de eikenboom staat gekerfd. In bijna vijfenzeventig jaar zijn de lange, verticale snede en de twee horizontale steeds breder geworden. Tegelijkertijd heeft de eik het litteken echter genezen en de wond gesloten.

Ik ga met mijn handen over de mouwen van mijn shirt, voel aan de vage randen onder het dunne katoen en verwonder me over de manier waarop mijn lichaam zichzelf heeft geheeld, net zoals de boom dat heeft gedaan.

Het kruis is net zozeer onderdeel van de eik als zijn takken en wortels, net zoals mijn littekens nu deel van mij zijn, tot in de eeuwigheid. En toch is er veerkracht. Het lichaam vindt een manier om de wonden te genezen en te leven met de littekens. Te helen.

En, ja, zelfs te groeien.

Eliane

1944

DE WINTER HAD ONEINDIG LANG gevoeld. Elianes hart was stijf bevroren van verdriet en verlies, en zelfs de eerste warme lentedag kon het niet ontdooien. Ondanks de woorden van Yves had ze het gevoel dat ze beide mannen van wie ze had gehouden had verloren. En de oorlog sleepte maar voort, Frankrijk verzwakkend, het platteland uitputtend. Het tij had zich nu tegen het Duitse leger gekeerd, dat bleek duidelijk als je zag hoe in beslag genomen en gedeprimeerd de soldaten die het chateau bezetten waren terwijl ze nog meer lange maanden weg van hun thuis en familie doorbrachten in een vreemd, uitgehongerd land waar ze werden gehaat en gevreesd. De officiële rapportage in de kranten was zwaar gecensureerd en verbloemde de verliezen van het bezettende leger. Maar monsieur le comte kwam op de koude winteravonden bij het fornuis in de keuken zitten voor zijn tisane en vertelde dan fluisterend aan Eliane en madame Boin over de groeiende vloedgolf van actie, geallieerde luchtaanvallen, Russische overwinningen en Duitse nederlagen. Toen het lente werd en zijn rapportages vertelden over een duidelijke, aanhoudende verandering in de oorlogsbewegingen tegen de Wehrmacht van Hitler begonnen er een paar fragiele zaadjes van hoop in hun harten te ontkiemen.

Op een ochtend eind mei waren Eliane en madame Boin de eerste vroege kersen aan het ontpitten, die Eliane had geplukt van een boom die in een hoekje achter de schuur stond, vol in de zon en beschermd tegen vrieskou, waardoor hij altijd eerder fruit droeg dan de andere bomen. Haar vingertoppen werden roze van het zurige sap terwijl ze de pitten uit het fruit sneed.

Toen oberleutnant Farber en de generaal de keuken binnenkwamen, legden de vrouwen hun messen neer, veegden hun handen af aan vochtige doeken en keken de soldaten beleefd aan. De generaal bezocht de keuken hoogstzelden; meestal was het oberleutnant Farber die in zijn eentje de officiële bevelen kwam overbrengen, of monsieur le comte die nu en dan opdrachten doorgaf van de Duitsers als ze iets specifieks wilden eten die avond.

De oberleutnant vertaalde de woorden die de generaal sprak: 'Dames, onze eenheden hebben opdracht gekregen naar het noorden te gaan. We danken u voor uw inspanningen ons verblijf hier op Château Bellevue voor iedereen zo aangenaam mogelijk te maken. Het chateau zal echter niet lang leegstaan. We vertrekken morgen en dan hebt u een dag of twee om u voor te bereiden op het volgende bezoek. Een andere eenheid, ook op weg naar het noorden, reist via deze regio. Deze zal het chateau een paar dagen of langer als basis gebruiken, tot er nieuwe orders komen. De situatie is momenteel enigszins onzeker. Oberleutnant Farber blijft hier als liaison voor de nieuwe eenheid, aangezien hij op de hoogte is van het reilen en zeilen in deze contreien. Dus wenst de rest van ons u bij dezen *auf wiedersehen*. Maar wie weet komen we binnenkort weer terug, als de geruchten over een invasiepoging het zoveelste vals alarm blijken.'

Hij draaide zich met een klik van zijn hakken om en liep de keuken uit, de oberleutnant achter hem aan.

De daaropvolgende vierentwintig uur waren gevuld met kabaal en activiteit terwijl de soldaten hun spullen pakten en zich voorbereidden op hun reis. Een paar uur nadat de laatsten waren vertrokken, op weg naar het station met een laatste gerommel van startende trucks, nam Eliane even rust van haar werk bij de bijenkasten. Ze hief haar hoofd en hoorde in de verte het ritmische gerommel van een trein. Deze, nam ze aan, zou gevuld zijn met soldaten in plaats van burgers die werden gedeporteerd. Maar misschien vervoerde hij die soldaten wel naar een andere plek van helse taferelen en de dood. Ze had het gevoel dat de verschillende oorlogspaden in elkaar begonnen over te lopen op weg naar een climactisch keerpunt. Zou het een einde zijn, of slechts het begin van een nóg zwaardere periode voor Frankrijk?

Het geluid van de trein verstomde in de verte. Ze sloot de bijenkast af, pakte de emmers met honingraten die ze had verzameld en liep ermee terug naar het chateau.

De nieuwe 'gasten' op Château Bellevue waren heel anders dan de soldaten die het kasteel de voorgaande vier jaar hadden bezet. Deze soldaten waren van het Panzerregiment, en ze arriveerden toen Eliane en madame Boin net de laatste bedden aan het opmaken waren. Ze waren verhard door hun ervaringen aan het Russische front en hadden die doodse starende blik in hun ogen die een gevolg was van de gruwelen die ze hadden gezien. Hun zielen waren verdoofd door de dingen die ze hadden gedaan. Hun tanks kwamen bulderend het pad naar Château Bellevue op, stenen en kiezels onder hun rupsbanden verpulverend tot een wolk van dik stof die nog lang in de lucht hing nadat het gebrul van de motoren al was verstild.

Eliane deed gehaast haar werk, met gebogen hoofd en haar

blik neerwaarts. Deze soldaten brachten met hun zwart met zilveren uniforms een nieuwe duisternis met zich mee en ze moest elke keer dat ze er een tegen het lijf liep de zure smaak van angst wegslikken die in haar keel omhoogkwam.

Als ze madame Boin niet aan het helpen was bracht ze zo veel mogelijk tijd door in de tuin, waar ze de nieuwe gewassen van dat seizoen water gaf, dode takken snoeide die de vrieskou van de voorgaande winter niet hadden overleefd en onkruid wiedde in de bedden van de potager. Ze dompelde zichzelf onder in haar werk, dankbaar dat het haar afleidde van de zwaarte in haar hart. Ze rouwde nog steeds om Jack en liep regelmatig door de velden naar de jonge eikenboom aan de rand van het bos om zijn graf te bezoeken. Het gras was er weer overheen gegroeid en wilde bloemen waren als een deken voor zijn lichaam. In de winter hadden de dunne takken van de eik eruitgezien als levenloze twijgjes, met hier en daar nog een verdord, bruin blaadje dat zich vastklampte in de winterstormen. Maar toen, vroeg op een lentemorgen, had ze aan het uiteinde van de takken nieuw leven zien ontspruiten, dat zich voorzichtig ontvouwde in kwetsbare wolkjes groen. Ze had die dag haar gezicht naar de opkomende zon gericht en oostelijk in de richting van Tulle gekeken. Ze vroeg zich af wat Mathieu op dat moment deed. Denkt hij ooit nog aan me? Hoe lukt het hem om de wanhoop en ontbering te overleven die de oorlog ons heeft opgelegd? Op een bepaalde manier vond ze het gemakkelijker om te rouwen om het verlies van Jack dan om dat van Mathieu. De dood bracht een eindig gevoel met zich mee dat verlating niet gaf. Haar hart verlangde nog naar Mathieu – de woorden van Yves bij het graf hadden zich in haar hoofd vastgezet als een flikkering van hoop, als een kaarsenvlam in de duisternis – ook al sprak ze zichzelf nog steeds streng toe dat ze moest accepteren dat hij zijn keuze had gemaakt en was vertrokken. En zelfs als Yves gelijk had en Mathieu het waard was om te vergeven, was er ondertussen zo veel tijd verstreken – en was er zo veel gebeurd – dat ze allebei niet meer de zorgeloze jongeren zouden kunnen zijn die ze waren geweest voordat de oorlog was uitgebroken.

'Waar is monsieur le comte?' gromde madame Boin. 'Zijn eten wordt koud.'

Eliane stond af te wassen en keek uit het raam de binnenplaats over. Het was een prachtige juniavond en zwaluwen scheerden moeiteloos omhoog en omlaag rond het stenen kruis op de kapel door de verstilde zomerlucht. 'Hij zal nog wel aan het bidden zijn. Hij is wel later dan we van hem gewend zijn.'

Op dat moment kwam de graaf net uit de kapel. Hij zocht naar zijn sleutel en sloot haastig de deur achter zich. Hij hobbelde bijna rennend over de binnenplaats, sneller dan ze hem ooit had zien bewegen. Ze droogde snel haar handen af aan haar schort en liep hem tegemoet.

Toen hij over de drempel kwam schitterde er iets nog groters dan hoop in zijn ogen: ze zag het licht der overwinning.

'Eliane! Madame Boin! Het is zover. De dag is gekomen. De geallieerden zijn op het strand van Normandië geland! Ik heb net een radiobericht van generaal De Gaulle in Londen gehoord. Hij draagt ons op: "Het is de plicht van de zonen van Frankrijk om te vechten met alle mogelijkheden die hun ter beschikking staan." Wil je een wandeling voor me maken, Eliane? Een laatste dans om onze broeders in de heuvels te laten weten dat het uur is gekomen om in opstand te komen en ons land terug te nemen?'

Ze trok gehaast de zijden sjaal uit haar schortzak. 'Natuurlijk, monsieur.' Ze knoopte de hoofddoek met bevende vingers achter in haar nek vast. 'Wat moet ik doen?'

Tot haar verbazing kwam hij op haar af lopen. Hij trok zacht de sjaal van haar haar en drukte hem in haar hand. Toen omhelsde hij haar een moment stevig voordat hij een stap naar achteren deed en zei: 'Je moet heen en weer langs de buitenkant van de verste muur lopen, zoals je dat al eens eerder hebt gedaan. Maar deze keer, Eliane, moet je de doek opengevouwen hoog in de lucht houden, zodat iedereen hem kan zien en weet dat dit het moment is voor Frankrijk.'

Madame Boin maakte hoofdschuddend afkeurende geluidjes. 'Zorg alsjeblieft dat onze "gasten" je niet zien, kind...'

Monsieur le comte draaide zich om en omhelsde haar ook, wat haar zo verbijsterde dat ze geen woord meer kon uitbrengen.

'Maakt u zich maar geen zorgen, madame Boin, die zijn veel te druk met hun eigen sores om zich zorgen te maken over wat een handjevol hulpeloze burgers aan het bekokstoven is.' Alsof het ter bevestiging van zijn woorden was, klonken er ineens zware laarzen, die de hoofdtrap van het chateau af kwamen rennen. Er klonken bars geblafte bevelen. 'Kom, Eliane.' Hij glimlachte. 'Het is tijd om je dans uit te voeren.'

'Maar monsieur, uw maaltijd...' protesteerde madame Boin, die probeerde tot zichzelf te komen.

'Die eet ik straks wel. Ik moet nu terug naar de kapel. Zodra onze vrienden van de Maquis het signaal van Eliane zien, zetten ze de radio aan en moet ik vertellen wat er aan de hand is.'

Hij haastte zich terug naar buiten, zijn wandelstok ferm tikkend op de stoffige binnenplaats.

Ze voelde zich kwetsbaarder dan ooit toen ze heen en weer liep over het smalle pad bij de tuinmuur. In eerste instantie aarzelend stak ze het rafelige vierkant rode zijde in de lucht. Ze sprong op van schrik toen een vlucht gierzwaluwen langs haar heen scheerde, hun vleugels door de lucht snijdend voordat ze wegvlogen boven de steile rotswand die naar de vallei in de diepte leidde. Maar ze kwam snel tot zichzelf, en de golf adrenaline die door haar lichaam stroomde maakte haar moedig. Ze stak de sjaal nu ferm en hoog in de lucht en zwaaide ermee terwijl ze heen en weer liep. Heen en weer, heen en weer, een boodschap van hoop versturend, eindelijk dan, aan de maquisards die toekeken vanuit de heuvels, zich er niet meer om bekommerend of de Milice of Gestapo haar ook zag.

Toen hoorde ze ineens een vlaag van activiteit aan de andere kant van de ommuurde tuin – laarzen die over de binnenplaats renden, geschreeuw, portieren van trucks die dicht werden geslagen – en dook ze instinctief in elkaar tegen de muur. Een moment later klonk in de avondlucht ineens het gebrom van motoren toen de tanks die in het lagergelegen veld stonden geparkeerd werden opgestart. Ze besloot haar wandeling weer op te pakken, met wat meer zelfvertrouwen omdat de woorden van de graaf leken te kloppen: als de soldaten zich druk aan het voorbereiden waren om zich naar het noorden te haasten om daar de invasie in Normandië tegen te houden zouden ze misschien geen aandacht besteden aan een keukenmeid die met een hoofddoek liep te zwaaien.

Toen klonk er ineens, terwijl het geluid van de tanks uitgroeide tot een bonkend crescendo, een serie schoten vanaf de binnenplaats. Het knallen van geweervuur werd gevolgd door een ratelend salvo uit een machinegeweer. Het geluid van haar hart, dat in haar oren bonkte, overstemde zelfs de herrie van de tanks die warm stonden te draaien.

Ze keek in paniek om zich heen. Wat moest ze doen? Blijven

lopen tot de graaf kwam zeggen dat ze moest stoppen of gaan kijken wat er was gebeurd?

Ze dwong zichzelf door te lopen. Nog drie keer heen en weer langs de muur, zei ze tegen zichzelf, en dan ga ik monsieur le comte vragen of ik nog moet blijven lopen… Ze zullen me nu toch ondertussen wel hebben gezien?

Haar hart sprong over van opluchting toen ze zich voor de laatste keer omdraaide en aan het eind van de muur een figuur de hoek om zag komen. Maar ze bleef geschrokken staan toen tot haar doordrong dat het niet de Comte de Bellevue was die haar van haar taak kwam ontheffen, maar oberleutnant Farber.

Ze propte de zijden sjaal in haar schortzak en hoopte dat hij zou denken dat ze alleen even een frisse neus was gaan halen, maar ze probeerde ook andere mogelijke verklaringen te bedenken.

Maar hij vroeg niet naar een verklaring. Hij kwam op haar af rennen zonder zich zorgen te maken over hoe smal het pad was en hoe steil de afgrond die er vlak langsliep.

Angst zette zich vast in haar maag en ze stond als aan de grond genageld te wachten tot hij zijn pistool zou trekken en zou schieten. Ze wist dat ze als ze zich zou omdraaien en op de vlucht zou slaan nog steeds een gemakkelijk doelwit zou zijn, gevangen tussen de tuinmuur aan de ene kant en de afgrond aan de andere.

Hij riep haar terwijl hij haar naderde, hoewel ze hem niet verstond in het gebrul van de motoren van de tanks. Toen hij haar had bereikt greep hij haar hijgend bij de arm. 'Snel, mademoiselle, we hebben geen tijd te verliezen. De soldaten vertrekken, maar ze maken op hun pad alles kapot wat ze tegenkomen. Madame Boin en jij moeten je verstoppen. Ik kan jullie niet beschermen.'

‘Er werd net geschoten,’ zei ze. ‘Op de binnenplaats.’

‘Er is geen tijd om het uit te leggen,’ drong hij aan. ‘Je moet je direct verstoppen met madame Boin.’

‘En monsieur le comte. We moeten hem gaan halen.’

Een blik van pijn verwrong het gezicht van de officier tot een masker van woede en verdriet. Hij schudde zijn hoofd en trok haar over het pad naar de keuken.

‘Eliane, het is te laat. Ze hebben hem gevonden. Die schoten… ze kwamen uit de kapel.’

Eliane snakte naar adem en bleef ineens staan. ‘Nee!’ riep ze. ‘We moeten hem ophalen!’

‘Eliane,’ herhaalde hij, deze keer vriendelijker. ‘Het is te laat.’ Hij trok nu weer aan haar arm, nadrukkelijker. ‘We kunnen niets meer voor hem doen. De graaf zou willen dat je jezelf in veiligheid brengt.’

Ze liep als verdoofd achter hem aan naar de keuken, zo dicht mogelijk tegen de beschutting van de tuinmuur aan. Op de binnenplaats was het één grote chaos. Achter de koortsachtig manoeuvrerende voertuigen en rennende soldaten zag ze dat een aantal ramen van het chateau was ingeslagen. De keurig gesnoeide formele buxushaag bij de voordeur was platgewalst. Ze stak haar nek uit om te zien wat er in de kapel was gebeurd, maar ze zag alleen dat de zware deur uit zijn scharnieren was gerukt en in een scheve hoek in de deuropening hing. Daarachter kwamen twee soldaten in een zwart uniform uit het halfduister van de kapel met in hun handen wat er uitzag als apparatuur en een opgerolde kabel, die ze achter in de jeep mikten voordat ze plankgas wegscheurden.

Ze wilde wanhopig graag over de open binnenplaats naar de kapel rennen om te zien wat er met monsieur le comte was gebeurd, maar oberleutnant Farber duwde haar de keuken in. Madame Boin stond met haar rug naar de kelderdeur met haar grootste vleesmes in de hand. Haar radeloze gezichtsuitdrukking werd er een van opluchting toen ze Eliane zag. 'Godzijdank hebben ze jou niet te pakken gekregen.'

'Verstop je, snel!' droeg oberleutnant Farber hun op, wijzend naar de kelderdeur. Madame Boin rende in haar paniek pijlsnel de steile treden af. Eliane aarzelde even. Ze stak haar hand uit naar oberleutnant Farber en greep hem vast. Haar warme, grijze blik ving die van hem een moment en ze zei: 'Dank u wel, monsieur.'

Hij glimlachte naar haar en knikte. 'Vergrendel de deur en blijf beneden. Blijf daar tot morgenochtend. Dan is het veilig en zijn we allemaal weg.'

Ze keek hem nogmaals aan, en het voelde even of de kakofonie en verwarring buiten er niet was toen ze daar zo stonden, twee mensen die elkaar begrepen te midden van al die onmenselijkheid.

'*Adieu*, oberleutnant Farber.'

'Adieu, Eliane.'

Ze sloot de deur achter zich en trok de zware ijzeren grendel dicht, waarna ze madame Boin de kelder in volgde. De kokkin had een stompje kaars gevonden en stak dat aan. Het wierp een flikkerend, zwak licht op de gewelfde stenen muren.

'We kunnen hier weg!' zei Eliane terwijl ze madame Boin voorging naar de vaten die in de hoek lagen. 'Via de tunnel naar de molen. Dan kunnen we alarm slaan en terugkomen voor monsieur le comte.'

Madame Boin deinsde terug tegen de ruwe muur. Ze zag er ongekend kwetsbaar en angstig uit. 'Dat kan ik niet aan, Eliane. Als het me al lukt de grot te bereiken, kom ik klem te zitten in de tunnel. Ga maar, als je moet, maar ik blijf hier.'

Het drong tot Eliane door dat madame Boin gelijk had. Sommige delen van de tunnel, met name in het steile, laaggelegen deel, waren zo nauw dat Jack en zij er nauwelijks doorheen hadden gepast.

'Maakt u zich maar geen zorgen,' zei ze toen, 'want ik laat u niet achter.' Ze wist dat het leven van haar vader ook gevaar zou lopen als ze hem erbij zou betrekken. 'We doen wat oberleutnant Farber heeft gezegd en wachten hier tot morgenochtend.'

Madame Boin knikte en liet zich op de vloer zakken. Tranen biggelden over haar rossige wangen in het kaarslicht. 'Denk je dat ze hem hebben omgebracht?' vroeg ze.

Eliane hoefde niet te vragen wie ze bedoelde. 'Dat weet ik niet,' antwoordde ze langzaam. 'Maar ze hebben in ieder geval de radio gevonden. Ik denk dat hij hem aan het gebruiken was toen ze binnenstormden.'

Toen huilden de vrouwen samen, stille tranen van wanhoop en hulpeloosheid, tranen van frustratie en woede, eindelijk een ontlading van de opgekropte emoties van de voorgaande vier jaren nu ze daar zo tegen elkaar aan gekropen op de flagstones in de kelder zaten.

Het stompje kaars begon te sputteren, waarna het doofde en ze achterbleven in de duisternis.

Het was onmogelijk om te slapen. Boven hun hoofden was het stil, maar Eliane wist niet zeker of de soldaten weg waren. De solide rots onder en boven hen hield vrijwel al het geluid van de buitenwereld tegen. Ze zaten zij aan zij in de duisternis, dankbaar dat ze de geruststelling van elkaars aanwezigheid hadden terwijl de uren verstreken.

Ze raakten hun gevoel van tijd kwijt. 'Zou het al ochtend zijn?' fluisterde madame Boin terwijl ze een zinloze poging deed de wijzers op haar horloge te onderscheiden in het aardedonker.

'Nee, dat denk ik niet. Ik denk dat het rond middernacht is. We moeten nog even wachten.'

'Sssh! Wat is dat?'

Ze spanden al hun spieren aan nu ze vaag voetstappen hoorden die boven hun hoofden over de keukenvloer liepen. Iemand probeerde de kelderdeur open te maken, de klink klikte toen hij werd opgetild en weer op zijn plaats viel. Er werd op de deur geklopt en een stem riep: 'Eliane? Ben je beneden?'

'Yves!' riep ze, en toen haastte ze zich de trap op om de deur van de grendel te halen. Ze viel haar broer in de armen en barstte tegen zijn schouder aan in snikken uit. 'O, Yves. Zijn ze weg? De soldaten? Monsieur le comte…' Maar verder kon ze niets uitbrengen.

Hij maakte zich een beetje van haar los en riep over zijn schouder: 'Ze is hier, papa. En madame Boin ook. Ze zijn ongedeerd. Komt u even helpen?'

Gustave kwam de keuken in rennen en omhelsde Eliane stevig terwijl Yves naar beneden reikte om madame Boin de trap op te helpen. Ze zakte in elkaar op een stoel, zichzelf met haar vlezige hand wat lucht toe wapperend terwijl ze probeerde op adem te komen.

Via de deuropening zag Eliane de speldenprikjes van sterren in de nachthemel boven hen, maar een vreemde oranje gloed verlichtte de binnenplaats en wierp flikkerende schaduwen over het stof. Ze bewoog er instinctief heen, maar Gustave stak een hand uit om haar tegen te houden, greep haar bij de arm.

'Niet doen, Eliane! Voordat je naar buiten gaat moet ik je iets vertellen…'

Ze draaide zich om en keek hem aan, nam zijn gepijnigde

gezichtsuitdrukking in het bleke licht in zich op. 'Wat is er, papa?'

'We hebben monsieur le comte in de kapel gevonden,' zei hij langzaam hoofdschuddend.

'Ze hebben hem vermoord.' Eliane zei nu hardop wat ze al had geweten.

Gustave knikte ellendig. 'Hij ligt naast het altaar. Zijn lichaam heeft er uren gelegen.'

'Hij was aan de radio om het nieuws te verspreiden Ik heb gezien dat ze de apparatuur meenamen.'

Het griezelige oranje licht flikkerde en danste, en toen snoof ze de lucht op: de scherpe lucht van rook, met daaronder iets anders. Het deed haar ergens aan denken... Aan iets zoets... Karamel, of de pralines die Lisette vroeger met kerst maakte.

Toen drong tot haar door wat er brandde. Ze rukte zich los uit de greep van haar vader en rende naar de ommuurde tuin.

Een deken van vlammen sprong knetterend de lucht in, de bedden van de potager en de takken van de perenboom in de hoek verlichtend, een vonkenregen als vallende sterren de nachthemel in sturend.

Ze probeerde wanhopig de vlammen te blussen met het water uit een half gevulde gieter, maar het vuur had de bijenkasten al in een wurggreep.

'Non! Non! Non!' gilde ze, meppend op het vlammende hout, eerst met haar schort en toen met haar blote handen. De brandende bijenwas verschroeide haar handen en de kokende honing brandde in haar huid terwijl vonken van de gloeiende karkassen van de kasten om haar heen vlogen en dreigden haar ook in de moorddadige dans van de vlammen te trekken.

Toen trok haar vader haar naar achteren de veiligheid in, en hij sloeg zijn pezige armen om haar heen.

Hij hield haar stevig vast terwijl ze stond toe te kijken, hulpeloos snikkend, hoe haar bijenkasten in elkaar zakten in een berg gloeiende kooltjes en de scherpe lucht van brandende honing haar longen vulde. 'Maar waarom?' fluisterde ze. 'Waarom hebben ze dat gedaan?'

'Om ons verder uit te hongeren,' antwoordde haar vader bars. 'Of misschien om jou te straffen omdat ze je niet konden vinden. Of misschien was het niets meer dan een laatste daad van zinloze destructie voordat ze vertrokken. Heeft het zin om verklaringen te zoeken in deze oorlog?'

Hij ondersteunde haar steviger toen hij voelde dat ze dreigde door haar knieën te zakken. 'Je moet sterk blijven, Eliane,' zei hij toen. Zijn stem beefde, maar toen zei hij fermer: 'Laat ze jou er niet ook onder krijgen. Beloof dat aan jezelf. We gaan dit overleven. We gaan dit overleven. Courage, ma fille, courage.'

Madame Boin en Eliane deden hun uiterste best het chateau op te ruimen, dat in een deplorabele toestand was achtergelaten door de soldaten. Ze veegden glasscherven op, schrobden graffiti van de muren in de zitkamer en zochten de achtergelaten bezittingen en onderdelen van uniforms uit die in de haast waren vergeten. 'Wat zullen we hiermee doen?' vroeg Eliane, die de zwarte jas van een van de soldaten van het Panzerregiment ophield. Het zilveren insigne glansde dof in het licht dat binnenstroomde door het slaapkamerraam zonder glas, dat Gustave aan het opmeten was om dicht te timmeren.

Madame Boin maakte een denigrerend geluid. 'Verbranden zou nog te vriendelijk zijn.'

Gustave keek over zijn schouder naar het kledingstuk. 'We ruimen alles wel op zolder op voor het geval ze terugkomen om het op te halen. Leg het maar op een stapel op de overloop, dan haal ik de ladder en breng het naar de vliering.'

Het schoonmaken van de kapel was de zwaarste taak geweest. Gustave en Yves hadden het lichaam van de graaf naar het chateau gedragen om het klaar te maken voor zijn begrafenis. Terwijl madame Boin hem had gewassen en hem had gekleed in een van zijn ooit prachtige pakken had Eliane de flagstones naast het altaar geschrobd. Ze had meerdere emmers water en een heel stuk van de zachte, nutteloze zeep – iets beters hadden ze tegenwoordig niet tot hun beschikking – nodig gehad om het bloed enigszins van de vloer te wassen. Ze had haar uiterste best gedaan, maar je zag nog steeds een grote donkere vlek op de plek waar het levensbloed van monsieur le comte uit zijn wonden was gestroomd en in de stenen van de kapel was getrokken nadat hij voor de laatste keer zijn radio had bemand en zijn landgenoten had aangespoord de wapens op te pakken om Frankrijk te bevrijden van de vijand.

Toch voelde het gek dat de Duitsers zo plotseling en volledig weg waren. Het eerste wat de burgemeester had gedaan nadat de soldaten Coulliac hadden verlaten was aankondigen dat het lichaam van monsieur le comte twee dagen zou worden opgebaard zodat iedereen die dat wilde afscheid van hem kon nemen. De mensen die langs de eenvoudige kist van naaldhout liepen waren gekleed in tot op de draad versleten en sjofele kleding, hun benige polsen uit gerafelde manchetten stekend terwijl ze hun vormeloze pet of versleten baret van hun hoofd namen. Maar ze hielden hun hoofd hoog, ieder met een stille waardigheid op zijn beurt wachtend, klaar om de verantwoordelijkheid over hun *patrimoine* terug te nemen, waarvoor de graaf het ultieme offer had gebracht. De Franse driekleur wapperde eindelijk weer aan de mast die voor de mairie stond.

Er was een nieuwsboycot, maar geruchten over een golf van verzetsactiviteit circuleerde op elke straathoek, in de cafés en de rijen bij de winkels; telefoonlijnen waren gesaboteerd en spoorweglijnen en bruggen opgeblazen om de voortgang van de Duitsers naar het noorden op alle mogelijke manieren tegen te werken. Madame Fournier had van de secretaresse van de burgemeester, die alles over dergelijke dingen leek te weten via een geheime en gecompliceerde route, gehoord dat de Panzerdivisies uit Montauban langzaam over de weg naar Limoges bewogen, maar al meermalen waren vertraagd door ondermijnende acties en zelfs straatgevechten in sommige stadjes waar ze langs trokken. Eliane vroeg zich af waar Mathieu was en wat hij deed in deze chaos en verwarring. Hij zou *la Résistance* toch niet tegenwerken en nog steeds proberen de spoorlijnen te beschermen? Waar hij ook was en wat hij ook deed, Eliane bad dat hij en zijn familie veilig waren. De route die de Panzerdivisies met hun basis in het zuiden namen zou rakelings langs Tulle gaan, nam ze aan.

Nadat de laatste mensen langs de kist van de graaf waren gelopen kwam de secretaresse van de burgemeester de mairie voor de nacht afsluiten. De volgende dag zou de dienst worden gehouden, in de kerk in Coulliac, die groot genoeg was om alle rouwgasten die wilden komen te ontvangen, voordat het lichaam van Charles Montfort, Comte de Bellevue, te ruste zou worden gelegd onder de flagstones van de kleine kapel van het chateau. Eliane en madame Boin, die op stoelen tegen de muur hun laatste wake hadden gehouden voor de graaf, stonden op.

'Ik heb gehoord dat er serieus wordt gevochten in de buurt van je jongeman,' zei madame *la sécretaire* tegen Eliane.

'Hij is mijn jongeman niet meer,' zei Eliane, maar haar hart sloeg niettemin van angst een slag over.

De secretaresse van de burgemeester keek haar schrander aan. 'Als jij het zegt, Eliane. Hoe dan ook heb ik ook gehoord dat ze goed werk doen om les Boches tegen te houden. En waar hangt je broertje overigens uit, tegenwoordig?'

Eliane haalde haar schouders op. 'Ik heb geen idee. Ik heb hem niet meer gezien sinds hij naar ons toe kwam in het chateau nadat de Duitsers waren vertrokken.'

'Hij zal wel druk zijn.' De secretaresse klopte sympathiek op Elianes hand en het ontging haar niet dat alle kleur uit het gezicht van het meisje was getrokken bij de gedachte aan het gevaar dat haar geliefden mogelijk bedreigde. 'Maak je geen zorgen; binnenkort is alles achter de rug en dan komt iedereen van wie we houden veilig naar huis, als God het wil. En ga nu maar gauw naar huis om wat te slapen. Je zult morgen al je kracht nodig hebben.'

Yves maakte haar net na zonsopgang wakker uit een onrustige slaap. Ze wist even niet waar ze was. Ze had gedroomd dat ze weer in de grot onder Château Bellevue was, maar met Mathieu. Ze probeerde hem te troosten omdat ze zag dat hij vreselijk leed, maar toen ze dat deed hoorde ze dat er grote keien op de toegang boven hun hoofd werden gerold, en toen stortte de toegang tot de tunnel in. Het drong tot haar door dat ze gevangen zaten. Ze probeerde doodsbang de stenen die de tunnel blokkeerden weg te halen, tot haar handen bloederig en rauw waren. Mathieu keek hulpeloos toe, en toen was in haar droom de grond onder haar voeten gaan trillen. Doodsbang dat de grot onder hen instortte had ze Mathieu teruggevonden en hem vastgehouden tot hij oploste in het bleke licht dat door het raam van haar zolderkamer naar binnen kroop en ze haar ogen opende en haar broer aan haar stond te schudden.

'Wakker worden, Eliane. Wakker worden!'

'Yves? Wat is er? Gaat het?'

Hij knikte. 'Er is iets gebeurd. In Tulle. Ik ga erheen om Mathieu te zoeken. Wil je mee? Ik denk dat ze onze hulp wel kunnen gebruiken. Neem de mand van maman mee.'

'En papa? En maman?'

'Laat die maar thuis; ik weet niet wat we gaan aantreffen; misschien wel niets, is het niet meer dan een gerucht. Laat hen maar hier blijven om voor Blanche te zorgen. We leggen wel een briefje neer om te vertellen waar we zijn.'

Ze klommen in de truck en Yves reed zo snel mogelijk over het pad, naar het oosten afslaand in de zonsopgang.

'Wat heb je gehoord?' vroeg Eliane. Ze kneep haar ogen dicht in het felle zonlicht en de truck zwenkte een bocht in, de banden slippend in het stof.

Yves zei met zijn blik op de weg voor zich gefixeerd: 'Er is gevochten in de straten van Tulle. De maquisards hebben het stadje bijna weten over te nemen van de bezetter. Maar toen hebben de Duitsers een gewapend detachement uit Brive ter versterking gestuurd. Daar konden de jongens niet tegenop, en uiteindelijk zijn ze op de vlucht geslagen.'

Eliane knikte terwijl ze de informatie verwerkte. 'Zijn ze weggekomen?'

Yves perste zijn lippen in een strakke lijn op elkaar en slikte iets weg voordat hij kon antwoorden. 'De meesten denk ik wel. Maar de Duitsers hebben iedereen die ze konden vinden bijeengedreven, of ze nu bij de gevechten waren betrokken of niet. Er zijn wraakacties geweest.' Hij hield op met praten, schijnbaar om zich te concentreren op het oversteken van de smalle brug over de rivier bij Coulliac, een van de weinige die de voorgaande dagen niet was opgeblazen.

Het voelde net of Elianes bloed in haar aderen bevroor. 'Wat voor wraakacties?'

Yves haalde zijn schouders op. 'Dat weet ik niet zeker. Het zijn alleen geruchten... Er is geen officiële berichtgeving.'

Ze draaide zich om om van opzij naar hem te kijken. Hij leek ineens zoveel ouder, een vreemde, zijn gelaatstrekken niet meer die van de zorgeloze jongen die hij ooit was geweest. Alles wat hij had gezien en gedaan had lijnen in zijn gezicht achtergelaten die er bleek als marmer uitzagen in het ochtendlicht, uitgesneden in iets wat harder was dan het ooit was geweest. Niettemin kostte het hem ondanks alles wat hij had gezien en gedaan moeite te praten over wat zich in Tulle had afgespeeld. Zijn kaken waren opeengeklemd en ze zag zijn keel nogmaals moeizaam samentrekken. Toen sprak hij verder.

'Er zijn mensen opgehangen.'

De stilte was even oorverdovend, bonsde in haar oren, maakte haar duizelig.

'Mathieu...?' Ze had nauwelijks genoeg lucht om zijn naam uit te spreken.

'Dat weet ik niet, Eliane.' Hij schudde zijn hoofd, alsof hij probeerde de beelden eruit te bannen die zich daar hadden vastgezet. 'Ik heb geen idee.'

Het opmerkelijkst toen ze Tulle binnenreden was de stilte. Het was zaterdagochtend en het had druk moeten zijn in de stad terwijl de inwoners samenkwamen in cafés en bij winkels. In plaats daarvan werden broer en zus opgeslokt door een griezelige stilte terwijl de truck door de straten navigeerde. Toen reden ze de laatste hoek om en het centrum van de stad in. Yves trapte hard op de rem.

Toen ze de hoofdstraat inkeken was wat ze daar zagen zo surrealistisch dat het hun even kostte om het te registreren. Aan elke lantaarnpaal, zo ver als ze de weg in konden kijken, hing een lichaam, zwaar en beweginglooss. Zo op afstand leken de lichamen bijna vredig, de handen schijnbaar ineengeslagen achter hun rug en hun hoofden gebogen alsof ze in gebed waren.

Het geluid van de motor zette een of twee mensen ertoe aan om een gordijn in een appartement boven de winkels een stukje open te doen. Yves zette de motor uit, maar de stilte was luidruchtiger dan het geluid van de truck was geweest, bonsde in hun oren, waardoor Eliane nog duizeliger werd. Gal stroomde haar keel in en ze moest hard slikken terwijl de misselijkheid haar bijna overmeesterde. Ze ademde diep, draaide zich om en pakte Lisettes mandje met medicatie. Het was enigszins troostend om het rieten handvat vast te grijpen, hoewel ze wist dat de inhoud van de mand geen enkel nut zou hebben voor de mensen die aan de lantaarnpalen hingen.

Ze klommen behoedzaam uit de truck en Yves sloeg zijn portier dicht. Dat geluid leek iets los te maken, alsof het een opdracht was die de mensen bevrijdde die in hun huizen zaten gevangen, in doodsangst en getraumatiseerd door wat ze hadden gezien. Een voor een gingen de voordeuren open en tuimelden de bewoners de straat op.

Yves opende zijn armen om een vrouw op te vangen die tegen hem aan leek te vallen, haar lichaam onbeheersbaar bevend. 'Het is goed, het is goed,' zei hij tegen haar in een poging haar gerust te stellen met woorden die betekenisloos leken. Hij wendde zich tot Eliane. 'Neem haar van me over,' zei hij. 'Zorg goed voor haar.'

Hij hield een jongen tegen – ouder dan twaalf kon hij niet zijn – die op straat op hen af kwam rennen. 'Wacht even!' riep Yves. 'Help me met die ladder. We moeten ze naar beneden halen.'

Een stel ladders lag op de zijkant tegen een hek achter in de straat, achteloos achtergelaten nadat ze waren gebruikt voor hun moordzuchtige doel.

'Mijn broer...' zei de jongen naar adem snakkend, zijn gezicht een masker van shock.

'Waar is hij?' vroeg Yves mistroostig.

'Daar.' De jongen wees naar de derde lantaarnpaal, waar het lichaam van een magere jongen aan hing.

Yves knikte. 'We gaan hem naar beneden halen. Blijf jij hier maar bij mijn zus.'

Een aantal vrouwen – en een of twee oudere mannen – was naar buiten gekomen, en Yves droeg hun op hem te helpen twee ladders tegen de eerste lantaarnpaal te zetten. 'We moeten samenwerken om iedereen respectvol naar beneden te halen,' zei hij. 'Als je in staat bent te helpen, kom dan onder me staan. Twee mensen moeten de ladders stabiel houden; de anderen moeten klaarstaan om het gewicht op te vangen als we het touw losmaken.' Een stevige vrouw klom op een van de ladders en Yves op de andere. 'Als ik het gewicht van het touw haal, kunt u dan de knoop losmaken?' vroeg hij. Ze knikte, gefocust op haar taak.

Een voor een haalden ze de lichamen naar beneden. Het waren er in totaal meer dan negentig, mannen en jongens.

Eliane deed haar best de mensen te troosten die stonden te wachten tot hun vader, echtgenoot of broer zou zijn bevrijd uit de strop die rond zijn hals was geknoopt. Uitgestrekte armen ontvingen de lichamen, die zorgvuldig werden overgedragen en op de stoep werden gelegd. Mensen kwamen aanlopen met dekens en lakens om ze te bedekken, ze liefdevol in hun geïmproviseerde doodskleed te wikkelen.

Terwijl Yves aan het werk was kwamen anderen de straat op

om te helpen, met meer ladders en een steunende schouder voor degenen die waren vermorzeld door verdriet.

Het was vreselijk werk, maar ze pauzeerden geen moment, methodisch van lantaarnpaal naar lantaarnpaal bewegend. Eliane zat halverwege de straat naast een vrouw die hoogzwanger bij het lichaam van haar overleden echtgenoot zat geknield toen ze een lange figuur zich een weg tussen de samengekomen mensen zag banen om de lichamen op de grond te bestuderen.

Ze herkende hem in eerste instantie niet; zijn haar was zo wild en zijn gezicht verborgen achter een zware baard, een typische maquisard. Maar iets aan de manier waarop hij bewoog – een beer van een man, maar met een vanzelfsprekende gratie in hoe zijn ledematen bewogen – maakte dat ze nog eens goed naar hem keek.

'Mathieu!' In eerste instantie was haar stem niet meer dan een fluistering, haar keel zo sterk samengeknepen dat zijn naam er niet uit kon ontsnappen. Toen vond ze haar kracht terug en riep hem harder.

Hij draaide zijn ruigbehaarde hoofd naar de vrouw die zijn naam riep en toen hij dat deed zag ze dat zijn ogen wild stonden, vervuld van een verschrikking die ze nog nooit eerder had gezien.

Eliane kwam overeind en liep naar hem toe, maar zelfs toen ze haar hand naar hem uitstak keek hij ontzet langs haar heen naar de lichamen die nog aan de lantaarnpalen hingen. Ze draaide zich om om zijn blik te volgen, net op tijd om te zien hoe Yves behoedzaam het lichaam van een jongeman overdroeg aan de mensen die onder hem stonden te wachten om te helpen. Tranen stroomden over de wangen van haar broer. Toen drong tot haar door dat het het lichaam van Luc was dat op de stoep werd gelegd.

Er waren geen woorden. Enkel gebrul, als de schreeuw van een wild dier dat pijn lijdt, toen Mathieu naast het lichaam van zijn broertje knielde. Eliane stond naast hem en keek toe, hulpeloos, haar hart gebroken, terwijl Yves de ladder tegen de volgende lantaarnpaal zette en hielp het lichaam van Mathieus vader naar beneden te halen en naast dat van Luc te leggen.

Op dat moment, nu er geen woorden waren om uit te spreken, kon ze alleen maar aan die van Gustave denken toen ze bij de brandende bijenkasten hadden gestaan: Je moet sterk blijven, Eliane. Laat hen jou er niet ook onder krijgen. We gaan dit overleven. We laten ons niet verslaan. Courage. Ze boog zich naar voren, sterkte haar armen en omhelsde Mathieu, zo stevig als ze kon, met haar allerlaatste kracht.

De lichamen werden begraven op het kerkhof. Er werden zevenennegentig graven gegraven, waar evenzoveel mannen en jongens uit Tulle te rusten werden gelegd. Er klonken meer geruchten over de afgrijselijke wraakacties en het spoor van vernieling dat de Duitse divisies achterlieten terwijl ze noordelijk bewogen om te gaan vechten in wat hun laatste gevecht op Franse grond zou zijn. Maar de inwoners van Tulle waren zo overweldigd door de strijd om hun eigen persoonlijke verdriet te verwerken dat de verhalen van verderop op dat moment niet veel indruk maakten. Het was eenvoudigweg onmogelijk te verwerken wat er was gebeurd, een onmogelijkheid waar de gemeenschap op de een of andere manier mee zou moeten leren leven.

Toen de begrafenissen eenmaal achter de rug waren hielpen Eliane en Yves Mathieu in de truck en namen hem mee terug naar de molen in Coulliac. Hij had in Tulle geen andere familie, dus opende de familie Martin haar armen en nam hem op.

Maar de ophanging van zijn vader en broertje waren te veel

voor hem geweest om te kunnen dragen. Hij kon niet meer praten, was monddood gemaakt door het trauma van wat hij had gezien. Hij was diep verloren in zijn toestand van shock en huilde geen traan. Hij leek als bevroren, alsof hij niets meekreeg van wat er om hem heen gebeurde, onbereikbaar, opgesloten in de stille gevangenis van zijn geest, en Eliane begon te wanhopen dat ze hem nooit meer zou bereiken. Dag na dag zat ze met hem bij de rivier, zacht tegen hem pratend, woorden van hoop en liefde tegen hem prevelend waarvan ze hoopte dat ze hem uit de gevangenis van stilte waarin hij zat opgesloten zouden bevrijden.

Nieuwsberichten begonnen weer binnen te druppelen, nu niet alleen geruchten, maar verslagen in de krant en stemmen op de radio: er woedde een hevige strijd in het noorden. De Duitsers vochten om te overleven op elk front, maar dankzij de geallieerden, ondersteund door de vastberaden pogingen van verzetsstrijders in heel Frankrijk, was het tij van de oorlog onherroepelijk gekeerd.

Op een grijze ochtend, toen donkere wolken de zomerhemel verduisterden, zat Mathieu onder de treurende takken van de wilg, zijn handen om zijn knieën, zijn hoofd naar voren gebogen, uitdrukkingsloos te staren naar de voorbij stromende rivier. Eliane stond even naar hem te kijken, haar hart bloedend om de man van wie ze hield, die toch nog ergens in die uitdrukkingsloze schaal moest zitten, als zij nou maar de sleutel kon vinden om zijn pijn eruit te laten, als zij hem nou maar kon bereiken. Een straal zonlicht brak ineens vrij uit de wolken, en het licht glinsterde op de stalen rollen prikkeldraad die nog langs de rivier lagen. Achter het prikkeldraad, waar de wolken uiteendreven, viel het zonlicht op de waterkering en glinsterde het water van een miljoen dansende lichtjes.

Eliane wist ineens wat ze moest doen.

Ze rende naar de schuur en trok een roestige heggenschaar onder een berg ongebruikt gereedschap vandaan. Zonder ook maar naar Mathieu te kijken beende ze naar de oever, waar de kluwen prikkeldraad de waterkering barricadeerde. Ze kreeg de bladen van de schaar met moeite uiteen, maar het lukte. Ze plaatste ze rond een stuk prikkeldraad, en sloeg de bladen met alle kracht die ze in haar dunne armen had dicht. Het kostte een paar inspannende pogingen, maar uiteindelijk begaf het ijzerdraad het en sprong uit elkaar. Ze begon aan het volgende stuk. Toen pakte een stel sterke handen de schaar uit de hare en deed ze een stap opzij om Mathieu het prikkeldraad door te laten knippen. Hij was er zo doorheen, trok de losse rollen weg, negeerde de sneeën die hij opliep in zijn handen, zwaar ademend terwijl hij de stomp geworden, verroeste bladen van de schaar keer op keer dichtklapte. De laatste streng sprong los en hij wierp de schaar van zich af. Eliane liep de waterkering op zonder ook maar de moeite te doen haar schoenen uit te trekken, en stak een hand naar hem uit.

Nu keek hij haar eindelijk aan. Het was net of haar gelijkmoedige, grijze blik door het prikkeldraad sneed dat zijn geest gevangen had gehouden, en haar glimlach smolt het ijs dat zijn hart had gegrepen. Ze liepen samen de rivier in en ze draaide zich naar hem om. De donkere wolken trokken weg en bevrijdden de blauwe zomerhemel. Op hetzelfde moment dat dat gebeurde, zag ze dezelfde helderheid in zijn donkere ogen verschijnen terwijl die werden schoongewassen door de tranen die eruit begonnen te stromen.

Ze nam zijn handen in de hare en zo stonden ze samen midden in de rivier, het water zachtjes om hun enkels kolkend, terwijl het geluid het hartverscheurende snikken dat uit hem kwam wegdroeg en zijn tranen in de schuimende sluier vielen die de waterkering bedekte.

Toen hij eindelijk weer kalm werd, leunde ze naar hem toe en kuste zijn gezicht, proefde het zout van zijn tranen. ‘Ik houd van jou, Mathieu,’ zei ze.

Hij bewoog iets naar achteren om nogmaals naar haar gezicht te kijken, het gezicht dat hij zo lang had gemist. Zijn stem klonk gebroken en hees, maar het was zijn eigen stem, die hij eindelijk weer had teruggevonden.

‘Ik houd van jou, Eliane,’ antwoordde hij.

Abi

2017

ELIANES HUIS STAAT EEN PAAR valleien van Château Bellevue verwijderd, halverwege een heuvel waarvan de door de zon gebakken, zuidelijk gelegen hellingen vol wijngaarden achter haar kleine cottage naar nog hogergelegen bossen lopen. Precies zoals Eliane had voorzien, is het Mathieu gelukt om uiteindelijk een baan als wijnboer bij een plaatselijk chateau te vinden, zodat ze konden trouwen en zich een eigen huisje konden veroorloven.

Ik ben zenuwachtig als Sara de auto naast de voordeur van de cottage parkeert. We zijn op de ochtendkoffie uitgenodigd bij Eliane en Mireille. Ik heb zo'n helder beeld van de zussen Martin in mijn hoofd door het verhaal dat ik heb gehoord over hun leven in de oorlog dat ik me afvraag of ik teleurgesteld zal zijn als ze in levenden lijve heel anders blijken te zijn. Ik verwacht natuurlijk niet de jonge vrouwen van toen te zien, Mireille met haar dansende, donkere krullen en Eliane met haar steile, honingblonde haar. Ik denk zelfs dat ik hen, afgaand op het beeld dat ik van hen in mijn hoofd heb, wel helemaal niet zal herkennen nu ze beiden niet ver verwijderd zijn van hun honderdste verjaardag.

Sara leidt me langs de voordeur, waar lichtroze rozen uitbundig omheen groeien, en loopt met me achterom via een pad dat de heuvel op naar een veel groter huis leidt – dat zal het chateau van de wijngaard wel zijn – dat net te zien is tussen de bomen boven ons.

De achterdeur van de cottage staat op een kier. Sara klopt aan en ik kijk om me heen naar Elianes tuin.

In de omhelzing van de hellingen zijn drie keurige groentebedden uit de rijke bruine aarde geschept: ik zie de paarse bloemen van sperziebonen, die via een wigwam van staken omhooggroeien, met aan het eind van de rij felgele zonnebloemen, groter dan ikzelf, die hun gezichten meedraaien naar de zon terwijl die zijn dagelijkse processie door de hemel maakt. In het dichtstbijzijnde bed hangen sappig uitziende tomaten in verleidelijke trossen en nestelen courgettes eronder tussen de dikke bladeren van hun eigen kronkelende takken. Terracottapotten staan vol verschillende kruiden, die met hun sterke, medicinale geur de lucht om ons heen parfumeren. Een stukje verder op de heuvel, waar de tuin aan de wijngaard grenst, geeft een groepje bomen beschutting. Onder de bomen staan drie witte bijenkasten. Het aanzicht brengt een glimlach op mijn gezicht.

Nog verder naar boven, vlak bij de top van de helling, waar de wijngaard aan het bos grenst, staat een witte muur om een stukje land heen. Sara ziet dat ik ernaar sta te kijken. 'Dat is het kerkhofje van de familie van wie dit chateau is,' zegt ze. 'Mathieu ligt er begraven.'

De achterdeur gaat wijd open en een vrouw die te jong is om Eliane of Mireille te zijn komt naar buiten. Ze omhelst Sara warm en kust haar op beide wangen voordat ze zich tot mij wendt.

'Hallo, Abi,' zegt ze. 'Ik heb al heel veel over je gehoord.'

Sara slaat breed grijnzend een arm om de schouders van de vrouw. 'En dit is je andere verrassing!'

Ik kijk naar de vrouw met een geamuseerde doch (dat hoop ik tenminste) beleefde glimlach op mijn gezicht. Ze heeft rossige wangen en sprankelende bruine ogen en draagt haar grijze haar in een ietwat slordige knot.

'Wat leuk om je te leren kennen,' zegt ze. 'Ik ben Blanche. Blanche Dabrowska-Martin.'

Ik kan even niets uitbrengen. Als zich toch woorden vormen, flap ik eruit: 'Blanche! Je woont hier nog!'

Ze schiet in de lach. 'Inderdaad. Of eigenlijk ben ik teruggekomen. Ik heb vorig jaar, na de dood van Mathieu, besloten terug te komen uit Parijs om Eliane gezelschap te houden. Het is heerlijk om weer thuis te zijn.'

'Parijs?' herhaal ik. 'Maar hoe...? Wanneer...?' Er schieten zo veel vragen door mijn hoofd dat ik ze niet helder kan formuleren.

Blanche pakt me bij de hand en leidt me naar een wit smeedijzeren tafeltje met stoeltjes dat naast de achterdeur onder een schaduwrijke pergola staat. Trompetvormige bloemen, de kleur van heldere vlammen, hangen in trossen om ons heen, hun dikke bladerdak een luifel boven ons hoofd vormend. Bijen begraven hun kopjes in de scharlakenrode bloemen, druk bezig de nectar eruit te halen om naar hun kast de brengen.

'Ik snap het, er is zo veel te vragen en zo veel te vertellen. Sara zei al dat je met veel interesse naar Elianes verhaal hebt geluisterd.' Blanche glimlacht. 'Na de oorlog is mijn vader, die met de geallieerden had gevochten, teruggekomen naar Parijs om mijn moeder en mij te zoeken. We hadden hem niet kunnen laten weten dat Esther was omgekomen en dat de familie Martin mij had opgenomen in hun gezin. Maar hij vond Mireille via het atelier waar Esther had gewerkt. Zij is met hem hierheen gekomen, naar de molen. Je kunt je wel voorstellen hoe aangedaan hij was mij te zien en toen Lisette mijn geboortecertificaat tussen de bladzijden van haar boek over medicinale kruiden uit viste, waar het al die tijd verstopt was geweest. Zo vonden wij elkaar terug. We zijn in Parijs gaan wonen, maar ik ben mijn andere familie, hier in de *Sud-Ouest*, altijd vaak blijven bezoeken.

Maar nu,' vervolgt ze, 'gaan jullie even lekker zitten terwijl ik koffie ga zetten. Eliane komt er zo aan. Mireille is er nog niet, maar die zal zo wel door een van haar achterkleinzoons worden afgezet.'

Terwijl Blanche binnen druk bezig is, horen we het geluid van een auto, en dan komt een gedeukte blauwe pick-uptruck het pad op rijden. Hij komt naast de cottage tot stilstand. Een vrolijk uitziende jongeman springt uit de cabine, zwaait naar ons en helpt iemand uit de passagiersstoel.

Een piepkleine, gebogen oude vrouw komt leunend op zijn arm onze kant op, en we staan op. Haar krullen zijn wit als wintersneeuw, maar als ze is gearriveerd kijkt ze me aan met ogen die helder en scherp staan als die van een vogel. 'Bonjour, Abi. Ik ben Mireille Thibaud.' Ze schudt me de hand en het dringt tot me door dat ze vergroeid zijn door reuma en vol knobbels zitten. 'Dit is een van mijn achterkleinzoons, Luc. Hij is net voor zijn rijexamen geslaagd en mag van zijn vader in zijn oude truck rijden. Wat een avontuur, hè, Luc, dat we met zijn tweetjes op pad mogen?'

Hij grijnst. '*Oui, mamie.*' Hij draait zich naar ons om, schudt ons de hand en zegt: 'En de prijs die ik voor dat privilege moet betalen is dat ik de boodschappen moet doen. Ik ben over een uurtje terug.'

'En vergeet niet voorzichtig te rijden, zoals ik tegen je heb gezegd!' roept Mireille op liefdevol plagerige toon achter hem aan. Hoewel ze stokoud is, herken ik haar levendige aard en gevoel voor humor van de verhalen van Sara.

Blanche komt terug met een dienblad, dat ze op het tafeltje zet. Mooi servies, gedecoreerd met vlinders, staat naast een bordje boterrijke koekjes.

En dan is ze er ineens: Eliane. Ik zou haar uit duizenden herkennen. Ze is langer en staat meer rechtop dan haar oudere zus. Haar steile, witte haar is in een chignon opgestoken en haar gezicht is perfect ovaal, de botstructuur nog zichtbaar onder haar door ouderdom zacht geworden huid. Maar haar ogen zijn het opvallendst. Ze kijkt me recht aan met een blik als het heldere, kalme grijs van een zonsopkomst in de zomer.

Ik verwacht dat we elkaar formeel de hand gaan schudden, en raak even in verwarring als ze op me af komt lopen, me in een warme omhelzing sluit en me vervolgens op beide wangen kust. 'Dus jij bent Abi,' zegt ze. Ze duwt me van zich af om me beter te kunnen bekijken en knikt vervolgens alsof ze mij ook herkent. Dan zegt ze: 'Ik vind het geweldig je eindelijk te leren kennen,' alsof ze me al verwachtte. Alsof ze wist dat we elkaar op een dag zouden gaan zien.

'En ik ben blij te zien dat u nog bijen hebt,' zeg ik, en dan begin ik te blozen omdat tot me doordringt dat dit nou niet bepaald een passende manier is om het gesprek te openen met deze twee oude dames die ik nog nooit heb gezien.

Ze glimlacht. En dan, alsof ook zij een gesprek voortzet waaraan we al waren begonnen, zegt ze: 'En weet je, Abi? Het zijn nakomelingen van de bijen die ik op Château Bellevue had.'

'Hoe kan dat nou? Die waren toch gedood door de Duitsers?'

Haar blik vertroebelt een beetje, als mist over een rivier, terwijl ze eraan terugdenkt. 'De kasten zijn inderdaad verwoest tijdens de brand. Maar toen Mathieu en ik teruggingen naar de ommuurde tuin om te beginnen met het opruimen van de puinhoop die de soldaten hadden achtergelaten, viel ons iets op. In de stilte hoorden we een bij zoemen tussen de kamille en pepermunt. En toen nog een, en nog een. Terwijl we stonden te kijken, zagen we ze naar een gaatje in de muur vliegen. Een aantal bijen was ontsnapt aan het vuur, genoeg om een nieuwe kolonie te beginnen. En het daaropvolgende jaar, toen ze uitzwermden, kon ik een nieuwe bijenkast beginnen. En zo hebben ze al die jaren voortgeleefd.' Ze kijkt heuvelopwaarts in de richting van de bijenkasten onder de bomen met een kantwerk van takken. 'Acacia,' knikt ze. 'De champagne onder de honing.'

We gaan zitten en praten bijna twee uur. Tijdens ons gesprek lijkt het net of de zussen Martin jonger worden, of ze weer de meisjes worden die ze al die jaren geleden waren.

Eliane laat me een foto van een lachend gezin zien: een vrouw die tussen haar echtgenoot en hun drie mooie, donkerharige dochters staat. 'Wie denk je dat dit is?' vraagt ze wijzend naar de foto.

Het duurt een moment tot het tot me doordringt. 'Is dat Francine?' vraag ik verwonderd.

Ze knikt. 'Ik heb altijd geweten dat ik haar op een dag zou terugzien. Ze woont in Montreal. Haar dochters heten Eliane, Lisette en Mireille.'

Tegen de tijd dat Luc terugkomt met de blauwe truck om Mireille op te halen, zie ik dat de zussen moe beginnen te worden.

Wij vertrekken ook, en Eliane loopt met ons mee naar onze auto, haar ene arm in de mijne gehaakt en de andere in die van Sara. Ik draai me naar haar om. 'Dank u wel dat u ons vandaag hebt ontvangen. En dank u wel voor zoveel meer. Uw verhaal heeft me geholpen mijn eigen kracht te vinden, de kracht van menselijk verzet als het oog in oog staat met angst en misbruik.'

Ze knikt en bekijkt me nog eens met die gelijkmoedige grijze blik van haar, en dan voel ik dat ze mijn eigen verhaal leest, de littekens op mijn armen in zich opneemt, ziet wat er onder de oppervlakte ligt. 'Je bent veel sterker dan je weet, Abi.' Haar woorden zijn een echo van wat ze in mijn dromen al tegen me heeft gezegd.

'Weet je,' zegt ze, 'Frankrijk heeft ervoor gekozen te vergeten wat er in de oorlog is gebeurd; het was te veel, te verwoestend. We hebben ervoor moeten kiezen het samen met onze doden te begraven om verder te kunnen met ons leven. Niettemin is de waarheid nog bij ons.'

Dan steekt ze haar hand in de zak van haar rok en trekt er een opgevouwen stuk scharlakenrode zijde uit.

'Uw sjaal!' roep ik. 'U hebt hem nog!'

'Jazeker,' zegt ze glimlachend. 'Een beetje minder fel gekleurd en versleten, net als wij allemaal, maar ik heb hem altijd bewaard. Ik dacht dat je het wel leuk zou vinden om hem te zien. Als ik hem droeg, gaf me dat altijd een moedig gevoel. En hij heeft me geholpen dingen te communiceren die destijds niet hardop gezegd konden worden.'

Ik sta sprakeloos wanneer ze de zachte zijden doek in mijn handen legt. Ik schud hem uit en het patroon is nog steeds levendig en prachtig. Hoewel het materiaal heel delicaat is geworden, voel ik in dit fragiele overblijfsel nog steeds de belofte van kracht en vermogen, een tastbare herinnering aan Elianes gelofte trouw aan zichzelf te blijven. En ik weet dat ik het me inbeeld, maar het is net of een beetje van die kracht uit de sjaal in mijn handen vloeit, opwaarts door mijn gehavende armen stroomt en ook mij moedig maakt.

Eliane:

1944

DE LAATSTE MAANDEN VAN DE oorlog brachten nog meer wreedheden en chaos naar Frankrijk, waarbij her en der nieuwe veldslagen werden uitgevochten terwijl het eindspel plaatsvond. Mensen namen in het vacuüm dat door het vertrek van de Duitsers was ontstaan de wet in eigen handen en streden om iets van orde te herstellen in het getraumatiseerde, verscheurde land dat wankelend op zijn grondvesten was achtergelaten na jaren van bezetting.

Het duurde even voordat het gewone leven hervat kon worden nadat de Duitsers uit Coulliac waren vertrokken, maar Eliane wist dat de beste weg naar herstel zou zijn om te proberen zo veel mogelijk door te gaan met de dagelijkse routines en ritmes. Dus laadde ze de weinige potjes honing en bijenwas die ze nog had in de truck en reed ermee naar het plein om haar markkraampje op te bouwen.

Het was drukker dan het in maanden was geweest op het plein nu men de straat weer op durfde om naar de markt te gaan. In eerste instantie was iedereen behoedzaam, als herten die uit de beschutting van het bos open terrein op lopen, gespannen en achterdochtig, maar toen begonnen de mensen te ontspannen, en uiteindelijk waren ze in staat op elkaar af te lopen en vrienden en buren te begroeten nu ze de haviksogen van de Duitse soldaten niet meer in hun rug voelden branden. Er was weinig te beleven – er waren maar een paar kraampjes, en daar werd nauwelijks iets verkocht – maar het was heerlijk om vrijelijk over het plein te kunnen slenteren, in het café te zitten en de indrukwekkende gebeurtenissen van de voorgaande week te bespreken, weer te kunnen kletsen en lachen en te hopen, te gelóven, dat ze eindelijk vrij waren. Eliane zwaaide naar Mathieu en Yves, die hun stoelen mee hadden genomen uit het café en ze op de stoep hadden gezet, waar ze een stroom van vrienden begroetten.

Er was ineens onrust achter op het plein, geroezemoes en gedrang, en toen kwam een groepje mannen de hoek om, een vreemdeling voor hen uit duwend. Eliane was net de kleine piramide van potjes op haar tafel aan het opbouwen in een poging het eruit te laten zien of ze daadwerkelijk iets te verkopen had. Ze keek op, afgeleid door hun geschreeuw en gejoel. De groepjes mensen op het plein stapten opzij om de mannen door te laten, en de vreemdeling liep struikelend de vrije ruimte op die midden op het plein was gecreëerd.

Eliane keek nogmaals op en snakte naar adem van ontzetting toen het tot haar doordrong dat het helemaal niet om een vreemdeling ging.

Stéphanie was degene die het plein op was gejaagd, maar ze was vrijwel onherkenbaar. Haar hoofd was kaal geschoren en haar blouse was gescheurd, hing los om haar heen, waardoor ze halfnaakt was. Onder aan haar hals was een slordige, zwarte swastika geklad. Stéphanie probeerde rechtop te gaan staan, met een hand tegen de fontein om zichzelf te ondersteunen, en toen zag Eliane dat de huid rond het afstekende zwarte embleem rood was en er pijnlijk uitzag; het drong tot haar door dat het hakenkruis er met hete teer op was gekalkt.

Het was moeilijk te onderscheiden wat de mannen tegen haar schreeuwden, maar toen hoorde Eliane de woorden 'collaborateur' en 'verrader'. Stéphanie drukte zichzelf tegen het metselwerk van de fontein terwijl de mannen steeds dichterbij kwamen, dreigend en spuwend, maar ze bleef proberen rechtop te blijven staan en staarde hen uitdagend aan.

Eliane rende erheen en wierp zich tussen de mannen en de jonge vrouw. 'Stop!' riep ze, haar armen spreidend alsof ze hen fysiek uit elkaar wilde drijven. Haar hart bonsde van angst, maar een moedige kracht golfde door haar aderen. 'Zo is het genoeg! Denken jullie niet dat we hier genoeg van hebben gehad?'

'Ha! Jij bent zeker ook een collaborateur?' schreeuwde een van de mannen. 'Ben jij soms ook een moffenhoer en probeer je je vriendin te beschermen? Dachten jullie dat je er ongestraft mee zou wegkomen, met je *collaboration horizontale*? Slapen met de Milice, en vast ook met de Gestapo. Je buren verraden in ruil voor wat snuisterijtjes.' Hij liep naar haar toe en trok aan het uiteinde van de zijden sjaal, die om Elianes hals zat geknoopt. 'En er vervolgens mee te koop te lopen om ons de ogen uit te steken.'

'Maar nu kom je er niet meer mee weg!' riep een ander.

Een van de mannen greep Eliane bij de arm en ze begon te gillen, als een ingesloten dier, een uiting van alle angst, woede en pijn die de oorlog over haar had uitgestort en die ze zo lang stil had verduurd. Alsof haar stem een fysieke kracht was deinsde de man van haar terug, en hij viel op de grond.

Toen drong tot haar door dat Mathieu naast haar stond.

'Laat haar los! Ze heeft keihard gewerkt om jullie en jullie families te beschermen.' Mathieus stem echode over het plein terwijl hij tussen Eliane en de menigte ging staan.

Toen stond Yves naast hem en vormde het stel een onoverwinnelijke barrière tussen hen en de twee vrouwen.

Iedereen was ineens doodstil. Het was algemeen bekend dat Yves Martin en Mathieu Dubosq doorgewinterde maquisards waren die tegen de Duitsers hadden gestreden. Niemand met een beetje verstand zou een van hen durven uitdagen, laat staan hen allebei.

Er werd wat gemompeld en geschuifeld, waarbij de mannen even ongemakkelijk bleven staan, maar toen dropen ze af, het viertal midden op het plein achterlatend.

'Gaat het?' vroeg Mathieu aan Eliane.

'Ja.' Ze stond met gebalde vuisten en haar lichaam beefde onbeheersbaar, maar verder was ze ongedeerd. 'En Stéphanie...?' Ze draaide zich om naar de kaalgeschoren figuur die in elkaar gezakt tegen de fontein zat.

Eliane knielde naast haar neer en raakte zacht haar arm aan. Stéphanie deinsde terug.

'Het is goed. Rustig maar. Ze doen je geen kwaad meer,' mompelde Eliane geruststellend. Ze probeerde voorzichtig de gescheurde blouse over Stéphanies huid vol blaren, zwart van teer, te leggen. Toen knoopte ze haar sjaal los en stak hem naar Stéphanie uit. 'Wil je deze om je hoofd te bedekken?'

Stéphanie ging wat rechter op zitten en streek met haar hand over haar door het scheermes verwonde hoofdhuid. Haar ogen vulden zich een moment met een mengeling van geschoktheid en schaamte. Maar toen duwde ze Elianes uitgestrekte hand weg, wierp een minachtende blik op de sjaal en stond moeizaam op. 'Ik heb jouw liefdadigheid nooit nodig gehad, Eliane Martin, en ik ben niet van plan die nu wel aan te gaan nemen.' Ze spuwde de woorden uit, wanhopig in haar pijn en woede. Ze kruiste haar armen over haar borst en trok met een hand de losse lappen stof van haar blouse bijeen over haar hals, hief haar kin en liep – maar een heel klein beetje wankel – het marktplein af.

Ze keek niet om, ook al wist ze dat ze hier nooit meer zou terugkeren.

De menigte had zich ondertussen teruggetrokken en Mathieu en Yves liepen met Eliane terug naar het marktkraampje. Ze pakten in stilte de resterende potjes honing in, de laatste, verdrietige overblijfselen van Elianes bijen.

Abi

2017

HET IS MIDDEN OKTOBER EN we bereiden ons voor op de laatste bruiloft van het seizoen op Château Bellevue. Sara vertelt dat het de bruiloft van vrienden is, Christiane en Philippe, en dat deze bruiloft extra vreugdevol wordt. Haar vriendin heeft net een behandeling tegen kanker achter de rug. Ze is godzijdank officieel in remissie, dus haar bruiloft wordt ook de viering van haar herstel.

Ik denk dat in de geschiedenis van alle bruiloften die op Château Bellevue zijn georganiseerd, het weerbericht nog nooit zo nauwlettend in de gaten is gehouden. Het is die periode in het jaar dat het óf een zwoele nazomer kan worden, met warme, gouden dagen die de wijngaarden in een zacht licht doen baden en een glimlach op het gezicht van de wijnboeren toveren, die weten dat deze laatste dagen van warme zonneschijn extra smaak en rondheid zullen geven aan de wijn die ze binnenkort gaan maken; óf de wolken banen zich een weg uit het noorden hiernaartoe en hullen alles wat ze tegenkomen in een grijze, vochtige deken, wat betekent dat het een moeilijke, risicovolle oogst wordt, om nog maar te zwijgen over de domper die het voor de bruiloft van Christiane en Philippe zou zijn. Het weersvooruitzicht is onzeker, maar iedereen in Coulliac bidt dat het mooie weer aanhoudt. Als je met pure wilskracht een perfecte dag kunt garanderen, hoeft het stel zich nergens zorgen om te maken. Maar zoals Karen zo vaak wijselijk opmerkt als we een bruiloft aan het voorbereiden zijn: je kunt heel veel organiseren, maar of het op de grote dag droog blijft is er daar niet één van.

Gelukkig is de hemel helder strakblauw als ik me vroeg in de ochtend, op de dag van Christianes bruiloft, vanuit de molenwoning de heuvel op haast en de zachte sluier van mist is nu al van de rivier aan het optrekken. Als ik er de tijd voor zou hebben zou ik even onder de treurwilg gaan zitten om te kijken hoe het water zich verzamelt in de donkere poel boven de waterkering, waar de laatste zwaluwen van de zomer druk in de weer zijn boven het water, dat zich vreugdevol over de rand van de waterkering stort en zijn reis vervolgt. Maar ik heb vandaag geen tijd. Ik moet zo snel mogelijk naar het chateau om Sara en Karen met de laatste voorbereidingen te helpen. We maken ons om deze bruiloft veel drukker dan we de rest van dit seizoen hebben gedaan. Normaal gesproken arriveert er op de grote dag een leger van cateraars, bloemisten, kappers, visagisten en musici, maar vandaag is het een familieaangelegenheid en zijn we onder elkaar en dus moeten we allemaal extra hard werken.

Het is nog rustig in de keuken als ik arriveer, en Sara geeft me een kop koffie. 'Drink die nu maar even, dikke kans dat we de rest van de dag geen tijd hebben voor koffie,' zegt ze glimlachend.

En ze blijkt gelijk te hebben. Het is binnen de kortste keren een drukte van jewelste in het chateau, en Sara, Karen en ik dirigeren een klein leger van assistenten.

In de keuken geeft Karen leiding aan een bataljon van vrouwen uit het dorp die rozen uit radijsjes snijden en kroontjes van komkommer om de schalen met charcuterie te garneren die de vrouw en dochters van de slager hebben gemaakt en die na de dienst zullen rondgaan met flûtes champagne terwijl er foto's worden gemaakt.

De pâtisserie bezorgt twaalf perentaarten en frangipanes met een rijke gouden glans erop, die veilig op een schragentafel in de bibliotheek worden gezet tot ze zullen worden aangesneden.

In een hoek van het grasveld achter de feesttent, aan de benedenwindse zijde van de richel, hebben Thomas en Jean-Marc een gigantische vuurplaats gegraven voor de *méchoui*. Een hoge berg appeltakken geeft in eerste instantie een fel vuur, maar zal vervolgens de hele dag branden en een gloeiend bed van kooltjes worden waarop een heel lam aan het spit perfect sappig geroosterd zal worden. Thomas komt binnen, op zoek naar een zeildoek om een luifel van te maken als de vlammen eenmaal weg zijn, voor het geval het weer omslaat.

Ik heb de opdracht toezicht te houden op het dekken van de tafels in de feesttent, en ik sta aan het hoofd van een eigen legertje. We spreiden frisgewassen, naar lavendel geurende tafellakens over de tafels, perfect passend bij de witte stoelhoezen, die zijn vastgemaakt met speelse strikken, waardoor het net lijkt of de tent is gevuld met een wolk vlinders. We vouwen de linnen servetten in elegante Franse lelies en steken die bij elk bord in een wijnglas. De glazen glinsteren en knipogen naar ons als diamanten waar het zonlicht ze raakt, strijdend om aandacht met het glinsterend gepoetste bestek.

Een tante van Christiane bestudeert de zorgvuldig opgestelde tafelschikking en legt met haar dochter alle naamkaartjes neer, die een van de bruidsmeisjes in prachtige kalligrafie heeft geschreven. Kleine zakjes van tule met zilver- en goudkleurige gesuikerde amandelen, dichtgebonden met goudkleurige lintjes, worden als cadeautje voor de gasten naast de naamkaartjes gelegd.

Op een aparte tafel wordt prominent de bruidstaart neergezet. Hij wordt geleverd door een andere tante, die vannacht tot twee uur bezig is geweest met het glazuur, dat perfect hard is geworden. Als de taart eenmaal veilig op zijn plaats staat legt ze de laatste versieringen op de drie lagen, en Sara legt er een slinger van zoet geurende kamperfoelie omheen.

Bloemstukken, samengebonden met nog meer kamperfoelie, zijn achter de hoofdtafel vastgemaakt en Sara en haar assistenten zijn nu bezig bosjes rozen, lavendel en delicate witte prachtkaars neer te zetten, die als nog meer kleine vlindertjes in de lucht lijken te zweven boven het midden van elke tafel. Ik weet – omdat ik het niet kon laten even te spieken toen ik langs kwam rennen met een berg tafellakens – dat de kapel is versierd met nog meer groen, en dat gigantische vazen, te leen van de bloemist, naast de deur en bij het altaar zijn geplaatst, gevuld met alle geurige witte, stervormige lelies die we tussen hier en Bordeaux hebben kunnen vinden.

Rond lunchtijd staat alles klaar en verdwijnt het leger van assistenten om zich klaar te maken voor de ceremonie en het feest. Sara, Karen en ik eten snel een simpele lunch van brood met kaas aan de keukentafel en Sara neemt nogmaals haar lijsten door, terwijl ze alles afstreept wat al is gedaan. 'Volgens mij zit het er bijna op.' Ze is even stil terwijl ze op haar telefoon nogmaals naar het weerbericht kijkt en een grimas trekt. 'Het is nog steeds onzeker of het gaat regenen.' Ze leunt even achterover in haar stoel om naar buiten te kijken door de deuropening. Er beginnen zich wat hoge wolken te vormen, stippen in de hemel, zoals de zilveren vissen die in de poel onder de waterkering zwemmen. 'Hopelijk blijft het in ieder geval droog tot iedereen er is, en gaat het pas regenen, als het dan tóch moet, als alle gasten veilig in de tent zijn. Maar het gaat erom spannen. Abi, wil jij Jean-Marc even vragen de paraplu's in de schuur klaar te zetten voor het geval we die aan het eind van de avond nodig gaan hebben?' Sara en Thomas weten uit ervaring dat ze overal op voorbereid moeten zijn, en ze hebben een grote verzameling bolle, doorzichtige paraplu's voor de gasten ter beschikking, groot genoeg om de uitbundigste kapsels en grootste hoeden tegen de regen te beschermen.

Thomas komt vrolijk fluitend binnen; hij ruikt naar houtrook en vuur. Hij blijft even staan om Sara een kus op haar hoofd te geven, die zich glimlachend naar hem omdraait. 'Willen Jean-Marc en jij lunchen?' biedt ze aan.

Hij pakt twee flesjes bier uit de koelkast, een stuk baguette en wat saucisson van de tafel. 'Dank je, dit is prima. We gaan beginnen met het vlees, het vuur is perfect.'

'Zorg je wel dat jullie nog even douchen voordat je je gaat omkleden? Ik wil niet dat de deejay vanavond naar geroosterd vlees ruikt.'

De entourage van de bruid arriveert om twee uur om haar te helpen zich klaar te maken. Sara en Thomas hebben Château Bellevue voor de nacht beschikbaar gesteld, dus de bedden in de gastenkamers zijn opgemaakt en Sara heeft verwelkomende bosjes wilde bloemen en een fles champagne in een ijsemmer in de suite klaargezet als hartversterkertje voor haar en haar entourage.

Christiane ziet er stralend uit op haar trouwdag, hoewel er vlak onder de oppervlakte iets fragiels zichtbaar is, wat zich uit in de schaduwen onder haar ogen en de scherpe lijnen van haar sleutelbeenderen. Haar familie en bruidsmeisjes dartelen onrustig om haar heen, maar ze wuift iedereen opgewekt van zich af. 'Ik voel me prima, maman, maak je geen zorgen. Ik heb uitstekend geslapen. O, en Sara, alles ziet er helemaal perfect uit. Dank je wel voor al je hulp. Ik weet hoeveel extra werk het voor iedereen moet zijn geweest.'

Sara vertelt me dat Christianes trouwjurk een paar weken eerder bij een boetiek in Bordeaux is aangeschaft. Hij moest een beetje worden uitgelegd omdat ze wat is aangekomen sinds haar behandeling – een goed teken – en Mireille, onze plaatselijke Parijse *couturier extraordinaire*, stond erop toezicht te houden op het hele proces om te zorgen dat de jurk perfect zit. Hoewel ze met haar vergroeide handen en slechte ogen zelf geen fijn naaldwerk meer kan verrichten, heeft Mireille nauwlettend het speld- en naaiwerk van een van haar schoondochters in de gaten gehouden. Ze zijn de jurk gisteren komen brengen en Sara heeft hem in de hoge kledingkast in de suite gehangen, in een katoenen zak zodat hij niet vies of stoffig kan worden.

Hij past perfect bij de sfeer: de elegante, hoge halslijn en lange mouwen zijn van ivoorkleurig kant, dat in zachte vouwen over een nauwsluitend lijfje en onderrok is gedrapeerd, wat Christianes figuur prachtig benadrukt. Haar donkere haar is kort, aangezien het net een beetje terug begint te groeien, maar de speelse stijl staat heel mooi bij de jurk.

Uit de kapel drijft muziek naar buiten terwijl de gasten arriveren. Vier vrienden van Philippe en Christiane zijn vorige week samengekomen om een strijkkwartet te vormen. Ze spelen nu in de kapel en zullen ook muziek ten gehore brengen wanneer na de ceremonie de drankjes worden geserveerd. Als iedereen eenmaal zit is het op de gedempte klanken van de muziek na stil in de kapel; er hangt een gespannen sfeer van anticipatie. Dat is altijd zo in dit stadium van de festiviteiten, maar vandaag lijkt de lucht vol van nog iets anders: dit is niet alleen een huwelijk; het is een affirmatie van leven en hoop, van dapperheid en woordeloze kracht, van de opstandige vreugde die naast het verdriet en de angst bestaat.

Ik heb vrijwillig aangeboden de regie te nemen tijdens de dienst, zodat alles klaarstaat voor het feest dat direct erna zal beginnen, dus ik kijk vanuit de keukendeur toe hoe Sara en Thomas – die er net zo elegant uitzien als de andere gasten nu ze de kans hebben gehad te douchen en zich om te kleden – even blijven staan voordat ze de kapel inlopen en hij haar omhelst en kust. Ze lacht naar hem, en dan kijkt ze over haar schouder en zwaait even naar me. Ik steek mijn duim naar haar op en maak dan een gebaar dat ze de kapel in moet gaan en zich nergens zorgen om hoeft te maken: ik heb alles onder controle. Dan dringt ineens tot me door dat ik me zeker van mezelf en sterk voel, zekerder van mezelf dan ik me ooit heb gevoeld. Ik weet dat ik een plaats heb verdiend als gerespecteerd lid van het team van Sara en Thomas; ik zie mezelf ineens door hun ogen en het dringt tot me door hoe competent en veerkrachtig ik kan zijn.

Ik kijk glimlachend toe hoe de bruidsmeisjes de voordeur uitkomen en de binnenplaats naar de kapel oversteken. Dan verschijnt de bruid.

Ze is adembenemend mooi.

Op dat moment duwt de middagzon de dikker geworden wolken aan de kant en verlicht haar pad terwijl haar vader Christiane bij de arm neemt en zijn dochter naar haar huwelijk begeleidt.

Het diner in de feesttent is goed verlopen. Na de ceremonie scheen de zon nog, dus konden we de charcuterie en warme hors-d'oeuvres aan de gasten serveren terwijl ze op het grasveld van hun champagne nipten. De foto's zijn vast prachtig geworden tegen de achtergrond van het warme metselwerk van het chateau en Sara's prachtig ontworpen tuin.

De foto's van het aansnijden van de taart zijn vast ook geweldig geworden. Dat hebben ze vroeg in het programma gedaan, waarbij Christiane erop stond dat haar tante meehielp, als dank voor haar geweldige bijdrage.

Toen nam iedereen plaats aan de tafels in de tent en serveerden we het lamsvlees, dat perfect sappig was geroosterd, met schalen salade. De rode wijn van Château de la Chapelle – gemaakt door de broer van Thomas – smaakt er perfect bij en het geluidsniveau in de tent stijgt tot een gelukzalig crescendo dat terugkaatst van het canvasdak. Het is een warme avond, en godzijdank nog steeds droog, dus kunnen we de zijkanten van de tent oprollen en de avondlucht de blozende wangen van de gasten laten verkoelen.

Terwijl we de tafels afruimen en frangipane serveren worden er meer flessen champagne ontkurkt en glazen bijgeschonken, de gasten klaar voor de toespraken. Iedereen is stil als de getuige van de bruidegom met zijn vork tegen de rand van zijn glas tikt en opstaat om de eerste spreker aan te kondigen. Tot ieders verrassing is dat de bruid zelf.

Christiane pakt Philippes hand en begint te praten. 'Ik kan met geen woorden omschrijven hoe geweldig ik het vind om hier te staan,' zegt ze, 'en hoeveel het voor me betekent dat jullie er vandaag allemaal bij zijn. De hele dag is zo fantastisch goed verlopen, met dank aan de bovenmenselijke krachtinspanningen van mijn moeder, de rest van de familie en Sara en Thomas Cortini, en o, nog zo veel anderen. Ik weet hoe hard jullie allemaal hebben gewerkt om Philippe en mij een perfecte dag te geven. Ik hoop dat iedereen weet hoeveel dit voor ons betekent. Dus is de eerste toost van mij en drink ik op jullie allemaal.'

Ze is even stil om naar haar man te glimlachen en zachtjes in zijn hand te knijpen, en dan vervolgt ze: 'Toen ik in het ziekenhuis lag voor mijn behandeling gaf Philippe me een kaart, die ik altijd bij me heb gehouden. Er stond op: HET LEVEN IS GEEN KWESTIE VAN WILLEN DAT HET OPHOUDT MET REGENEN, MAAR VAN LEREN DANSEN IN DE REGEN. Dat is een les die wij hebben moeten leren. En het is er een die we ons hele leven samen niet zullen vergeten. Dus toost ik met jullie allen: op dansen in de regen.'

Ze heft haar glas en voegt er met een grijns aan toe: 'Maar je mag er ook bij drinken, want ik heb geen idee hoelang de andere speeches nog gaan duren. Proost, allemaal!'

Iedereen staat op en heft terwijl er gelachen en gehuild wordt zijn glas.

Ik moet zelf ook glimlachen. Want dit is denk ik de les die ik deze zomer ook heb geleerd. Doordat Sara me het verhaal van Eliane heeft verteld heb ik geleerd hoe belangrijk het is om trouw te blijven aan wat echt belangrijk is: liefde, loyaliteit en je leven leiden zoals het bedoeld is. Dan dringt tot me door dat Jean-Marc naar me staat te kijken van de andere kant van de tent, en dat ik niet meer in mezelf sta te glimlachen, maar naar hem.

Als de gasten de laatste hapjes van hun dessert opeten en hun glazen leegdrinken begin ik met afruimen. Sara komt aanlopen en neemt een stapel borden van me over. 'We hebben vandaag genoeg gedaan, Abi,' zegt ze. 'We laten dit allemaal tot morgen staan. En jij gaat met ons mee naar de schuur voor het feest.' Ze grijpt mijn hand en we stuiteren als een stel giechelende schoolmeiden achter de menigte aan naar de schuur, waar Thomas de muziek al heeft opgestart, klaar voor de eerste dans van Christiane en Philippe.

Het is propvol in de schuur. Ik verwacht even dat ik in de menigte die oude, bekende trilling van paniek in mijn borst ga voelen, en ik vraag me af of ik dit aankan. Tot mijn verbazing merk ik echter dat ik er helemaal niet mee zit om me in deze drukte te bevinden. Het enige wat ik voel is de opgetogenheid van de feestende gasten, de vrijheid van de mensen die op de dansvloer staan en het pure geluk dat de schuur tot hoog in de nok vult. Ik zie dat Jean-Marc bardienst heeft, dus ga ik hem helpen.

Het is zo heet in de schuur dat we de deuren wijd open hebben laten staan. In een korte pauze tussen twee nummers waait er een briesje naar binnen, een zucht wind die tussen de feestgangers door beweegt, en dan roept een vrouw die bij de deur staat: 'Het regent!' En ja hoor: de wolken beginnen een zacht gespetter van druppels los te laten.

'Naar buiten!' roept iemand anders. 'Want het leven gaat er per slot van rekening niet om dat je wacht tot het ophoudt met regenen, maar dat je danst in de regen!'

De reusachtige hoeveelheid paraplu's die bij de deur staat wordt volledig genegeerd en de gasten haasten zich de schuur uit. Haar, make-up, de mooiste jurken en formele pakken worden allemaal vergeten en Christiane en Philippe gaan iedereen dansend voor. Hoge hakken worden uitgetrapt en jasjes achtergelaten. Thomas zet de muziek harder en de binnenplaats vult zich met muziek, lachende stemmen en vreugdekreten.

Ik blijf achter en kijk toe vanuit de deuropening. Dan pakt iemand ineens mijn hand en trekt me de drukte in, draait me rond en de werveling van de dans in. Ik kijk in de ogen van Jean-Marc en de regen valt zacht op ons neer terwijl we samen dansen.

Ik voel hoe mijn hart zich opent en zich uitstrekt naar de wereld, als de delicate ranken van een plant na een lange, lange periode van droogte.

Abi

2017

HET TROUWSEIZOEN IS NU ECHT voorbij op Château Bellevue. We hebben alles grondig schoongemaakt, linnen- en beddengoed opgeruimd voor de winter, met gedroogde lavendel tussen de vouwen, zodat het de volgende lente als alles uit de kast komt voor het nieuwe seizoen fris en zoet ruikt. Thomas en zijn maten zijn nog aan het werk in de molenwoning, maar de kamers beginnen vorm te krijgen en alles zal ruim op tijd klaar zijn om in het nieuwe seizoen extra gasten onder te brengen. De kapel is op slot en de tent, waar de afgelopen zomer zo veel prachtige feesten zijn georganiseerd, is afgebroken en wordt opgeslagen in de schuur, waar de stroom is uitgezet en de discobal stil hangt.

Ik heb een besluit genomen. Ik vind Sara in de ommuurde tuin, waar ze bezig is in een van de groentebedden en ze de laatste bladen sla van het seizoen uit de grond trekt, opgekomen in de laatste, warme dagen van de nazomer waarvan we intens genieten. Ze gaan op de composthoop en worden volgend voorjaar weer in de grond geschept. Aarde tot aarde.

Als ze me ziet, komt ze overeind; ze veegt met de buitenkant van haar pols een streng haar uit haar ogen.

'Ik vind dit zo'n heerlijk jaargetijde,' zegt ze. 'Je voelt aan alles dat de tuin zich voorbereidt op de winterrust na al het harde werk van de zomer.'

Ik glimlach. 'Net als Thomas en jij. Jullie kijken er vast naar uit het huis de hele winter voor jezelf te hebben.'

Ze schiet in de lach. 'We zijn dol op ons werk, maar je hebt wel gelijk. Het zal fijn zijn om ons privéleven weer een beetje op te kunnen pakken.'

Ik kijk uit over de bossen en heuvels achter de tuinmuur, waar het land steil naar de rivier in de vallei beneden loopt.

'Ik ga terug naar Londen,' zeg ik tegen haar. 'Het is tijd dat ik daar de losse eindjes ga afwerken: het appartement verkopen, mijn studie afmaken. En daarna zie ik wel waar het leven me brengt.' Ik kan nu voor me zien dat ik terugga naar de stad en ik weet dat ik het zelfvertrouwen zal hebben om oude vrienden op te zoeken, en misschien wat nieuwe te maken.

'Goed plan.' Sara bestudeert me even, haar ogen de kleur van de donkere poel in de rivier bij de waterkering. 'Thomas en ik hopen allebei van harte dat het leven je hier nog eens terugbrengt. We zijn dolblij met je, Abi. Je bent onderdeel van het team geworden. Er wacht hier een baan op je, als je zin hebt in nog een zomer van keihard werken en geen enkele vorm van een sociaal leven.'

'Dank je wel, Sara. Ik kom zeker terug.'

Ik weet dat ik dat zal doen. Ik weet dat de pelgrimsroutes en de leylijnen en de rivieren die allemaal door dit hoekje van de wereld stromen me er binnenkort naar terug zullen brengen. En ik weet dat Jean-Marc er ook zal zijn, wachtend op mij, en dat we over niet al te lange tijd weer samen zullen dansen.

Sara kijkt op haar horloge. 'We moeten gaan. Eliane en Blanche verwachten ons.'

We rijden samen naar de cottage, zoals we dat sinds die eerste keer al meermalen hebben gedaan. Met hulp van Blanche hebben we de laatste details van Elianes verhaal ingevuld.

Het is een verhaal over gewone, alledaagse moed. Een verhaal over de vastberadenheid om trouw aan jezelf te blijven in de donkerste tijden zodat je uiteindelijk, als je weer oversteekt naar de veiligheid, je stem kunt terugvinden en je leven vrij van angst kunt leven.

Ze heeft me geleerd over de veerkracht van de menselijke geest.

Ze heeft me over mezelf geleerd.

Als we aankomen bij de cottage, zit Eliane in de tuin op een stoel te slapen in de zon, een boek geopend op haar schoot.

Blanche is binnen en bereidt neuriënd de lunch voor. Om ons heen zoemen Elianes bijen. Ze zijn druk met het verzamelen van de zoete nectar uit de bloemen die Eliane speciaal voor ze heeft gekweekt. Onder ons in de vallei glinstert de rivier, waar ze haar hele leven al naast woont, al bijna honderd zomers lang, met zijn zachte, gouden licht.

Hoog op de heuvel, achter de acacia's en de bijenkasten, voorbij de wijngaarden waar de druivenbladeren de laatste zonneschijn opslurpen en de druiven zoet maken voor de wijnoogst van dit jaar die nu elk moment gaat beginnen, wacht Mathieu op Eliane terwijl hij over haar waakt vanuit het kleine kerkhofje met de witte muur.

Sara loopt naar binnen om Blanche te begroeten.

Ik ga zachtjes, om haar niet wakker te maken, naast Eliane zitten. Ik pak heel voorzichtig het boek van haar schoot. Als ik de boekenlegger tussen de bladzijden stop waar ze was gebleven, wordt mijn blik getrokken door een regel tekst. Ik lees de woorden zorgvuldig en laat de betekenis op me inwerken.

Dan kijk ik op en om me heen naar waar ik ben.

Ik denk terug aan de dag die me hier heeft gebracht.
Dan dringt tot me door dat ik nooit verloren ben geweest.

Au milieu de l'hiver, j'apprenais enfin qu'il y avait en moi un été invincible.
Midden in de winter kwam ik uiteindelijk tot de ontdekking dat er een onoverwinnelijke zomer in me huisde.

Retour à Tipasa, Albert Camus (1952)

Opmerking van de auteur

THE BEEKEEPER'S PROMISE ONTSTOND naar aanleiding van een van mijn andere boeken, *The French for Always*, dat het verhaal over Sara's eerste tijd op Château Bellevue vertelt. In dat boek wordt hier en daar verwezen naar Elianes verhaal uit de oorlogsjaren, wat ertoe leidde dat veel lezers er meer over wilden weten.

Behalve een paar stadjes die je op de landkaart kunt terugvinden en een aantal belangrijke historische gebeurtenissen die hebben plaatsgevonden tijdens de Tweede Wereldoorlog zijn de mensen en plaatsen waarover ik in het boek schrijf geheel fictief. De gruweldaden in Tulle hebben echter daadwerkelijk plaatsgevonden. Ik heb geprobeerd me waar mogelijk te houden aan wat er werkelijk is gebeurd, hoewel sommige details nog steeds niet helemaal duidelijk zijn. Ik heb me natuurlijk ten bate van de verhaallijn bepaalde literaire vrijheden moeten permitteren, maar waar ik dat heb gedaan is het met het diepste respect voor de herinnering aan degenen die zijn gesneuveld. Ze worden niet vergeten: tegenwoordig worden elke zomer hangmanden vol bloemen aan de lantaarnpalen in Tulle gehangen ter nagedachtenis aan al die mannen en jongens die het leven is ontnomen op die dag in juni 1944.

Naast de inspirerende verhalen en herinneringen die mijn vrienden in Frankrijk wier families de Franse bezetting hebben doorgemaakt zo genereus met me hebben gedeeld, zijn deze bronnen heel belangrijk voor me geweest bij het schrijven van deze roman:

Voices from the Dark Years: The Truth About Occupied France 1940-1945, van Douglas Boyd (2007)

SAS Operation Bulbasket: Behind the Lines in Occupied France 1944, van Paul McCue (2009)

Das Reich: The March of the 2nd SS Panzer Division Through France, June 1944, van Max Hastings (2010)

In a Ruined State, Chapter 6: 'Background to the 10th of June', www.oradour.info/ruined/chapter6.htm, van Michael Williams

Als je van dit boek hebt genoten zou ik je dankbaar zijn als je er een recensie over wilt schrijven. Ik ben altijd zo blij met feedback, en ik weet dat reviews anderen helpen mijn boeken te vinden.

Merci, et à bientôt,
Fiona

Dankwoord

DANK AAN MIJN AGENT Madeleine Milburn voor haar vriendschap, enthousiasme en standvastige geloof in mijn schrijfwerk, en aan iedereen bij Madeleine Milburn Literary Agency voor het harde werk en de steun bij de promotie van mijn boeken.

Dank aan het briljante team Lake Union bij Amazon Publishing, en in het bijzonder aan Sammia Hamer, Victoria Pepe en Bekah Graham, alsook Mike Jones voor zijn redactionele geduld en oplettendheid.

Dank aan al mijn vrienden die me hebben aangespoord en regelmatig hebben nagevraagd hoe ver ik al was: de vrijwillige tuiniers van het Pitlochry Festival Theatre; mijn vrienden van de boekenclub; de bridgeclub; al mijn vrienden en vriendinnen van yoga; en John, Amelia, Wyomia en Nairne voor het ter beschikking stellen van een heerlijke vluchthaven in Taymount waar ik rustig kon schrijven.

Speciale dank aan Annie Fraser, Karen Macgregor, Sally Swann, Marie-Claire Norman-Butler, Mala Saye, Michèle Jobling, Frank Doelger en Bruce Harmon: wat een goede vrienden.

Liefde, dank en dikke knuffels voor mijn zonen, James en Alastair, zoals altijd.

En natuurlijk ook voor Rob.

LEES MEER VAN
Fiona Valpy

Ella voelt haar einde naderen en kijkt terug op een leven dat veel vreugde, verdriet en ingrijpende keuzes heeft gekend. Ze vraagt haar kleindochter Kendra of die haar levensverhaal wil opschrijven.

In 1938 verandert het leven van de zeventienjarige Ella volledig als ze een zomer lang verblijft op het prachtige Franse eiland Île de Ré. Daar ontmoet ze de charismatische, creatieve Christophe en ze worden onafscheidelijk. Voor het eerst in haar leven voelt Ella zich echt vrij, maar die vrijheid is van korte duur: de Tweede Wereldoorlog staat op het punt uit te breken. Ella wordt teruggeroepen naar Schotland en ze meldt zich aan bij het verzet. De oorlog wordt steeds grimmiger en Ella voelt zich onherroepelijk verder verwijderd raken van de zorgeloze dagen op Île de Ré. Ze wordt gedwongen een beslissing te nemen die haar leven drastisch zal veranderen.

De gesprekken met haar grootmoeder geven Kendra, die worstelt met een moeilijke periode in haar leven, een rust en inzicht die ze anders misschien nooit zou hebben gevonden. En beide vrouwen realiseren zich dat het niet erg is als je fouten maakt, dat maakt het leven uniek, bijzonder en de moeite waard.